Bienzle stochert im Nebel

Zwei Frauenmorde in einem versteckten Dorf hinter den Hügeln des Schwäbischen Walds. Am Rand des Fleckens ein Rehabilitationszentrum für Nichtsesshafte. Für die Dorfbewohner ist klar: Als Mörder kommt nur einer von den »Pennern« dort in Frage. Aber Ernst Bienzle, Hauptkommissar aus der Landeshauptstadt, ist anderer Meinung, und natürlich nehmen ihm das die Dorfhonoratioren übel. Nur: Jeder von denen hat auch Dreck am Stecken. Mit seiner ureigenen Art zu ermitteln (»Gucke, denke, wenig schwätza«) zerreißt der Kommissar aus Stuttgart das Gespinst aus Lüge, Betrug und Gewalt im Dörfchen Vorderbach.

Bienzle und der alte Türke

Der alte Türke hatte Hauptkommissar Ernst Bienzle geholfen, wenn es darum gegangen war, gegen eine skrupellose Mafia von Schutzgelderpressern und Drogenhändlern vorzugehen. Bienzle hat den Türken gemocht. Jetzt ist Poskaya tot. Brutal ermordet, regelrecht hingerichtet. Den Kommissar packt die Wut. Er will Poskayas Mörder, und da schert er sich weder um Dienstvorschriften noch um gutgemeinte Ratschläge. Die Gegenseite wird nervös. Und wer nervös wird, macht Fehler … Der größte Fehler ist die Entführung von Bienzles Freundin Hannelore.

Felix Huby, bürgerlich Eberhard Hungerbühler, geboren 1938, schreibt seit 1976 Kriminalromane, Tatorte, Fernsehserien. Bisher hat er 18 Krimis mit Kommissar Bienzle veröffentlicht und 2005 zudem einen neuen Ermittler kreiert: Peter Heiland (›Der Heckenschütze‹, ›Der Falschspieler‹, ›Der Bluthändler‹). Der schwäbische Romanheld, der bald auch im Fernsehen auftauchen wird, ermittelt in Berlin. Aus Hubys Feder stammen 32 Tatorte für die ARD und zahlreiche Fernsehserien, u. a. ›Abenteuer Airport‹, ›Ein Bayer auf Rügen‹ und ›Oh Gott, Herr Pfarrer‹. 1999 wurde er für sein Werk mit dem ›Ehrenglauser‹ der Autorengruppe Deutsche Kriminalliteratur ›Das Syndikat‹ ausgezeichnet.

Der Autor im Netz: www.felixhuby.de
Unsere Adresse im Internet: www.fischerverlage.de

Felix Huby

Bienzle stochert im Nebel

und

Bienzle und der alte Türke

Zwei Kriminalromane

Fischer Taschenbuch Verlag

*›Bienzle und der alte Türke‹ erschien 1982
unter dem Titel ›Schade, daß er tot ist‹*

Originalausgabe
Veröffentlicht im Fischer Taschenbuch Verlag,
einem Unternehmen der S. Fischer Verlag GmbH,
Frankfurt am Main, Juni 2008

›Bienzle stochert im Nebel‹:
© Rowohlt Taschenbuch Verlag GmbH, Reinbek bei Hamburg 1983
›Bienzle und der alte Türke‹:
© Rowohlt Taschenbuch Verlag GmbH, Reinbek bei Hamburg 1982
Neubearbeitung:
© Fischer Taschenbuch Verlag in der S. Fischer Verlag GmbH,
Frankfurt am Main 2008
Satz: Pinkuin Satz und Datentechnik, Berlin
Druck und Bindung: CPI – Clausen & Bosse
Printed in Germany
ISBN 978-3-596-17041-8

Bienzle stochert im Nebel

Die Hauptpersonen

Renate Häberlein
Elke Maier — haben einiges erlebt, aber dann nicht überlebt.

Josef Kowalski — war an ihren Erlebnissen brennend interessiert.

Ursula Neuner — entwickelt ungeahnte Talente.

Jürgen Pressler — spielt den Platzhirsch, muss dann aber ganz kleine Brötchen backen.

Gottlieb Pressler — hat Millionen auf dem Konto und lebt als Tippelbruder.

Frau Pressler — hat's nicht leicht, weiß Gott!

Erich Fortenbacher — heißt in Wirklichkeit ganz anders.

Direktor Gebhardt — sorgt für »Nichtsesshafte« und für sein eigenes Fortkommen.

Franz Kasparczek — hat einmal aus dem Blechnapf gefressen.

Hannelore Schmiedinger — kommt übers Wochenende.

Kommissar Gächter   lehnt, wenn irgend möglich, am
                          Türpfosten.

Hauptkommissar Bienzle stochert – siehe Titel – im Nebel.

Das Sträßchen war schmal und holprig. Kriminalkommissar Gächter fuhr trotzdem mit hoher Geschwindigkeit. Bienzles Zigarillo war ausgegangen. Es hing in seinem rechten Mundwinkel und wippte bei jeder Bodenwelle, über die der Dienstwagen sprang.

»Wir kommen so oder so zu spät«, brummte Bienzle.

Gächter antwortete nicht. Er schaltete herunter, um die nächste Kurve im dritten Gang anzusteuern.

Bienzle seufzte. »Bei so was kommt mer immer z' spät!«

Die Waldränder links und rechts der Straße wirkten im Morgendämmerlicht wie Scherenschnitte. Die Uhr am Armaturenbrett zeigte halb sieben.

»Wenn wir den Fall gleich von Anfang an …« Gächter vollendete seinen Satz nicht.

»Ach was«, sagte Bienzle, »grundsätzlich sollte immer erst mal die örtliche Polizei probieren, wie weit sie kommt. Was meinst du, wie lang das wieder dauert, bis wir uns da reingeschafft haben? Das ist doch ein ganz neues Milieu für uns. Wir müssen dreißig, vierzig Leut vernehmen, die uns völlig fremd sind. Bis man da bloß dahinterkommt, was g'loge ist und was d' Wahrheit …«

Gächter sah kurz zu seinem Vorgesetzten hinüber. »Du redest ja schon so viel am frühen Morgen.«

Bienzle wollte sich von seinem Thema nicht abbringen lassen.

»Der Mann am Ort ist da immer besser dran, so wie wir besser dran sind als jeder Richter.«

»Hä?«

»Aber sicher. Wenn wir zu den Leuten kommen, ist meistens

alles noch ziemlich frisch, net wahr. Strategien haben die noch nicht oder doch ziemlich unzulängliche. Sie sind in ihrer persönlichen Umgebung. Man kann allein durchs Hinschauen schon eine Menge erfahren. Und durchs Zuhören. Und der Richter? Wenn die Leute vor dem stehen, ist das nicht nur in einer fremden Umgebung, sie haben dann auch schon so oft ausgesagt, alles nochmal und nochmal wiederholt, die Ecken und Kanten sind abg'schliffe, net wahr. Die gebet Statements ab, blutleere Statements, weiter nix.«

»Aber trotzdem. Wir wären bestimmt viel weiter, wenn wir von Anfang an eingeschaltet worden wären.«

»Dort vorne muss es sein.« Bienzle deutete mit dem Zeigefinger.

Gächter verlangsamte die Fahrt. Der Spezialwagen für die Tatortaufnahme verstellte den Blick. Er stand quer vor einem schmalen, fast zugewucherten Waldweg. Bienzle musste über den Graben springen und sich durchs dichte Unterholz schlagen. Und noch einmal war der Blick verstellt – durch uniformierte Beamte, die Tatortspezialisten in Zivil und ein paar Neugierige, die zwischen den halbhohen Bäumen standen.

Bienzle trug gelbe Gummistiefel, in die er seine Cordhosen hineingestopft hatte, darüber einen Parka. Er hatte sich nicht die Zeit genommen, sich zu rasieren und zu kämmen. Gächter blieb einen Moment stehen und sah dem Hauptkommissar nach. Offensichtlich hatte der die Zweizentnergrenze wieder einmal überschritten, aber er bewegte sich keineswegs wie ein übergewichtiger Mann.

»Morgen«, sagte Bienzle laut.

Die Gesichter der Beamten wandten sich ihm zu.

»Bienzle, Landeskriminalamt.«

»Ich kenn Sie«, sagte ein kleiner, etwa dreißigjähriger Mann, der jetzt auf Bienzle zukam. »Vom Lehrgang in Murrhardt.«

Bienzle erinnerte sich nicht. Alles, was ihm zu Murrhardt einfiel, war der hervorragende Rehbraten, den er seinerzeit im Hotel *Sonne-Post* gegessen hatte.

»Sparczek«, stellte sich der Kleine vor.

»Au koi schwäbischer Name«, brummte Bienzle.

»Dort drüben«, sagte Sparczek.

Bienzle hatte sich bereits orientiert. Das Mädchen war in ein Feld mit jungen Tännchen gedrückt worden. Jetzt lag es da wie aufgebahrt, umgeben von frischem Grün. Das bunte Sommerkleid war bis unter die Achseln hinaufgeschoben. Es verdeckte fast das Gesicht. Ein junger Beamter ging neben der Leiche in die Hocke und schob das Kleid ein bisschen herunter, damit Bienzle die Würgemale am Hals sehen konnte.

»Genau wie beim Fall Häberlein«, sagte Sparczek.

Bienzle nickte. Er wollte eigentlich wegschauen, aber sein Blick hatte sich festgesogen. Wie alt mochte die Tote sein? Achtzehn? Zwanzig vielleicht?

»Wir haben auch ihr Fahrrad gefunden«, sagte Sparczek.

»Weiß man schon ungefähr, wann …?«, fragte Bienzle.

»Sie hat gegen vierundzwanzig Uhr das *Rössle* verlassen – allein.«

»Betrunken?«

»Sagen wir mal – nicht ganz nüchtern. Ich hab ihr noch angeboten, sie zu begleiten.«

»Heißt das, Sie waren …«

»Ja, ich war im *Rössle*. Seit Renate Häberlein ermordet worden ist, bin ich fast jeden Abend dort gewesen.«

»Warum?«

»Die Renate war auch im *Rössle*, an dem Abend, als sie …«

»Und trotzdem haben Sie das Mädchen allein fahren lassen?«, fragte Gächter jetzt scharf.

»Ich kann nicht jeder Frau unter dreißig Polizeischutz geben.«

»Da hat er recht«, sagte Bienzle, und dann, wieder zu Sparczek gewandt: »Kann man im *Rössle* auch wohne?«

»Mhm, Sie könnten aber auch bei mir …«

»Danke, aber ich denk, es ist besser im *Rössle*. Ich selber hab nicht gern Logiergäste, und – ehrlich g'sagt – ich bin auch net gern Logiergast. Das ist mir zu anstrengend.«

Bienzle stapfte auf den Waldweg zurück. Bei einer Gruppe Neugieriger blieb er stehen. Nacheinander musterte er die Gesichter. Die meisten starrten verschlossen zurück, einigen war die Angst und das Grauen und die Lust an beidem anzusehen. Aber ein paar hatten auch einen zufriedenen, fast triumphierenden Gesichtsausdruck. Bienzle ging auf eine Frau um die fünfzig zu.

»Haben Sie das Mädchen gekannt?«

»Ja, freilich!«

»Und?«

»Was und?«

»Was war's für eine?«

»Es hat so komme müsse! Des hat mr g'wusst, dass es mit der amal a böses Ende nimmt.«

»Warum?«

»Des werdet Sie no bald g'nug erfahre.«

Bienzle sah die Frau unverwandt an. Sie hatte nur eine Kittelschürze an. Offensichtlich war sie in großer Hast losgerannt, als sie von dem Mord gehört hatte. Nicht einmal einen BH hatte sie druntergezogen. Wahrscheinlich trug sie unter der Schürze nur ihr Nachthemd. Jetzt wurde sie unruhig unter Bienzles starrem Blick. Sie zerrte an ihrer Kittelschürze.

»'s war halt au so a Menschle«, stieß sie hervor.

»Schnell fertig mit der Jugend ist das Wort«, sagte Bienzle.

»Wie heißet Sie?«

»Wer, ich?«

»Sie hab ich g'fragt!«

»Eisele, Anna Eisele – ond mir send anständige Leut!«

»Des hättet Se gar net so betone müsse«, knurrte Bienzle und stapfte weiter.

Gächter stand noch bei Sparczek und nahm die bisherigen Ermittlungsergebnisse auf. Bienzle griff nach einem morschen Ast und zerbröselte ihn zwischen den Fingern.

– 2 –

Vorderbach war ein Ort mit nicht mehr als vierzig Häusern. Er lag auf einer kleinen Anhöhe im Schwäbischen Wald zwischen Murrhardt und Mainhardt, umgeben von dichten Tannenbeständen. Im Osten fiel die Hochebene steil ab in ein Tal, durch das sich ein schmales Flüsschen schlängelte.

Eine Gegend, um Urlaub zu machen, dachte Bienzle, wenn man mal ganz ohne Hast und Trubel sein wollte. Hier mit Hannelore lange Wanderungen unternehmen, abends in einer kleinen Dorfwirtschaft sitzen, die müden Beine weit von sich gestreckt, einen Most oder einen Wein aus dem nahen Remstal vor sich …

»Schon offen«, hörte er Gächter sagen, der die Tür zum Gasthof *Rössle* aufdrückte.

Sie gingen hinein. Eine knarrende, ausgetretene Tannenholztreppe führte hinauf in den ersten Stock zur Gaststube. Es roch nach Kaffee und gebratenem Speck. Der Raum war niedrig, holzgetäfelt und mit handfesten Stühlen, Tischen und Bänken möbliert. An der Wand hingen ein paar Bilder von regional bekannten Schauspielern, Dichtern und Fußballern und mindestens vierzig Gastwimpel von Kegelclubs.

»Wir bedienen morgens nur unsere Pensionsgäste«, sagte eine Frau von der Theke her. Sie trug ihr graues Haar unordentlich

hochgesteckt und hatte vor ihr schwarzes Kleid eine blütenwei-
ße Schürze gebunden.

»Jetzt machet Se halt a Ausnahme«, sagte Bienzle, »wir sind
heut morge schon um fünf aus de Federn g'holt worden.«

»Also, was soll's sei?«

Bienzle bestellte Eier mit Speck und eine große Portion Kaffee.
Gächter verlangte Tee und ein Butterbrötchen.

Außer ihnen saßen nur noch drei Leute im Gastraum: ein
Mann Anfang vierzig mit weißblonden Haaren, einem roten,
aufgedunsenen Gesicht und einem kräftigen Bauchansatz, über
dem sich das modische Jackett nicht mehr schließen ließ, und
ein junges Ehepaar im Partnerlook – rote Kniestrümpfe, grüne
Kniebundhosen aus Cord und rot-weiß karierte Hemden.

Die Wirtin brachte das Frühstück.

»Schrecklich, das mit dem Mädchen«, sagte Bienzle.

»'s war mei Nichte«, sagte die Frau.

Jetzt sah Bienzle, dass sie nicht nur ein schwarzes Kleid, sondern auch schwarze Strümpfe und Schuhe trug. Er zog eine
Karte aus der Tasche und legte sie auf den Tisch. »Wir kommen
von der Polizei aus Stuttgart.«

»Ja, braucht's denn das?«

»Das wird sich zeigen«, sagte Bienzle steif.

Die Frau wischte ihre Hände an der weißen Schürze ab. Sie
hinterließen Flecken.

»Ihr habt nicht gern Fremde hier?«, fragte Bienzle.

Sie lächelte: »Zahlende schon!«

»Da fällt mir ein – kann ich ein Zimmer haben bei Ihnen?«

»Ich auch«, sagte Gächter.

»Ach, das wird vielleicht net nötig sein.«

Gächter sah Bienzle überrascht an.

»Wenn ich dich brauch, kann ich dich ja anrufen«, sagte
Bienzle.

Der Mann mit dem roten Gesicht rief: »Machen Sie mir dann die Rechnung, Frau Maier.«

Die Wirtin nickte in seine Richtung und verschwand in der Küche.

»Das wird ja nicht schwierig für Sie werden«, sagte der Mann zu Bienzle und Gächter.

»Ach ja?« Gächter fixierte den Mann. »Wieso?«

»Ist doch klar – das war einer vom Eichenhof.«

»Vielleicht brauchst du das Zimmer ja gar nicht«, sagte Gächter zu Bienzle.

»Was ist mit dem Eichenhof?« Bienzle schob den Teller von sich.

»Rehabilitationszentrum für Nichtsesshafte.«

»Aha. Und weiter?«

»Nichts weiter. Tippelbrüder, Alkoholiker, Penner – lauter Asoziale. Da finden Sie den ganzen Abschaum!«

»Was sind Sie von Beruf?«, fragte Bienzle.

»Handelsvertreter. Tabakwaren.«

»Und Sie meinen wirklich …?«

»Aber das ist doch klar! Die Typen saufen sich jeden Abend einen an. Meistens holen sie hier das Bier in Flaschen und setzen sich irgendwo an den Waldrand – und dann geht's gluck-gluck, bis sie duhn sind. Frauen haben sie nicht da draußen auf dem Hof … Na ja, die können's ja auch nicht durch die Rippen schwitzen, oder?«

»Und Sie?«, fragte Gächter.

»Was soll'n das? Muss ich mich anpflaumen lassen, weil ich Ihnen ein paar Informationen gebe?«

Gächter blieb gelassen. »Ich wollte fragen, wo Sie gestern zwischen Mitternacht und zwei Uhr früh waren.«

»Heißt das, dass Sie ein Alibi von mir verlangen?«

»Wir fragen jeden.«

»Also gut; ich bin um halb eins ins Bett!«

»Zeugen?«

»Die Wirtin und die letzten Gäste.«

»Die haben Sie weggehen sehen?«

»Ja, klar!«

»Und dann sind Sie ins Bett?«

»Sag ich doch.«

»Hat das jemand gesehen?«

»Na, hören Sie mal!«

»Könnt doch sein«, sagte Gächter grinsend, »oder schlafen Sie immer allein?«

»Ich bin verheiratet – glücklich!«

»Als ob das schon mal ein Hinderungsgrund gewesen wäre.«

»Für mich ist's einer.«

Die Wirtin kam mit der Rechnung. Zu Gächter sagte sie im Vorübergehen: »'s wär mir lieber, Sie ließet meine gute Gäst in Ruh.«

»Ah, Sie kommet öfters?«, fragte Bienzle den Vertreter.

»Immer wenn ich in der Gegend bin.«

»Vor vier Wochen …?«

»Ja, ich war da, als das mit dem anderen Mädchen passiert ist, wenn Sie das meinen.«

»Das mein ich, ja.«

»Und weiter?«

»Nix. Wir sollten aber für alle Fälle Ihre Personalien notieren.«

Der Vertreter bezahlte und kam dann an den Tisch der beiden Kommissare. Er warf wortlos und wütend seinen Personalausweis auf den Tisch.

Erich Fortenbacher, notierte Gächter, *selbständiger Handelsvertreter, wohnhaft in Stuttgart 50, Gemsberger Straße 17*. Mit einem unfreundlichen »Danke« reichte er den Ausweis zurück.

Der Handelsvertreter ging zur Tür.

»Bis zum nächsten Mal«, sagte Frau Maier, die Wirtin.

»Das werd ich mir noch zweimal überlegen.« Fortenbacher knallte die Tür zu.

Im gleichen Augenblick stand der junge Mann in Wanderkleidung auf und kam an den Tisch von Bienzle und Gächter.

»Ich weiß ja nicht, ob's wichtig ist«, sagte er schüchtern, »aber ich hab gestern Abend auch noch hier gesessen. Meine Frau ist schon kurz nach zehn ins Bett.«

»Aha«, machte Gächter wenig interessiert.

»Tja, ich hab noch 'ne Runde Skat mitgespielt und …«, er lächelte, »… hoch gewonnen. Skat, müssen Sie wissen, ist eine Wissenschaft …«

»Für mich ist's noch nicht einmal ein Vergnügen«, sagte Bienzle brummig.

»Na ja, ist ja auch nicht so wichtig. Nur … Wie soll ich sagen … Der Herr Fortenbacher, also der Herr, der gerade weggegangen ist … Also der und das Fräulein … Die Tote, wissen Sie …«

»Schade, dass Sie Skat als Wissenschaft betreiben und nicht Sprache – dann würde vielleicht mal ein ganzer deutscher Satz herauskommen«, sagte Gächter bissig.

»Ich bin Germanist«, sagte der junge Mann. »Dr. Marcus Reichle.« Er verbeugte sich steif.

Bienzle sagte: »Wenn ich Sie richtig verstehe, vermuten Sie, dass zwischen der Toten und Herrn Fortenbacher ein Verhältnis bestand?«

»Ja.«

»Ein intimes?«

»Könnte durchaus sein.«

Gächter fuhr ihn an: »Und das sagen Sie jetzt erst?«

Bienzle hob beruhigend die Hände. »Das beweist zunächst ja mal gar nichts. Wie kommen Sie denn darauf, Herr Dr. Reichle?«

»Es wurde darüber gesprochen.«

»Na ja, g'schwätzt wird viel.«

»Sie haben sich aber auch so benommen.«

»Aha … Wie denn?«

»Ach, Sie wissen schon!« Reichle warf einen raschen Blick zu seiner Frau hinüber. »Sie sind sehr dicht … Und dann, sie haben die Hände immer unterm Tisch … Und er hat dann auch … Also«, er gab sich einen Ruck: »Gefummelt haben sie auf Teufel komm raus.«

Plötzlich stand die Wirtin am Tisch. Sie starrte Reichle böse an.

»Ihre Rechnung ist fertig, Herr Doktor!«

»Wie? Schon? Ach ja, ach so, ja, ich … Also, Sie nehmen doch auch Eurocheques, nicht wahr?«

»Das ist mir egal. Und wenn Sie dann bitte Ihr Zimmer gleich räumen.«

»Aber ja, sicher, natürlich!« Er verbeugte sich und ging an seinen Tisch zurück.

»Jetzt putzet se alle ihre dreckige Mäuler an ihr ab«, sagte die Tante der Toten.

»Wie war sie wirklich?«, fragte Bienzle sanft.

»Lebenslustig, fröhlich und hilfsbereit. Ja, 's war ihr nix zu viel – so war se!«

»Hört sich gut an«, sagte Bienzle.

Das Ehepaar verließ den Raum. Bienzle überlegte, was es wohl für einen Eindruck machen würde, wenn er jetzt ein Bier bestellte. Er beschloss, keines zu bestellen.

Vorderbach hatte nur zwei Straßen, die rechtwinklig aufeinanderstießen: die Hauptstraße und die Talstraße. Die Häuser standen in ungeordneten, lockeren Reihen.

»Man könnt meinen, um das Nest hätt der Wohlstand einen großen Bogen g'macht«, sagte Bienzle zu Gächter, der neben ihm ging.

»Ich bin mir immer noch nicht klar, was du eigentlich willst«, sagte Gächter.

»Schnuppern, zuhör'n, das Dorf verstehen.«

»Klingt ein bisschen allgemein.«

»Wahrscheinlich schaffen die meisten aus dem Dorf im Sägewerk.«

»Und diese Elke Maier …?«

»Die muss für das Nest hier eine Ausnahmeerscheinung gewesen sein – so was wie ein Star.«

»Ob sie Geld genommen hat?«

»Kaum – im Übrigen glaub ich sowieso, dass die Männer sich bei ihr nur den Appetit geholt haben …«

»… und zu Hause haben sie gegessen?«

»Du sagst es.«

Sie waren bei ihrem Dienstwagen angelangt, der an der Kreuzung stand.

»Also denn …«, sagte Gächter.

»Du könntest noch am Eichenhof vorbeifahren, dir eine Liste der … Insassen, oder wie sagt man da … halt von denen, die da wohnen, geben lassen und daheim durchchecken, ob ein Verdächtiger dabei ist.«

»Und ich dachte schon, ich könnt 'ne ruhige Kugel schieben.«

Gächter stieg ein und fuhr schnell davon. Er warf noch einen Blick in den Rückspiegel. Breitbeinig stand Bienzle auf der

Kreuzung, unbeweglich. Die Haare hatte er noch immer nicht gekämmt.

Bienzle löste sich aus seiner Erstarrung und ging die Talstraße hinunter, die sich in zwei großen Kurven zum Flüsschen hinabschwang. Ein großer Leiterwagen mit Mist, gezogen von zwei Ochsen, kam ihm entgegen. Der Bauer hatte ein Brett auf den dampfenden Mist gelegt, um sich so einen Kutschbock zu machen. Er grüßte, indem er den Peitschenstiel zum Mützenrand hob.

Bienzle blieb stehen. Der Bauer machte: »Ööööha!« Die Ochsen standen sofort.

»Sie sind der Kriminaler aus Stuttgart?«

Bienzle nickte.

»Ja, dann«, sagte der Bauer, »bis bald! Hüh!« Die Mistfuhre ruckte an.

Bienzle hätte gerne nachgehakt, aber zugleich wusste er, dass das in diesem Augenblick verfrüht gewesen wäre. Er schritt weiter. Es war nicht schwer auszumachen, wo der Bauer zu Hause war. Denn im ganzen Dorf gab es überhaupt nur zwei landwirtschaftliche Anwesen. Eines davon lag am unteren Ende der Talstraße. Vor dem Stall türmte sich ein großer Misthaufen, auf dem ein Mann stand. Er schichtete die dampfende Masse mit einer Gabel um. Das Erste, was Bienzle dachte, als er ihn dort sah, war: Der passt da nicht hin!

Bienzle sagte freundlich: »Grüß Gott.«

Der Mann antwortete mit »Guten Tag«. Er stieg von dem Misthaufen herunter – ein hochgewachsener, schlanker Kerl, etwa dreißig Jahre alt, mit einer hohen Stirn und lichtem blonden Haar. Die dunklen Augen schauten Bienzle durch eine Brille mit kreisrunden Gläsern ernst an. Er trug eine Latzhose, die früher vielleicht einmal weiß gewesen war.

»Sie sind nicht von hier?«, sagte Bienzle; es war mehr eine Feststellung als eine Frage.

»Nein.«

Bienzle wartete, aber der andere schwieg.

»Ich untersuche den Mord an Elke Maier …« Der Satz kam ihm selber gestelzt vor.

»Ja.«

»Nach und nach werde ich mit jedem im Dorf sprechen müssen. Waren Sie gestern Abend im *Rössle*?«

»Nein, ich geh da nicht hin.« Es klang, als wollte er sagen, ich bin gewohnt, in anderen Kreisen zu verkehren.

Bienzle lächelte: »Mir gefällt's.«

Der Mann stieß die Gabel mit geübtem Schwung in den Misthaufen, ging zu einem kleinen Anbau und kam mit einer Sense wieder. »Ich geh Grünfutter schneiden«, sagte er und öffnete ein kleines Tor im Zaun hinter der Scheune.

Ein schmaler Weg führte zu einer steil zum Tal abfallenden Wiese. Bienzle folgte ihm zögernd. »Ich hab vorhin den Bauern getroffen.«

»Mhm.«

»Viel hat er nicht gesagt, aber ich hatte den Eindruck, als ob er erwartete, dass ich früher oder später …« Weiter kam er nicht.

»Sicher, sicher«, sagte der Mann, »früher oder später … Ich hab nämlich schon mal so was gemacht.«

Bienzle blieb abrupt stehen.

»Es ist zehn Jahre her und – wie sagt man – verbüßt. Mord im Affekt haben die einen gesagt. Lustmord die anderen.« Er sprach völlig teilnahmslos. »Ich stehe in den Akten, das heißt, ich bin im Computer. Es wäre tatsächlich nur eine Frage der Zeit gewesen, bis Sie auf mich gekommen wären.«

Bienzle sagte bedächtig: »Ich hab einmal in einem Verhör einen Verdächtigen geschlagen – einmal, aber dann nie wieder.«

Der Mann begann mit Schwung Gras zu mähen.

»Worauf hat denn der Richter erkannt?«, fragte Bienzle.

»Mord im Affekt – aber für die Leute …«

»Wissen die 's denn? Ich meine, die Leute hier?«

»Ich war auf dem Eichenhof. Mich rehabilitieren.« Er machte eine wegwerfende Handbewegung. »Und da es der Heimdirektor wusste, haben es auch alle anderen erfahren.«

»Sie sind dort nicht geblieben?«

»Auf dem Eichenhof bleibt man nicht.«

»Aber in Vorderbach?«

»Ja, wenn man Glück hat und auf einen Menschen trifft.«

Wie der Mann hieß, erfuhr Bienzle abends im *Rössle*, wo er sich einen kleinen Tisch neben der Theke ausgesucht hatte. Die Stammgäste beobachteten den Stuttgarter Kommissar mit unverhüllter Neugierde.

»Der Sparczek«, sagte ein junger Mann viel zu laut und in Bienzles Richtung, »der Sparczek ist ja zu blöd, um eine gebührenpflichtige Verwarnung auszustellen.«

»Scho bei der Häberlein hätt mr da hinlange müsse, wo's heiß ischt«, trompetete ein anderer.

Und dann war es so weit: »Der Kasparczek Franz – klingt doch genau wie Sparczek – oder? Kei Wunder, dass der den in Schutz nimmt. Der Kasparczek hat doch hinter Hannover scho mal oine vergewaltigt – ond abg'stoche!« Und dann: »Das ist doch sowieso ein Außenseiter.«

»A Luschtmörder ischt ja au was Bsonders«, rief ein anderer, »für den send mir koi Umgang!«

»Der Stuttgarter Kriminaler wird sich den schon greifen – der hat doch ein ganz anderes Gespür für so was!« Das war ein braungebrannter, vielleicht vierzigjähriger Mann, der offenbar das große Wort führte. Er trug eine modische Frisur und ein elegantes Tennishemd, dazu eine helle Leinenhose und leichte Stoffschuhe.

Bienzle winkte der Wirtin. Sie rutschte zu ihm auf die Bank.

»I bin, scheint's, so was wie a Attraktion in Ihrem Lokal«, sagte er.

»Aber dafür gibt's keine Prozente!«

»Aber eine Auskunft: Wer ist denn der Platzhirsch da drüben?«

»Der? Der Jürgen? Das ist der Jürgen Pressler, der Juniorchef vom Sägewerk.«

»Ich lass mei Frau nicht mehr nachts auf d' Straß«, sagte am Stammtisch einer laut.

Ein anderer rief: »Das kommt dir grad recht, was? Jetzt heißt's: Ich geh aus – du bleibst z' Haus!«

Gelächter am Stammtisch.

Die Tür wurde zögernd aufgestoßen. Ein kleiner, stämmiger Mann in einem abgetragenen grünen Anzug kam mit allen Anzeichen der Unterwürfigkeit herein. Bienzle empfand auf Anhieb so etwas wie Mitleid mit ihm. Der Mann ging zum Tresen und stellte sich mit gesenktem Kopf hin.

Die Wirtin, die noch immer neben Bienzle saß, sagte: »Eins von meinen Flaschenkindern ...« Sie erhob sich ächzend. Wortlos schob sie vier Bierflaschen über die Theke, die der Mann blitzschnell in seinen Jacken- und Hosentaschen versenkte. Münzen klimperten auf dem blanken Nirostastahl der Theke.

»Danke«, sagte der Mann leise.

Im ganzen Lokal wurde es einen Moment lang still.

»Du solltest denen nichts mehr geben, Emma!«, rief der Platzhirsch. »Zuerst saufen sie sich einen an, und dann stechen sie unsere Frauen ab.«

Der Mann im grünen Anzug drehte sich langsam um. Seine rechte Hand umklammerte die Bierflasche in der rechten Jackentasche. Er schwankte bereits ein wenig. »Ich war fünfunddreißig Jahre vor Kohle«, sagte er leise. Seine linke Hand zitterte. Er presste sie gegen den Oberkörper.

Bienzle sah jetzt erst, dass diese Hand verkrüppelt war.

»Fünfunddreißig Jahre war ich vor Kohle.«

»Ja, ja – lass jucken, Kumpel«, rief Pressler und erntete stolz das dankbare Gelächter seines Publikums.

Bienzle ertappte sich dabei, dass er sich wünschte, Pressler hätte das Mädchen umgebracht.

»Ihr habt ja keine Ahnung«, sagte der Mann leise.

»Aber du, was?«, schrie der Platzhirsch.

Auf einmal bekam der Mann im grünen Anzug schmale Augen. Er ruckte in den Schultern und drückte das Kreuz durch. »Vorsicht, Pressler!«, zischte er. »Ich hab dich gesehen!«

Plötzlich war es ganz still. Alle sahen Pressler an, und der war erkennbar bleich geworden.

»Sieh bloß zu, dass du Land gewinnst!«, stieß er endlich hervor.

Der Mann im grünen Anzug breitete die Arme aus, die Handflächen nach oben; dann drehte er sich fast tänzerisch auf dem Absatz und ging in Richtung Tür.

Mit einem Satz sprang Pressler auf, und mit ein paar schnellen Schritten war er bei dem Mann. Einen Augenblick lang hatte es so ausgesehen, als ob der Mann im grünen Anzug die Oberhand gehabt hätte, aber jetzt hatte sich das Verhältnis schlagartig wieder umgekehrt. Pressler packte ihn an der Schulter und wirbelte ihn herum.

Bienzle stand auf.

Pressler brüllte: »Was sollen wir uns von euch Asozialen eigentlich noch alles gefallen lassen?« Er holte aus.

Bienzle sagte scharf: »Schluss damit!« Und dann, zu dem Mann im grünen Anzug: »Wo haben Sie Herrn Pressler gesehen?«

»Ein Irrtum«, sagte der Mann schnell, »war nur so hingesagt ...
Mein Kopf, wissen Sie. Fünfunddreißig Jahre vor Kohle ...«
Bienzle hatte Erfahrung genug. Deshalb sagte er nur: »Irgend-
wann werden Sie 's mir erzählen.« Und zu Pressler: »Vergreifen
Sie sich doch nicht an einem Mann, der sowieso kein Gegner
für Sie ist.«
Pressler starrte Bienzle böse an. »Sie wären einer, was?«
Bienzle lächelte. »Einer, an dem sich oiner wie Sie leicht ver-
lupfe könnt.« Er nickte dem Mann im grünen Anzug zu und
setzte sich wieder an seinen Platz.
Pressler knurrte: »In dem Staat musst du schon Penner sein,
damit ein Beamter etwas für dich tut.«
Aber diesmal blieb der Beifall seines Publikums aus.

– 4 –

Es war schon seit langem zu seiner Gewohnheit geworden,
abends Hannelore anzurufen und alles genau zu berichten,
was den Tag über vorgefallen war. Hannelore amüsierte sich
ein wenig darüber. »Das sind ja Ehegewohnheiten«, sagte sie
manchmal, und nur verstohlen gab sie zu, wie sehr ihr der Anruf fehlte, wenn er einmal nicht kam.
»Eigentlich kann 's jeder gewesen sein«, sagte Bienzle, »jeder,
der im Lokal war, jeder aus dem Eichenhof, der Vertreter genauso, aber auch dieser Kasparczek.«
»Es ist also genau umgekehrt, als es sonst abläuft«, sagte Hannelore.
»Warum?«
»Na ja – wie lang dauert's manchmal, bis ihr auch nur einen
einzigen Verdächtigen findet.«
»Ach so ... Ja, da hast du recht.«

Hannelore sagte nichts darauf. Auch ihm fiel im Augenblick nichts ein.

»Na dann«, sagte er schließlich.

Hannelore lachte: »Sag mir was Nettes, Bienzle.«

Wenn sie »Bienzle« sagte und nicht Ernst, klang das für ihn immer wie eine besonders schöne Vertraulichkeit. »Ich kann nicht auf Bestellung und schon gar nicht am Telefon.«

»Wo bist du eigentlich genau?«

»In Vorderbach – zwölf Kilometer hinter Murrhardt.«

»Das sind bis Stuttgart?«

»Fünfzig Kilometer.«

»Dann könntest du ja in 'ner Stunde hier sein.«

»Ich hab aber kein Auto.«

»Aber ich!«, sagte sie und legte auf.

Bienzle schaute auf die Uhr. Es war kurz nach neun. Er ging in den Gastraum zurück. Die Männer am Stammtisch spielten jetzt Skat. Bienzle bemühte sich um eine seriöse Erklärung dafür, dass jetzt ganz überraschend eine Frau ... seine Frau ... Also, dass die jetzt vielleicht noch käme.

Frau Maier zwinkerte und quartierte ihn in ein Doppelzimmer ein.

Bienzle sagte: »Und was ist, wenn sie nun nicht kommt?«

»Das müssten Sie aber wissen«, sagte Frau Maier.

»Hm, wer kennt schon die Frauen?«

»Hat sie gesagt, dass sie kommt?«

»Nicht so direkt.«

»Dann kommt sie auch«, sagte die Wirtin.

Kurz nach zehn Uhr war sie da. Sie aß einen aufgewärmten gemischten Braten mit Spätzle und Kartoffelsalat, trank zwei Viertel Grumbacher und studierte die Männer im Lokal. Die waren durch das Erscheinen der Frau sichtlich irritiert.

»Wenn man sich vorstellt, dass vielleicht einer von denen ein Mörder ist …«, sagte Hannelore leise.

»Vorsicht, Vorsicht!«, flüsterte Bienzle. »Außerdem – ich hab jetzt Feierabend.«

»Bienzle?«

»Ja?«

»Sag mal was Nettes!«

Bienzle gab ihr stattdessen einen Kuss.

– 5 –

Sie waren gegen halb zwölf in ihr Zimmer hinaufgegangen. Bienzle saß am offenen Fenster auf einem unbequemen Stuhl. Es war eine laue Sommernacht. Hannelore lag im Bett und las ein Taschenbuch aus Bienzles Gepäck. Jetzt senkte sie das Buch.

»Was erhoffst du dir eigentlich?«

»Ja, wenn ich das selber wüsst … Irgendeinen Hinweis halt.«

»Kann ich dich darauf hinweisen, dass ich allein im Bett liege?«

»'s ist gleich Mitternacht«, sagte Bienzle leise.

Unten wurde die Tür aufgestoßen. Die letzten Gäste traten auf die Straße hinaus und verabschiedeten sich durch Zurufe. Alle außer Pressler gingen die Hauptstraße entlang. Der junge Sägewerksbesitzer stieg auf ein Fahrrad und lenkte es Richtung Talstraße.

Im gleichen Augenblick leuchteten Scheinwerfer auf und erfassten die Figur auf dem Rad. Ein Motor wurde gestartet. Langsam setzten sich die Lichter in Bewegung. Bienzle rannte los, aus dem Zimmer, die Treppe hinunter und gegen die verschlossene Tür.

»Was ist denn?« Frau Maier kam aus der Gaststube.

»Schnell«, schrie Bienzle, »die Tür ist zu!«

»Der Schlüssel steckt.«

Erst jetzt nahm der Kommissar den wuchtigen Schlüssel wahr. Er drehte ihn, indem er ihn mit der ganzen Hand packte. Dann endlich stand er auf der Straße. Eine eigentümliche Stille umfing ihn. Plötzlich kam ihm alles ganz unwirklich vor, und seine Eile erschien ihm unangebracht. Er ging die Talstraße hinunter.

Nach etwa fünfzig Metern fand er Pressler. Zuerst sah er das Fahrrad – ein Gewirr aus Rahmen, Speichen und verbogenen Rädern. Dann Pressler, der hinter dem Graben auf einer sanft ansteigenden Böschung lag.

»Was ist passiert?«, rief Bienzle.

Pressler antwortete nicht.

Bienzle sprang über den Graben und beugte sich über den reglosen Körper. Der Mann atmete. Bienzle rannte zum *Rössle* zurück, blieb aber ruckartig stehen, als er ein paar Meter hinter sich gebracht hatte. Ein Fenster war erleuchtet und sah aus wie ein helles Bild auf der dunklen Hauswand – und was für ein Bild. Hannelore stand in der gelbweißen Fläche – nackt. Und das mitten in einem Dorf, das womöglich einen Lustmörder beherbergte.

»Ernst!«, hörte er sie rufen.

»Ja?«

»Es war ein Mercedes mit einer Stuttgarter Nummer. S-HB – weiter hab ich's nicht lesen können.«

»Wir brauchen einen Krankenwagen – schnell, ruf an!«

Sie verschwand vom Fenster, und Bienzle atmete erleichtert aus. Als er an die Unfallstelle zurückkam, stieß er einen sehr langen und sehr unflätigen Fluch aus.

Pressler war weg.

Zuerst kam Hannelore, die sich rasch wieder angezogen hatte. Zwanzig Minuten später erschien der Krankenwagen. Die ganze Zeit über hatte sich Bienzle gewundert, dass kein Mensch aus den umliegenden Häusern aufgetaucht war. Das Dorf lag in tiefem Schlaf, oder täuschten die Leute den Schlaf nur vor wie Pressler seine Ohnmacht?

»Und wer zahlt das?«, fragte der Sanitäter, als Bienzle den Sachverhalt erklärt hatte.

»Die Rechnung geht ans Landeskriminalamt.«

»Und Sie glauben, die zahlen das?«

»Nur wer nicht schafft, macht keine Fehler«, sagte Bienzle.

»Mit Gemeinplätzen kommen wir da wohl nicht weiter«, gab der Sanitäter zurück.

Bienzle sah ihn an: »Gemeinplätze, junger Mann, sind seit Jahrhunderten gespeicherte Weisheiten.« Er hakte Hannelore unter und ging mit ihr Richtung *Rössle* davon, während der Sanitäter einstieg und die Beifahrertür mit lautem Knall zuschlug.

»Müsstest du jetzt nicht zu Pressler?«, fragte Hannelore.

»Manchmal muss man das tun, was keiner erwartet ... Wir gehen jetzt ins Bett!«

»Bienzle!«

»Ich sag jetzt nix Nettes.«

»Wart doch mal – ich wollte doch nur sagen, dass du deine Arbeit nicht vernachlässigen sollst, bloß weil ...«

»Weil was?«

»Weil ich gern mit dir schlafen möchte.«

Bienzle blieb stehen und nahm sie in die Arme.

»Mitten auf der Straße. Wie zwei Sechzehnjährige«, sagte Hannelore.

Bienzle war nicht nach Reden zumute.

Das Polizeirevier in der Kreisstadt war eine Idylle. Sparczek hatte Bienzle abgeholt. Hannelore war schon vor zwei Stunden wieder zurückgefahren. Jetzt saßen die beiden Männer in einem gemütlichen kleinen Zimmer, Tassen mit dampfendem Kaffee vor sich, und Bienzle rauchte eine Zigarre.

»Sparczek – was ist das für ein Name?«, fragte er den jungen Kollegen.

»Tschechisch.«

»Ach?«

»Ja, meine Eltern sind 1968 nach dem Aufstand rüber – ich war damals vierzehn.«

»Ist Kasparczek auch ein tschechischer Name?«

»Möglich. Tschechisch, polnisch … kann einer sein, dessen Familie zu Bismarcks Zeiten ins Ruhrgebiet eingewandert ist – keine Ahnung.«

»Kennen Sie ihn?«

»Sie meinen den Knecht beim Mühlbauern?«

»Na ja … Knecht?«

»So nennt er sich.«

»Das überrascht mich«, sagte Bienzle.

Die Stimmung war freundlich und entspannt. Sparczek schien über das Auftauchen des Kollegen aus der Landeshauptstadt eher erleichtert als verärgert zu sein. Jetzt schob er ein Fernschreiben über den Tisch. »Der Obduktionsbericht.«

»Das ist aber schnell gegangen!«, sagte Bienzle erstaunt.

»Ob Elke Maier vergewaltigt worden ist, kann man nicht mit Sicherheit sagen.«

»Was?« Bienzle starrte Sparczek fassungslos an.

»Geschlechtsverkehr, ja. Aber kein Zeichen von Gewaltanwendung – na ja, abgesehen von den Würgemalen. Also muss der

Mann, der mit ihr geschlafen hat, nicht unbedingt auch der Mörder gewesen sein.«

Bienzle lehnte sich weit in seinem Stuhl zurück und zog heftig an seiner Zigarre. »Unwahrscheinlich.«

»Wahrscheinlich ist, dass sie nicht am Fundort gestorben ist. Erdspuren an ihrem Kleid stimmen nicht mit dem Boden in der Schonung überein.«

»Also … Möglichkeit eins: Der Mörder ist ein Triebtäter, mit dem sie sich freiwillig eingelassen hat. Möglichkeit zwei: Sie hat sich mit dem einen eingelassen, und ein anderer hat sie …«

»… dann umgebracht, ja.« Sparczek nickte. »Sagte ich ja gerade.«

»Mhm«, machte Bienzle. »Ich seh schon, wir müssen wohl nochmal ganz von vorne anfangen. Beim Mord an der Häberlein … Ich mag keine Akten lesen; erzählen Sie's mir.«

»Da ist nicht viel zu erzählen«, sagte Sparczek. »Die Renate Häberlein war auch im *Rössle*, und sie hat mit den Männern genauso rumgespielt wie die Elke – vulgärer allerdings, wenn Sie wissen, was ich meine.«

Bienzle nickte ein paar Mal mit dem schweren, kantigen Schädel.

»Sie ist kurz nach zwölf Uhr gegangen.«

»Wer war sonst noch da?«

»Drei Männer vom Eichenhof, Pressler mit seinen Skatbrüdern Motzer und Berg, dieser Vertreter aus Stuttgart und – was eine Seltenheit ist – der Mühlbauer mit Kasparczek, die haben irgendwas zu feiern gehabt, saßen aber an einem Tisch ganz hinten, also weit weg von den anderen.«

»Mit wem ist die Häberlein weg?«

»Allein – mit dem Fahrrad. Sie wohnte in Heilbrück, das ist vier Kilometer entfernt.«

»Aber Elke Maier hat doch hier gewohnt?«

»Ja, freilich – bei ihrer Tante im *Rössle*.«

»Waren die beiden befreundet, die Elke und die Renate Häberlein?«

»Sogar ziemlich eng.«

Bienzle fuhr mit dem Daumennagel über seine verstrubbelten Augenbrauen. »Da passt aber au wieder gar nix z'samme.«

»Ich hatte schon gehofft, dass Sie eine Theorie …«

Bienzle schüttelte den Kopf. »Verbrechen werden in aller Regel von ausgefallenen Menschen begangen, hab ich mal gelesen – also von Menschen, die schwerer zu durchschauen sind als andere. Aber für mich ist hier gar keiner zu durchschauen.«

»Ich hätt noch 'ne Frage«, sagte Sparczek.

»Ja?«

»Wenn doch die Mordkommission beauftragt ist, warum … Ich meine, da ist es doch verwunderlich …«

»… dass ich ganz allein da bin?«

»Ja.«

»Der Kollege Gächter ermittelt mit dem Computer rum, und mein Assistent, der Herr Haußmann, ist in Italien – im Urlaub. Die Kollegen Gollhofer und Kistner arbeiten an einem anderen Fall. So sieht's aus. Aber das muss kein Fehler sein – dass ich allein bin, mein ich. Manchmal fassen die Leute eher Vertrauen, wenn nicht gleich ein ganzes Polizeiaufgebot anrückt.«

Sparczek schien nicht sonderlich überzeugt zu sein.

»Aber die Häberlein ist doch vergewaltigt worden, oder?«, fragte Bienzle.

»Die vom Tübinger Institut waren sich nicht einig. Es könnte auch so gewesen sein, dass zuvor der Geschlechtsverkehr mit ihrem Einverständnis vollzogen worden ist und danach der Mord …«

»Womöglich durch eine zweite Person?«

»Das wird nicht ausgeschlossen.«

»Fingerabdrücke?«

»Keine klar identifizierbaren – alles verwischt. Außerdem hatte es geregnet zwischen der Tatzeit und dem Auffinden der Leiche.«

Bienzle stemmte sich aus seinem Sessel hoch. »Oh, Mann, oh, Mann«, stöhnte er, »wer die Wahl hat …« Er ging zur Tür. »Ich geh mal a bissle spaziere.«

Sparczek sah ihm verständnislos nach.

– 7 –

Das Polizeirevier lag in Großvorderbach, dem Hauptort, der aus sieben ehemals selbständigen Gemeinden zusammengeschlossenen »Verwaltungseinheit«. Nach Vorderbach waren es sieben Kilometer. Der Weg führte immer am Bach entlang.

Bienzle ging langsam. Er zog den Geruch von Heu und Tannen in die Nase. Die schmalen Bachwiesen waren fast alle schon gemäht. Vereinzelt arbeiteten Frauen auf den Wiesen. Sie würden das Heu wohl heute noch trocken einbringen, wenn kein Gewitter kam.

Bienzle nahm sich vor, Sparczek um einen Wagen zu bitten. Am Nachmittag wollte er zum Eichenhof.

Das Sägewerk hörte er, bevor er es sah: das rhythmische Rattern der Gattersägen und das hohe Singen der Bandsägen; dazwischen die hellen Schläge, die entstehen, wenn Holz auf Holz geworfen wird.

Das Tal verbreitete sich. Der Bach floss hier dicht am Weg und war mit großblättrigem Huflattich fast zugewachsen. Drüben am anderen Ufer begann ein rechtwinkliger Platz, der mit Kies aufgeschüttet war. Wie hohe Mauern türmten sich dort die Bretterstapel. Es roch nach Harz.

Bienzle ging über eine schmale Brücke und blieb bei einem

Mann stehen, der die Bretterstapel mit einem Farbpinsel kennzeichnete.

»Morgen«, sagte Bienzle.

»Schon fast Mittag«, sagte der Mann.

»Was geschieht mit den Brettern?«

»Die müssen noch a paar Jahr lagern, bis se ab'gholt ond verarbeitet werde könnet.«

»Ach ja? Und dann erst werdet se verkauft?«

»Ach was! Die g'höret scho einer Möbelfabrik.«

»Wo find ich denn euern Chef?«

»Weiß net – ich hab ihn noch nicht g'sehen heut.«

Bienzle nickte dem Mann zu und ging über den Holzplatz davon. Ein breites Gleis führte in eine Holzhalle hinein. Auf dem Gleis kam Bienzle ein Kran entgegen, der einen mächtigen geschälten Tannenstamm transportierte. Der Stamm schwankte in vier Meter Höhe zwischen zwei Stahlhaken. Bienzle trat zur Seite.

»Aufenthalt auf eigene Gefahr«, brüllte der Kranfahrer, in dem Bienzle einen von Presslers Skatbrüdern erkannte.

»Wo ist der Pressler?«, schrie Bienzle zurück.

Aber der Mann zuckte nur die Achseln.

Hinter dem Sägewerk stieg das Tal wieder an. Dort stand ein Bungalow. »Der passt in die Gegend wie dr Roßbolla auf d' Autobahn«, brummte Bienzle. Er stieg eine Gartentreppe hinauf und klingelte. Eine Frau um die siebzig öffnete ihm.

»Frau Pressler?«, fragte Bienzle.

»Ja?«

»Ich hätt gern Ihren Sohn gesprochen.«

»Er ist nicht da.«

»Wo kann ich ihn dann finden?«

»Wenn ich das wüsste.«

»Ist er denn nicht heimgekommen letzte Nacht?«

»Das weiß ich auch nicht. Ich wohn unten, in der Einlieger-wohnung – da hör ich nicht, wann er kommt oder geht.«

»Aber wenn er gekommen wäre, hätten Sie ihn doch irgend-wann heute Morgen g'sehen?«

Die Frau wurde plötzlich misstrauisch. »Was geht Sie das an?«

Bienzle überlegte, ob er sich ausweisen sollte, ließ es aber zu-nächst. »Ich hätt ihn halt gern gesprochen …«

»Geschäftlich?«

»Eh … Ja, sozusagen.«

»Um was geht's denn?«

Bienzle war in der Zwickmühle. Wenn er sich jetzt auswies, stand er als Lügner da, und diese Frau sah so aus, als ob sie so etwas übel nehmen könnte. »Ach – eigentlich hat das auch noch Zeit«, sagte er.

Die Frau musterte ihn durchdringend. »Ich dachte, das wär vorbei!«, sagte sie.

Bienzle horchte auf. »Wenn's so einfach wär«, sagte er aufs Ge-ratewohl.

»Man macht alte Fehler nicht mit neuen gut.«

»Das sagt sich leicht.«

Bienzle merkte, dass er sich auf sehr dünnem Eis befand, aber er musste das Gespräch in der Schwebe halten. Da war etwas, was ihm vielleicht weiterhelfen konnte.

»Der Jürgen weiß jedenfalls, wie ich drüber denk!«, sagte die alte Frau Pressler.

»Aha …« Bienzle fiel nichts Besseres ein.

Die alte Frau deutete auf das Sägewerk hinunter. »Da wäre sein Platz – da und nirgendwo anders.«

»Dagegen ist ja auch gar nichts zu sagen.« Bienzle musste plötz-lich daran denken, dass man im Schwäbischen solche Debatten, bei denen keiner sagt, was er denkt, als »geistreiches G'schwätz« bezeichnete.

»Dann lassen Sie ihn in Ruh!«, sagte die Frau streng.

Bienzle versuchte seine Augenbrauen glattzustreichen. »Das geht nicht …«

»Vielleicht sollte ich einfach die Polizei …« Sie brach erschrocken ab.

»Lieber nicht«, sagte Bienzle. »Ich schau dann ein andermal wieder rein.« Er nickte ihr zu und stapfte die Treppe hinunter. Die Frau sah ihm nach, bis er zwischen zwei Douglasfichten rechts und links vom Gartentor verschwand.

Eine Hupe ertönte. Im Werk wurden die Maschinen abgestellt. Mittagspause. Bienzle nahm wahr, wie die plötzliche Stille von allen Seiten auf ihn eindrang. Ein Vogel sang die Tonleiter hinauf.

»Solche Sommertage sind selte«, sagte ein Mann, der auf einem Stapel Bretter saß und ein belegtes Brot vesperte, als Bienzle vorbeikam.

»Ein richtiges Geschenk«, sagte Bienzle.

»Eigentlich kei Zeit zum Sterbe«, sagte der Mann.

Bienzle musterte ihn. Er war klein und stämmig; die Hände, die das Brot hielten, wirkten viel zu groß. Er mochte an die siebzig sein und ein Leben lang an der frischen Luft gearbeitet haben. Sein Gesicht, von tiefen Falten durchzogen, sah aus wie aus Leder.

Bienzle setzte sich neben ihn. »Sie redet über des Mädle, gell?«

»Mhm.«

»Habet Sie die Elke Maier gekannt?«

»Jeder hat se kannt!«

»Und Sie – gut?«

»Nein, net bsonders.«

»Ich heiß Bienzle. Ond Sie?«

»Mühlbauer.«

»Was?«

»Ja, ja, i bin der Vadder.«

»Aha.«

»I hab meim Sohn den Hof schon lang vermacht. Von Beruf bin ich nämlich Zimmermann, net wahr. I war nie a bsonders guter Bauer.«

»Das g'fällt mir«, sagte Bienzle.

»Was?«

»Dass Sie des so offen zugeben.«

Der Mann hob die Schultern und öffnete eine Bierflasche. Er trank und reichte Bienzle die Flasche hinüber. »Der Kasparczek war's übrigens net.«

»Wer dann?« Bienzle trank.

Der Alte lachte. »Bin ich die Polizei oder Sie?«

»Warum hat Ihr Sohn den Kasparczek eigentlich bei sich aufgenommen?«

»Auf jeden Fall war's net bloß Nächstenliebe.«

»Sondern?« Bienzle reichte die Flasche zurück.

»Interesse!«

»Was?«

»Ja. Mein Konrad war scho emmer wissbegierig. Und der Kasparczek weiß halt mehr als andere Leut.«

»Deshalb stellt man doch niemand ein.«

»Warum net? – Aber Sie habet recht. Am meiste weiß der Kasparczek über die Landwirtschaft. Onser Hof ischt jetzt scho zwoimal als vorbildlicher landwirtschaftlicher Betrieb ausgezeichnet worde, seitdem er da ist.«

»Obwohl bei Ihne noch d' Ochse eigspannt werdet?«

»Grad deshalb. Mr b'sinnt sich heut wieder aufs Alte.«

»In mei'm Beruf ischt des anders«, murrte Bienzle.

»Des glaub ich gern.«

Es trat eine Pause ein. Die Bierflasche wanderte noch zweimal hin und her. Schließlich sagte Bienzle: »Was treibt denn euer Juniorchef so, wenn er sich net ums Holz kümmert?«

Der alte Mühlbauer zuckte die Achseln. »Er ischt halt viel unterwegs … Ka scho sein, dass 'r no was laufe hat, der Junior. Zu mir sagt er nix.«

»Warum saget ihr eigentlich Juniorchef? Der Alte lebt doch wohl nimmer?«

»Der lebt scho no.«

»Ach so? Ich hab ganz selbstverständlich angenommen …«

»Bloß weiß keiner, wo.«

»Oh, du liabs Herrgöttle von Biberach …«, stöhnte Bienzle.

»Den habet se aus'm Haus triebe – entmündige wolltet sie ihn lasse. Manchmal denk i, i hab scho großes Glück g'habt mit mei'm Konrad.«

»Und Sie habet keine Ahnung, wo der Alte sein könnt?«

Der alte Mühlbauer kicherte. »Z'erscht hat er des ganze Vermöge in Sicherheit bracht, und dann ischt er verschwunde. Sieben Millione, sagt mr …« Er hob seinen schwieligen Zeigefinger: »Siebe Millione – des müsset Se sich amal vorstelle!«

»Und das Sägewerk?«

»Hypotheke bis unters Dach.« Wieder kicherte der alte Mühlbauer. »Der war gscheiter als sei ganze Familie. Der Junge, der Jürgen, der glaubt jo, er sei a heller Kopf – aber des stimmt au bloß, wenn d' Sonn drauf scheint.«

Bienzle lachte. »Mit Ihne dät i gern amal zwoi, drei Viertele trenka.«

»Ha, des wird sich mache lasse!« Der alte Mann stand schneller und gelenkiger auf als der gut zwanzig Jahre jüngere Bienzle. Im gleichen Augenblick beendete die Hupe die Mittagspause.

Als Bienzle ins Polizeirevier zurückkehrte, war Sparczek gerade weggegangen, um einen Unfall aufzunehmen. Bienzle ließ sich ganz selbstverständlich an Sparczeks Schreibtisch nieder und rief Gächter an.

»Was machste denn so?«, fragte Gächter.

»Schwer zu sagen – Spaziergänge!«

Gächter kannte den Freund gut genug, um zu wissen, dass das Spaziergänge besonderer Art waren.

»Und du?«, fragte Bienzle.

»Ich hab den Kollegen Computer ausgequetscht. Im Eichenhof wohnt derzeit kein einschlägig Vorbestrafter.«

»Das wundert mich nicht.« Bienzle wechselte den Hörer in die linke Hand und wischte die schweißfeuchte rechte an der Hose ab.

»Aber du wirst dich gleich wundern«, sagte Gächter.

»Hä?«

»Einen Handelsvertreter Fortenbacher gibt's nicht – mindestens nicht unter der angegebenen Adresse, und ich hab mich auch mal in der Tabakbranche umgehört. Fehlanzeige, überall.«

Bienzle empfand den Schweiß, der ihm unter dem Hemd auf dem Rücken stand, plötzlich als eiskalt. »Aber das muss einen anderen Grund haben – ich mein, falls er gefälschte Papiere hat. Man besorgt sich doch nicht vorsorglich falsche Papiere, um dann jemand umzubringen.«

»Warum nicht?«, fragte Gächter. »Wenn das Verbrechen kaltblütig geplant war …«

»Blödsinn! Der Mann verkehrt doch schon länger unter dem Namen Fortenbacher in Vorderbach. Sag mal – diese Namensähnlichkeiten sind ja auch komisch. Vorderbach und Fortenbacher, Sparczek und Kasparczek.«

»Solche Zufälle gibt's.«

»Ja, freilich, aber bei dem Fortenbacher könnt's auch einfach Phantasielosigkeit sein!«

»Brauchst du mich da draußen?«, fragte Gächter.

»Noch nicht«, sagte Bienzle, »wahrscheinlich bist du in Stuttgart jetzt wichtiger. Womöglich müssen wir schon bald nach dem jungen Pressler fahnden.«

»Ist der verschwunden?«

»Möglicherweise.« Bienzle berichtete Gächter bis ins letzte Detail, was er erlebt und erfahren hatte.

»Toll, was so ein Spaziergang alles bringt«, meinte Gächter zum Schluss. Als er aufgelegt hatte, wandte er sich zu seinem Kollegen Gollhofer um. »Der Bienzle! Guckt die Leute an, sagt ein paar freundliche schwäbische Sätze, wartet, guckt, hört zu – und jedes Mal findet er dabei was raus.«

»Man könnte auch sagen, der hat mehr Glück als Verstand«, sagte Gollhofer ärgerlich. Er selbst recherchierte verbissen, aber erfolglos in einem Raubmord-Fall.

»Irrtum«, sagte Gächter, »es ist vor allem sein Verstand und natürlich seine Art, mit den Leuten umzugehen – und die hat auch eine Menge mit dem Verstand zu tun. Der Präsident kann froh sein, dass er über seinen Schatten gesprungen ist und dem Bienzle die Mordkommission zurückgegeben hat.«

»Aber du wirst so nie Abteilungsleiter«, sagte Gollhofer giftig, »der Bienzle hat ja so eine verdammt widerstandsfähige Leber.«

»Erstens mal trinkt er lange nicht mehr so viel, seitdem er mit dieser Frau zusammen ist, und zweitens – das kannste dir merken –, am Ende ist's mir lieber, mit einem Mann wie Bienzle zu arbeiten, als auf seine Kosten die Treppe raufzufallen!«

»… sagte der Fuchs und lugte hinauf zu den Trauben.«

»Werd nicht geistreich, Gollhofer, das passt nicht zu dir!«

Sie beugten sich wieder über ihre Akten.

Bienzle erbat sich von einem Mitarbeiter Sparczeks einen Wagen. Aber der Inspektor bedauerte, man habe derzeit nur zwei fahrbereite Autos, und die seien unterwegs. Ein Motorrad sei noch in der Garage.

Bienzle zwinkerte. »Warum nicht ein Motorrad ... Kennen Sie den Wachtmeister Studer?«

»Wen bitte?«

»Den Fahndungswachtmeister Studer von der Berner Polizei ...«

Der Inspektor schüttelte den Kopf.

»Eine Erfindung, eine literarische Figur. Der Autor heißt Glauser – auch ein Schweizer; leider schon tot allerdings.«

Dem Inspektor wurde es unheimlich. Ein durchaus bekannter, ja, schon berühmter Kriminalkommissar aus Stuttgart, der hier über Figuren aus Büchern redete und eine BMW 500 nicht abzuschlagen schien ...

»Der Studer fährt nämlich auch ein Motorrad.«

»Fuhr«, sagte der Inspektor, »er ist doch tot!«

»Der Studer nicht, der Glauser.«

Der Inspektor zog es vor, nichts mehr zu sagen. Wortlos kramte er die Papiere für das Motorrad, einen Sturzhelm und eine Lederjacke samt Nierenschutz hervor.

Bienzle musterte die Jacke. »Ist das die größte?«

Der junge Kollege nickte.

»Na dann – ich hab einen Parka dabei.« Er dankte und klemmte den Helm unter den Arm.

Als er an der Tür war, sagte der junge Inspektor: »In Stuttgart nennt man Sie doch den Nesenbach-Maigret, gell?«

»Mhm«, sagte Bienzle, »weil Stuttgart nämlich nicht etwa am Neckar liegt, wie viele glauben, sondern am Nesenbach.«

Das war nun freilich keine Begründung dafür, dass man den knorrigen Schwaben Bienzle mit dem fiktiven Pariser Kommissar verglich. Schnell fügte er hinzu: »Aber ehrlich – Nesenbach-Studer wär mir lieber!«

Motorradfahren hatte er schon auf der Polizeischule gelernt. Das war freilich eine Weile her. Zuerst hatte er ein wenig Probleme mit dem Gleichgewicht. Auch die Tatsache, dass die Maschine so viel Kraft auf die Straße brachte, machte ihm zu schaffen. So war er froh, als er das Gefährt vor dem Eichenhof ausrollen lassen konnte.

Ein breiter betonierter Weg führte zum Eingang hinauf, dem eine kleine Freitreppe vorgelagert war. Das Haupthaus stand behäbig auf einer Anhöhe. Dahinter gingen fächerartig flache Werkstattbaracken ab, aus denen man Hämmern und Sägen hörte. Bienzle, der zuerst direkt ins Haus hatte gehen wollen, entschloss sich anders und schlenderte an der Längswand entlang nach hinten. Er stieß die Tür zu einer der Werkstätten auf.

Etwa zehn Männer waren dabei, Bretter zu Kisten zu verarbeiten. Nur zwei von ihnen wirkten dabei so, als ob sie eine gewisse Übung hätten.

»Grüß Gott«, sagte Bienzle laut.

Sofort hörten alle auf zu arbeiten, ganz offensichtlich dankbar für die Unterbrechung.

Bienzle geisterte ein Spruch durch den Kopf: Arbeit macht frei. Er wusste nicht mehr, woher er ihn hatte und was ihn unterschwellig so daran ärgerte. Also sprach er ihn – wie zur Probe – mal laut aus: »Arbeit macht frei!«

Der älteste der Männer lachte, dass einem das Blut in den Adern gefrieren konnte.

Bienzle sah ihn an. »Wo stand das bloß?«, fragte er leise und wusste es im gleichen Augenblick.

»Über'm Eingang zum KZ Auschwitz«, sagte der Alte.

Bienzle dachte, warum hab ich's hier nur mit alten Männern zu tun, bei zwei so jungen Leichen? Laut sagte er: »Au, dann war das aber eine schlechte Assoziation.«

Der Alte nickte. »Stimmt!«

Ein junger Mann, hager, mit unreiner Haut, rief: »Da hat er recht – 'n KZ ist 'n Dreck gegen den Laden hier!«

Der Alte fuhr herum, war mit drei schnellen Schritten bei dem anderen und schlug ihm ins Gesicht.

»Was soll 'n das?«, schrie der Geschlagene, aber er wehrte sich nicht.

Der Alte drehte sich ruhig wieder um und sagte zu Bienzle: »Ich war in Bergen-Belsen.«

Bienzle war es unbehaglich in seiner Haut. »Entschuldigung«, murmelte er und ließ offen, wofür und bei wem er sich entschuldigte. Irgendwie musste er diese seltsam gespannte Situation verändern.

Er hockte sich auf eine Kiste, die unter seinem Gewicht knarrte. »Ich heiße Bienzle und bin beim Landeskriminalamt.«

Damit entspannte er die Situation aber keineswegs. Er hätte es ja wissen können. Jeder Tippelbruder reagierte mit instinktiver Abwehr, wenn er der Polizei begegnete.

»Ich untersuche den Mord an diesem Mädchen.«

Der junge Mann mit der pickeligen Haut sagte: »Die hat nie einen Unterschied gemacht.«

»Wie meinen Sie das?«, fragte Bienzle freundlich.

»Na ja, für die meisten Leute hier – ich meine die Eingesessenen – sind wir doch der Abschaum, weiter nichts.«

Bienzle ertappte sich schon wieder beim Memorieren. »Die Eingesessenen«, sagt der Junge, dachte er. »Im Polizeisprachgebrauch muss der einsitzen, der verhaftet ist …«

»Ich suche einen von euch«, sagte er, »der einen grünen, einreihigen Anzug trägt und etwa so groß ist.« Er hielt seine Hand waagrecht in Brusthöhe. »Kommt wohl aus dem Ruhrpott.«

»Sie meinen den Josef Kowalski?«, fragte der Alte.

»Vielleicht.«

»Sicher meinen Sie den. Aber der hat bestimmt nichts damit zu tun.«

»Kann ja sein«, sagte Bienzle unbestimmt. »Wo find ich ihn?«

»Haus sieben – dort hinten, die letzte Baracke.«

Bienzle bedankte sich, stand auf und ging hinaus. Langsam, beinahe zögernd schritt er an den Baracken entlang.

Baracke sieben war eine Schmiede. Niemand bemerkte Bienzle, als er eintrat. An der Stirnseite glühte ein gewaltiger Kohlehaufen, in den von allen Seiten Metallstangen hineinragten. An verschiedenen Ambossen waren je zwei Männer dabei, die glühenden Stangen zu biegen.

Bienzle tippte einem Mann auf die Schulter. Ein rußgeschwärztes Gesicht wandte sich ihm zu.

»Knicken die Stangen denn nicht? Die sind doch hohl?«

Der Mann grinste. »Die würden schon knicken, wenn wir sie nicht vorher mit Sand füllen würden.«

Bienzle nickte anerkennend. »Ich suche Herrn Kowalski.«

»Heh, Kowalski, Besuch!«, brüllte der Mann mit dem schwarzen Gesicht.

Das gleiche Spiel wie zuvor in der anderen Werkstatt: Schlagartig ruhten die schweren Hämmer.

»Grüß Gott«, sagte Bienzle.

Kowalski sah kurz her und begann dann, wie wild auf einem Rohrstück herumzuhämmern. Bienzle ging zu ihm hin.

»Ich geb ein Bier aus«, sagte er.

»Nach Feierabend!«

Bienzle sah auf die Uhr. Es war kurz nach vier. »Gut«, sagte er.

»Warum?«, fragte Kowalski und schlug auf das glühende Eisen, dass die Funken sprühten.

»Sie haben ganz schön Kraft«, sagte Bienzle.

Kowalski hob den Hammer. »Ich …«, er schlug auf das Rohr, »… habe …«, wieder ein Schlag, »… nichts …«, noch ein Schlag, »… gesehen!« Zwei Hammerschläge.

»Ich warte dann«, sagte Bienzle, drehte sich um – und stand direkt vor einem Mann in einem grauen Anzug.

»Was tun Sie hier?«, herrschte der ihn an.

»Sind Sie hier der Chef?«

»Der Direktor, ja!«

»Bienzle, Hauptkommissar, Landeskriminalamt.«

»Ach ja?«

Bienzle zog seinen Ausweis heraus und reichte ihn dem Direktor.

»Unangemeldeten Besuch mögen wir nicht.«

Bienzle fuhr sich durchs Haar. Er schwitzte. Draußen war heißer Sommer, und hier drin mochte es noch fünfzehn oder zwanzig Grad mehr haben. »Wissen Sie«, sagte er, »wenn mal die Morde vorher angemeldet werden, haben wir vielleicht auch die Möglichkeit, für unsere Ermittlungen höflich um Termine zu ersuchen.«

»Sie hätten zuerst in die Verwaltung kommen müssen.«

Bienzle wurde langsam sauer. »Was ich tun muss, weiß ich selber.« Er rang nach Luft. Wie jemand hier drin schwere körperliche Arbeit verrichten konnte, war ihm unverständlich. Er ging zu der großen Tür und riss sie auf. Die Luft erfrischte ihn, obwohl sie über den Dächern noch immer vor Hitze zitterte. Der Direktor war ihm gefolgt. »Nun?«, fragte er.

»Was nun?«

»Was suchen Sie hier?«

»Einer Ihrer … Gäste ist möglicherweise ein wichtiger Zeuge.«

»Ausgeschlossen!«

»Ach – tatsächlich?«

»Ja. Die Männer haben Ausgang bis 23 Uhr 30 und keine Minute länger. Und dass da keiner über den Zapfen haut – darauf können Sie sich verlassen!«

»Wenn Sie's sagen.«

»Der Mord ist aber nach Mitternacht passiert …«

»Ein Mord passiert nicht – ein Mord wird begangen.«

»… und da herrscht hier Nachtruhe, klar?!«

»Zucht und Ordnung!« Bienzle sah den Mann an.

Er mochte Ende vierzig sein; mittelgroß, schlank. Alles an ihm war perfekt – das Hemd, die Krawatte, der Anzug, die sauber geputzten Schuhe. Wenn es einen konträren Typ zu Bienzle gab, war es dieser Mann. Das glattrasierte Gesicht wirkte gespannt, die Augen verrieten Härte und Unnachsichtigkeit.

»Wir haben Prinzipien«, sagte der Direktor.

Bienzle verzog das Gesicht.

»Und zu denen gehört, dass Besucher sich der Form entsprechend anmelden.«

»Wie heißen Sie?«, fragte Bienzle grob.

»Bitte?«

»Ihren Namen will ich wissen!«

»Gebhardt, Andreas Gebhardt.«

»Wo waren Sie in der Nacht zu gestern zwischen Mitternacht und zwei Uhr?« Bienzle hatte das nur gefragt, um Gebhardt zu ärgern. Aber die Reaktion überraschte ihn nun doch.

Sie standen noch auf dem Hof im prallen Sonnenschein, aber Gebhardt schien plötzlich zu frieren. Zwar beherrschte er sich mühsam, doch seine plötzliche Unruhe war unverkennbar.

»Warum fragen Sie das?«

»Routine«, sagte Bienzle obenhin.

»Mir erscheint es eher wie Heimtücke.«

»Kommt drauf an. Also?«

»Was also?«

»Wo waren Sie?«

Gebhardt dachte offensichtlich fieberhaft nach. »Bitte«, sagte er, »bitte, ich … Ich meine, Sie haben zwar kein Recht, denke ich, aber andererseits, was soll's? – Ich habe bis etwa elf Uhr im Büro gearbeitet und dann die Heimkehrenden kontrolliert.«

»Kontrolliert?«

»Ja. Sie versuchen immer wieder, Alkohol hereinzuschmuggeln. Der wird ihnen dann abgenommen und vor ihren Augen vernichtet.«

»Aha. Und danach?«

»Warten Sie … Ich wollte meinen Kopf noch auslüften. Ich habe mein Fahrrad geschnappt und bin ein wenig durch die Gegend geradelt.«

Halb Vorderbach muss in der Nacht unterwegs gewesen sein, dachte Bienzle. »In welcher Richtung sind Sie gefahren?«

»Tja, wenn ich das noch wüsste …« Gebhardt hatte sich wieder gefangen.

Der lügt, dachte Bienzle, aber warum lügt er? »War denn Kowalski auch rechtzeitig wieder da?«

»Wenn ich mich recht erinnere …«

»Na ja, Sie wüssten's doch, wenn einer gefehlt hätte!«

»Sicher, ja. Sicher, das wüsste ich.«

»Leute, die trinken, verraten am Ende alles«, sagte Bienzle mehr zu sich selber als zu dem Direktor. »Die werden immer gesprächig; man muss nur warten können.«

Gebhardt stand seltsam geziert da. Er hatte die Arme über der Brust gekreuzt, sodass die Ellbogen in den flachen Händen lagen. Einen Fuß hatte er leicht ausgestellt. Bienzle wirkte massig und unbeholfen neben diesem Mann.

Jetzt hob Gebhardt die rechte Hand und legte den Zeigefinger an die Nase. »Ich bin Richtung Mainhardt gefahren!«

Da konnte er am Tatort nicht vorbeigekommen sein.

»Tja, dann«, sagte Bienzle. Für ihn war das Gespräch beendet. Gebhardt wartete eine Weile, wobei er nervös auf den Zehen auf und ab wippte, dann fragte er: »Was werden Sie jetzt tun?«

»Zuerst geh ich mit Kowalski ein Bier trinken.«

»Das erlaube ich nicht!«

»Ich glaube nicht, dass ich Ihre Erlaubnis brauche«, sagte Bienzle ruhig.

Eine grelle Klingel ertönte, das Zeichen für den Feierabend auf dem Eichenhof. Nacheinander kamen die Männer aus den Werkstätten. Bienzle fiel auf, wie sie gingen – wie Leute, die im Gehen geübt sind. Obwohl der Arbeitstag sicher anstrengend gewesen war, wurden ihre Schritte beschwingter, je weiter sie sich von den Baracken entfernten. Wie viele Kilometer wohl zusammenkamen, wenn man alle Strecken summierte, die diese Männer schon durchmessen hatten?

Bienzle ging zu Kowalski hinüber, der unschlüssig unter dem Tor zur Baracke sieben stand.

– 9 –

Josef Kowalski war ein wortkarger Mann, solange er nüchtern war. Als Bienzle ihn einlud, mit ihm auf dem Motorrad zu fahren, lehnte er ab. So gingen sie nebeneinander nach Vorderbach hinein. Und Bienzle hatte Mühe, mit seinem Begleiter Schritt zu halten. Sie hatten schon gut einen Kilometer hinter sich, als Kowalski zum ersten Mal den Mund aufmachte.

»Ich hau hier ab – Monatsende, wenn ich den Lohn hab.«

»Und dann?«

»Mal sehn.«

»Wie viel Lohn gibt's denn?«

Kowalski lachte bitter auf. »'ne Mark zwanzig die Stunde. Bei freier Kost und Logis, versteht sich.«

Bienzle schüttelte den Kopf. »Müssen Sie denn arbeiten, Sie haben doch sicher eine Versehrtenrente oder so was?«

»Klar, bin ja Invalide – was man so Invalide nennt. Da, meine Hand – abgeklemmt von 'ner Lore. Aber irgendwas muss man ja machen – tippeln oder schuften, sonst wirste doch rammdösig, isses nich so?«

Bienzle fiel dazu nichts ein. Und so marschierten sie bis Vorderbach, ohne sich weiter zu unterhalten.

»Ich lad Sie ein«, sagte Bienzle, als sie das *Rössle* erreichten.

Kowalski sah an dem Haus hinauf. Seine Augen blieben an dem Fenster zu Bienzles Doppelzimmer hängen.

»Schöne Frau haben Sie«, sagte er träumerisch.

Bienzle wurde es unbehaglich. »Ich denke, Sie liegen um halb zwölf im Bett.«

»Tscha, Sie denken das, und der Gebhardt denkt das auch.«

»Kommen Sie!«, sagte Bienzle.

»Mommang – ich geh da nicht gern rein, könnse nich 'n Bier rausholen?«

»Und was essen wir?«

»Bier vertreibt den Hunger.«

Bienzle fühlte sich in der Rolle des »Flaschenkindes« nicht sonderlich wohl. Aber der Gastraum war zum Glück fast leer. Die Wirtin gab ihm auf seine Bitte zwei Plastiktüten, und Bienzle kaufte sechs Flaschen Bier.

Eine Viertelstunde später saßen Bienzle und Kowalski einträchtig nebeneinander unter einer ausladenden Buche am Waldrand im Gras.

»Sind Sie eigentlich Alkoholiker?«, fragte Bienzle direkt.

»Jo, bin ich wohl! Aber meine traurige Lebensbiographie erzähl ich erst, wenn ich besoffen bin.«

»Fünfunddreißig Jahre vor Kohle«, zitierte Bienzle.

»Woll!« Kowalski trank ansatzlos. Es war nicht auszumachen, ob er schluckte oder ob das Bier einfach die Kehle hinunterrann.

Bienzle legte sich zurück ins Gras. »Wie lange tippeln Sie schon?«

»Ich bin untypisch. Erst seit sieben Jahren bin ich auf Straße.«

»Erst vor Kohle, dann auf Straße …« Bienzle versuchte zu lachen, aber es misslang.

Sie saßen lange. Es war längst Nacht, und Bienzle war noch ein zweites Mal im *Rössle* gewesen. Und dann endlich kam Josef Kowalski zum Thema:

»Ich hau jeden Abend nochmal ab. Der Gebhardt ahnt das auch, aber bei dem gilt nur, was vorne ist, verstehste – die Fassade. Was ich nich weiß, macht mich nich heiß, denkt der. Ich kann nu mal schlecht schlafen. Also zieh ich nochmal los: Raus aus'm Fenster, runter am Efeu … Und dann dreh ich meine Runden.«

»Was machste denn dann?«, fragte Bienzle, der, ohne es zu merken, ins Du gerutscht war.

»Kucken!«

»Was denn – nachts?«

»Na ja, ich hab so meine Häuser, verstehste.«

»Ach so«, sagte Bienzle, »du gehst als Spanner.«

»Ich kuck halt gern, das bringt mich hoch, verstehste, und dann … Du, das is gut: Es bringt mich hoch, und ich hol mir ein' runter. Is doch wie 'n Gedicht, was? 'n richtiges Gedicht!«

So viel hatte Bienzle noch nicht getrunken, dass er dem zustimmen konnte.

»Am schärfsten isses, wenn ich welche draußen erwische. Die Häberlein – die Renate, verstehste –, die besonders. Also, das war eine!« Er kicherte in sich hinein. »Da schmeißte jeden Pornofilm inne Ecke. Die und der Pressler! Oh, Mann, oh, Mann! Das war das Schärfste, woll!«

Bienzle fragte vorsichtig: »Also der Jürgen Pressler hat's mit der Renate Häberlein getrieben?«

»Och, nich nur der. Auch dieser Knallfrosch, der Vertreter, weißte, der aussieht wie 'n Luftballon vorm Platzen.«

»Und wie war's mit der Elke?«

Kowalski wiegte bedauernd den Kopf hin und her. »Nee, also die hab ich nur ein einziges Mal … Ein paar Tage, ehe se dann …« Er schluckte. »Wär ich nich abgehauen, wär's vielleicht nicht so weit gekommen.«

»Und mit wem?«

»Tscha, wenn ich das man wüsste. Es war so dunkel, der Typ hat gewartet … Vor dem Dorf hat er gewartet, da, wo schon keine Lampen mehr sind. Und ich brauch ja auch 'n Sicherheitsabstand. Weißte, sehen, aber nicht gesehen werden – det is meine Devise.«

»Also, nochmal langsam!« Bienzle war seltsamerweise weder angewidert noch aufgebracht. »Als die Renate Häberlein umgebracht wurde, hast du sie da auch mit einem Kerl gesehen?«

»Nee, den Abend stand ich vor 'nem Haus in Neuvorderbach. Die haben da ewig rumgemacht, gefummelt wie irre. Und dann, wie's interessant geworden ist: Licht aus, Klappe zu, Affe tot.« Er nahm einen kräftigen Schluck aus der Flasche.

Bienzle versuchte es noch einmal: »Du hast doch gesagt, du hast den Pressler gesehen.«

»Ja, sicher, hab ich auch. Mit der Renate. Und zweimal isser auch der Elke nachgestiegen. Die hat ihn auch 'n bisschen rangelassen. Aber nur 'n bisschen, verstehste – mal so mit 'ner Hand untern Pulli, sonst nix. Der war vielleicht sauer!« Kowalski kicherte zufrieden in sich hinein.

Bienzle ließ sich wieder ins Gras fallen. Ich sitz hier, dachte er, hol mir den Wolf im Hintern, trink schales Bier und hör mir miese Spannergeschichten an … Das wird in keinem Protokoll erscheinen oder nur in der Form: Nach unseren Ermittlungen bestanden intime Beziehungen zwischen …

»Haste mehr erwartet?«, fragte Kowalski.

»Mhm«, machte Bienzle unbestimmt. Er dachte an Pressler. Warum war der so bleich geworden, als Kowalski ihm auf den Kopf zugesagt hatte, er habe ihn gesehen? Er hakte nach: »Neulich Abend, als die Elke Maier diesen Mann getroffen hat – wie war das nochmal?«

»Ach, lahmarschig. Ewig geredet hamse – wie Verschwörer, so leis und zischelig, verstehste. Kein Liebesgeflüster, das kenn ich. Klingt ganz anders.«

»Aber du sagst doch …«

»Später hamse gebumst, sicher. Aber dat war auch nich so richtig. Ich bin dann gegangen – da kannst dir ja denken, dass es nix Besonderes war.«

»War das dort, wo man ein paar Tage später die Leiche gefunden hat?«

»Doch nicht dort! Gleich hinterm Friedhof war's; da stehen Kiefern, und da blühen auch ein paar Jasminbüsche. 'n schönes Plätzchen ist das schon.« Kowalski trank.

Bienzle sagte: »Zeigst mir den Platz?«

»Was? Jetzt gleich?«

»Warum nicht?«

»Mann, du hast vielleicht Ideen!« Aber Josef Kowalski stand auf und stapfte los.

»Wie groß war denn der Kerl?«, fragte Bienzle im Gehen.

»Wie soll ich das sagen?«

»Größer als Pressler?«

»Größer und schmaler, richtig.«

»Davon gibt's aber nicht viele.«

»Nee. Du zum Beispiel bist zwar größer, aber ganz bestimmt nicht schmaler.« Kowalski lachte und verschluckte sich.

Als sie am Friedhof vorbeikamen, brach der Mond durch die Wolken. Kowalski ging voraus. Bienzle beobachtete, wie er bei jedem Schritt die Schultern vorschob. Wie schmal ist wohl der Grat, fragte sich Bienzle, was hätte passieren müssen oder müsste passieren, um mich auf den gleichen Weg zu bringen? Wie schnell mag das gehen – dieser kleine Schritt von der Sonnenseite zur Schattenseite des Lebens?

»Scheiße«, sagte er laut.

»Biste wo reingetreten?«, fragte Kowalski.

Bienzle gab keine Antwort.

Als sie die Stelle erreichten, wo Kowalski das Paar gesehen hatte, ärgerte sich Bienzle, dass er keine Taschenlampe besorgt hatte. Kowalski zog ein Messer aus der Tasche, schnitt einen Tannenzweig ab und machte flache Späne daraus, die er mit seinem Feuerzeug anzündete. Die brennenden Späne warfen flackerndes Licht ins hohe Gras.

»Die müssen eine Decke dabeigehabt haben«, sagte Bienzle. Auf einer Fläche von etwa zwei auf zwei Meter war das Gras noch immer niedergedrückt.

»Was suchste eigentlich?«, fragte Kowalski.

»Spuren halt. In so einem Fall kann doch mal was aus der Tasche rutschen, oder es bleiben Haare oder …«

»So was zum Beispiel?« Kowalski hielt ein kleines Perlmutt-Taschenmesserchen in der Hand.

Bienzle fixierte seinen neuen Freund misstrauisch. »Wo ist das her?«

»Lag da.« Kowalski deutete auf eine Stelle hinter dem plattgedrückten Rechteck.

Bienzle ärgerte sich, dass er den Spanner nicht besser beobachtet hatte. Was nun, wenn das Messerchen aus Kowalskis

Jacken- oder Hosentasche stammte? Kowalski war kein Haar weniger verdächtig als alle anderen – er war nachts unterwegs gewesen. Es war seine Geilheit, die ihn hinaustrieb, das hatte er selbst zugegeben; seine Schilderungen waren fast schon Schuldeingeständnisse. Aber gerade das sprach eher für ihn: Wenn er etwas mit der Sache zu tun hätte, dann hätte er den Mund gehalten. Bienzle war ratlos. Er verwünschte im Stillen die Verdächtigen.

»Gehen wir«, knurrte er und steckte das Perlmuttmesser ein.

– 10 –

In Vorderbach wurden Beerdigungen begangen wie seit eh und je. Die sterblichen Überreste der Elke Maier waren vom gerichtsmedizinischen Institut in Tübingen nach Vorderbach überführt worden, aber die Wirtin Maier hatte untersagt, dass das tote Mädchen offen aufgebahrt wurde.

»Sie ist scho lebendig falsch akuckt worde«, sagte sie zu Bienzle.

So versammelten sich Familienangehörige und Freunde um den zugeschraubten Sarg in Elkes kleinem Schlafzimmer, als die Totenglocke im Kirchturm zum ersten Mal bimmelte. Sechs junge Männer, mit denen Elke einst zur Schule gegangen war, schafften den Sarg, der auf zwei langen hölzernen Holmen lag, auf die Straße und setzten ihn zum ersten Mal vor der Haustür ab.

Der Leichenchor stimmte ein Lied an: *Dies ist dein allerletzter Weg auf Erden.* Der Trauerzug formierte sich: voraus der Chor, danach die Altersgenossen. Direkt vor dem Sarg ging der Pfarrer, und dahinter, streng nach Geschlechtern getrennt, gingen zuerst die Männer und dann die Frauen, alle in düsterem Schwarz.

Bienzle, der zusah, wie sich der Leichenzug bildete, begriff erst

54

jetzt, dass da keine Eltern waren. Was hab ich eigentlich ermittelt?, fragte er sich. Ein Glück, dass seine Faulheit manchmal als Genialität ausgelegt werden konnte – dank seiner Erfolge.

Die jungen Träger nahmen den Sarg auf. Die Glocke begann wieder zu läuten. Bienzle wusste von zu Hause, dass ein Junge ganz oben auf dem Kirchturm saß, den Leichenzug beobachtete und den anderen Jungen an den Glockenseilen seine Kommandos zurief, wenn er sah, dass der Sarg wieder abgestellt wurde. Heute wurde das Kirchengeläut aber sicher vom Mesner elektrisch bedient.

Der Leichenzug hielt schon nach hundert Metern wieder an. Der Chor sang *Oh Haupt voll Blut und Wunden*.

Mein Job, dachte Bienzle, Blut und Wunden … Langsam kam der Leichenzug in die richtige Stimmung. Man weinte allgemein um das tote junge Mädchen. Wie hatte die Wirtin Maier gesagt? »Lebenslustig, fröhlich, hilfsbereit.« Und jene anständige Frau? »Es hat so komme müsse! Des hat mr gwusst, dass des mit der amal a böses End nimmt.«

Sechsmal setzten die sechs Träger den Sarg ab, und jedes Mal sang der Leichenchor. Bienzle ging am Ende des Zuges und beobachtete die Trauernden.

Als man endlich auf dem kleinen, von halbhohen grauen Mauern eingefassten Friedhof ankam, hatte er nur zwei Leute vermisst: Pressler und Kasparczek. Aber Kasparczek stand bereits trotzig an dem offenen Grab, als der Zug auf den Gottesacker einzog. Kasparczek weinte nicht. Er zog sich zurück, als die anderen kamen, und suchte sich einen Platz weit hinten neben einem Lebensbaum.

Wie bei jeder Beerdigung dachte Bienzle an Louis Armstrongs Version von *New Orleans Function*. »Erde zu Erde, Staub zu Staub – Lasst die Toten die Toten begraben; wir aber wollen leben.« Oder hieß es: »Uns aber lasst leben«?

»'s wär schon besser«, dachte er, »wenn man's ohne Übersetzung verstehen könnte.«

Als die Träger den Sarg an drei Seilen in die Grube hinunterlie
ßen, drehte sich Bienzle um. Jetzt weinte Kasparczek. Bienzles
Hand umschloss das kleine Messer in seiner Hosentasche.

Die Beerdigung war zu Ende. Die Teilnehmer strebten dem
Rössle und dem dort vorbereiteten Leichenschmaus zu. Bienzle
ging neben Kasparczek. Sie waren gleich groß. Kasparczek trug
einen guterhaltenen dunkelblauen Anzug. Sein Gang hatte etwas Lässig-Elegantes – so, als gehe er nicht über die Dorfstraße
von Vorderbach, sondern über einen Boulevard.

Bienzle zog das Perlmutt-Taschenmesser heraus und zeigte es
auf seiner flachen Hand. »Gehört das Ihnen?«

Kasparczek blieb stehen. »Ja, wo haben Sie's her?«

»Gefunden.«

»Wo?«

»Können wir uns irgendwo in Ruhe unterhalten?«

»Beim Mühlbauer – der wird zum Leichenschmaus gehen.«

Die Bauernstube war gemütlich eingerichtet. Um einen runden Tisch gruppierten sich ein paar alte Ohrensessel. Die
holzgetäfelten Wände waren mit Urkunden und zwei naiven
Bildern geschmückt. Bienzle stellte sich breitbeinig vor eines
der Gemälde. Es zeigte eine flache Landschaft, im Vordergrund
einen See, an dessen Ufer ein Fachwerkhaus stand. Aus jedem
Fenster des Hauses schaute jemand heraus.

»Wer hat das gemalt?«, fragte Bienzle.

»Ich. – Trinken Sie was?«

»Was haben Sie denn?«

»Einen Most aus dem Fass, aber auch einen Rotwein.«

»Dann trink ich einen Most.«

Als Kasparczek mit einem blaugrauen Steingutkrug und zwei Gläsern wiederkam, stand Bienzle noch immer vor dem Bild.

»Haben Sie da früher mal gewohnt?«

»In der Gegend, ja.«

Bienzle ließ sich in einen der Sessel fallen. »Wie sind Sie eigentlich hierhergekommen?«

Auch Kasparczek setzte sich. »Das ist eine längere Geschichte. Wie Sie wissen, war ich ja im Gefängnis. Als ich rauskam, konnte ich nirgendwo Arbeit finden. Sie kennen das wahrscheinlich. In Zeiten der Arbeitslosigkeit kriegt ein ehemaliger Häftling noch schwerer was als sonst. Ich war ziemlich verzweifelt. Das Geld ging mir aus. Und von der Bürokratie wollte ich nichts wissen. Also ging ich auch nicht zum Arbeitsamt. Ohne Lohn und ohne Arbeitslosengeld – da bleibt ja nur das Betteln. Ich hab's auch ganz bewusst auf mich genommen, als so 'ne Art Fortsetzung der Strafe. Also wurde ich Tippelbruder. Sie können's auch Landstreicher nennen. In die Bruderschaft der so genannten Nichtsesshaften wird man schnell aufgenommen. Man hilft sich gegenseitig. Und einer hat sich von Anfang an um mich gekümmert. Ein älterer Mann. Der hat mir die Adresse vom Eichenhof gegeben und gesagt: Wenn's mal gar nicht mehr anders geht – dort hast du gute Luft, anständiges Essen, saubere Bettwäsche und Arbeit.«

»Sprach der Mann schwäbisch?«

»Er sprach mit schwäbischem Akzent.«

»War er denn aus der Gegend?«

»Ja.«

»Und wie hieß er?«

»Seinen bürgerlichen Namen weiß ich nicht. Er ließ sich einfach Gottlieb nennen.«

»Sie wissen wirklich nicht, wer es war?«

Kasparczek sah an Bienzle vorbei. »In der Zunft hat man danach nicht gefragt.«

Aber Bienzle ließ sich nicht so leicht abspeisen. »Und Sie? Haben Sie sich nicht gefragt?«

»Nein, damals nicht.«

»Und später? Als Sie dann hier in Vorderbach waren?«

Bienzles Fragen quälten Kasparczek. »Worauf wollen Sie hinaus?«

»Ich würde gern wissen, wer dieser Gottlieb ist.«

»Aber warum?«

»Ich weiß nicht. Im Augenblick gibt's zu viele Geschichten, die möglicherweise miteinander zu tun haben. Sind Sie diesem Gottlieb nochmal begegnet?«

»Nein.«

»Oder haben Sie nochmal von ihm gehört?«

Kasparczek schwieg und sah auf den Boden. Bienzle wiederholte seine Frage und bekam wieder keine Antwort.

»Ich lass nicht locker«, sagte Bienzle.

Kasparczek sagte: »Was heißt schon, von ihm gehört?«

Bienzle verließ den bequemen Sessel und pflanzte sich vor Kasparczek auf. »Sie waren kurz vor der Mordnacht mit Elke Maier zusammen. Hinter dem Friedhof. Sie haben lange mit ihr geredet, und dann haben Sie mit ihr geschlafen. Man hat sie beobachtet.« Bienzle hatte die kurzen Sätze fast atemlos hervorgestoßen.

»Ja«, sagte Kasparczek schlicht.

»Sie geben es zu?«

»Natürlich.«

»Das reicht noch nicht, um Sie festzunehmen, Kasparczek. Aber man könnte da Zusammenhänge vermuten ...«

Kasparczek streckte beide Arme vor, die Handflächen nach oben gekehrt. »Bitte.«

Bienzle fiel ins Schwäbische, wie immer, wenn er sich erregte. »Haltet Sie mi für blöd, oder tun Sie bloß so? Sie habet des Mädle doch möge!«

»Was hab ich?«

»Sie haben Elke Maier geliebt«, sagte Bienzle mit ein bisschen zu viel Pathos in der Stimme.

»Woher wollen Sie das wissen?«

»Stimmt's etwa net?«

Kasparczek war in sich zusammengesunken. Die Hände hatte er flach gegeneinandergepresst und zwischen seine Knie gesteckt. Er nickte an die zwanzigmal, wie ein Automat – auf und ab und auf und ab.

»Lassen Sie uns einen Schnaps trinken, mir ist nicht gut«, sagte Bienzle.

Kasparczek nahm aus einem Büfett zwei kleine Gläser und eine Flasche. »Selbst gebrannt«, sagte er, als er einschenkte.

»Mit Konzession?«

»Ohne.« Zum ersten Mal gelang Kasparczek ein Lächeln.

»Es wird ein Gewitter geben«, sagte Bienzle. Die Luft war schon schwül gewesen, als sie auf dem Friedhof waren, und jetzt schob sich eine dunkle Wolkenwand über die Tannenwipfel.

»Wir könnten Regen brauchen«, sagte Kasparczek.

Bienzle trank seinen Schnaps und schob das Glas über den Tisch – eine Aufforderung nachzuschenken. »Was haben Sie für einen Beruf?«, fragte er.

»Ich bin Landwirt.«

Bienzle trank das zweite Glas nur halb leer. Kasparczek drehte die Schnapsflasche in der Hand.

»Machen Sie das immer so?«

»Was?«

»Na ja, erst setzen Sie mir zu, und ich glaube schon, ich steh mit dem Rücken an der Wand, und plötzlich lassen Sie … Wie soll ich sagen … Sie lassen Leine, ja, das ist es. Sie lassen mich nicht frei – oh nein, ganz bestimmt nicht. Aber Sie geben mir so ein Gefühl …«

»Ach, was!«, sagte Bienzle, obwohl er wusste, dass sein Gegenüber recht hatte.

»Sie lassen sich Zeit. Sie sind wie eine Katze. Ja, genau – wie eine Katze.«

»Ich geb Ihnen nicht recht, obwohl das auch schon andere gesagt haben.«

»Sie sind wie eine Katze«, wiederholte Kasparczek. »Sie lauern und schnurren noch dabei – fast kriegt man Lust, den Kater zu streicheln, obwohl man selbst die Maus ist.«

Draußen grollte zum ersten Mal der Donner. Einzelne schwere Regentropfen klatschten gegen die Scheiben.

»Wer ist Gottlieb?«, fragte Bienzle.

Kasparczek schüttelte den Kopf.

»Also gut; meine Theorie ist verwegen, durch nichts gesichert und kommt gradewegs aus 'm Bauch. Aber ich sag's trotzdem. Der Gottlieb heißt mit Nachnamen Pressler.«

»Sie haben's die ganze Zeit gewusst.«

»Nicht gewusst; vermutet, eher noch g'schpürt hab ich's.«

»Der Mann ist ein siebenfacher Millionär. Wie kann man da vermuten, dass er ein Tippelbruder ist?«

»Aber er ist auch g'schpäßig, wie wir Schwaben sagen. Ich hab die *Rössle*-Wirtin gefragt – aus den beiden wär übrigens beinah mal was g'worden, vor fünfunddreißig Jahren. Sie hat eigentlich nur einen Satz g'sagt: ›Der Gottlieb hat immer genau 's Gegenteil von dem g'macht, was man von ihm erwartet hat.‹ Der Name und dieser Ausspruch und das Gefühl in meinem Bauch …«

»Aber warum haben Sie die Maierin überhaupt nach ihm gefragt? Er gilt als verschollen, und für die meisten ist er längst gestorben.«

»Aber für den alten Mühlbauer nicht.«

»Ach – der hat Sie auf den Gottlieb gebracht?«

»Ja, der hat mich auf ihn gebracht. Und jetzt will ich wissen, ob ein Zusammenhang besteht zwischen den Morden an den Mädchen und dem Verschwinden oder vielleicht dem Wiederauftauchen des alten Gottlieb Pressler.«

Jetzt regnete es heftig. Blitz und Donner folgten immer dichter aufeinander. Es war so dunkel geworden, dass alle Konturen im Raum zwischen zwei Blitzen zu verschwimmen schienen. Aber als Kasparczek Licht machen wollte, wehrte Bienzle ab.

»Ich frag mal anders«, sagte er. »Warum ist er zurückgekommen?«

»Wer sagt, dass er zurückgekommen ist?« Kasparczeks Stimme hatte plötzlich einen schrillen Klang.

»*Ich* sag das!«

»Wenn er zurückgekommen wäre«, sagte Kasparczek nun sehr langsam und vorsichtig, »müsste ihn doch irgendwer gesehen haben.«

»Eben!«, sagte Bienzle. »Und hätte er wohl in Vorderbach Visite gemacht, ohne seinen alten Zunftbruder zu besuchen? Wissen Sie, ich hab mich gewundert, mit welcher Selbstverständlichkeit der alte Mühlbauer gesagt hat: ›Der lebt scho no!‹ – Grade so, als ob er ihn erst gestern oder vorgestern gesehen hätte.«

Ein greller Blitz zuckte über den Himmel und schlug ganz in der Nähe ein. Der Regen war zum Wolkenbruch angeschwollen. Bienzle drückte sich tief in seinen Sessel und zündete sich ein Zigarillo an.

»Ich stell mir das so vor: Ihr drei Männer sitzt hier in der Stube – Sie, der junge Mühlbauer und der alte Mühlbauer. Was machen Sie denn meistens so am Abend?«

Kasparczek musste lachen. »Die Katze! – Wir spielen Skat,

sehen fern, manchmal lese ich still für mich oder ich lese den beiden anderen was vor.«

»Was haben Sie an dem Abend gemacht, als Pressler kam?«

Kasparczek lachte wieder. »Wovon, bitte, reden Sie, Kommissar?«

»Also gut – bleiben wir dabei, wie ich's mir vorstelle. Ihr sitzt also da, die Tür geht auf, und plötzlich steht da der alte Pressler. Ich könnt jetzt fragen: Wie sah er aus, was hatte er an, war er gesund, munter, war er niedergeschlagen? Und Sie würden antworten: Von wem, bitte, sprechen Sie, Kommissar?«

Bienzle konnte in der Dunkelheit nicht erkennen, ob Kasparczek lächelte.

»Der alte Pressler muss ein Spieler sein«, sagte Bienzle nachdenklich. »Solche Männer sind selten – leider!«

»Gehören Sie nicht auch dazu?«

»Ich würde gern dazu gehören; das ist was anderes. Sie sind kein Spieler, Herr Kasparczek. Sie sind ein Realist und mit dem Erreichbaren zufrieden. Warum haben Sie sich nicht offen zu Ihrer Liebe bekannt? Warum sind Sie nicht Arm in Arm mit Elke durchs Dorf gegangen? Warum haben Sie sich den Traum nicht erfüllt?«

»Hören Sie auf!«, brüllte Kasparczek plötzlich.

»Verzeihung«, sagte Bienzle, »ich wollte nicht theatralisch werden, aber die Frage gilt.«

Kasparczek atmete hörbar; es war ein seltsam geräuschvolles Atmen, wie ein leises Wimmern; er schnappte nach Luft und schien gleich darauf daran zu ersticken. »Es ist alles so sinnlos«, stieß er endlich hervor.

»Nicht für einen Mann wie Gottlieb«, sagte Bienzle scheinbar zusammenhanglos. Er wollte zum Thema zurück.

»Vielleicht gerade für ihn!«

Bienzle horchte auf. Kasparczek atmete jetzt wieder ruhig.

»Für einen Mann wie Gottlieb, wie Sie ihn schildern, wird's doch erst sinnlos, wenn alles vorbei ist. Wollten Sie sagen, dass Gottlieb Pressler nicht mehr lebt?« Bienzle sprach leise, jedes Wort betonend.

»Nein. Aber es könnte sein, dass er sozusagen in einer anderen Welt lebt. Zeitweise wenigstens.«

Plötzlich war es sehr still im Zimmer. Draußen tobte noch immer das Gewitter. Bienzle war froh darum, denn solange der Regen so herunterprasselte, würden die Mühlbauer-Männer das *Rössle* nicht verlassen, um heimzukommen.

»Wissen Sie, ob er noch lebt?«, fragte Bienzle.

»Ich weiß es nicht. Ich kann es nur hoffen.«

Wie kam man diesem Mann bei? Bienzle wusste es, wollte die Methode aber nicht anwenden. Wenn Gächter dagewesen wäre … Der war gnadenlos und unbarmherzig, riss erst Wunden auf und streute dann Salz hinein.

Bienzle sagte: »Herr Kasparczek, ich weiß, wie ich die Wahrheit aus Ihnen herausholen könnte, aber ich will so nicht vorgehen. Sagen Sie mir, was Sie wissen, ohne dass ich Ihnen wehtun muss.«

Du bist zu weich, pflegte Gächter zu sagen; man kann nicht Kriminalpolizist werden und immer in Harmonie leben wollen. Immer willst du, dass die anderen dich mögen, am liebsten auch noch die Verbrecher, die du überführst. Soll ich dir mal was sagen? Dein Altruismus ist der reine Egoismus!

Gächter hatte recht, aber Bienzle konnte nicht anders. Nur manchmal – dann nämlich, wenn er rot sah. Es gab einen Punkt ohne Rückkehr; wenn der überschritten war, wurde Bienzle unberechenbar, jähzornig und rachsüchtig. Das war der Punkt, an dem dann Gächter manchmal mäßigend eingreifen musste. Aber in der alten Vorderbacher Bauernstube war Bienzle weit davon entfernt, rot zu sehen.

Kasparczek sagte: »Wenn Sie herausfinden, wie alles war beziehungsweise ist, werde ich Ihnen alles sagen, was ich weiß. Aber erwarten Sie nicht, dass ich Ihre Arbeit mache.«

»Das hat einen Hauch von Hochnäsigkeit«, sagte Bienzle.

»Nein, es ist der Versuch, mich und andere, die nichts verbrochen haben, zu schützen.«

»Sie halten sich aber nicht zufällig für Gottes zweiten Sohn?«

»Wie bitte?«

»Nichts. Das war nur ein Zitat.«

Bienzles Eigenart, plötzlich aufzustehen und einen Raum zu verlassen, wirkte oft wie antrainiert. Aber er selbst spekulierte nicht dabei. Er ging einfach, wenn für ihn eine Sache zu Ende war. Er ging und nahm seine Gedanken mit. Und da waren dann die Menschen, mit denen er gerade noch geredet hatte, zwar nicht vergessen, aber das Gespräch war schon Vergangenheit.

Der Regen hatte sich verändert und fiel nun wie ein Vorhang dicht vom Himmel. Zum *Rössle* waren es nur ein paar Hundert Meter, und Bienzle war es egal, wie nass er wurde.

Er zog sich in seinem Zimmer um und stieg dann die Treppe zur Gaststube hinunter.

Die Trauergemeinde feierte fröhlich. *New Orleans Function* in Vorderbach. Wein und Bier flossen in Strömen; man hatte gut gespeist und getrunken und das tote Mädchen schnell vergessen.

Bienzle stand unbeachtet in der kleinen Seitentür, die vom Küchenkorridor zur Schankstube führte. Das Erste, was er sah, war Jürgen Pressler. Er trug einen eleganten schwarzen Schneideranzug und eine geflochtene schwarze Krawatte. Sein rechter Arm lag auf den Schultern eines jungen Mädchens, in der linken Hand hielt er ein volles Glas Rotwein. Das Mädchen drängte sich dicht an ihn, und Bienzle wünschte sich einmal mehr, dieser Pressler möge der Täter sein.

Bienzle zog sich zurück, ohne dass ihn jemand bemerkt hatte. Zumindest glaubte er das.

– 11 –

Ich weiß nicht, sind es zwei oder gar drei Fälle, oder gehört alles zusammen«, sagte Bienzle ins Telefon. »Der Pressler junior macht möglicherweise irgendwelche krummen Geschäfte, sein Vater treibt sich herum wie sein eigener Geist, und für den Mord an mindestens dem einen Mädchen gibt's kein Motiv.«

»Es sei denn, sie wusste etwas, was ihren Mörder störte.«

»Vielleicht waren es ja auch zwei verschiedene Mörder.«

»Dann waren es vielleicht auch zwei verschiedene Motive.«

»Oh, du liabs Herrgöttle von Biberach, wie hent di d' Mucka verschissa!« Bienzle seufzte tief.

»Was machst du am Wochenende?«, fragte Hannelore.

»Ich muss dranbleiben!«

Sie war hörbar enttäuscht. »Das hab ich mir schon gedacht.«

»Magst nicht rauskommen? – Ich hab noch das Doppelzimmer.«

»Mal sehen.«

Hannelore verdiente ihr Geld als Buchillustratorin, und wenn sie einen Auftrag hatte, war sie oft genauso wenig ansprechbar wie Bienzle, wenn er an einem wichtigen Fall arbeitete. Aber zurzeit hatte sie keinen Auftrag. Das Gespräch hatte beide verstimmt, und beide bedauerten das wegen des anderen. Bienzle hätte am liebsten gleich noch einmal angerufen.

Er sah auf die Uhr. Es war kurz nach elf. Drunten in der Gaststube rumorte es. Die fröhliche Trauergesellschaft brach auf.

Der Kommissar löschte das Licht und blieb, halb durch den Vorhang verdeckt, rechts neben dem Fenster stehen.

Als einer der Letzten kam Pressler heraus. Er hatte seinen Arm um die Hüfte des Mädchens gelegt, neben dem er schon in der Wirtschaft gesessen hatte. Die beiden gingen zu einem schweren Wagen. Bienzle war einen Augenblick unschlüssig, aber dann zog er doch den Parka an und ging leise die Treppe hinunter. Das Motorrad stand in einem Schuppen hinter dem Haus.

Als Bienzle die schwere Maschine auf die Straße hinausschob, stand Presslers Wagen noch da, die anderen Trauergäste hatten ihren Heimweg schon angetreten.

Die beiden im Auto küssten sich lange. Bienzle saß auf dem Motorrad, die Beine links und rechts abgespreizt. Jetzt wirst du selber noch zum Spanner, dachte er und sah demonstrativ in eine andere Richtung, bis Pressler endlich den Motor anließ.

Bienzle startete erst, als der Wagen schon ein gutes Stück die Hauptstraße hinuntergefahren war. Zum Glück hatte der Regen aufgehört. Bienzle fuhr ohne Licht. Er hoffte inständig, dass der Himmel klar bleiben würde. Der Mond leuchtete die Straße einigermaßen aus.

Pressler stoppte seinen Wagen in Neuvorderbach vor einem kleinen, unscheinbaren Haus. Bienzle stellte den Motor ab und ließ seine Maschine im Leerlauf ausrollen. Das Mädchen versuchte die Beifahrertür aufzustoßen, aber Pressler zog es zu sich hinüber. Gedämpft drang das Kichern des Mädchens an Bienzles Ohr.

»Mir bleibt au nix erspart«, schimpfte er leise, als er sah, wie Pressler dem Mädchen den Pulli über den Kopf zog.

Aber da wurde Pressler plötzlich unterbrochen. Er setzte sich auf. Auch das Mädchen saß plötzlich wieder senkrecht und zog rasch ihren Pullover wieder an. Dann sah Bienzle, dass Pressler telefonierte. Wichtigtuer wie der hatten als Erste so ein Auto-telefon, dachte der Kommissar.

Das Mädchen drückte die Beifahrertür auf. Das Innenlicht flackerte und ging dann vollends an. Pressler machte eine halbherzige Geste in die Richtung des Mädchens, aber da war es schon draußen und knallte die Tür wieder zu. Das Licht erlosch. Absätze klapperten über die Straße. Das Mädchen verschwand im Haus. Im gleichen Augenblick flammten die Scheinwerfer des Autos auf. Pressler stieß zurück, wendete und fuhr dicht an Bienzle vorbei in die Richtung, aus der er gekommen war. Auch Bienzle wendete sein Motorrad. Pressler fuhr schnell. Bei dieser Geschwindigkeit konnte ihm Bienzle ohne Licht nicht folgen. Er ließ sich deshalb ein wenig zu-rückfallen und schaltete den Scheinwerfer ein. Pressler nahm nicht den Weg zu seinem Sägewerk im Tal. In Vorderbach bog er Richtung Eichenhof ab. Bienzle ließ sich jetzt Zeit. Weiter als bis zum Eichenhof gedachte er Pressler ohnehin nicht zu folgen.

Pressler parkte direkt vor der Freitreppe, sprang aus dem Wagen und hastete die Stufen hinauf. Die Tür öffnete sich. Vor dem Licht in der Eingangshalle erkannte Bienzle den Direktor, der Pressler begrüßte und eilig ins Haus zog.

Bienzle bockte das Motorrad auf.

Im zweiten Stock ging hinter zwei nebeneinanderliegenden Fenstern das Licht an. Gleich darauf wurden dort die Rollläden heruntergelassen. Auf Bienzles Uhr war es kurz nach zwölf. Er war unschlüssig. Sollte er hier warten? Was konnte ihm das bringen?

Im ersten Stock ging nun auch ein Licht an. Ein Fenster wurde aufgestoßen. Bienzle schlich im Schatten der Hauswand näher. Josef Kowalski begab sich auf seinen allnächtlichen Ausflug – raus aus dem Fenster – runter am Efeu!

Als er leichtfüßig aufs Pflaster sprang, erreichte Bienzle gerade die Stelle.

»Hallo, Josef.«

Kowalski fuhr zusammen, fing sich aber schnell wieder. »Ach, kuck mal, der Bulle.«

»Gibt's irgendeinen Weg ins Haus? Ohne Fassadenklettern, mein ich?«

»Warum?«

»Erzähl ich dir später. Also?«

»Vielleicht durch die Waschküche, komm mal mit!«

Sie hatten sich gerade dem hinteren Teil des Gebäudes zugewandt, als sie von einem Lichtkegel erfasst wurden. Ruckartig blieben sie stehen, aber das Licht schwenkte bereits zur Seite. Ein Motor heulte kurz auf und starb dann ab.

»Moment«, zischte Bienzle und schlich vor bis zur vorderen Ecke des Gebäudes.

Fortenbacher stieg aus, griff zwei schwere Taschen aus dem Kofferraum und rannte die Treppe hinauf. Bienzle hörte Schritte im Haus. Ein Riegel wurde zurückgezogen, ein Schlüssel drehte sich quietschend. Kurz darauf fiel die Haustür ins Schloss. Bienzle lugte auf den Platz hinaus. Er konnte die Wagennummer erkennen: S-HB-30.

Kowalski war Bienzle gefolgt. »Konspirativer Treff, woll?«

»Sieht ganz so aus. Gab's das schon öfter?«

»Ich hab mich nie drum gekümmert. Komm jetzt, ich verpass sonst mein Kino.«

Die Tür zur Waschküche war zwar nicht offen, aber sie war auch nicht sonderlich widerstandsfähig. Kowalski drückte sie mit der Schulter auf.

»Was willste denn eigentlich da drin?«, fragte er Bienzle.

»Ich muss wissen, was die drei da oben zusammenführt.«

»Drei? Ist da noch einer?«

»Ja, Pressler.«

»Sieh mal einer kuck«, kicherte Kowalski und verschwand.

Der Boden in der Waschküche war feucht und glitschig. Bienzle sah im Geist die Überschrift »Stuttgarter Kripokommissar als Einbrecher« vor sich. Er schrammte mit dem Knöchel an einem Holzrost entlang und jaulte leise auf. Eine Tür führte in ein Kellergewölbe hinab, die andere auf einen Korridor hinaus. Blau überpinselte Zwanzig-Watt-Birnen gaben ein schummriges Licht, in dem alle Gegenstände schemenhaft wirkten.

Bienzle verharrte einen Moment.

Das Haus war voller kleiner Geräusche. Irgendwo hustete sich einer die Seele aus dem Leib. Aus einer entfernten Ecke vernahm er gedämpft und kaum wahrnehmbar Radiomusik. Hinter einer Tür klirrten Gläser oder Flaschen gegeneinander. Die Korridore und Treppenhäuser wirkten tot, aber hinter den Wänden konnte man Leben ahnen. Bienzle stieg vorsichtig die Treppe hinauf. Das Knarren der Stiegen erschien ihm unnatürlich laut.

Im zweiten Stock war nur unter einer Tür ein fadendünner Lichtstreifen zu erkennen. Dahinter hörte Bienzle Stimmen. Aber obwohl er sich dicht heranpirschte und sogar das Ohr gegen die Tür drückte, bekamen die Stimmen für ihn nicht genug Kontur, um einzelne Wörter oder gar Sätze verstehen zu können.

Wenn Bienzle schon mit einem Kater verglichen wurde, dann war es am ehesten seine Geduld, die zu diesem Vergleich berechtigte. Wenn er auf etwas wartete, verlor er das Gefühl für Zeit, genauer: Er konnte es ausschalten.

So stand er auch jetzt wie angewurzelt breitbeinig da, die Hände auf dem Rücken und unmerklich mit seinem massigen Körper vor- und zurückschaukelnd.

Als die Stimmen hinter der Tür lauter wurden, beugte er sich vor, machte aber keinen Schritt, um jedes störende Geräusch zu vermeiden. Er hielt den Atem an.

»… für Debatten ist es jetzt zu spät, Menschenskind!« Das war Direktor Gebhardts Stimme.

»Spiel dich nicht auf!« Die Stimme Presslers.

Die folgenden Worte hörte Bienzle nicht, erst wieder Presslers gebrüllten Satz: »Dann muss der Kerl halt verschwinden – und zwar auf Nimmerwiedersehen!«

»Wie die Mädchen, was?«, schrie Gebhardt zurück.

Fortenbacher schien gar nichts zu sagen zu haben, oder war er es, dessen beruhigendes Gemurmel die anderen wieder zu einer leiseren Tonart brachte?

Eine halbe Stunde später: Stuhlbeine scharrten auf Dielenbrettern, und Schritte näherten sich der Tür. Bienzle zog sich unter einen Treppenabsatz zurück.

Als Erster ging Pressler. Er sprang, immer drei Stufen auf einmal nehmend, die Treppe hinunter. Da er aus einem hellen Raum kam, konnte er in dem düsteren Treppenhaus sicherlich kaum etwas erkennen, aber er nahm die Treppe so sicher, als ob heller Tag wäre.

Vorsichtig tastend folgte Fortenbacher. Er trug wieder die Taschen – alle beide diesmal in einer Hand, um mit der anderen Halt am Geländer suchen zu können. Die Taschen wirkten jetzt leicht und leer.

Als Letzter verließ Gebhardt den Raum, nachdem er das Licht ausgeknipst hatte. Sorgfältig verschloss er die Tür und stieg die Treppe zum nächsten Stockwerk hinauf.

Pressler oder Fortenbacher oder beide mussten einen Hausschlüssel von ihm bekommen haben, sonst hätte Gebhardt sie ja hinunterbegleitet.

Bienzle kam das alles plötzlich phantastisch vor. Doch das passierte ihm öfter, dass ihn die Realität wie Phantasie anmutete – so als existiere sie nicht wirklich. Und umgekehrt wirkte manches, was andere für Phantasien hielten, auf ihn oft alltäglich und völlig real.

Langsam stieg Bienzle die Treppe hinunter. Wieder kam ihm der Gedanke, dass vielleicht auch er hier in einem Zwei- oder Vierbettzimmer um sein schwerverdientes Gnadenbrot betteln müsste, wenn sein Leben anders verlaufen wäre.

Die Haustür war offen. Fortenbacher hatte sich nicht die Mühe gemacht, wieder abzuschließen, was Bienzle fast dankbar machte. Die beiden Autos waren verschwunden. Bienzle tappte zu seinem Motorrad, überlegte es sich aber noch einmal anders. Dort, wo der Vorplatz an die Straße grenzte, stand ein Telefonhäuschen. Auch Nichtsesshafte haben wohl irgendwo manchmal einen Sesshaften sitzen, der in seiner sicheren Wohnung über ein Telefon verfügt, dachte Bienzle; auch Tippelbrüder sind wohl manchmal Postkunden.

Er rief Gächter zu Hause an und entschuldigte sich gleich für die Störung. Normalerweise vermied er es, seine Kollegen daheim anzurufen. Er bat Gächter, gleich morgen früh zu ermitteln, wem der Wagen mit der Nummer S-HB-30 gehörte. Als Gächter fragte, wie er weiterkomme, sagte Bienzle: »Eigentlich gar nicht« und hängte ein.

– 12 –

Obwohl Gächter sehr früh losgefahren war, traf er Bienzle nicht mehr im *Rössle* an.

»Er ischt weg, aber z' Fueß«, sagte die Wirtin.

»Wie denn auch sonst?«

»Ha, mit seim Motorrad.«

»Mit seinem was?«

Frau Maier hielt weitere Erklärungen für überflüssig und ging in ihre Küche zurück.

Gächter rief: »Wissen Sie wenigstens, wo er hingegangen ist?«

»I glaub, ins Sägewerk.«

Bienzle war richtig froh, dass er so früh aus dem Bett gekommen war. Die Luft war frisch. Ein leichter Wind bewegte die Blätter der Bäume entlang dem kleinen Flüsschen.

Am liebsten wäre er einfach am Sägewerk vorbeigegangen, immer weiter, dem plätschernden Wasser nach. Aber er gab sich dann doch einen Ruck und überquerte die schmale Brücke.

Heute bot sich ihm ein ganz anderes Bild. Alle Maschinen standen still. Die Tore der Hallen waren geschlossen und mit Riegeln und Vorhängeschlössern gesichert. Er ging langsam durch eine der schmalen Gassen zwischen den Bretterstapeln.

Einiges konnte er sich zusammenreimen, aber vieles passte nicht ins unvollständige Bild. Wer hatte Pressler überfahren wollen? Und warum hatte der sich tot gestellt – wo ihm doch offensichtlich gar nichts passiert war? Oder war das Ganze ein abgekartetes Spiel? Aber warum? Und für wen?

Bienzle blieb vor einem großen Haufen Sägemehl stehen, schöpfte mit beiden Händen davon und roch daran, ehe er es langsam durch die Finger rieseln ließ.

Schieb nichts auf – was weg ist, brummt nimmer, hatte sein Vater früher immer gesagt. »Dann wolle mer halt amal«, brummelte Bienzle und stieß das Gartentor auf. Er zwang sich, langsam die Stufen zu Presslers Bungalow hinaufzugehen, denn er wollte nicht außer Atem sein, wenn er oben ankam.

Jürgen Pressler saß auf der Terrasse und frühstückte.

»Entschuldigen Sie«, sagte Bienzle, als er die abgerundete Plattform erstiegen hatte, die durch ein schmiedeeisernes Gitter begrenzt wurde, »ich störe nur sehr ungern.« Und sofort ärgerte er sich über den Anflug von Liebenswürdigkeit, die man dem Satz womöglich entnehmen konnte.

»Ach, Herr Kommissar!« Pressler wies mit einer großspurigen Geste auf einen Stuhl rechts neben sich. »Kann ich Ihnen etwas anbieten? Ham and eggs, einen Grapefruitsaft oder Kaffee vielleicht?«

Presslers Mutter trat unter die Tür. Sie trug ein hochgeschlossenes Dirndl, weiße Kniestrümpfe und feste Schuhe.

Bienzle, der sich gerade setzen wollte, wandte sich ihr zu.

»Was wollen Sie schon wieder?«, fragte Frau Pressler mit weit zurückgelegtem Kopf.

Der Kommissar hob nur die Schultern.

Pressler schmierte Butter auf eine frische Brezel. »Schon wieder?«

Dem Kommissar lief das Wasser im Mund zusammen.

»Frühstücken Sie etwas?«, fragte Frau Pressler.

»Danke, nein.«

»Waren Sie denn schon mal da, Herr Kommissar?« Pressler sprach mit vollem Mund.

Die Mutter trat mit zwei Schritten vor. »Kommissar?«

»Landeskriminalamt Stuttgart«, sagte Bienzle betreten.

»Aber ... Ich denke, Sie haben geschäftlich mit meinem Sohn ...«

Jürgen Pressler blickte auf. »Hat er das behauptet?«

Die Mutter nickte nachdrücklich.

»Da hört aber die Gemütlichkeit auf, mein Lieber!« Pressler gab sich empört. »Aber das sind so die Methoden der Polizei – heimliche Radarfallen aufstellen und den steuerzahlenden Bürger mit vorgeschobenen falschen Tatsachen aufs Kreuz legen!«

Bienzle hatte es leicht, die Verlegenheit, die er gegenüber der

alten Frau empfand, zu überwinden, nachdem der Junior sich
so aufspielte.

»Falsche Tatsachen gibt's net«, murmelte er, »und im Übrigen
geht's hier nicht um eine Geschwindigkeitsübertretung, sondern um Mord in zwei Fällen.«

Für einen Augenblick war es sehr still auf der Terrasse. Nur das
Summen der Bienen in den Balkonblumen war zu hören.

Frau Pressler setzte sich. Ihr Sohn hatte die angebissene Brezel
behutsam auf den Teller zurückgeschoben.

»Was haben wir denn damit zu tun?«, fragte er endlich.

»Die Fragen stell ich«, sagte Bienzle grob. »Sie hatten mit beiden Mädchen intime Beziehungen.«

»Das ist nicht wahr!«, schrie die Mutter.

»Doch, doch«, sagte Bienzle, »es gibt Zeugen dafür.«

»Gekaufte wahrscheinlich«, zischte Jürgen Pressler.

Bienzle sah ihn fast mitleidig an.

»Jürgen – sag, dass es nicht wahr ist!«, rief die Mutter.

»Was verstehen Sie unter intimen Beziehungen?«, fragte Pressler.

»Ich verstehe darunter, dass Sie mit Renate Häberlein mehr-
mals geschlafen haben ...«

Die Mutter zog die Luft hörbar durch die Zähne.

»... und dass Sie mit Elke Maier das Gleiche vorhatten. Und
auch schon fast erreicht hatten.«

»Wer sagt das?«

»*Ich* stell die Fragen! – Was haben Sie in der vergangenen Nacht
mit Gebhardt und Fortenbacher, oder wie der immer auch heißen mag, im Eichenhof besprochen?«

»Wer behauptet, dass ich ...«

»*Ich* behaupte das, und diesmal nicht aufgrund von Zeugenaussagen, sondern aufgrund eigenen Augenscheins.«

Jürgen Pressler war unter seiner Sonnenbräune blass geworden, was seiner Haut eine grünliche Färbung gab. Seine Mutter saß auf der vordersten Kante ihres Stuhles, die Knie eng zusammengepresst und den Oberkörper straff aufgerichtet. Ihre Lippen waren nur noch eine hauchfeine Linie.

Bienzle stand jetzt mitten auf der Terrasse. Er sagte langsam: »Gottlieb Pressler geht diesen Fragen wohl auch nach – wenn auch auf seine Weise.«

Mit jedem Wort verließ etwas von der Starre den Körper der alten Frau. Wort um Wort sank sie ein wenig mehr in sich zusammen.

Jürgen Pressler begehrte schwächlich auf: »Das ist alles ein grandioser Unsinn!«

Bienzle fuhr sich durchs Haar. »Ich geb zu, dass das mehr eine Vermutung ist als eine gesicherte Erkenntnis. Doch dass Ihr Vater zurückgekommen ist, halte ich für sicher.«

»Aber dann wär er doch hier!«, sagte Frau Pressler kaum hörbar.

»Was sollte er hier?«

»Hier ist sein Zuhause.«

»Ach, wirklich?«

»*Er* ist gegangen, einfach weggegangen …«

»Nachdem der eigene Sohn versucht hatte, ihn entmündigen zu lassen.«

»Was hätten Sie denn getan?« Langsam kehrte die Kraft in Frau Presslers Stimme zurück.

Bienzle dachte an seinen eigenen Vater. Der war mit einundachtzig Jahren erst kürzlich gestorben. Obwohl sein Körper schon seit Jahren ausgelaugt und ruiniert gewesen war, obwohl er kaum mehr sehen und gar nichts mehr hören konnte, wäre kein Gedanke abwegiger gewesen als der, den alten Mann zu entmündigen; ihn, für den ein Leben lang der Satz gegolten hatte: Egal, wo ein Bienzle auch am Tisch sitzt – da, wo er sitzt, ist immer oben. Und was für ein Mann musste der alte Pressler sein, wenn er im hohen Alter den Angriff dieses smarten Burschen abgewehrt und die Straße unter die Stiefelsohlen genommen hatte.

Bienzle sagte schlicht: »Ich hätte ihn gelassen, wie er ist.«

Die Frau lachte hysterisch auf. »Einen Mann, der sein Hab und Gut aufs Spiel setzt?«

»Er hat gespielt?«

»Ach, doch nicht so! Er hat sein Geld verschenkt – unser Geld, das Geld seiner Erben. Er hat es weggegeben an irgendwelche dubiosen Leute, damit die gegen was weiß ich alles demonstrieren können.«

Bienzle horchte auf. »Sagen Sie bloß, er hat die Grünen finanziert!«

»Nicht die Grünen. Die halt, die gegen Waffenlager hier im Schwäbischen Wald sind. Für die hat er völlig sinnlos und wahllos und wahnsinnig überteuert ganze Waldstücke gekauft – Waldstücke, aus denen man nicht mal Brennholz, geschweige denn Nutzholz schlagen kann.«

Jürgen Pressler breitete die Arme aus und blinzelte zur Sonne hinauf. »Er war halt verrückt!«

Bienzle war plötzlich verwirrt. Konnte man es der Familie übel nehmen, wenn sie da einen Riegel hatte vorschieben wollen? Er zog sich einen Stuhl heran und setzte sich. Nachdenklich fragte er: »Wenn er mit diesen Atomwaffengegnern zusammengearbeitet hat – ist er dann zu denen gezogen, als er hier weg ist?«

»Das glaub ich nicht«, antwortete Frau Pressler. »Er war mit denen nicht etwa – wie soll ich sagen – befreundet. Er hatte nur die gleiche Einstellung gegenüber dem Plan, hier in der Gegend amerikanische Raketen mit solchen, na … Atomköpfen zu stationieren. Natürlich, diese jungen Leute wollten immer, dass er noch mehr tun sollte als … als …«

»Als Geld zu spendieren.«

»Ja. Ausgenommen haben sie den alten Idioten wie 'ne Weihnachtsgans«, tönte Jürgen Pressler.

»Sprich nicht so über deinen Vater!«, fuhr ihn seine Mutter an.

Bienzle sagte: »Im Grund ist es ja unwichtig, wofür er sein Geld ausgegeben hat. Sie hat ja wohl vor allem gestört ...«

»... dass er hier das Kapital abgezogen hat«, sagte Jürgen Pressler. »Kapital, das wir brauchen. In dieser Branche muss man 'ne Menge vorfinanzieren. Ich hatte grade angefangen, Schlagrechte in Afrika und Südamerika zu erwerben – Limbaholz und so was. Das muss man heute, verstehen Sie?«

Bienzle verstand es nicht. »Reichen die Wälder hier nicht?«

»Nicht, wenn man expandieren will.«

Bienzle saß breitbeinig da. Die Sonne schien jetzt mit ihrer ganzen Kraft. Kleine Schweißperlen standen auf seiner Stirn. Er hatte das Gefühl, dass das Gespräch versanden wollte. Er musste sich besser konzentrieren.

»Sie sind am Mittwochabend angefahren worden«, sagte er unvermittelt.

»Davon weiß ich ja gar nichts!« Die Mutter starrte ihren Sohn entsetzt an.

»Halb so wild! Ich war kurz weggetreten. Vielleicht hatte ich zu viel getrunken. Es war meine Schuld.« Er lachte ohne irgendein Anzeichen von Fröhlichkeit. »Ich muss ja ganz schön geschwankt haben. Beinahe hätte ich noch den Autofahrer – also, der versuchte noch auszuweichen – erwischt, aber mein Hinterrad ... Mich hat's über den Graben gebeutelt, rüber auf die Böschung. Aber ich bin dann gleich zu mir gekommen.«

»Und dann?« Jetzt verhörte ihn seine Mutter.

»Was, und dann?«

»Was ist dann passiert?«

»Nichts. Ich bin wieder zu mir gekommen und heimgelaufen.«

»Das bist du nicht!«

»Was redest du denn? Natürlich bin ich … Moment, du hast ja recht!«

Zum ersten Mal imponierte der junge Pressler dem Kommissar; seine Fähigkeit, sich auf eine plötzlich veränderte Situation einzustellen, war erstaunlich.

»Ja, richtig – jetzt fällt's mir wieder ein«, sagte er ein bisschen zu laut, »frag mich aber nicht, Mutter, wo ich war.«

»Bei Elke Maier wohl kaum«, sagte Bienzle trocken.

»Das war geschmacklos, Herr Polizist«, sagte Frau Pressler.

»Mhm«, machte Bienzle und nickte. »Aber wenn Ihre Frau Mutter schon nicht fragen soll – *ich* muss fragen …«

»Warum?«

»Ich glaube, Sie schätzen Ihre Lage nicht richtig ein.«

»Das lassen Sie mal meine Sorge sein.« Presslers Gesicht hatte wieder die alte gesunde braune Farbe angenommen. »Auf jeden Fall – von mir erfahren Sie nicht, wo ich in der Nacht war.«

»Wissen Sie denn, wer in dem Auto saß?«

»Sie meinen, in dem, das mich angefahren hat? Bedaure.«

»Ich kann's Ihnen sagen.«

»Da bin ich gespannt!«

»Ein gewisser Herr Fortenbacher …«

»… der aber gar nicht Fortenbacher heißt.« Das war Gächter, der unbemerkt die Treppe zur Terrasse heraufgestiegen war.

»Wer sind Sie denn?«, fragte Pressler, plötzlich wieder nervös.

»Mein Kollege, Kommissar Gächter«, Bienzle antwortete stellvertretend, »und er hat den Besitzer des Wagens ermittelt, von dem Sie angefahren wurden.«

Gächter lehnte sich schlaksig gegen das schmiedeeiserne Gitter. »Er heißt Bruno Steinhilber.«

»Was?« Das war Frau Pressler.

Bienzle sah verwundert zu ihr hinüber. Sie klammerte sich mit beiden Händen an den Armlehnen des Stuhles fest.

Gächter grinste. »Bruno Steinhilber ist mit Anneliese Steinhilber, geborene Pressler, verheiratet ... gewesen, muss man wohl sagen. Die beiden sind seit zwei Jahren getrennt. Aber auch von ihrem Bruder und ihrer Mutter ist die junge Dame so gut wie geschieden. Sie hat immer zum Vater gehalten – diesem Öko-Freak, der sein Geld in wenig gewinnträchtige Wälder gesteckt hat, nur weil er hier keine Pershingraketen wollte.«

»Du weißt a ganze Menge, Gächter«, sagte Bienzle.

»Für Familiengeschichten interessiere ich mich, seitdem wir in der Schule die griechischen Dramen durchgenommen haben.«

Bienzle sagte unvermittelt: »Könnt ich vielleicht einen Kaffee kriegen und, wenn's geht, a Kirschwasser dazu?«

Frau Pressler bewegte sich wie eine Puppe an Fäden. Sie machte alles korrekt – so korrekt, dass es schon wieder unwirklich erschien. Dabei starrte sie vor sich hin, als ob sie einen imaginären Punkt fixieren müsste.

Bienzle dankte, nippte an dem Kaffee und sagte über den Tassenrand: »Haben Sie Ihren Mann einmal geliebt?«

Frau Pressler verlor den imaginären Punkt aus den Augen und sah Bienzle so an, dass es ihm sofort leidtat, diese Frage gestellt zu haben.

»Ob ich ihn geliebt hab? Ist das wichtig? Er ist so ein Mann, den alle lieben, verstehen Sie? So einer, der auf jeden zugeht und der von jedem immer nur das Beste glaubt.«

»Außer von den Amerikanern«, witzelte Gächter.

Aber sie hörte gar nicht hin. »Er ist zu gut, verstehen Sie? Er hat immer für alles Begründungen und Verständnis. Und das ist dann so, dass man sich ... Ja, als Frau, verstehen Sie, da fühlt man sich dann so oft alleingelassen, manchmal sogar verraten. Ja. Wenn ich jemand kritisierte, nahm er ihn in Schutz. Er hatte sofort tausend Erklärungen, warum einer so war – warum der gar nichts dafür konnte. Er ist lieb, aber so indifferent lieb, verstehen Sie. Und da wusste ich eines Tages nicht mehr, ob ich überhaupt gemeint war, wenn er zu mir lieb war. Und dabei …« Plötzlich lächelte sie. »Er hatte so viel Phantasie; ihm fiel immer wieder was Neues ein. Ich kann Ihnen gar nicht sagen, wie oft er mich überraschte – mit Ideen, Geschenken, kleinen Aufmerksamkeiten. Aber dann passierten auch wieder solche Sachen: Es war auf einer Reise in Südamerika, und er brachte mir eine herrliche Kette und einen handgewebten Rock mit … Ich weiß nicht, wie viele Stücke er davon gekauft hat. Auf jeden Fall, die Maierin vom *Rössle* hat die gleiche Kette.«

Bienzle verstand den alten Pressler besser, als er sich selbst eingestehen wollte.

»Aber das alles war noch nicht das Schlimmste – schlimmer war es nämlich, wenn er so abwesend war …«

»Abwesend?«

»In Gedanken. Ganz weit weg – was weiß ich, wo. Er sprach dann leise mit sich selbst oder auch mit anderen Leuten, die es nur in seiner Phantasie gab …«

»Schluss jetzt damit!«, sagte Jürgen Pressler gequält.

»Und wie war er zu Ihnen?«, fragte Bienzle den Junior.

»Genauso gleichgültig wie gegen meine Mutter.«

»Er war gegen mich nie wirklich *gleichgültig*«, widersprach sie.

»Natürlich war er das – er hat's nur kaschiert. Der Mann ist nun mal nicht normal!«

Gächter stieß sich von dem Gitter ab. »Aber als Geschäftsmann hatte er was los, oder?«

»Im Gegenteil. Er hat den größten Waldbesitz hier in der Gegend fast auf Null heruntergewirtschaftet.«

»Auf sieben Millionen«, warf Bienzle ein.

»… die ihm die Bank gegeben hat, ja. Das waren keine liquiden Mittel; das war praktisch ein Kredit.«

»Und was hat er mit dem Geld gemacht?«

»Weiß der Himmel! Wahrscheinlich hat er's den Raketengegnern in den Arsch geschoben.«

»Jürgen!« Frau Pressler sah ihren Sohn entgeistert an.

Ein vielleicht zehnjähriger Junge kam über die obere Böschung heruntergesprungen. Er schwenkte einen Zettel in der Hand.

»Peter!«, rief Frau Pressler. »Pass auf! Die Mauer!«

Aber der Junge kannte sich aus. Kurz vor der Mauer, die den steilen Abhang zwischen Grundstück und Wald stützte, stoppte er und balancierte auf ihr entlang, bis er dicht über Jürgen Pressler stand.

»Das soll ich abgeben«, rief er fröhlich, »krieg ich a Weckle?«

»Freilich«, sagte Frau Pressler, offensichtlich froh über die Unterbrechung. Sie schnitt sofort ein Brötchen auf. »Marmelade, Honig oder Wurst?«

»Wurst, bitte.«

»Was hast du denn da?«, fragte der junge Pressler.

Peter ließ den Zettel los, der wie ein Herbstblatt herunterflatterte und mitten auf den Tisch segelte. Frau Pressler, die über den Tisch gebeugt stand und das Brötchen gerade mit Butter bestrich, ließ das Messer fallen.

»Das ist doch seine Schrift!«

Die anderen schauten sie verständnislos an.

»Gottliebs Schrift!«

Gächter schaltete am schnellsten. »Wer hat dir das gegeben?«, fragte er den Jungen.

»A alter Mann – drobe em Wald.«

»Wo droben?«

Peter zeigte in den dichten Tannenbestand hinauf. Bienzle hatte inzwischen nach dem Zettel gegriffen. Es war ein liniertes Blatt Papier, offensichtlich aus einem kleinen Notizblock herausgerissen. Die Schrift wirkte verspielt und wies viele Schnörkel und Häkchen auf. Der Text war wohl kaum in Eile geschrieben worden. Bienzle las:

Jürgen,
das Geld ist gut angelegt und gehört dir, wenn du dein Leben ordnest und von jetzt an lebst, wie es sich für einen Pressler gehört.
Vater.

»Was ist es?«, fragte Jürgen Pressler.

»Ein Brief an Sie, von Ihrem Vater.« Bienzle reichte den Zettel über den Tisch.

Jürgen Presslers Hand zitterte, als er ihn nahm. Lange starrte er auf das Papier. Dann sagte er: »Ich hab's doch immer schon gesagt – er ist verrückt.«

Bienzle nahm den Zettel wieder an sich. »Ein ziemlich unpersönlicher Brief – keine freundliche Anrede, kein Gruß – nicht einmal *dein* Vater hat er geschrieben. Übrigens, Herr Pressler, eine Entmündigung hätte doch wohl kaum eine Chance gehabt, oder?«

»Vielleicht war er noch nicht ganz so weit, das stimmt.«

»Aber Sie hätten ihn schon noch so weit gebracht, was?«, sagte Gächter.

Frau Pressler fuhr auf, wollte etwas sagen, ließ es aber dann. Sie reichte dem kleinen Peter, der mit baumelnden Beinen auf der Mauer saß, das belegte Brötchen hinauf.

»Wie hat der Mann denn ausgesehen?«, fragte Bienzle den Buben.

»Alt.«

»Was hatte er an?«

»A Hos halt ond en Kittel!«

»Hat er was bei sich gehabt?«

»So en Sack an em Strick.«

»Hat er den Sack in der Hand g'habt?«

»Noi, über d' Schulter g'hängt, an der Schnur.«

»Eine perfekte Personenbeschreibung!«, murmelte Gächter süffisant.

Bienzle wandte sich wieder an den jungen Pressler. »Warum hat sich Ihr Schwager einen falschen Namen und sogar einen falschen Ausweis zugelegt?«

»Das ist sein Privatvergnügen.«

»Des muss sich erscht no rausstelle!« Bienzle wurde ärgerlich. »Sie habet sich übernomme, Pressler – je schneller Sie des eisehet, umso besser.« Er drehte sich abrupt um und ging zur Treppe. Zu Frau Pressler, die noch immer an der Mauer stand und nervös ihr Taschentuch zerknüllte, sagte er: »Vielleicht gibt's ja a Möglichkeit, sich wieder zu vertrage – so, wie Sie Ihren Mann g'schildert habet, ischt der doch sicher bereit dazu.«

Gächter war hinter Pressler stehen geblieben. Er hatte sich leicht vorgebeugt und sagte leise: »Wenn Sie glauben, es gäbe eine andere Möglichkeit, an das Geld Ihres Vaters heranzukommen, kann ich Ihnen nur sagen: Versuchen Sie's erst gar nicht.«

Jürgen Pressler griff nach dem Henkel seiner Tasse, aber seine Hand zitterte zu sehr. Er hob die Tasse nur kurz an und setzte sie klirrend wieder ab.

Gächters Dienstwagen zuckelte langsam das schmale Talsträßchen entlang. Ein einzelner Wanderer kam ihnen entgegen. Er warf dem Autofahrer einen bösen Blick zu.

»Alle Leut fahret in Schwarzwald oder auf die Schwäbische Alb«, sagte Bienzle. »Kaum einer weiß, wie schön der Schwäbische Wald ist.«

Gächter stimmte ihm zu und fragte dann, wie Bienzles Wochenendplan aussehe.

»Kei Ahnung«, sagte Bienzle, »ich müsst nochmal mit dem Kasparczek reden. Auf jeden Fall sollten wir den Steinhilber dingfest machen.« Er schüttelte seinen massigen Kopf. »Warum der bloß den falschen Ausweis hat …«

»Eine Sicherheitsvorkehrung; wenn er irgendwelche krummen Touren macht … Der Steinhilber wird auch schon von der beobachtenden Fahndung gehört haben. Wenn also nun immer nur ein gewisser Fortenbacher auftaucht – an der Grenze zum Beispiel.«

»Aber was für Geschäfte können das sein?«

Bienzle hatte die Frage rhetorisch gemeint. Gächter verstand sie nicht so.

»An Grenzen«, sagte er, »kannst du mit allem krumme Touren machen, von Alkohol bis Zigaretten. Aber auch mit Geld … und mit Gold. Und es muss ja auch nicht an der Grenze sein.«

»Mhm …«

Gächter bog in die Talstraße ein und schaltete einen Gang zurück, um die Steigung besser nehmen zu können. Der alte Mühlbauer saß vor seinem Haus und las die Zeitung. Bienzle bat Gächter anzuhalten. Er stieg aus und gab Gächter ein Zeichen, dass er weiterfahren könne.

»Gute Morge, Herr Kommissar.«

»Saget Se ›Bienzle‹, des wär mir lieber.«

Der Mühlbauer ließ seine Zeitung sinken. »Mein Sohn ist mit dem Kasparczek auf'm Feld.«

Bienzle ließ sich neben dem alten Mann auf der Bank nieder, knöpfte die Jacke auf, lehnte den Kopf zurück an die Hauswand und streckte die Beine steif von sich.

»Des duet gut, gell«, sagte der Mühlbauer.

»Ich bin auf'm Dorf aufg'wachse.«

»Und jetzt sind Sie so a richtiger Stadtpolizist.«

»Mhm.«

Sie schwiegen eine Weile. Der alte Mühlbauer blätterte lustlos in seiner Zeitung, legte sie dann aber endgültig zur Seite. Eine Katze strich um ihre Beine.

»Ich muss den Gottlieb Pressler dringend sprechen«, sagte Bienzle.

»Da werd ich Ihne kaum helfe könne.«

»Mir will hier, scheint's, überhaupt keiner helfen.«

Der alte Mühlbauer lachte ein bisschen. »In unserer Gegend stört man die Polizei net grad, aber mr hilft ihr au net.«

»Ich bin aber net *die* Polizei, sondern der Bienzle.« Er stand auf, nickte dem Alten zu und stapfte die Talstraße hinauf.

– 13 –

Hoffentlich verrennst du dich nicht.«

Hannelore war am späten Samstagabend gekommen. Jetzt lag sie neben ihm und malte mit der Kuppe des Zeigefingers unsichtbare Figuren auf seine Brust.

»Was meinst du?«

»Die Morde an den Mädchen müssen ja nicht unbedingt mit den Geschäften zu tun haben, die der Gebhardt, der Pressler und der Steinhilber machen.«

»Nicht unbedingt, nein. Aber es gibt sonst überhaupt keine Spuren.«

»Und wenn's nun wirklich reine Sexualmorde waren?«

»Bei der Elke Maier deutet nichts darauf hin.«

»Der Täter könnte … Gibt's nicht auch Lustmörder, die erst töten und sich dann an ihrem Opfer vergehen?«

»Doch, doch, das gibt's.«

»Na, also!«

Bienzle drehte sich ein wenig und sah Hannelore von unten ins Gesicht. »Wenn ich gewusst hätte, dass du alles nur noch komplizierter machen würdest, hätte ich nicht davon angefangen.«

»Dann lass uns von etwas anderem …«

Ein Schrei zerriss die Stille der Nacht. Bienzle sprang so heftig auf, dass er mit seinem Kopf gegen Hannelores Stirn schlug. Er fuhr in seine Kleider und rannte hinaus. Wieder dieser Schrei, jetzt näher. An der Tür stieß Bienzle fast mit Gächter zusammen. Sie rannten die Treppe hinunter. Die Schreie waren jetzt in ein hohes, singendes Weinen übergegangen.

Eine Gestalt kam ihnen über die Hauptstraße entgegengerannt. Unter der ersten Straßenlampe erkannten sie, dass es eine junge Frau war. Sie rannte in Panik auf die Häuser zu. Ihr Kleid war zerrissen. Bienzle wollte sie auffangen, aber als sie ihn sah, schrie sie erneut kreischend auf. Sie wich ihm aus und rannte weiter.

Plötzlich stand da Hannelore in ihrem bodenlangen Morgenrock. Sie stand einfach da und breitete die Arme aus. Das Mädchen stürzte auf sie zu und warf sich gegen sie. Sie drückte ihr Gesicht in Hannelores Halsbeuge, und endlich verebbten die schrecklichen Schreie in einem leisen Schluchzen. Behutsam legte Hannelore den Arm um die Schultern des Mädchens und führte sie auf das Gasthaus zu.

In den Häusern ringsum waren die Lichter angegangen, aber niemand trat ans offene Fenster. Ein paar Vorhänge bewegten sich leicht, ein paar Gesichter erschienen für kurze Augenblicke und verschwanden sofort wieder. Nacheinander verlöschten die hellen Vierecke.

»Nicht sprechen!«, sagte Hannelore leise. »Da, trinken Sie erst einmal!«

Frau Maier, in einem langen geblümten Nachthemd, hatte eine Cognacflasche und Gläser gebracht. Das Mädchen war nicht in der Lage, das Glas zum Mund zu führen. Hannelore setzte es ihr an die Lippen.

Die blonden Haare des Mädchens waren zerrauft. Der Ausschnitt ihres Kleides war aufgerissen – ebenso der Büstenhalter darunter.

»Wie ist das passiert?«, fragte Gächter.

»Lassen Sie sie in Ruhe«, sagte Hannelore unwillig. »Sie sehen doch, dass sie noch unter Schock steht.«

»Das darf der doch nicht …«, wimmerte das Mädchen.

»Wer?«, fragte Gächter schnell.

»Ich … ich … ich weiß es doch nicht …«

Frau Maier ging zum Telefon und rief einen Arzt an. Bienzle schaute auf die Uhr. Es war kurz vor eins. Er ließ sich die Nummer des Sägewerks geben und wählte. Es dauerte lange, bis sich der junge Pressler meldete. Seine Stimme klang verschlafen. Bienzle legte auf, ohne sich gemeldet zu haben.

»Kümmerst du dich um sie?«, fragte Bienzle.

Hannelore nickte und strich dem Mädchen die Haare aus dem Gesicht. Bienzle gab Gächter ein Zeichen. Sie verließen das Lokal.

»Was jetzt?«, fragte Gächter.

»Wir fahren zum Eichenhof.«

»Hast du das Mädchen schon mal gesehen?«, fragte Gächter, als er einstieg.

»Ja, neulich beim Leichenschmaus. Sie hatte was mit Pressler angefangen – oder umgekehrt. Ist ja egal.«

Gächter fuhr schnell und konzentriert. Sie brauchten keine fünf Minuten bis zum Eichenhof.

Das große Gebäude lag still in der Dunkelheit. Bienzle legte den Finger auf die Klingel und nahm ihn erst wieder weg, als das dunkle Haus sich erhellte und Stimmen und Geräusche zu hören waren.

Gebhardt erschien unter der Tür. Er trug einen gestreiften Bademantel. »Was soll denn das?«, herrschte er die Beamten an.

»Ich will Kowalski sprechen«, sagte Bienzle.

»Aber erlauben Sie mal …«

Gächter stieß die Tür vollends mit dem Fuß auf und ging hinein. »Wo hat er sein Zimmer?«

»Im ersten Stock«, sagte Bienzle.

Gächter sprang die Treppe hinauf.

»Sie haben überhaupt kein Recht …« Weiter kam Gebhardt nicht.

»Mit Ihnen rede ich später!«, schrie ihn Bienzle an. Sein ohnmächtiger Zorn stand ihm so deutlich ins Gesicht geschrieben, dass Gebhardt unwillkürlich einen Schritt zurückwich.

Als Gächter das erste Stockwerk erreichte, standen ein paar Männer in ihren Schlafanzügen unter den Türen.

»Wo wohnt Kowalski?«, fragte Gächter.

Einer der Männer wies mit dem Daumen über die Schulter. »Da drin, aber er ist nicht da.«

»Wann ist er weg?«, rief Bienzle noch von der Treppe her.

»Vor 'ner Stunde etwa – da raus aus'm Fenster …«

»… und runter am Efeu, ich weiß.« Bienzle war plötzlich niedergeschlagen. Er setzte sich auf die Treppe und stützte den Kopf auf beide Fäuste.

Gebhardt hatte inzwischen die Ruhe zurückgewonnen. »Darf ich jetzt endlich fragen, was hier gespielt wird?«

»Vor einer halben Stunde hat einer versucht, ein Mädchen zu vergewaltigen.«

»Sie meinen Kowalski?«

»Nein. Ich hab gedacht, er hat vielleicht etwas beobachtet.«

»Kowalski?«

»Ja, verdammt nochmal – Kowalski! Der ist doch fast jede Nacht unterwegs.«

Gebhardt schwieg.

Gächter untersuchte Kowalskis Lager. In dem schmalen Zimmer standen zwei Betten, ein Tisch, drei Stühle und zwei Schränke. Die Wände waren mit Landschaftsbildchen aus Kalendern und mit Fotos nackter Mädchen aus Illustrierten geschmückt.

»Ist das Kowalskis Schrank?«, fragte Gächter.

Gebhardt nickte. Gächter versuchte den Schrank zu öffnen.

»Bitte«, sagte Gebhardt, »auch Nichtsesshafte haben ihre Rechte!«

Gächter packte die Schranktür am oberen Rand mit der rechten Hand und stemmte das linke Knie gegen den Rahmen. Das Holz knarrte und krachte. Das Schloss splitterte heraus, die Tür sprang auf.

Der Schrank war leer.

Gächter drehte sich um und sah Gebhardt aus zusammengekniffenen Augen an. »Sieht so aus, als sei Herr Kowalski abgereist.«

Gebhardt hob die Schultern. »Ich kann's mir nicht erklären …«

»Hat er seinen Lohn schon abgeholt?«, fragte Bienzle.

Gebhardt zögerte und sagte dann etwas zu schnell: »Seinen Lohn, ja, ja. Aber sicher. Ich hab mich noch gewundert. Er hat mich nämlich deshalb noch in meiner Privatwohnung gestört.«

Bienzle stand auf. »Zeigen Sie mir die Abrechnung.«

»Was, bitte?«

»Die Lohnabrechnung. Kowalski muss doch quittiert haben.«

»Wie bitte? Ach so, Sie meinen … Nein, das hat er nicht. Wir wollten das gleich Montag früh machen.«

Gächter wandte sich an Kowalskis Zimmergenossen: »Ist das üblich – ich meine, dass ihr Geld kriegt und erst später quittiert?«

»Ja, eigentlich …« Der Mann sah ängstlich zu Gebhardt hinüber und klappte den Mund zu.

»Das ist oberfaul«, sagte Gächter und trat dicht an Gebhardt heran. »Das stinkt, Herr Direktor.«

Im Hintergrund lachten ein paar der Männer.

»Ruhe!«, brüllte Gebhardt.

»Wir verlieren hier bloß Zeit«, sagte Bienzle. »Komm, lass uns die Fahndung rausgeben. Morgen ist auch noch ein Tag.«

Die Männer zogen sich in ihre Zimmer zurück. Der, der den Raum mit Kowalski geteilt hatte, zupfte Gächter am Ärmel und flüsterte: »Er hatte 'ne Menge Geld, und er ist mit dem Fahrrad vom Chef los.«

Bienzle sagte: »Kann ich hier mal telefonieren?«

»Draußen ist eine Zelle«, knurrte Gebhardt. Im gleichen Augenblick klingelte irgendwo im Haus ein Telefon. Gebhardt reagierte nicht.

»Wollen Sie nicht rangehen?«, fragte Bienzle.

»Nein. Nicht um diese Zeit.«

»Und wenn's der Pressler ist? Oder der Steinhilber?«

Die Wirkung dieses Satzes war ungeheuer. Die Augenlider Gebhardts begannen zu flattern, seine Lippen zitterten, er machte einen Schritt zur Wand und hielt sich für einen Augenblick am Rahmen der Tür zu Kowalskis Zimmer fest. Gächter beobachtete ihn.

»Es dauert nicht mehr lang, Herr Gebhardt, dann haben wir Sie.« Bienzle wunderte sich ein wenig, dass Gächter nicht sofort nachstieß.

Das Telefon hörte auf zu klingeln.

Bienzle und Gächter gingen die Treppe hinunter. Gebhardt stand oben; seine Hände umschlossen das Geländer. Er schaute ihnen nach, bis die schwere Haustür ins Schloss fiel.

Hannelore hatte das Mädchen mit auf ihr Zimmer genommen. Sie hatte ein Bad eingelassen und eines ihrer eigenen Kleider herausgelegt. Jetzt lag das Mädchen ausgestreckt in der Wanne.

»Wie heißen Sie denn?«, fragte Hannelore.

»Ursula Neuner. Ich wohn drüben in Großvorderbach.«

»Sie brauchen jetzt gar nichts zu erzählen; entspannen Sie sich.«

»Sie sind die Frau vom Kommissar, gell?«

»Die Freundin, ja.«

»Ich find, Sie passen gar nicht zu dem.«

»Warum?«

»Der ist doch so riesig, und … Na ja, dünn ist er auch nicht grade.«

Hannelore musste lachen. »Kommt's denn darauf an?«

Ursula schüttete sich mit beiden Händen Wasser ins Gesicht. Als sie prustend wieder aufschaute, fragte sie: »Werden Sie ihn heiraten?«

»Ich weiß nicht; vielleicht … Aber das braucht er jetzt noch nicht zu wissen. Er war übrigens schon mal verheiratet.«

»Aha.« Ursula ließ sich ganz tief ins Wasser gleiten. »Wie haben Sie ihn denn kennengelernt?«

»Den Kommissar?« Hannelore wunderte sich über die naive Neugier in dieser Situation. »Bei einem seiner Fälle. Mein damaliger Chef war darin verwickelt … Das heißt, so kann man es eigentlich nicht sagen; er war das Opfer. Er ist ermordet worden.«

»Ooh!« Das Mädchen richtete sich in der Wanne auf.

»Der Bienzle kam damals zu mir ins Büro – ich war noch Sekretärin bei einem Juwelier. Später hat er mich in meiner Wohnung besucht, und da wurde auf mich geschossen.«

Ursula schien ihre eigenen Probleme vergessen zu haben. »Geschossen?«

»Ja. Es ging mir ziemlich dreckig. Ich lag in der Klinik, und der Bienzle hat mich jeden Tag besucht. Na ja, und eines Tages hat er mich geküsst.«

»Einfach so?«

»Ja, einfach so.« Hannelore lächelte. »Ich konnte mich ja nicht wehren, weil ich hilflos im Bett lag.«

»Wollten Sie denn? Sich wehren, mein ich.«

»Nein, das wollte ich nicht.«

»Ich könnt mit keinem Polizisten zusammenleben.«

»Wieso? Das sind doch Menschen wie andere auch.«

»Bloß, dass sie immer mit raushängender Zunge hinter Verbrechern herrennen.«

»Na, so ganz stimmt das aber nicht.«

Ursula stützte sich mit beiden Händen auf den Wannenrand und stemmte sich hoch. Hannelore reichte ihr ein Badetuch. Das Mädchen hatte eine makellose Figur. Hannelore war ein wenig neidisch.

»Ob er den Kerl findet, Ihr Kommissar?«

»Kommt drauf an. Er weiß ja noch nichts über ihn«, sagte Hannelore vorsichtig.

»Ein widerlicher Kerl. Und gestunken hat er ... Der Jürgen hat mal zu mir gesagt, wenn's einer bei dir versucht, mit Gewalt, dann musst du dich einfach entspannen und genießen.« Sie schüttelte sich angeekelt. »Keine Ahnung hat der, dieser geile Bock!«

»Jürgen? Meinen Sie den jungen Pressler?«

Sie nickte.

»Kennen Sie den Herrn Pressler gut?«

»Wie man's nimmt. Er hat's bei mir versucht. Und wenn er nicht so ein Schürzenjäger wäre ... Eigentlich schade.«

»Aber gewalttätig ist der doch nicht?«

»Ein bisschen grob, aber nicht gewalttätig.« Ursula streifte Hannelores maigrünes Sommerkleid über den Kopf. Es stand ihr ausgezeichnet. »Wie sieht denn das aus, ohne BH?«, fragte sie und drehte sich kokett vor dem kleinen Spiegel über dem Waschbecken.

»Den brauchen Sie doch sowieso nicht.«

»Da sollten Sie mal meine Mutter hören!«

»Wie alt sind Sie?«, fragte Hannelore.

»Neunzehn.«

»Da könnt ja ich Ihre Mutter sein!«

»Sie? Sie sind doch höchstens fünfunddreißig.«

»Nicht mehr ganz.« Hannelore hatte sich neben Ursula gestellt und schaute ihr über die Schulter in den Spiegel. Sie waren gleich groß.

»Was hätten Sie denn an meiner Stelle getan?«, fragte Ursula. Hannelore schauderte zusammen. »Ich weiß es nicht. Letztes Jahr haben mich mal ein paar Gangster als Geisel genommen, um den Bienzle zu etwas zu zwingen. Da war's nahe dran. Ich war wie abgestorben, wie zu Eis erstarrt. Ich glaube, ich hätte nicht mal schreien können.«

»Und trotzdem bleiben Sie bei ihm?«

»Ich mag ja nicht seinen Beruf. Ich mag den Bienzle.«

Es klopfte an der Tür. Hannelore öffnete.

»Wie sieht's aus?«, fragte Bienzle.

»Sie hat sich wieder gefangen. Ich hab ihre Mutter angerufen. Heute Nacht kann sie hierbleiben.«

»Wo?«

»Na hier, bei mir!«

»Und ich?«

»Du schläfst bei Gächter. Die Wirtin hat das zweite Bett in seinem Zimmer neu bezogen.«

»Was? Ich soll …?«

»Es geht nicht anders!«, sagte Hannelore sehr bestimmt.

Gächter, der hinter Bienzle aufgetaucht war, seufzte. »Schnarchst du?«

»Ich glaub nicht«, sagte Bienzle.

»Und ob er schnarcht!«, rief Hannelore fröhlich und drückte die Tür zu.

»Wenn ich nicht schlafen kann, bring ich dich um!«, knurrte Gächter.

»Da kann man mal wieder sehen, was es für Mordmotive gibt«, stellte Bienzle fest. Er klopfte noch einmal.

Hannelore streckte ihren Kopf heraus.

»Meine Zahnbürste und einen Gutnachtkuss«, sagte er.

Er bekam beides.

Als Sonntagsfrühstück gab es weiche Eier, Schinken und einen Hefekranz. Sie saßen zu viert um den hübsch gedeckten Tisch – Bienzle, Hannelore, Gächter und Ursula –, und obwohl sie alle nur wenig geschlafen hatten, war die Stimmung gelöst.

»Man muss Sie bewundern«, sagte Bienzle zu Ursula. »Sie haben das fürs Erste ganz gut weggesteckt.«

»Es ist ja nicht …« Sie zögerte. »Es ist ja nicht zum Letzten gekommen.«

Gächter kam plötzlich eine Idee. Als Bienzle zur Toilette ging, folgte er ihm, was Hannelore zu dem Kommentar veranlasste: »Sonst gehen doch immer nur die Frauen zu zweit.«

»Was ist«, fragte Gächter, während sie nebeneinander vor den Pinkelbecken standen, »wenn das Ganze eine Finte ist?«

»Wie sollte die denn funktionieren?«

»Na ja, die beiden Morde waren ja nach unserer vorläufigen Meinung nicht unbedingt Sexualdelikte. Zumindest der zweite nicht. Gehen wir theoretisch mal davon aus, dass irgendwer die beiden Mädchen zum Schweigen bringen wollte. Er hat aber damit gerechnet, dass seine Tat als Lustmord betrachtet wird. Um die aufkommenden Zweifel zu zerstreuen, fingierte er nun eine echte Vergewaltigung, verstehst du?«

»Oder er hat's mit der Ursula verabredet; was aber bedeuten würde, dass diese Ursula eine glänzende Schauspielerin ist. Das würde auch erklären, warum sie so leicht darüber wegkommt.«

Bienzle wandte sich Gächter zu und hätte ihm dabei beinahe ans Hosenbein gepinkelt.

»Mensch, pass doch auf!«, knurrte Gächter.

»Also, völlig abwegig klingt das jedenfalls nicht«, meinte Bienzle nachdenklich.

Wieder zurück im Gastraum, fragte Gächter Ursula: »Hat der Mann Sie irgendwie bedroht – hatte er eine Waffe?«

»Nein, das nicht.«

»War er betrunken?«

»Das kann man wohl sagen!«

»Glauben Sie, dass es einer vom Eichenhof war?«

Sie sah ihn verwundert an. »Ja, woher denn sonst?«

»Sie sind also sicher?«

»Ich hab ja sein Gesicht nicht gesehen.«

»War er groß?«

»Nicht viel größer als ich. Und er hatte einen Bart.«

Hannelore mischte sich ein. »Wir sollten Ursula nicht zu sehr belasten.«

»Auf mich macht sie einen ganz stabilen Eindruck«, sagte Gächter, aber er ließ dann doch davon ab weiterzufragen.

Man beschloss, gemeinsam nach Großvorderbach zu wandern, um Ursula nach Hause zu begleiten. Als sie das *Rössle* verließen, läuteten gerade die Kirchenglocken zum Gottesdienst. Mehr als zwanzig Leute waren es nicht, die in die Kirche gingen.

Als sie beim Mühlbauer vorbeikamen, saßen Vater, Sohn und der Knecht Kasparczek im Vorgärtchen um einen runden, weiß gestrichenen Eisentisch und spielten Skat. Bienzle trat an den Gartenzaun und wartete, bis sie ausgereizt hatten. Alle drei nickten freundlich zu ihm herüber.

»Wenn einer den Gottlieb sieht«, sagte Bienzle, »er soll sich mal mit mir in Verbindung setzen.« Ohne eine Antwort abzuwarten, ging er schnell den anderen nach.

Hannelore hatte Ursulas Mutter erzählt, das Mädchen sei vom Fahrrad gestürzt, mitten in eine Brombeerhecke. Die Mutter hatte davon kein Wort geglaubt, wie sich jetzt herausstellte. Sie war eine hagere, etwa fünfzigjährige Frau mit zerschundenen Händen. Das graue Haar hatte sie in einem Knoten im Nacken zusammengesteckt. Über einem schlichten dunklen Kleid trug sie eine weiße Schürze. Sie stand oben an der schmalen Treppe, die zur Haustür führte. Ursula stieg hinauf und fing sofort zwei knallharte Ohrfeigen.

»Ha no, ha no!«, machte Bienzle.

»Sie soll um zehn daheim sein«, sagte die Mutter scharf, »und keine Minute später!«

»Aber Ihre Tochter ist volljährig«, wandte Hannelore ein.

»Sie wohnt bei mir, und sie isst bei mir!«

Bienzle stieg die drei Stufen hinauf und sah der Frau ins Gesicht. »Sie habet's net leicht, gell?«

»Was geht Sie das an?«

»Nix. Aber i seh's auf den ersten Blick.«

»Ich bin Witwe – da hat man's von vornherein schwer.«

»Und dann sind Sie auch noch a Reig'schmeckte, net wahr?«

»Ja … Manchmal weiß ich nicht, was hier schlimmer ist, eine Fremde zu sein oder Witwe.«

»Und was hält Sie hier?«

»Absolut nichts, aber mich zieht's auch nicht woandershin.«

Bienzle fuhr sich durchs Haar. »Was halten Sie denn davon, Frau Neuner, wenn wir heute Abend alle miteinander nachtessen? Ich lad Sie ein.«

Die Frau starrte ihn völlig perplex an. Hannelore war neben Ursula getreten und hatte einen Arm um ihre Schultern gelegt.

»Ja, wo denn?«, fragte die Frau.

»Vielleicht drunte in Murrhardt, in der *Sonne-Post*?«

»Da bin ich noch nie gewesen.«

»Na also, dann wird's doch Zeit … Wir holen Sie mit dem Wagen ab.«

»Aber nein … ich weiß nicht … Wer sind Sie überhaupt?«

»Das hat Ihnen doch Frau Schmiedinger sicher heute Nacht am Telefon gesagt.«

»Ach so, freilich.«

»Also, abgemacht?«, fragte Bienzle freundlich.

Und Hannelore flüsterte Ursula ins Ohr: »Sehen Sie, das zum Beispiel mag ich an ihm.«

Bienzle hatte beschlossen, dass an diesem herrlichen Sommersonntag nichts mehr geschehen würde. Er hatte im Sägewerk und im Eichenhof seine Zeitbomben gelegt. Nach Kowalski und nach Steinhilber alias Fortenbacher wurde gefahndet. Und Gottlieb Pressler würde sich melden, wenn es ihm beliebte. Es gab Zeiten, da musste man warten können, und selten war ihm das so leicht gefallen wie heute. Gächter hatte es übernommen, in der Polizeiwache auf eventuelle Fahndungsergebnisse zu warten und dort den Bericht über die bisherigen Recherchen zu tippen. Aber er hatte die Schreibarbeit dann doch verschoben, weil er in Sparczek einen exzellenten Schachpartner entdeckte.

Ernst Bienzle und Hannelore wanderten gut zwanzig Kilometer durch den Mainhardter Wald, ohne einem Menschen zu begegnen. Als sie, versteckt hinter Erlensträuchern und Farnbüschen, ein breites Moosbett fanden, holten sie nach, was sie in der Nacht versäumt hatten. Einen Augenblick nur musste Bienzle dabei an Josef Kowalski denken, aber er verdrängte diese Überlegung schnell und erfolgreich.

Frau Neuner hatte ihr bestes Kleid angezogen, ihre Haare gelöst und in akkurate Locken gelegt. Ursula trug noch immer Hannelores Kleid. Gächter hatte einen Tisch bestellt. Es kostete Hannelore viel Mühe, Frau Neuner davon abzubringen, das billigste Gericht zu bestellen.
Schließlich sagte Bienzle: »Lassen Sie mich das Essen zusammenstellen!«
Und während er mit Sorgfalt und Kennerschaft das Menü auswählte, spürte er Hannelores Hand auf seinem rechten Bein, eine kleine Liebeserklärung.
Als Frau Neuner zwei Gläser Beutelsbacher Trollinger mit Lemberger getrunken hatte, löste sich ihre Zunge. Ihr Mann sei 1979 bei einem Arbeitsunfall ums Leben gekommen.
»Er war im Straßenbau. Maschinist«, sagte sie stolz. Ganz schwere Bagger habe er gefahren. Und dann sei er unter einem zusammenstürzenden Gerüst begraben worden, das ohne die notwendigen Sicherheitsvorkehrungen hochgezogen worden sei. Die Berufsgenossenschaft zahle zwar und die Rentenversicherung auch; sie habe ihr Auskommen. Aber das ersetze nun mal nicht den Mann. Und mit der Tochter werde sie allein eben auch nicht fertig.
Hannelore sagte: »Vielleicht sollten Sie das auch gar nicht mehr versuchen – sie ist doch inzwischen alt genug.«
»Und wenn sie irgend so einem Kerl in die Hände fällt?«

Einen Augenblick lang herrschte betretenes Schweigen.

Gächter, der den ganzen Abend noch nichts gesagt hatte, sah Ursula durchdringend an. Sie war rot geworden bis hinter die Ohren. »Das können Sie mit Strenge sicher auch nicht verhindern«, sagte er zu Ursulas Mutter und zerdrückte sein Eis zu Mus, als ob er eine Wut auf die Nachspeise habe.

Frau Neuner sah ihn ratlos an. Und Bienzle sagte: »Wir wollen uns den schönen Abend nicht verderben.« Er bestellte Kaffee und für jeden einen Cognac. Den Protest von Frau Neuner, deren Gesicht jetzt leicht gerötet war und richtig hübsch aussah, ignorierte er.

Und dann wurde die Idylle doch noch gestört. Plötzlich stand Sparczek am Tisch. Er hatte ein Fernschreiben in der Hand.

»Hat das nicht Zeit bis morgen?«, fragte Bienzle ärgerlich.

Wortlos legte Sparczek den Zettel hin. Bienzle las: *Kowalski in Stuttgart festgenommen.*

Er sah auf und sagte: »Wir bringen Frau Neuner und ihre Tochter nun nach Hause, und dann fahr ich mit dir nach Stuttgart, Hannelore.«

– 15 –

Kowalski war nicht wiederzuerkennen. Er trug einen eleganten taubenblauen Anzug mit Weste, dazu eine leuchtend rote Krawatte und spitze durchbrochene Schuhe. Und er war frisch rasiert. Als Bienzle das Vernehmungszimmer betrat, ging der einstige Kumpel gleich in die Offensive.

»Was glauben Sie eigentlich, wer ich bin, woll? Irgend so ein hergelaufener Kerl?«

Bienzle sah ihn blinzelnd an. »Hmm«, machte er, »da bin ich mir jetzt tatsächlich nicht mehr so sicher.«

»Also, dann sorgen Sie dafür, dass ich hier wieder rauskomme, aber ruck, zuck!«

»Das entscheidet nachher der Haftrichter.«

»Und warum bin ich überhaupt eingelocht, hä?«

»Im Zweifel, weil Sie ein Spanner sind, was ich dem Richter jederzeit glaubhaft machen kann.«

»Pipifax«, sagte Kowalski und wandte sich demonstrativ dem vergitterten Fenster zu.

Bienzle musste lächeln. »Kleider machen Leute, was, Josef?«

»Duzen Sie mich nicht! Wir haben noch keine Schweine miteinander gehütet, woll?«

»Aber zusammen gesoffen und Tatorte inspiziert; das ist mindestens genauso gut.«

»Ich will hier raus und weiter nischt.«

»Wo haben Sie den Anzug her?«

»Gekauft.«

»Was – am Sonntag?«

Kowalski schwieg.

»Ist der vielleicht aus Gebhardts Kleiderschrank?«

»Ich wohn bei 'nem Freund, wenn Sie's genau wissen müssen, und der hat so ziemlich genau meine Figur.«

»Gut«, sagte Bienzle, »freut mich für Sie. Und jetzt zur Sache: Sie haben Vorderbach ziemlich überstürzt verlassen, und zwar gestern Nacht – etwa eine Stunde, nachdem ein neunzehnjähriges Mädchen überfallen worden ist.«

»Mir hängen Sie nichts an!«

»Das hab ich auch gar nicht vor. Alles, wofür Sie bestraft werden, beweise ich Ihnen vorher.«

»Na, dann beweisen Se mal!«

Bienzle merkte, dass er so nicht weiterkam. Er zündete sich ein Zigarillo an und überlegte. Schließlich sagte er: »Ich wär bereit, ein Geschäft mit Ihnen zu machen.«

»Na, lass mal hören!« Josef Kowalski sah Bienzle mit hochgezogenen Augenbrauen an.

»Ich will nicht wissen, wer Ihnen das Geld gegeben hat, Josef, und ich könnte vergessen, was Sie mir erzählt haben – das, was Sie ›Kintopp‹ nennen. Ja, vielleicht würde ich dem Richter sogar sagen, dass Sie nicht unmittelbar als Täter bei der versuchten Vergewaltigung gestern Abend in Frage kommen – das alles müsste ich ja tun, wenn ich Sie freikriegen wollte. Sonst aber sitzen Sie womöglich ein paar Monate in Stammheim … So weit, so gut.«

»So weit, so schlecht!«

»Wie auch immer. Aber umsonst mach ich das nicht«, sagte Bienzle, »umsonst ist der Tod, das weißt du. Also: Der Preis sind ein paar Informationen. Die, die du zurückgehalten hast.«

Kowalski legte den Kopf schief und musterte Bienzle. »Du bist ein schwäbisches Schlitzohr, Kommissar.«

»Davon kannst du ruhig mal ausgehen, ja!«

Kowalski zog eine Zigarette heraus und ließ sich von Bienzle Feuer geben; dann ging er in dem schmalen Vernehmungszimmer auf und ab, während Bienzle unbeweglich auf seinem Stuhl sitzen blieb.

»Nehmen wir mal an, ich sage: Da draußen auf dem Eichenhof gibt es außer der Schmiedewerkstatt und den Holzwerkstätten auch noch 'n paar Räume, von denen keiner was ahnt, weil die schon längst nicht mehr benutzt werden. Aber dann kommt ein Neunmalkluger und benutzt sie wieder …«

Bienzle sah Kowalski ungläubig an. »Klingt, als ob du was erfinden würdest, Josef.«

»Is mir egal, wie's klingt. Auf jeden Fall – wenn ich noch 'n paar Tage im Eichenhof gewesen wär, dann wär ich vollends dahintergekommen, was da so läuft.«

»Und damit du nicht dahinterkommst, hat dich der Gebhardt abgeschoben?« Bienzle glaubte ihm kein Wort.

»So isses, Chef!«

Bienzle stand auf und ging Richtung Tür. »Ich wollte keine Geschichten hören, egal, wie gut erfunden sie sind. Ich brauche *Informationen*, Josef Kowalski.«

»Jetzt biete *ich* ein Geschäft an, Bulle!« Kowalski versperrte Bienzle den Weg zur Tür. »Du kuckst mal ganz genau, ob ich nicht vielleicht doch wat Richtiges gesagt habe. Und wenn es stimmt, was ich sage, holste mich hier raus!«

Bienzle sah den anderen überrascht an.

»Ja, kuck mich nich so an – ist doch fair, oder?«

»Mhm!«, machte Bienzle.

»Also, was is?«

»Einverstanden.«

Kowalski gab den Weg frei.

Es war schon nach Mitternacht, als Bienzle in Hannelores kleine Wohnung kam. Er war müde, verwirrt und niedergeschlagen. Hannelore machte ein paar belegte Brote und entkorkte eine Flasche Rotwein. Sie sprachen nicht viel. Ernst Bienzle sagte überhaupt nur einen Satz, und der war noch nicht einmal vollständig:

»Wenn ich dich nicht hätte …«

Hannelore musste früh aus dem Haus. Bienzle schlief noch fest, als sie ein letztes Mal ins Schlafzimmer hineinschaute und danach die Tür sehr behutsam hinter sich zuzog.

Geweckt wurde er durch ein Klingeln an der Wohnungstür. Er fand seinen Bademantel nicht, zog einen Morgenrock von Hannelore an, aber sofort wieder aus, als er merkte, dass der allenfalls seine Schulterblätter bedeckte. Schließlich stieg er in seine Cordhosen, die verknautscht auf einem Stuhl am Bettende lagen, und tapste zur Tür. Draußen stand ein lächelnder alter Mann, braungebrannt, in einem abgetragenen Anzug.

Bienzle rieb sich die Augen. »Moment, sagen Sie mal nichts, lassen Sie mich nachdenken ... Sie müssen der Gottlieb Pressler sein!«

Das Lächeln wurde intensiver. »Ich hab Sie geweckt.«

»Richtig.«

»Es ist schon fast zehn Uhr!«

»Ich hab ein Defizit.«

»Mhm«, sagte der alte Pressler, »das kann ich mir vorstellen.«

»Kommen Sie!«

Pressler folgte Bienzle in die Küche. Auf der Kaffeemaschine stand eine halbvolle Kanne. Hannelore hatte auch ein Tablett mit Wurst und Käse und geschnittenem Brot hergerichtet.

Die beiden Männer nahmen an dem schmalen Tischchen auf zwei Stühlen mit geflochtenen Sitzflächen Platz. Bienzle goss unaufgefordert auch für Pressler ein und schob ihm das Brot zu, aber sein Gast hatte bereits gefrühstückt.

»Also?«, fragte Bienzle.

»Sie wollten mich sprechen, hab ich gehört.«

»Wie haben Sie mich eigentlich gefunden?«

»Spielt das eine Rolle?«

»Nein, aber erzählen Sie einfach Ihre Geschichte, dann kann ich weiter frühstücken.«

»Die ist schnell erzählt. Vor drei Jahren habe ich mich selbständig gemacht.«

»Ich dachte, das waren Sie immer.«

»Ich war selbständiger Unternehmer, aber kein selbständiger Mensch ... Na ja, Sie wissen das ja sicher schon. Irgendwann hab ich begriffen, dass alles sinnlos wird, wenn wir zulassen, dass mitten im Schwäbischen Wald Raketen mit atomaren

Sprengköpfen deponiert werden. Ich war ja mal im Gemeinderat und auch im Kreistag, und ich hab natürlich die ganzen Standortdiskussionen mitbekommen. Und weil's mich interessiert hat, hab ich auch nachgefragt. Ich war sogar in Amerika, um mich über die Risiken zu informieren. Als man mir dort erklärte, man wolle die Gefahren vermindern, indem man die Raketen immer mal wieder von einem Standort zum anderen verlagern werde, hatte ich so eine Art Vision: Jede Woche oder auch jeden Monat – ist ja egal, wie oft – fahren lange Fahrzeugkolonnen zwischen Schwäbisch Gmünd, Lorch, Mainhardt und Murrhardt hin und her, auf ihren Lafetten diese schlanken Metalldinger, von denen ein einziges eine ganze Region zerstören kann …

Nee, hab ich da gedacht, dazu geb ich meine Hand nicht her. Als ich wieder zurück war, hab ich im Kreistag darüber referiert. Die Sitzung war öffentlich. Zwar haben die Zeitungen, wie sagt man, sehr ›zurückhaltend‹ darüber berichtet, aber da gibt's ja inzwischen auch solche alternativen Blätter, und die haben das aufgegriffen und seitenlang wiedergegeben. Und dann kamen die natürlich auch zu mir. Junge Leute; nicht alle sympathisch, aber die meisten doch idealistisch. Sie wollten mich gleich zur Galionsfigur machen, aber dafür eigne ich mich nun auch wieder nicht. Und außerdem: Viele von denen leben in der Sünde.«

»Wie bitte?« Bienzle glaubte sich verhört zu haben.

»Ja, ja – in der Sünde! Es ist schlimm, wenn Menschen manchmal das Richtige denken, aber falsch leben, ich meine, in Sünde leben …« Seine Augen bekamen einen listigen Ausdruck. »Da ich ziemlich genau wusste, wo die Raketenbunker hin sollten, hab ich angefangen, da und dort ein Stück Wald zu kaufen. Der Landrat ließ mich kommen und drohte mit dem Zeigefinger. Er hat geglaubt, ich spekuliere, ich kauf das Gelände billig auf, um es dann an die Amis oder den Bund teuer wieder zu verschachern. Aber ich sagte ihm auf den Kopf zu, dass ich die Waldareale nur gekauft hatte, um eine Stationierung zu verhindern. Da erst wurde er richtig sauer und schimpfte mich einen politischen Dummkopf ... Wahrscheinlich war ich ja auch einer. Und ein geschäftlicher dazu. Ich hatte Wald gekauft, mit dem ich praktisch nichts anfangen konnte. Aber so viel Wald, wie ich hätte kaufen müssen, um die Aufstellung der Raketen bei uns unmöglich zu machen – so viel konnte ich gar nicht kaufen.

Tja, und dann hab ich ja auch noch einen Sohn und eine Tochter. Der Sohn – Sie kennen ihn ja – und der Mann von der Tochter hatten eigene Pläne. Sie wollten expandieren und hatten sich da auch schon auf eine Beteiligung bei einer Gesellschaft eingelassen, die am Amazonas Schlagrechte erwerben wollte. Nun bin ich allerdings der Meinung, dass man dort nur ganz behutsam abholzen sollte. Es reicht, wenn wir hier den Wald kaputt machen. Ich stellte mich also quer. Und jetzt tat sich der Jürgen mit dem Landrat zusammen. Für die zwei war klar, dass ich nicht mehr normal war. Mein Herr Sohn rannte zu einem Psychiater. Eines Tages kam er und sagte, der Mann wolle mich kennenlernen. Ich hielt das Ganze für Unfug. Und natürlich ging ich nicht hin. Dass dieser Mensch aber als Freund meines Sohnes in die Familie eingeschleust wurde, entging mir. Er schrieb ein wunderschönes Gutachten, ›Exogene Schizophrenie‹, und mein Sohn rannte damit zum Gericht. Ich wollte mich einem solchen Verfahren gar nicht erst stellen. Womöglich war ich tatsächlich verrückt. Aber wenn ich's war, wollte ich's auf gar keinen Fall wissen. Also schnürte ich mein Bündel, marschierte zu unseren Banken – das machte ich in einer Woche, als mein Sohn dringend Ferien auf den Bahamas verbringen musste –, ließ mir so viel Geld geben, wie ich lockermachen konnte, und legte es fest an. Fragen Sie mich nicht, wo, sonst muss ich Ihnen sagen, dass es nicht so ganz legal untergebracht ist. Ein bisschen illegal, aber absolut krisenfest.« Er kicherte leise. »Es hat sogar ganz schön Junge gekriegt, das Geld.«

Bienzle hatte ihm aufmerksam zugehört und dabei mehr gegessen, als für ihn gut war. »Und dann sind Sie auf die Walz«, sagte er jetzt.

»Ja. Ich hab mir einen alten Jugendtraum erfüllt. Obwohl, wenn ich ehrlich bin – echt ist das ja nicht. Ein Tippelbruder, der jederzeit Geld in beliebiger Höhe abheben könnte … Aber ich hab's nicht getan. Ich hab genauso wie alle anderen gebettelt, im Park, im Wald oder im Obdachlosenasyl geschlafen und gelernt, wie man sich durchschlägt.«

Bienzle nickte. »Und warum sind Sie jetzt zurückgekommen?«

»Weil ich glaubte, ich könnte meinen Sohn retten.« Da war wieder dieses seltsame Pathos.

»Und?«

»Was und?«

»Können Sie es? Ihn retten?«

»Ich hoffe es.«

»Es gibt zwei Morde in Vorderbach.«

»Aber damit hat doch der Jürgen nichts zu tun!«

»Sind Sie da sicher?«

»Ja, da bin ich sicher.«

»Jetzt mal langsam!« Bienzle goss noch einmal Kaffee nach. »Sind Sie sicher, dass er die Morde nicht begangen hat, oder sind Sie sicher, dass er nichts damit zu tun gehabt hat?«

»Er würde einen Mord nicht begehen und auch keinen zulassen.«

»Es sind aber Konstellationen denkbar, bei denen er gar nicht gefragt worden sein muss.«

Gottlieb Pressler wirkte plötzlich sehr viel älter. »Bitte«, sagte er leise, »bitte, sagen Sie so etwas nicht. Es wär doch auch meine Schuld.«

»Natürlich.«

»Lieber wär ich tot.«

»Das glaub ich gern.« Bienzle konnte im Augenblick kein Mitleid mit diesem Mann empfinden.

»Haben Sie eine Ahnung, was das für mich bedeuten würde?«

Bienzle sah ihm in die Augen. »Das würde bedeuten, dass Sie alles, alles falsch gemacht haben.«

Er fühlte sich nicht wohl, als er diesen Satz aussprach, aber er war sich auch sicher, dass er es tun musste. Erstens dachte er wirklich so, und zweitens war er überzeugt davon, dass er sich jetzt nicht mehr mit halben Auskünften und unvollständigen Eingeständnissen abspeisen lassen durfte.

Gottlieb Pressler wollte nach der Tasse greifen, ließ es aber sein, weil seine Hand zitterte.

»Gestern Morgen«, sagte Bienzle, »war ich bei Ihrer Frau und Ihrem Sohn, als Ihre Nachricht kam. Die Hand Ihres Sohnes hat genauso gezittert, als er nach der Kaffeetasse griff.«

Pressler hatte die Ellbogen auf seinen Schenkeln abgestützt. Sein Kopf hing auf der Brust.

Bienzle fuhr fort: »Als Jürgen las, dass das Geld noch da ist – was glauben Sie wohl, hat er gedacht?«

»Wie er drankommt …«

»Eben.«

»Was eben?«

»Überlegen Sie doch mal: Wo zwei Morde geschehen sind und wahrscheinlich ein dritter versucht wurde, da denkt man schon mal drüber nach, wie man mit diesem Mittel weiterkommt. Und wenn's der eigene Vater ist.«

Presslers Kopf fuhr in die Höhe. »Sie Verleumder!«, schrie er, und plötzlich war wieder Kraft in seiner Stimme.

»Sieben Millionen sind viel Geld …« Bienzle war bemüht, ungerührt zu wirken. »Und sie verdoppeln sich sozusagen, wenn man selber tief in den Schulden steckt und schon andere Straftaten begangen hat, um diese Schulden loszuwerden.«

»Wollen Sie damit sagen …«

Bienzle ließ ihn nicht ausreden. »Ihr Herr Sohn, Ihr Herr Schwiegersohn und dieser Gebhardt vom Eichenhof treiben ein ganz böses Spiel!« Es war ihm klar, dass er den Mund sehr voll genommen hatte – das waren Vermutungen, die er einstweilen nicht beweisen konnte. Aber er wollte den anderen aus der Reserve locken.

Gottlieb wandte den Blick ab und starrte aus dem Fenster auf den sanft ansteigenden Wiesenhang. Zwei Amseln balgten sich um einen Wurm.

»Was soll ich tun?«, fragte der Alte endlich.

Bienzle überlegte einen Augenblick. »Was halten Sie davon, wenn Sie zusammen mit mir zurückfahren nach Vorderbach und sich offen mit Ihrer Frau und Ihrem Sohn aussprechen?«

Endlich lächelte der Alte wieder. »Das Gleichnis vom verlorenen Vater?«

»Mir ist's egal, wie Sie's nennen.«

»Da würde aber mehr Mut dazugehören als zum Weglaufen.«

»Das glaub ich gern.«

»Lassen Sie mir noch ein paar Tage Zeit. Und – bitte – sagen Sie meiner Frau einen Gruß.«

Pressler war so schnell draußen, dass Bienzle nicht einmal mehr auf Wiedersehen sagen konnte.

Und wie hat er dich gefunden?«, fragte Gächter.

»Das hab ich ihn auch gefragt. Er hat zurückgefragt, ob's eine Rolle spielt. Und es spielt wirklich keine. Außerdem weiß das ganze Dorf mittlerweile, wie Hannelore und ich heißen und dass wir in Stuttgart leben. Und wir stehen beide im Telefonbuch.«

»Was ist jetzt mit der richterlichen Durchsuchungsanordnung?«

»Die habe ich natürlich nicht bekommen. Der Richter sah mich ganz komisch an. ›Mit welcher Begründung?‹, hat er gefragt. ›Nur weil ein Alkoholiker und Pennbruder behauptet, da sei was im Keller oder sonst wo versteckt?‹ – Von meinem Einbruch in das Haus konnte ich ja nichts sagen. Wenn wir wenigstens diesen Steinhilber finden würden!«

»Ich will dir was sagen, Ernst – der Fall ist vergeigt!«

»Nur wer nicht arbeitet, macht keine Fehler«, brummte Bienzle.

»Na, immerhin hat dein Selbstbewusstsein nicht gelitten. Mir ist übrigens nicht klar, was in deinem Gehirn vorgeht. Glaubst du vielleicht, der Gebhardt hält den Mörder in irgendeinem Keller gefangen?«

Bienzle sah auf. »Bisher hab ich eigentlich gar nichts gedacht, außer dass wir das Haus mal auf den Kopf stellen sollten. Zum Beispiel möchte ich wissen, was dieser Steinhilber oder Fortenbacher in den beiden Taschen hatte … Dass dort was faul sein muss, ist doch klar!«

»Du greifst nach jedem Strohhalm. Wir haben zwei Leichen und keinen Mörder, aber eine ganze Hand voll mehr oder weniger Verdächtiger, denen wir nichts nachweisen können …«

Gächter zählte auf: »Nummer eins: Kowalski, der Spanner;

Nummer zwei: Jürgen Pressler, der Schürzenjäger; Nummer drei: Kasparczek, der Vorbestrafte; Nummer vier: Steinhilber, der mit dem zweiten Namen Fortenbacher heißt. Fingerabdrücke gibt's nicht – die gibt's auf Stoffen oder auf menschlicher Haut sowieso selten. Andere Spuren gibt's auch nicht, außer einem Perlmuttmesser, das Kasparczek gehört und mit dem wir praktisch nichts anfangen können … Das wäre nicht der erste Fall, den wir ungeklärt zu den Akten legen müssen.«

Bienzle kniff die Augen zusammen. »Einen solchen Fall legt man nicht zu den Akten.«

»Wart's ab!«, sagte Gächter gleichmütig.

Sie saßen auf der Polizeiwache in Großvorderbach, und Sparczek hatte die ganze Zeit über wie versteinert zugehört. Für ihn zerbrach eine Welt: Der Nesenbach-Maigret ein Versager!

»Mach dir doch nichts draus«, sagte Gächter zu Bienzle, »hatten wir schon jemals einen Fall, in dem das Labor noch nicht einmal die Spur von einer Spur ans Tageslicht brachte?«

»Nicht oft«, gab Bienzle zu.

Sparczek hüstelte und brachte sich so in Erinnerung. »Diese Neuner, die Ursula … Wenn die nun nur eine Rolle gespielt hat? Dann müsste man der doch vielleicht mal die Daumenschrauben anlegen.«

Gächter nickte anerkennend. »Das wäre ein Weg …«

Bienzle nickte ebenfalls. »Morgen«, sagte er. »Aber zuerst will ich wissen, was im Eichenhof vor sich geht. Wie man reinkommt, weiß ich ja.«

Sparczek sah Bienzle ungläubig an. »Sie wollen wirklich …?«

»Ungewöhnliche Fälle zwingen einen manchmal zu ungewöhnlichen Maßnahmen«, sagte Gächter belehrend.

»Aber doch nicht zu ungesetzlichen!«

Bienzle sagte müde: »Im Grundsatz haben Sie recht, Herr Sparczek.«

»Und Sie wollen es trotzdem tun?«

Bienzle nickte.

Und Gächter sagte: »Und Sie, verehrter Kollege, werden uns den Rücken decken – heute Nacht und auch in Zukunft, dass das klar ist.«

Sparczek wollte protestieren.

Aber Gächter sagte lächelnd: »Sollten wir Erfolg haben, werden wir Ihnen Ihren Teil ganz sicher zusprechen.« Sparczek wollte schon lange weg aus Vorderbach, und Gächter schien das zu wissen. »Das Landeskriminalamt braucht Nachwuchs, Herr Kollege!«

Bienzle ließ sich von Gächter beim Mühlbauer absetzen, aber er blieb nur kurz am Zaun stehen und überlegte es sich dann anders. Kasparczek, der hinter dem Vorhang stand und den Kommissar beobachtete, atmete erleichtert auf.

Der Weg war Bienzle nun schon vertraut. Und auch diesmal stieg er die Treppen zum Bungalow der Presslers sehr langsam hinauf, um oben bei Atem zu sein, falls er gleich jemand begegnen sollte. Er traf Frau Pressler an, die auf der Terrasse saß und strickte.

Bienzle hielt sich nicht lange mit der Begrüßung auf. »Ich hab Ihren Mann gesprochen.«

Sie sah zu ihm auf, aber ihren Blick konnte er nicht deuten. Freute sie sich, oder ängstigte sie sich?

»Er hat mich gebeten, Ihnen einen Gruß zu bestellen. Er wird zurückkehren, falls …« Bienzle ließ den Satz in der Luft hängen.

»Falls was?«

»Falls Ihr Sohn keinen Fehler macht.«

»Was für Fehler sollte er machen?«

Bienzle hob die Schultern. »Ich weiß es nicht so genau. Wissen Sie, ich glaube, Ihr Mann hat große Angst um ihn.«

»Wenn er jetzt Angst haben muss, dann hat das auch sehr viel mit seinem eigenen Verhalten zu tun.«

»Das hab ich ihm auch gesagt – so ungefähr wenigstens.«

»Wirklich?«

»Ja, Ihr Mann, wissen Sie, er wirkt irgendwie … Also, trotz seines Alters … Wie alt ist er überhaupt?«

»Siebenundsechzig.«

»Also, trotz dieses Alters wirkt er so seltsam … naiv, unreif – ich weiß auch nicht. Andererseits wünscht man sich aber auch oft, dass andere Leute auch etwas davon haben sollten.«

»Von seiner Unreife?«

»Ja, und von seiner Naivität. Die Menschen sind heute immer so bemüht, perfekt zu funktionieren. Ach was, ich will nicht philosophieren. Mir ist dieser Mann unheimlich und sympathisch zugleich. Ich glaub, ich kann ihn verstehen – und Sie und sogar Ihren Sohn.«

»Entschuldigen Sie, aber das klingt nun für mich ziemlich unreif.«

Bienzle lachte. »Das muss ich akzeptieren.«

»Überhaupt wollte ich Sie mal fragen, was Sie hier eigentlich machen?«

Er sah sie überrascht an und begegnete einem ernsten Blick. »Was ich hier mache?«

»Ja. Sie gehen herum, reden mit den Leuten, warten, schauen, was passiert – aber Sie unternehmen nichts. Ihre Arbeit hat irgendwie nichts … nichts Zielgerichtetes, ja? Wie kann ein Polizist ein Verbrechen aufklären – ein Verbrechen, das ja ganz zielgerichtet begangen worden ist – und selber nur so … so … na, mit der Stange im Nebel rumstochern?«

Ernst Bienzle lächelte. »Ich will Ihnen mal was sagen, Frau Pressler: Genau das Gleiche frag ich mich auch oft. Und wenn ich dann am Ende einen Fall aufgeklärt habe, frag ich mich's nochmal. Aber dann sag ich mir immer: Die Aufklärung eines Verbrechens kann man eben doch nicht genauso betreiben wie ein Verbrechen. Und im Übrigen: Um mich herum gibt's so viele Leute, die methodisch vorgehen, dass ich mir ein bisschen Intuition schon leisten kann … Verbrecher sind in aller Regel ungewöhnliche Menschen, und denen kommt man am Ende mit gewöhnlichen Methoden doch nicht bei.«

»Sie reden mich schwindlig!« Frau Pressler legte ihr Strickzeug weg.

»Entschuldigung«, murmelte Bienzle. Erst jetzt, wo das Gespräch eigentlich beendet war, setzte er sich. »Ob ich vielleicht ein Bier bekommen könnte?«

»Oh, ich bin wirklich unaufmerksam.« Sie trippelte davon und kam gleich darauf mit einem Tablett zurück, auf dem eine Flasche Bier und ein Glas standen.

Bienzle schenkte sich bedächtig ein und fragte dabei leise: »Warum haben Sie mir nicht gesagt, dass Ihr Mann bei Ihnen war?«

»Hat er das gesagt?«

»Nein.«

»Woher wissen Sie es dann?«

Bienzle trank den Bierschaum ab und sah sie an: »Wenn er nicht schon bei Ihnen gewesen wäre, hätten Sie mir tausend Fragen gestellt: Wie geht's ihm? Wie sieht er aus? Ist er gesund? Hat er nach mir gefragt?« Er trank mit dem ersten Zug fast das ganze Glas leer.

»Ich glaube, ich habe Ihnen unrecht getan«, sagte sie.

»Ach ja?«

»Ja. Sie stochern nicht mit der Stange im Nebel herum, Sie machen den Nebel selber, damit Sie ihn im richtigen Augenblick zerreißen können.«

»Also, er war da?«

»Ja!«

»Und hat er Ihnen gesagt, dass er sich vor Jürgen fürchtet?«

»Nicht vor Jürgen. Vor den anderen ...«

»Welchen anderen?«

»Ich weiß es nicht. Er hat nur gesagt, der Jürgen ist in schlechte Gesellschaft geraten ... Und er hat auch gesagt, dass er sich dafür schuldig fühlt.«

»Der alte Gauner!«

Frau Pressler richtete sich auf. »Was haben Sie gesagt?«

Bienzle sah sie ruhig an. »Ich habe gesagt, der alte Gauner ... Der kokettiert doch auf Teufel komm raus. Alles, was er in den letzten Jahren gemacht hat, war Koketterie. Mit Ausnahme seines Einsatzes gegen die Raketen, und da ist er sich auch nicht treu geblieben. Da ist er lieber Tippelbruder geworden, als es schwierig wurde.«

»Wenn's Koketterie wäre ... Aber leider ist es mehr. Er ist so sonderbar geworden. Und auch – ja, ich muss es sagen – verwahrlost.«

»Oh, du liabs Herrgöttle von Biberach ...!«, stöhnte Bienzle. Er trank sein Bier aus und gab Frau Pressler die Hand. »Wir müssen nur aufpassen«, sagte er, »dass wir Ursache und Wirkung nicht verwechseln.«

Als er durch das Sägewerk ging, sah er den kleinen Peter, der Sägemehl in einen Sack füllte.

»Was machst du denn damit?«, fragte er.

»Des isch für mei Katz«, antwortete der Bub.

»Und was macht dei Katz damit?«

Der Junge musste lachen. »Wisset Sie des net? Die scheißt da nei!«

»Ach so«, sagte Bienzle.

Er ging über die Brücke und, ohne zu wissen, wohin er führte, einen steilen, tannengesäumten Weg hinauf. Der Weg wurde schmaler und war bald nur noch ein Trampelpfad. Und plötzlich sah Bienzle eine Walderdbeere leuchten. Er bückte sich und entdeckte eine Menge andere. Eine Erdbeere führte ihn zur nächsten. Er schlug sich durch das Gestrüpp junger Tännchen, blieb an Brombeerdornen hängen, aber er sammelte weiter, bis seine Hand mit den kleinen roten Beeren gefüllt war. Mit einem Schwung warf er sie alle in den Mund.

Er stand auf einer Lichtung und sah sich um, weil er die Orientierung verloren hatte.

Die Lichtung lag auf einem vorgelagerten Hügel. Er wollte bis zum Rand gehen, um vielleicht durch einen Blick ins Tal festzustellen, wo er war. Unter ihm lag das Sägewerk. Von hier aus hatte man einen kompletten Überblick – fast wie auf einer Luftaufnahme. Fasziniert schaute Bienzle hinab auf die akkurat geschichteten Bretterstapel. Die Menschen, die dazwischen umherliefen, waren klein wie Ameisen und verhielten sich auch so. Pressler hatte seine Leute offensichtlich gut erzogen. Bienzle lehnte sich an einen Buchenstamm, um das Bild ganz in sich aufzunehmen. Was mochten die Bretter wert sein, die da gelagert waren?

Ein Bretterstapel zog seine Aufmerksamkeit auf sich. Alle anderen hatten oben eine glatte gelbbraune Fläche, aber dort beulte sich etwas Dunkelbraunes aus … Bienzle hatte keine besonders guten Augen, doch eine zweckorientierte Phantasie. Und deshalb formte sich sofort eine Kombination in seinem Gehirn: Die Bretterstapel liegen Jahre. Niemand kann auf sie draufsehen. Wenn ich jemand da unten umbringen würde und schnell verschwinden lassen müsste – könnte ich den nicht mit dem Hebekran auf den höchsten Bretterstapel heben und dort liegen lassen, bis er in der Sonne und im Wind, im Regen und im Frost verwest ist, dass nur noch ein paar Knochen übrig bleiben? In sechs, vielleicht in sieben Jahren wird der Stapel abgebaut, und wer will dann noch beweisen, wer der oder die Tote war?

Bienzle nahm den direkten Weg zum Tal. Er schlug sich durch den dichten Tannenwald. Einen Augenblick lang erinnerte er sich an die Zeit, als er so alt war wie der kleine Peter. Der Wald, in dem er sich damals herumgetrieben hatte, war so ähnlich gewesen wie dieser Wald hier ... Er ließ sich immer wieder gegen mächtige Stämme fallen, visierte den nächsten Baum an, gab der Schwerkraft nach und fing sich wieder auf.

Als er das Tal erreichte, war er außer Atem, und er war sich nicht mehr sicher, was er auf dem Holzstapel gesehen – ja, ob er überhaupt etwas gesehen hatte. Er verfolgte die Sache nur weiter, weil er sich nun einmal die Lage des Stapels genau eingeprägt hatte.

Er suchte den jungen Pressler, aber der war nirgends zu finden. Der Einzige, den er hier kannte, war der alte Mühlbauer, und der wies auf Bienzles Bitte einen jungen Italiener an, mit dem Gleiskran an den Stapel heranzufahren.

Die Greifer erfassten das oberste Brett und hoben es langsam ab. Der Kran hatte ziemlich genau in der Mitte zugepackt, aber das Brett senkte sich sofort nach der vorderen Seite. Ein unförmiges Gebilde rutschte herab und landete mit einem hässlichen *Plopp* neben Bienzle.

»Na, Gott sei Dank!«, murmelte Bienzle.

»Wofür?«, fragte der alte Mühlbauer.

»Gott sei Dank«, wiederholte Bienzle, »eine Leiche ist es nicht.«

Es waren zwei große Ledertaschen, die in ein Stück Segeltuch gewickelt waren. Bienzle wusste wohl, dass es jetzt richtig gewesen wäre, nichts anzufassen und ein paar Kollegen von der

Spurensicherung zu rufen. Aber dafür war seine Neugierde zu groß. Er riss die erste Tasche auf.

»*Mamma mia!*«, rief der Mann, der den Kran bediente. Er hatte gesehen, was in der Tasche war: Geld. Geldscheine in sehr großen Mengen.

Die andere Tasche enthielt Druckplatten.

Bienzle fuhr sich durchs Haar. Das war keine Intuition gewesen, sondern nichts weiter als Glück. Einen Augenblick lang dachte er darüber nach, wie viele kriminalistische Erfolge wohl nichts weiter waren als derartige Glücksfälle.

Eine Stunde später waren die Kollegen von der Spurensicherung da. Und diesmal brauchte er keine richterliche Durchsuchungsanordnung; er konnte sich darauf berufen, dass Verdunkelungsgefahr vorlag.

Aber die Kollegen fanden weder im Sägewerk etwas noch im Bungalow, was zu den Druckplatten und den daraus entstandenen Blüten gepasst hätte.

Besser zu Bienzles Fund passte, dass Pressler nirgendwo zu finden war.

Jetzt hätte Bienzle wohl eine Durchsuchungsanordnung für den Eichenhof bekommen; er hätte dem Richter glaubhaft versichern können, dass er die beiden Taschen eines Nachts in den Händen von Steinhilber, alias Fortenbacher, gesehen hatte, als dieser das Rehabilitationsheim betrat.

Aber jetzt wollte der Kommissar nicht mehr. Vielmehr: Er wollte die Aktion so durchführen, wie er sie geplant hatte.

Niemand soll sagen, dass nicht die meisten Männer, die Polizisten werden, es werden, weil sie früher Indianer gespielt haben – dieser Satz gehörte zu Bienzles Standardsprüchen, wenn er nicht mehr ganz nüchtern war.

Gächter nannte das kürzer: Spiele der Erwachsenen.

Bienzle war froh, dass die Zeit zwischen Planung und Beginn dieses Erwachsenenspiels durch die Ereignisse im Sägewerk angenehm verkürzt wurde.

Gächter, der ziemlich spät auf der Bildfläche erschien, berichtete Bienzle, dass Ursula Neuner zwar bei ihrer Version geblieben sei, dass er ihr aber kein Wort glaube.

Und Bienzle meinte: »Wenn sie bei dir nicht umgefallen ist, stimmt ihre Version.«

Gächter grinste. »Wenn ich weiß, über wen ich mich mehr ärgere, über sie oder über dich, weiß ich auch, ob sie lügt oder die Wahrheit sagt.«

Bienzle sah ihn an: »Das muss am Sommer liegen, dass nüchterne Leut am helllichten Tag so kluge Sachen sagen, als ob sie betrunken wären.«

– 17 –

Am späten Nachmittag suchte Bienzle Kasparczek auf. Der große, hagere Mann zog in der Scheune an einem Seil, das über eine Rolle am First lief, Heuballen auf den oberen Boden, wo der junge Mühlbauer stand, um das Heu fachgerecht aufzuschichten.

»Ich kann jetzt nicht unterbrechen«, sagte Kasparczek.

Bienzle setzte sich auf einen der Ballen, wollte sich ein Zigarillo anzünden, ließ es aber sofort sein, als Kasparczek mit dem Kopf auf das trockene Heu wies.

»Wie lang waren Sie auf dem Eichenhof?«

»Grade acht Wochen.«

»Wissen Sie, ob's dort so was wie eine Druckerei gibt?«

»Es muss mal eine gegeben haben, denn früher haben die dort ein Mitteilungsblatt selber gedruckt.«

»Und eine Gravieranstalt?«

»Keine Ahnung. Glaub ich aber kaum.«

»Und wo war die Druckerei?«

»Ich bin nie drin gewesen. Irgendwo im Untergeschoss vermutlich.« Kasparczek drückte den zangenartigen Greiferarm tief ins nächste Heubündel und zog kräftig am Seil.

»Wie lange werden Sie hier bleiben?«, fragte Bienzle.

Kasparczek hielt das Seil mit einem Ruck an.

»Was ist denn?«, schrie der Mühlbauer oben.

»Ich denke, dass ich im Herbst gehe«, sagte Kasparczek leise.

»Und warum?«

»Ich kann hier nicht atmen, so gut die Luft auch ist.« Kasparczek packte wieder zu und zog weiter.

Der Ballen war oben angekommen. Kasparczek ließ das Seil los und klopfte den Staub von den Händen. Bienzle fiel auf, wie schmal und feingliedrig sie waren.

»Keine Bauernhände«, stellte er fest. Plötzlich wurde ihm bewusst, dass er diesem Mann immer alles geglaubt hatte. Warum war da eigentlich nie ein Misstrauen?

»Was haben Sie gesagt?« Kasparczek musterte den Kommissar aufmerksam.

»Ach, nichts von Bedeutung.«

Der Doppelhaken kam pendelnd wieder herunter. Einen Augenblick lang schwebte er bedrohlich über Bienzles Kopf; dann griff Kasparczek schon sicher und schnell zu, um das Eisen erneut in einen Heuballen zu schlagen.

Bienzle hatte vorgehabt, sich noch ein wenig auszuruhen. Aber bevor er sich aufs Bett legte, rief er seine Dienststelle an. Ein Jammer, dass der flinke Haußmann im Urlaub war.

Gollhofer meldete sich. »Wie läuft's, Chef?«

»Ich glaub, 's geht vorwärts … Passen Sie auf, Gollhofer, der folgende Name muss im BKA-Computer zu finden sein: Franz Kasparczek, etwa dreißig, ein Meter neunzig groß, schlank, vorbestraft wegen Totschlag.«

Es dauerte ein paar Minuten; dann berichtete Gollhofer: »Da haben wir ihn: Kasparczek, Franz, geboren am 21. September 1952 in Essen, zuletzt wohnhaft in Vorderbach, Eichenhof ...«

»Und davor?«

»In Hannover, Einsteinstraße 148.«

»Irgendwelche Angaben zur Person?«

»Ledig, evangelisch, Beruf: Graveur, später umgeschult als Landwirt – wenn ich das recht sehe, während der Haft. Er hat übrigens viereinhalb Jahre gekriegt und nicht ganz vier davon abgesessen.«

Bienzle legte den Hörer auf. Schneller hätte das der Haußmann auch nicht geschafft ... Er wählte erneut, ließ den Hörer aber wieder auf die Gabel sinken, noch ehe er die letzte Zahl gedrückt hatte. Ächzend erhob er sich und ging aus dem Zimmer.

In der Scheune beim Mühlbauer herrschte jetzt Ruhe. Bienzle sah den jungen Bauern im Stall. Von Kasparczek keine Spur.

Der Kommissar machte einen weiten Bogen um die Wirtschaftsgebäude und betrat das Wohnhaus. Es war sehr still; nur eine Katze, die hinter ihm durch die Tür geschlüpft war, maunzte leise. Bienzle stieg langsam die Treppe hinauf.

Seine Augen hatten sich inzwischen an die Dunkelheit im Haus gewöhnt. Im ersten Stock lief parallel zur Treppe ein Gang; rechts wurde er von einem kunstvoll gedrechselten Geländer begrenzt, links waren drei Türen.

Bienzle horchte. Hinter der zweiten Tür glaubte er Geräusche zu hören. Er drückte die Klinke nieder und stieß die Tür auf. Kasparczek stand mit dem Rücken zur Tür über einen Koffer gebeugt, in den er sorgfältig zusammengelegte Wäsche gestapelt hatte.

»Sie verreisen?«

Kasparczek hatte sich ruhig umgedreht. Er trug jetzt einen schmal geschnittenen zweireihigen Anzug in Braun mit schwarzen Nadelstreifen.

»Ja, ich muss nach Hannover; eine Familienangelegenheit.«

Bienzle lehnte sich mit dem Bauch gegen das hohe Fußende des altmodischen Bettes. »Warum haben Sie mir nicht gesagt, dass Sie Graveur sind?«

»Weil ich den Beruf seit zehn Jahren schon nicht mehr ausübe.«

»Gar nicht mehr?«

Kasparczek schlug den Deckel seines Koffers zu. »Haben Sie einen Verdacht, Herr Kommissar?«

»Ich habe gestern zwei Taschen gefunden. In der einen war Geld, sehr viel Geld – allerdings gefälschtes. In der anderen waren die Druckplatten … Hervorragende Arbeit übrigens.«

»Jetzt will ich Ihnen mal etwas sagen!« Kasparczek trat dicht an Bienzle heran. »Ich habe nie in meinem Leben eine falsche Banknote besessen.«

»Das hab ich auch nicht behauptet.«

Kasparczek sah den Kommissar verwundert an. Dann nickte er. »Sie spielen wieder mal die Katze, und ich bin die Maus, was?«

»Sagen Sie die Wahrheit, Kasparczek.«

»Ich habe Sie nicht angelogen.«

»Aber Sie haben die Wahrheit zurückgehalten. Ich frage Sie jetzt ganz präzise: Haben Sie die Platten für die Fünfzig- und die Hundertmarkscheine graviert?«

»Die Platten …« Kasparczek hob die Hände. »Ja, ich habe sie graviert.«

»Für wen?«

»Für Gebhardt.«

»Freiwillig oder unter Druck?«

»Seltsam, dass Sie das fragen …«

»Und die Antwort?«

»Unter starkem psychischen Druck.«

»Sie wirken eigentlich nicht so, als ob man Sie so leicht aus der Fassung bringen könnte.«

Kasparczek lächelte. »Sie haben's ja auch ein paar Mal beinahe geschafft.«

»Wenn ich wüsste, dass …« Bienzle unterbrach sich und setzte neu an: »Wer hat davon gewusst?«

»Ich habe niemand etwas davon verraten.«

»Auch Elke Maier nicht?«

»Ganz bestimmt nicht.«

Bienzle ging um das Bett herum und trommelte mit den Fingerkuppen auf dem Kofferdeckel. »Wie gut haben Sie Renate Häberlein gekannt?«

»Zu gut, glaube ich.«

»Warum?«

»Sie hat mir völlig überraschend sehr eindeutig Avancen gemacht.«

»Als Sie noch auf dem Eichenhof waren?«

»Das war ja das Sonderbare.«

Bienzle hörte auf zu trommeln. »Hatten Sie das Gefühl, dass sie etwas von Ihnen wollte – ich meine, außer mit Ihnen zu schlafen?«

»Ja, exakt das war es.«

»Sie glauben, dass man das Mädchen auf Sie angesetzt hat?«

»Ich weiß es. Damals hatte mich Gebhardt in ein Einzelzimmer eingewiesen. Nicht aus humanitären Gründen, sondern damit ich ungestört arbeiten konnte … Eines Abends kam

Renate zu mir. Sie hatte sich durch die Waschküche eingeschlichen.«

»Ich kenn den Weg«, sagte Bienzle.

»Es war schon nach Mitternacht. Ich arbeitete an der Schwarz-
platte – der letzten. Damit hoffte ich, mich freikaufen zu können.«

»Freikaufen?«

»Ja. Ich hätte alles getan, um dort wieder rauszukommen. Ein
bisschen Geld und meine Freiheit, mehr wollte ich nicht. Ich
arbeitete wie besessen an den Gravuren. Ich wollte raus. Gebhardt hatte meine Papiere weggeschlossen und mich selbst die
meiste Zeit eingesperrt … Ich litt sehr unter der Isolierung.
Alle meine Ängste aus der Haftzeit kehrten zurück. Es war
schrecklich. Eines Nachts bekam ich einen fürchterlichen Tob-
suchtsanfall. Ich zertrümmerte das halbe Mobiliar in meinem
Zimmer. Von da an setzte er mich wohl unter Drogen. Ich
kann's nicht beschwören, aber meine Arbeitskraft erlahmte; ich
schlief bis zu sechzehn Stunden am Stück und fühlte mich wie
von lauter Watte umgeben.«

»Aber die Platten wurden fertig?«

»War ja nur noch die Schwarzform.«

»Zurück zu dem Mädchen …«

»Ja, an jenem Abend verführte sie mich. Es war wunderbar …
Danach schlief ich sofort ein. Als ich nochmal kurz wach wurde, sah ich sie an meinem Arbeitstisch. Sie hatte die Platten
ausgewickelt; ich packte sie immer in das weiche Saugpost-
papier, mit dem ich die Andrucke machte. Ich konnte sehen,
wie sie die Platten studierte und ein paar der Papierbogen an
sich nahm.«

»Und Sie konnten nichts dagegen tun?«

»Ich lag da wie gelähmt. Ich spürte auch, dass ich die Lippen bewegte, aber es kam kein Ton heraus. Ich denke mir, die Wirkung

von irgendwelchen Drogen verstärkte sich im Erschlaffungszustand nach ... nach dem Beischlaf. Ich weiß nicht, aber es war so. Ich hab nicht einmal mehr mitgekriegt, wie sie ging.

Am nächsten Tag konnte ich genau rekonstruieren, welche Blätter fehlten. Wer die in die Hände bekam und auch nur ein wenig Ahnung von der Materie hatte, konnte sich leicht zusammenreimen, woran ich arbeitete.«

»Und wer, glauben Sie, hat das Mädchen geschickt?«

»Ich kann nur vermuten, dass es Pressler war.«

»Und danach kam die Häberlein sicher nie wieder.«

»Im Gegenteil, sie kam regelmäßig. Ja, sie zeigte sich demonstrativ mit mir und tat ganz besonders verliebt, wenn Gebhardt in der Nähe war ... Sie war es auch, die mich mit dem Mühlbauer zusammengebracht hat. Als ich dann dort in Stellung ging, hat sie mich fallenlassen. Es war gerade so, als ob sie an mir nur interessiert gewesen wäre, solange ich auf dem Eichenhof war.«

»Das könnte immerhin sein.«

»Aber warum?«

Bienzle zuckte die Achseln. »Das werden wir sicher bald erfahren.«

»Und was wird jetzt mit mir?«

»Sie wollten abreisen, weil Sie ahnten, dass wir die Falschgeldgeschichte mit der Zeit so oder so ans Licht bringen würden?«

»Natürlich.«

»Tja ... Ich muss Sie festnehmen, aber ich verspreche Ihnen, dass ich alles tun werde, um nachzuweisen, dass Sie unter physischem und psychischem Druck gehandelt haben. Und jeder Richter wird mir glauben, dass Sie sehr kooperativ waren. Das bringt in aller Regel einen Bonus.«

»Ich gehe aber nicht wieder in den Knast.«

Bienzle wollte sagen: Es wird bestimmt gar nicht so schlimm.

Aber er spürte, wie verlogen das gewesen wäre. Stattdessen sagte er: »Es gibt den so genannten Verfolgungszwang für uns Polizisten. Wenn wir von einem Vergehen oder einem Verbrechen erfahren, wie auch immer, müssen wir den Schuldigen suchen und dem Gericht zuführen.«

»Mich sieht kein Gefängnis mehr!«

»Vielleicht kommt's ja gar nicht so weit. Ich nehme Sie nur vorläufig fest; der Haftrichter wird dann entscheiden.«

Kasparczek rannte den Kommissar einfach über den Haufen. Er hatte seinen Koffer gegriffen, die rechte Schulter vorgeschoben und sich mit erstaunlicher Wucht gegen Bienzles Brustkorb geworfen, noch ehe der reagieren konnte. Bienzle verlor das Gleichgewicht, taumelte gegen die Wand, und dann schlug Kasparczek auch schon die Tür hinter sich zu.

Bienzle spürte, wie eine ohnmächtige Wut in ihm aufstieg. Er stürmte durch das Treppenhaus, riss die Haustür auf und brüllte: »Kasparczek!«

Dann erkannte er die Situation. Der Graveur stand am Gartentor mit dem Rücken zu Bienzle. Sein Koffer lag neben ihm gegen den Zaun gekippt. Vor ihm stand Gächter mit entsicherter Waffe.

»Einer wie ich hat immer Pech«, hörte Bienzle Kasparczek leise sagen.

Bienzle sah Gächter fast ärgerlich an. »Wo kommst du denn her?«

»Ich war bei Sparczek auf dem Revier und hab mit Gollhofer telefoniert. Er hat mir gesagt, was er dir schon erzählt hat. Und, na ja – zwei und zwei zusammenzählen kann ich auch.«

Gächter verfrachtete seinen Gefangenen auf den Rücksitz des Dienstwagens, Bienzle nahm übelgelaunt neben Kasparczek Platz.

Auf der kurzen Strecke nach Großvorderbach sprach keiner.

Bienzle warf gelegentlich einen Blick zu seinem Nachbarn hinüber. Kasparczek saß steif aufgerichtet da. Sein Gesicht war wächsern weiß. Seine Lippen zitterten.

»Wo ist denn hier das zuständige Gericht?«, fragte Gächter.

»Das muss ich auch erst fragen«, meinte Bienzle.

Sie waren vor der Polizeiwache ausgestiegen. Bienzle hatte Kasparczeks Koffer genommen. Gächter führte ihn am Arm ins Haus.

Sparczek musterte das Trio verwundert. »Meinen Sie wirklich, dass der Kasparczek …«

»Ich hab hier ein Amt und keine Meinung«, entgegnete Bienzle barsch. »Je schneller wir ihn dem Haftrichter vorführen, umso eher ist er vielleicht wieder draußen.«

»Ich beeile mich, aber ich brauche Ihren Bericht.«

»Das auch noch!«

Bienzle verkroch sich in einen kleinen Nebenraum und tippte Kasparczeks Aussage mit zwei Fingern auf einer uralten Schreibmaschine. Dann ging er zu ihm in die Haftzelle.

»Lesen Sie das bitte durch und unterschreiben Sie!«

Kasparczek sah den Text gar nicht an, sondern kritzelte nur seinen Namen darunter.

»Ich versprech Ihnen …«, begann Bienzle.

»Ach, lassen Sie's. Würden Sie bitte dem alten Mühlbauer Bescheid sagen?«

»Klar, mach ich.«

Auf der Rückfahrt sagte Gächter: »Ich beschaff uns eine Durchsuchungsanordnung für den Eichenhof.«

»Wenn der Gebhardt hört, dass wir den Kasparczek überführt haben, lässt er alles verschwinden, falls er das nicht sowieso schon getan hat.«

»Jaaa … wenn er wirklich hinter dem allen steckt …«

»Hast du da noch Zweifel?«

»Ein ungutes Gefühl hab ich.«

Bienzle sah seinen Freund von der Seite an. »*Du* hast ein *Gefühl*?«

»Wir sollten jedenfalls sofort hinfahren.«

»Aber beim Mühlbauer machen wir kurz halt.«

»Von mir aus.«

Nach einer Weile sagte Bienzle: »Sieh dich doch mal um – die reine Idylle. Ein kleines Dorf, Wälder und Wiesen, Bauern und einfache Arbeiter. Man könnte doch meinen, hier sei die Welt noch in Ordnung. Aber nix ischt in Ordnung, überhaupt nix!«

Der alte Mühlbauer lief aufgeregt um sein Haus herum und rief nach Franz Kasparczek.

»Haben Sie ihn gesehen?«, fragte er Bienzle, als der aus dem Polizeiwagen stieg.

»Mhm …« Bienzle nickte und nahm umständlich ein Zigarillo aus dem Blechschächtelchen. »Wir haben ihn festnehmen müssen.«

»Den Kasparczek? Der ischt unschuldig!«

Bienzle sah überrascht auf. Das Wort »unschuldig« überraschte ihn bei dem Alten. »Er hat aber zugebe, dass er Platte für Falschgeld g'macht hat. Früher mal ischt der Kasparczek Graveur g'wese.«

»Davon hätt ich doch auch was merke müsse!«

»Net hier – drübe em Eichenhof.«

»Dann hat er's net freiwillig g'macht.«

»Genau darum geht's«, sagte Bienzle, »aber bis des klar bewiese ischt, bleibt der Kasparczek ei'gschperrt.«

»Die Kleine hängt mr, ond die Große lässt mr laufe.«

»I net«, sagte Bienzle schlicht und schwang sich wieder auf den Beifahrersitz.

Es war kurz nach sechs, als Bienzle und Gächter im Eichenhof ankamen. Einige Insassen hockten an langen Tischen im Hof und klönten. Bienzle grüßte und ging voraus ins Haus.

Gebhardt saß in seinem Büro über Abrechnungen gebeugt. Bienzle hatte nicht angeklopft. Grußlos setzte er sich dem Direktor gegenüber in einen Besucherstuhl. Gächter nahm seine Lieblingsposition ein. Er lehnte sich gegen den Türbalken und schob einen Zahnstocher, den er aus der Jackentasche gezogen hatte, zwischen die Lippen.

»Wir haben Kowalski«, sagte Bienzle. »Er sagt, Sie betreiben eine Fälscherwerkstatt im Keller.«

Gebhardt sah auf. »Guten Tag erst mal … Hat das der Kowalski wirklich behauptet?«

Bienzle ging nicht näher darauf ein. »Wir mussten auch Franz Kasparczek festnehmen.«

Gebhardt zeigte keine Wirkung.

»Er hat gestanden, in Ihrem Auftrag Druckplatten hergestellt zu haben.«

»Das stimmt.«

»Sie geben's zu?«

»Was gibt's da zuzugeben? Wir haben früher in der Druckerei unser eigenes Mitteilungsblatt hergestellt. Kasparczek hat ein paar Klischees angefertigt.«

Bienzle spielte seinen letzten Trumpf aus: »Wir haben zwei Taschen gefunden. Die eine enthält Falschgeld, die andere alle dafür notwendigen Druckplatten.«

Gebhardt lächelte. »Aber doch wohl nicht hier, oder?«

»Es dürfte sich ja mittlerweile bis zu Ihnen herumgesprochen haben, dass die Taschen auf einem Bretterstapel in Presslers Sägewerk versteckt waren.«

»Ich habe davon gehört«, sagte Gebhardt obenhin. »Nur eines verstehe ich nicht – was soll ich damit zu tun haben?«

»Letzten Freitag fand hier in diesem Büro ein Treff statt: Pressler, Steinhilber – alias Fortenbacher – und Sie. Ich nehme nicht an, dass Sie das bestreiten.«

»Aber nein! Ich bitte Sie – wir hatten eine wichtige Besprechung: Wir wollen hier in der Holzverarbeitung endlich ein Stück weiterkommen. Pressler stellt uns Maschinen zur Verfügung, und Steinhilber soll den Vertrieb organisieren.«

Bienzle hatte plötzlich ein ziemlich flaues Gefühl. Er sah förmlich, wie ihm die Felle davonschwammen. Dieser Mann war sich seiner Sache entweder ganz sicher, oder er hatte für seine aalglatte Darstellung den Oscar verdient.

»Hat Steinhilber denn irgendwelche Abnehmer gefunden?«, fragte Gächter.

»Aber ja; eine Spielwarenfabrik in der Schweiz. Er hat ohnehin viel in der Schweiz zu tun.«

»Geld waschen, was?«, fragte Gächter.

»Was bedeutet das?«

»Ich hätt's mir denken können, dass Sie so ahnungslos sind«, sagte Gächter. »Aber ich erklär's Ihnen gerne: Man nimmt einen Packen Falschgeld, verkauft ihn im Verhältnis zwei zu eins an einen Profi, der dann die Blüten geschickt in den Geldverkehr einschleust.«

»Interessant!«

Bienzle wäre beinahe geplatzt. Nur mit Mühe konnte er an sich halten und mit verhältnismäßig ruhiger Stimme sagen: »Wir würden uns gern mal gründlich im Haus umsehen.«

»Aber bitte – alle Türen stehen Ihnen offen.«

Die Überraschung war Gebhardt geglückt. Bienzle und Gächter starrten ihn gleichermaßen perplex an.

»Ich gebe Ihnen einen Mann mit, der sich auskennt«, sagte

Gebhardt, und sein Gesicht verriet deutlich, dass er seiner Sache sicher war.

Ein junger Mann, wahrscheinlich ein Ersatzdienstler, führte Gächter und Bienzle ins Untergeschoss. Schwache Birnen gaben nur wenig Licht. Bienzle erkannte den Zugang zur Waschküche. Der Weg führte über eine weitere Treppe in ein modrig riechendes Kellergeschoss hinunter. Die Wände waren feucht; der Schimmel bildete Flächen mit unregelmäßigen Rändern.

Der junge Mann legte am Fuß und am oberen Rand einer Bohlentür zwei Hebel um. Eine Neonlampe flackerte auf und begann dann leise zu summen und ein helles Licht abzustrahlen. Der Raum wirkte aufgeräumt. Dicht unter der Decke befand sich ein kleines vergittertes Fenster. Darunter stand ein Mettagetisch mit zahllosen Fächern, in denen sauber geordnet Bleibuchstaben lagen. Links schlossen sich zwei Waschbecken an. Darüber warnte ein gelbes Schild mit roter Schrift: Vorsicht bei Säuren!

Zwei große Holztische waren gegeneinandergestellt. Sie waren blank gescheuert.

Wenn hier in letzter Zeit gearbeitet worden war, waren alle Spuren gründlich beseitigt.

»Mehr is nich«, sagte der junge Mann.

»Ist das der einzige Raum hier unten?«

»Nein, es gibt noch zwei oder gar drei andere, soviel ich weiß; ich war da noch nie drin.«

Bienzle schoss ein Gedanke durch den Kopf. »Schau du dich mal weiter um«, sagte er zu Gächter, »ich bin gleich wieder da.«

Dass Gebhardt sie so widerstandslos in den Keller hatte gehen lassen, konnte verschiedene Gründe haben. Einer davon war womöglich, dass er ungestört sein wollte. Bienzle hastete die ausgetretenen Stufen hinauf und durch den engen Korridor.

Die Tür vor der nächsten Treppe war verschlossen. Als sie heruntergestiegen waren, hatte er nicht einmal bemerkt, dass da eine Tür gewesen war.

»Gächter!«, brüllte Bienzle und rannte zurück. »Wir sind eingesperrt!«

»Das kann doch nicht wahr sein!«, sagte der junge Mann.

Gächter war in die ehemalige Druckerei zurückgegangen. Er fixierte das vergitterte Fenster über dem Mettagetisch. »Auf geht's!«, sagte er, »wenn wir auf den Tisch steigen und ich auf deine Schultern klettere, klappt's vielleicht.«

Der Tisch ächzte unter dem Gewicht der beiden Männer. Bienzle ging in die Hocke, und Gächter stieg auf seine Schultern. Keuchend richtete sich Bienzle auf. Gächter stieß mit dem Kopf an die gewölbte Decke. Das Gitter hatte einen Riegel, der mit einem rostigen Vorhängeschloss gesichert war.

»Ich brauch einen Hammer!«

Der junge Mann kramte in Schubladen und Kisten. Er fand eine Rohrzange.

»Auch gut«, rief Gächter, »aber Beeilung!«

Der junge Mann warf ihm die Zange zu. Gächter verwendete sie als Hammer. Mit drei Schlägen hatte er das Vorhängeschloss aufgesprengt. Der Riegel ließ sich auch nur mit Hilfe der Zange öffnen, aber dann schwang das Gitter wie von selbst nach außen auf.

In diesem Augenblick begann der Tisch unter dem Gewicht langsam nachzugeben; seine vier Beine rutschten synchron nach den Seiten weg. Aber als er in sich zusammenbrach, hatte Gächter schon ein Knie auf der Fensterbrüstung. Bienzle stürzte zwischen morsches Holz.

»Sieh zu, dass es schnell geht!«, rief er noch. Dann rappelte er sich fluchend auf.

Gächter hatte sich durch die schmale Öffnung nach draußen gezwängt. Er musste sich zuerst an den hellen Sommerhimmel gewöhnen. Vor seinen Augen flimmerten die Hitze und das grelle Licht.

Dann sah er Gebhardt, der einen großen Karton in den Kofferraum seines Autos lud. Sichernd sah er sich um. Gächter konnte sich gerade noch hinter einem dicken Traufrohr aus dem Blickfeld des Direktors mogeln. Gebhardt betrat die Telefonzelle an der Seite des Platzes.

Es gab eigentlich nur eine Erklärung dafür, dass Gebhardt, der in seinem Büro über zwei Apparate verfügte, den öffentlichen Fernsprecher benutzte, zumal es in dem gläsernen Kasten mit Sicherheit knallheiß war: Er musste Angst haben, abgehört zu werden. Gebhardt fuhr sich immer wieder mit dem Hemdärmel über die Stirn, um den Schweiß abzuwischen. Er sprach schnell und trat dabei nervös von einem Bein aufs andere. Gächter näherte sich vorsichtig, immer darauf bedacht, nicht von Gebhardt gesehen zu werden.

Als der Direktor die Zelle wieder verließ, duckte sich Gächter hinter einen Traktor, der an der Ecke der ersten Baracke stand.

»Ferdy«, hörte er Gebhardt rufen, »bring doch mal die Kiste, die dort an der Treppe steht.«

»Gemacht, Chef!«, rief eine Männerstimme.

Gebhardt stieg ins Auto und ließ den Motor an. Er drückte von innen die Beifahrertür auf und sagte: »Stell's auf den Sitz, danke!«

»Lass man«, sagte Gächter, der das Auto gemeinsam mit Ferdy erreichte.

Gebhardts Kopf fuhr herum. Er schaltete schnell. Mit quietschenden Reifen und offener Tür startete er.

Gächter hatte Ferdy gerade den Karton aus den Händen genommen. Jetzt ließ er ihn fallen, zog seine Dienstwaffe, fasste sie mit beiden Händen und zielte. Er schoss zweimal, und zweimal zeigte der aufspritzende Schotter, dass er den Reifen nur knapp verfehlt hatte. Dann war der Wagen zwischen den Tannen verschwunden.

Gächter steckte ruhig die Pistole weg und ging zum Telefonhäuschen.

Die Männer an den langen Tischen sahen interessiert zu, aber keiner hatte sich bewegt. Es war eine fast unheimliche Szene: Flucht des gestrengen Direktors, zwei Schüsse, und die Männer hockten da wie die Ölgötzen. Nur nicht einmischen und hoffen, dass die Geschichte weitergeht … Endlich mal eine Abwechslung!

Gächter hatte Sparczek am Apparat.

»Ringfahndung!«, sagte er knapp, und im gleichen Augenblick wurde ihm klar, dass eine Ringfahndung mitten im Schwäbischen Wald wohl nicht gerade eine alltägliche Übung war. »Gebhardt ist weg«, fuhr er fort, »geflüchtet. Mit einem grauen Mercedes 200, Kennzeichen WN-ZS-644. Eine Personenbeschreibung können Sie sicher selber dazu geben. Sie kennen ihn ja besser als ich.«

Gächter hängte den Hörer ein und kehrte zu dem Karton zurück. Er riss ihn auf und fand drei dicke Leitzordner.

Jetzt erst fiel ihm Bienzle wieder ein. Er stieg in den Keller hinunter, schob den Riegel zurück und ließ seinen Kollegen und den jungen Betreuer frei.

Die Männer aus dem Heim saßen unverändert auf ihren Bänken und äugten zu ihnen herüber, als sie aus dem Haus traten. Bienzle griff eine Akte aus der Kiste. Auf dem Rücken des Leitzordners stand *Medizinische Gutachten*. Gächter wuchtete den Karton in den Kofferraum des Dienstwagens.

Bienzle wollte gerade einsteigen, als ein Moped auf den Vorplatz einbog. Es wurde von der *Rössle*-Wirtin gesteuert, die man freilich erst erkennen konnte, als sie einen klobigen Sturzhelm mit der Aufschrift *Jumbo* vom Kopf zog.

»Herr Bienzle«, rief sie, noch ehe sie den Motor abgestellt hatte, »Herr Bienzle, der Gottlieb ...« Mit einem jachernden Geräusch verstummte endlich der Mopedmotor.

Bienzle schlug die Beifahrertür zu und ging zu ihr hinüber. »Erzählen Sie.«

»Also, der Gottlieb, auf einmal war er wieder da. Er ischt onder dr Tür zur Wirtschaft gschtande wie vor fünf oder sechs Jahr. ›'n Abend, Hanne‹, hat er g'sagt ond ischt auf sein alte Platz g'sesse. A Viertele Strümpfelbacher, rot, hat er beschtellt ... Ich hab ihn anguckt wie en Geischt. Sie wisset ja, dass er ganz früher amal a Schatz von mir war.«

»Hat er was wolle?«, fragte Bienzle, der seine Ungeduld bekämpfen musste.

»Warte.«

»Warten? Auf was?«

»Auf a Telefon ...«

»Auf einen Anruf von Gebhardt?«

»Ach, Sie wisset des scho?«

»Nein, g'wusst hab i's net; deshalb hab i ja g'fragt.«

Gächter, der sich das Gespräch bisher ruhig angehört hatte, fragte: »Wissen Sie, wo er ihn hinbestellt hat?«

»Sie wisset also doch Bescheid! Er hat ihn nämlich wirklich bestellt: Punkt acht Uhr, hat er g'sagt, am Wehr, wie besproche.«

Bienzle sah auf die Uhr. Es war kurz vor sieben. »Und was hat er noch g'sagt?«

»Am Telefon? Nix mehr.«

»Ond zu Ihne?«

»Er hat g'sagt, Hanne, hat er g'sagt, wenn i um neune net wieder hier auf dem Platz sitz und in aller Ruh mei Viertele bestell, dann erzählscht dem Bienzle, ich hätt mich mit dem Gebhardt getroffe. Dann lieg i nämlich wahrscheinlich als Leich em Wasser … Das hat er g'sagt, Gott sei mir gnädig!«

»Weiter nix?« Bienzle sah schon wieder auf die Uhr.

»Ich hab ihn natürlich g'fragt, was willscht denn von dem Gebhardt? Und dann hat er g'sagt: Wenn er mein Jürgen auslässt und alles zugibt, dann … Aber weiter hat er nix g'schwätzt.«

Bienzle sagte: »Ich versuch mal, den Satz zu vervollständigen: Wenn er mein Jürgen auslässt und alles zugibt, dann sorg ich dafür, dass er mit viel Geld ins Ausland verschwinde und dort a neus Lebe anfange kann.«

»Moinet Se wirklich?«

Bienzle antwortete nicht, sondern nahm Frau Maiers Rechte in seine beiden Hände. »Sie sind a Pfundsfrau.«

»Der Gottlieb wird des net denke; er hat nämlich g'sagt, ich soll alles für mich behalte ond koi Sterbenswörtle weitersage. Aber grad bei dem Wort ›Sterbenswörtle‹ isch's mir so heiß ond kalt da Rücke nonder – da hab i denkt, des sag ich dem Bienzle glei – wer weiß, wofür's gut ischt.«

»Des habet Sie absolut richtig g'macht!« Bienzle ließ ihre Hand los.

Frau Maier war sichtlich erleichtert, als sie jetzt ihren Sturzhelm wieder überstülpte und das Moped startete.

Gächter klemmte sich hinter das Steuerrad, und Bienzle ließ sich schwer auf den Beifahrersitz plumpsen.

»Der geht doch nicht dorthin«, sagte Gächter, »der sieht zu, dass er Land zwischen sich und Vorderbach bringt.«

»Da bin ich nicht so sicher«, meinte Bienzle, »aber für uns ist das egal, wir kriegen ihn jetzt anders sowieso nicht mehr.«

»Also, wie lauten die Befehle?«, fragte Gächter sarkastisch.

Bienzle brummte unwillig. »Wir können versuchen, vor den beiden da zu sein.«

Das Stauwehr lag etwa einen Kilometer oberhalb des Sägewerks. Gächter hatte in der Nähe einen überwucherten Waldweg gefunden und sein Fahrzeug halsbrecherisch hineingesteuert. Zweimal schon war er stecken geblieben, und jedes Mal hatte er das Auto durch zyklisches Gasgeben und Vor- und Zurückschaukeln wieder befreit. Beim dritten Mal drehten die Räder in einer tiefen, lehmigen Kuhle durch. Bienzle war ausgestiegen und hatte seine Schulter gegen das Heck gestemmt. Aber die Räder warfen nur feuchten Dreck und feine Steinchen gegen seine Hosenbeine. Der Wagen ruckte keinen Zentimeter von der Stelle.

Gächter stieg aus. »Dann bleibt er halt hier stehen. Später ziehen wir ihn mit dem Traktor raus.«

»Aber man kann ihn vom Sträßchen aus sehen!«

Gächter riss ein paar Zweige ab und tarnte das Polizeiauto notdürftig. Bienzle rührte keinen Finger. Er hielt das alles für Humbug. Ein mit Zweigen garniertes Auto musste hier genauso auffallen wie ein ungetarntes.

Um halb acht waren sie in der Nähe des Wehres. Zwar war es um diese Tageszeit jetzt im Sommer noch hell, aber die Schatten waren schon lang, und unter den ausladenden Tannen hatte man das Gefühl, die Dämmerung sei schon angebrochen.

Der Bach staute sich hier zu einer Breite von fünf oder sechs Metern auf. Die Anlage gehörte zur Sägemühle, denn dort erzeugte man mit Wasserkraft Strom. Das Wehr war gebaut worden, um für eine gleichmäßige Strömung zu sorgen.

Über die Mauer führte ein schmaler betonierter Weg, der links und rechts von einem Eisengeländer eingefasst wurde. Bienzle überlegte, ob es besser sei, auf der Straßenseite zu bleiben oder drüben einen Platz zu suchen, wo der Waldhang direkt vom

Ufer aus steil emporstieg. Er entschloss sich, auf der Straßenseite zu warten, um Gebhardt, falls er tatsächlich mit dem Wagen kam, gleich im Blickfeld zu haben.

Rechts neben dem Weg zog sich ebenfalls ein dichtes Waldstück steil nach oben. Ein schmales Rinnsal hatte eine tiefe Kerbe in den Tannenboden gegraben.

»Da steigen wir hinauf.«

Gächter grinste. »Wie die Indianer. Im Wasser hinterlässt du keine Spuren!«

Bienzle gab einen unwirschen Laut von sich.

Eine Viertelstunde später erwies es sich, dass die Indianermethode gar nicht so falsch war. Der alte Pressler tauchte plötzlich auf der gegenüberliegenden Seite auf. Er trug wieder seinen abgetragenen braunen Anzug, dazu aber einen breitkrempigen Hut. Über die Schulter hatte er seinen Sack aus Rupfen gehängt.

Er trat einen Schritt aus dem Wald heraus und zog sich sofort wieder zurück. Dann kam er mit schnellen, weit ausgreifenden Schritten über den Damm, wobei er wie ein Vogel den Kopf hin und her warf und nach allen Seiten zugleich zu schauen versuchte. Als er die Straßenseite erreichte, atmete er erkennbar auf. Und dann machte er sich daran, Spuren zu suchen. Er ging das geschotterte Sträßchen ein Stück hinauf, kniete einen Augenblick nieder, untersuchte den Belag, kam wieder zurück und inspizierte die Böschung dicht unter der Stelle, an der Bienzle und Gächter saßen. Bienzle kam sich mit einem Mal über die Maßen albern vor. Er wollte gerade aufstehen, als Gächter ihn am Arm packte und wieder in die Hocke zwang.

Ein leises, langsam anschwellendes Motorengeräusch war zu hören.

»Der kommt womöglich tatsächlich!«, flüsterte Gächter.

Gottlieb Pressler sprang mit einem Satz die Böschung hinauf

und verschwand zwischen einem dichten jungen Tannenbestand, nur wenige Meter von den beiden Beamten entfernt.

Ein grauer Mercedes rollte so langsam zwischen Pappeln und Tannen auf dem geschotterten Weg heran, dass man die Kieselsteine knirschen hörte. Bienzle beugte sich weit vor. Gebhardt saß alleine im Wagen.

Auch Gächter hatte sich ein wenig vorgebeugt. Er konnte die Schulter und den rechten Arm des alten Pressler sehen. Und plötzlich machte Gächter einen Satz. Er brach förmlich durchs Geäst, stieß einen Schrei aus und schlug zu. Im gleichen Augenblick löste sich ein Schuss.

Der graue Wagen begann zu schlingern, driftete nach rechts weg, geriet mit dem Vorderrad in den Graben und kippte leicht zur Seite. Das linke Hinterrad hob sich ein wenig vom Boden ab. Gebhardt war mit dem Oberkörper gegen das Lenkrad gefallen. Die Hupe gab einen lauten Dauerton von sich.

Bienzle rannte durch den schmalen Bach hinunter, stürzte, richtete sich wieder auf und landete mit einem Sprung über den Graben direkt vor der Kühlerhaube des Autos. Gebhardt hob ein wenig den Kopf und sah den Kommissar an. Bienzle öffnete die Fahrertür und zog Gebhardts Oberkörper vom Lenkrad zurück. Die Hupe verstummte.

»Verdammt«, sagte Gebhardt.

Bienzle fühlte klebrig-warmes Blut. »Wo hat Sie's erwischt?«, fragte er.

Gächter stieß den alten Pressler vor sich her über den Graben. Er hatte ihm die Waffe, einen schweren alten Revolver, entwunden.

»Sie wollten überhaupt nicht mit ihm reden«, herrschte Gächter den alten Mann an.

»Reden?« Gottlieb Pressler lachte. »Für den da ist jedes Wort zu schade!«

Gebhardt saß jetzt in das Rückenpolster zurückgelehnt da. Er atmete schwer, war aber bei Bewusstsein.

»Er verliert Blut«, sagte Bienzle, »das Geschoss ist oben in die Schulter eingedrungen, wahrscheinlich nicht so gefährlich.«

Pressler starrte Gächter böse an. »Wenn der da nicht dazwischengekommen wär ...!«

»Ja, was dann?«, fragte Gächter ruhig.

»Dann hätt ich das Schwein erledigt, wie ein Schwein erledigt wird ... Hier!« Er hieb sich mit der geballten Faust mitten auf die Stirn. »Zwischen die Augen.«

»Ein Tippelbruder, der zu viele Wildwestfilme gesehen hat«, sagte Gächter verächtlich.

Aber niemand schien ihm zuzuhören. Das Quartett wirkte ein paar Augenblicke lang wie paralysiert. Pressler und Gächter standen Schulter an Schulter neben dem Wagen, aber Gächter hatte den Revolver nach wie vor auf den alten Mann gerichtet. Gebhardt hing schwer atmend im Fahrersitz, Bienzle stand gebeugt daneben und schaute voller Sorge auf die Wunde.

»Können Sie rüberrücken?«, fragte er schließlich.

Gehorsam bemühte sich Gebhardt. Zentimeter um Zentimeter ruckte er nach rechts, wobei Bienzle mehr störte als half, denn jedes Mal, wenn er dem Verletzten unter die Achsel griff, wimmerte der Mann vor Schmerzen. Schließlich war es aber geschafft. Gächter bugsierte Pressler auf den Rücksitz und zwängte sich selbst daneben. Bienzle übernahm das Steuer.

Mit viel Mühe manövrierte er den Wagen. Er nutzte die kleine Straße über den Damm, um zu wenden. Langsam, um Erschütterungen möglichst zu vermeiden, ließ er das Auto auf Großvorderbach zurollen.

Einmal wandte Bienzle den Kopf nach hinten und sah für Sekunden dem alten Pressler in die Augen. »Warum wollten Sie ihn töten?«

»Weil er schuldig ist.«

»Schuldig? Woran?«

»Er ist schuldig, weil er von Grund auf böse ist.«

»Was sagen Sie dazu?«, fragte Bienzle den Mann auf dem Beifahrersitz. Aber Gebhardts Kopf war auf die Brust gesunken. Er
hatte das Bewusstsein verloren.

Der alte Pressler beugte sich plötzlich weit über Gebhardts
Schulter vor und zischte: »Schuldig, schuldig, schuldig!«

– 20 –

Der Abend war noch immer lau. Die Fenster des Gasthauses
standen offen.

Bienzle saß am Ecktisch, der zu seinem Stammplatz geworden
war. Die *Rössle*-Wirtin spülte lustlos Gläser und sah ab und zu
zu ihm herüber. An einem Tisch in der anderen Ecke spielten
vier Männer, die Bienzle nicht kannte, Doppelkopf.

Gebhardt lag im Krankenhaus von Schwäbisch Hall. Kasparczek saß in der Polizei-Arrestzelle. Morgen sollte er dem
Richter vorgeführt werden. Den alten Pressler hatten zwei uniformierte Beamte in die Vollzugsanstalt Hohenasperg gebracht,
die über eine psychiatrische Klinikabteilung verfügte.

Neben Bienzle stand der Karton, der Gächter auf dem Eichenhof in die Hände gefallen war. Die einzige Akte, die ihn interessierte, trug die Aufschrift: *Pressler, Gottlieb, geb. 14. 2. 1914.*

Der Gutachter, ein Professor Dr. Otto Riegele aus Stuttgart,
hatte dem alten Sägewerksbesitzer eine beginnende exogene
Altersschizophrenie attestiert, so viel hatte Bienzle verstanden.
Allerdings war ihm auch klar geworden, dass die Belege dafür
ziemlich windig waren. Der Psychiater bezog sich ebenso auf
seine eigenen Beobachtungen wie auf Aussagen der Angehö-

rigen. Die Einlassungen der Befragten schien er ziemlich willkürlich bewertet zu haben.

Bienzle klappte den Aktenordner zu und bestellte noch ein Viertel Roten. Er schaute auf die Uhr. Kurz vor zehn war es. Gächter musste bald zurück sein. Er hatte ihn zu den Presslers geschickt.

Die Wirtin brachte das gefüllte Henkelglas. Ohne zu fragen, setzte sie sich neben den Kommissar.

»Was ischt mit dem Gottlieb?«

Bienzle sah die Frau an. »Des klingt ja richtig besorgt«, sagte er mit einem schiefen Lächeln.

»Stimmt's, dass Sie den Gottlieb ei'gsperrt hent?«

»Immerhin hat er versucht, ein' umzubringen!«

»Den Gebhardt?«

»Mhm.«

Die Wirtin sah Bienzle böse an. »Ond Sie habet des net verhindere könne?«

»Beinah.«

»Beinah ischt z'wenig!«

»Ganz recht.« Bienzle führte das Glas zu den Lippen. »Trinket Sie doch au ein's!«, sagte er dann. »Auf mei Rechnung.«

Frau Maier ging und kam mit einem leeren Glas und einer gefüllten Halbliterkaraffe zurück.

»Wie war der Gottlieb denn früher?«, fragte Bienzle vorsichtig.

»Wie meinet Sie das?«, fragte die Wirtin noch vorsichtiger zurück.

»Na ja, war er a Tunichtgut zum Beispiel?«

»Er war koi Heiliger.«

»Und jetzt?«

»Er ischt halt a bissle komisch worde auf seine alte Tag.«

»A bissle komisch, so, so … Der Psychiater nennt das eine exogene Altersschizophrenie. Wenn ich's recht verstanden hab, lebt so ein Mensch in zwei unterschiedlichen Wirklichkeiten – einmal in seiner normalen Umwelt und dann wieder in einer, die er sich ausgedacht hat. Beim Gottlieb könnt des so aussehe, dass er … wie soll ich sage … als Kämpfer gegen die Sünde, gegen alles Verwerfliche auftritt. Es könnt sein, dass er in seiner zweiten Wirklichkeit glaubt, die Welt von bösen Einflüssen reinigen zu müssen.«

»Awah, so ein Lettegschwätz!«, entfuhr es der Wirtin. »Wer behauptet jetzt au so en Bledsinn? Der Gottlieb hat seine fünf Sinne besser beieinander als Sie ond i. Wenn er dene Kerle hat's Handwerk lege wolle, dann bloß, weil er's euch Polizischte net zutraut hat.«

Bienzle sah die Wirtin überrascht an. Aber er sagte nichts, sondern goss ihr nur das noch immer leere Glas voll.

»Ischt doch wahr!«, sagte Frau Maier trotzig und nahm einen herzhaften Schluck.

Bienzle sagte noch immer nichts. Er sah die Wirtin nur ruhig an.

»Was gucket Sie mich denn so an? Der Gottlieb will bloß, dass sei'm Sohn nix Unrechts g'schieht.«

»Lieber wird er selber zum Mörder?«

»Er hat bestimmt net g'laubt, dass Sie ihm draufkomme wäret.«

»Für so dackelhaft hält der ons?« Bienzle lachte leise in sich hinein.

Auch die Wirtin lächelte kurz. »Des net unbedingt. Aber sich selber hält er halt für g'scheiter.«

»Na ja, vielleicht ist er's ja«, sagte Bienzle, »aber wenn Sie recht habet, dann müsst er doch den Verdacht auf jemand anders lenke, oder?«

»Bin ich der Kriminaler oder Sie?«

»Tja, so wie's aussieht, sind's jetzt grad Sie.«

Frau Maier lachte. »Domm ischt er auf jeden Fall net, der Gottlieb!«

»Und wer könnt derjenige sein, auf den der alte Pressler den Verdacht lenke wollte?«

»Fraget Sie ihn halt!«

Die Doppelkopfspieler verlangten nach der Wirtin. Bienzle blieb tief in Gedanken sitzen, bis Gächter die Tür aufstieß und sich neben ihm auf die Bank fallen ließ. Er sah das zweite Weinglas an.

»Sitzt da schon jemand?«

»Die Wirtin.«

Gächter wechselte den Platz und setzte sich Bienzle gegenüber.

»Und?«, fragte Bienzle.

»Der junge Pressler ist am Vormittag nach Stuttgart gefahren. Seine Mutter behauptet, nicht genau zu wissen, warum. Glaub ich ihr aber nicht.«

»Wie hat sie's denn aufgenommen – ich mein, die Verhaftung ihres Mannes?«, fragte Bienzle ohne sonderliches Interesse weiter.

»Irgendwie schien sie erleichtert zu sein.«

»Na ja – immerhin ist der Alte jetzt auf Nummer Sicher.«

»Das könnte es sein …«

Bienzle hörte nicht richtig zu. Er sah durch das offene Fenster. Auf der Straße, direkt unter einer Laterne, hatten Kinder mit Kreide die Umrisse für ein Hüpfspiel gemalt. Himmel und Hölle hieß es wohl. Ein junges Paar kam Arm in Arm die Straße herunter. Die junge Frau löste sich von ihrem Partner und hüpfte auf einem Bein von der Hölle zum Himmel. Dort blieb sie stehen, bis ihr Freund zu ihr kam, sie in die Arme nahm und küsste. Bienzle seufzte ein wenig.

Gächter legte es falsch aus. »Ja, es ist wirklich ein verdammt verzwickter Fall. Wir suchen einen Mörder und kommen einer Falschgeldbande auf die Spur: Gebhardt, Steinhilber, Pressler junior, Kasparczek.«

»Und Kowalski«, sagte Bienzle leise.

»Glaubst du …?«

»Ach was, ich glaub gar nix, außer …« Bienzle hob die Stimme: »Frau Maier!«

Die Wirtin brachte den Doppelkopfspielern gerade ihre Getränke. »I komm glei!«, rief sie.

Bienzle ließ sie nicht aus den Augen, bis sie sich neben ihm niedergelassen hatte, dann brummte er: »Steinhilber!«

»Ja?«, fragte die Wirtin.

»Den kennet Sie doch, oder?«

»Freilich; er ischt ja der Schwiegersohn vom Gottlieb.«

»Eben!«

»Was, eben?«

»Am Tag nach dem Mord ischt er dort drübe g'sesse …«

»Ach, des meinet Sie?«

»Er hat sich uns mit einem falschen Ausweis vorg'stellt!«

»Erich Fortenbacher«, sagte Gächter, »selbständiger Handelsvertreter – Tabakwaren.«

Frau Maier wischte umständlich ihre Hände an ihrer Schürze ab. »Woher soll ich des denn wisse, dass der unter falschem Name …«

»Jetzt wisset Sie's«, sagte Bienzle. »Und fällt Ihne dazu was ei?«

»Ja freilich. I hab ihn ja heut Abend gsehe!«

»Was?« Bienzle hatte so laut gerufen, dass die Spieler ihre Karten aus der Hand legten und irritiert zu ihm herübersahen.

»Jetzt schreiet Se doch net so! Was soll denn da dabei sei?«, fragte die Wirtin pikiert.

Gächter lächelte sie unfreundlich an. »Der Mann wird polizeilich gesucht.«

144

»Und wann war des, wann habet Sie ihn gsehe?«, stieß Bienzle nach.

»Kurz vor acht Uhr.« Frau Maier bemühte sich plötzlich ums Hochdeutsche. »Er ist reingekomme, hat sich so komisch umgeguckt und g'sagt: ›Einen Schnaps, aber einen ganz schnellen.‹«

»Schwätzet Se no weiter, wie Ihne dr Schnabel g'wachse ischt«, sagte Bienzle.

»Dann hat er g'sagt: ›Ist mei Schwiegervater net da?‹ Aber des hat er ja selber sehe könne, dass der net da war.«

»Und weiter?«, fragte Bienzle.

»Nix weiter. Er hat den Schnaps nonder'kippt, hat zahlt und ischt gegange.«

»Wie?«

»Was, wie?«

»Wie ischt er gange? Schnell, hastig, überstürzt?«

»Ja, so könnt mr sage, genauso. Irgendwie hat er … wie soll i sage …«

»Gehetzt gewirkt«, ergänzte Gächter.

»Ja, stimmt!«

»Hat er ein Auto dabei gehabt?«, fragte Gächter.

»I weiß net, g'sehe hab i koins.«

»Jetzt amal langsam!« Bienzle trank sein Glas etwas zu hastig aus und schob es von sich. Frau Maier goss aus der Karaffe nach. Bienzle sagte: »Der alte Pressler holt den Steinhilber hierher. Er muss sich doch mit ihm verabredet haben, sonst hätt ihn sein Schwiegersohn gar nicht hier gesucht. Versetzen wir uns mal in Steinhilber. Er trifft den Gottlieb nicht an und geht hastig los – doch wohl, um ihn zu suchen. Wenn er ihn hier nicht findet, marschiert oder fährt er zum Sägewerk. – Gibt's noch einen anderen Weg zum Sägewerk als durchs Tal?«, fragte er Frau Maier.

»Der wär a arger Umweg, über Großvorderbach.«

Gächter sah seinen Kollegen an. »Du glaubst, der Pressler hat ihn bestellt, um ihm nachher die Tat in die Schuhe zu schieben?«

»I hab scho mal g'sagt, i glaub gar nix. Trotzdem …« Er stand unvermittelt auf und sagte zu der Wirtin: »Ich nehm den Schlüssel mit – 's könnt später werde.«

Gächter folgte ihm. Es war jetzt sehr dunkel draußen. Vor dem Himmel-und-Hölle-Spiel blieb Bienzle stehen. Plötzlich hüpfte er los. Etwas atemlos kam er im Himmel an, aber er hatte keine Linie betreten. Gächter hatte sich einstweilen gemütlich eine Zigarette angezündet.

»Hast's g'sehen – keinen Strich hab ich berührt!«, rief Bienzle begeistert.

»Ja, und?«, fragte Gächter verständnislos.

Bienzle war plötzlich ein bisschen verlegen. »Ich mach immer solche Sachen. Zum Beispiel steig ich in den Aufzug ein, und wenn ich auf den Knopf drück, denk ich: Wenn er ganz nauffährt, ohne einmal anzuhalten, geht alles gut … Manchmal geh ich auf der Bordsteinkante und nehm mir vor, keinen Spalt zu betreten – geht's gut, geht auch das gut, an was ich denke.«

Gächter sah den Freund fassungslos an. »Und jetzt hast du gedacht: Wenn ich das Spiel da schaffe, ohne auf einen Strich zu treten, löse ich den Fall?«

»So ungefähr, ja!«

Gächter schüttelte den Kopf. »Aber das darf doch nicht wahr sein! Warum liest du dann nicht einfach dein Horoskop?«

»Mach ich ja«, sagte Bienzle, »aber verzähl's koim weiter!«

Frau Pressler hob resignierend die Hände, als sie die beiden Beamten hereinließ.

»Ich dachte, es wäre alles gesagt.«

Bienzle ließ sich, ohne eine Aufforderung abzuwarten, in einen lederbezogenen Sessel fallen. »Fast alles«, sagte er.

Frau Pressler schaltete den Fernsehapparat ab.

»Ihr Mann ist nicht krank«, sagte Bienzle, »nur raffiniert.«

»Wollen Sie einen Tee?«, fragte Frau Pressler.

Die beiden Männer schüttelten die Köpfe.

»Wissen Sie, ob Ihr Schwiegersohn eine Waffe hat?«

»Nein, keine Ahnung.«

»Wissen Sie, dass er heute Abend hier war?«

»Wann?«

»So vor drei Stunden.«

»Hier war er nicht.«

Gächter, der wieder am Türrahmen lehnte, drehte sich eine Zigarette. »Wo lebt eigentlich Ihre Tochter?«

»In Stuttgart. Warum?«

»Nur so.«

»Wohnt Ihr Sohn bei ihr, wenn er in Stuttgart ist?«

»Ja.«

»Heute auch?«

»Sicher.«

»Und warum ist er nach Stuttgart gefahren?«

»Ich denke, geschäftlich.«

Bienzle hatte während des kurzen Gespräches von einem zum anderen geschaut. Jetzt sagte er: »Ihr Mann hat ihn nach Stuttgart geschickt, gell?«

Frau Pressler sah ihn an. Sie war unsicher. »Wer sagt das?«

»Es stimmt doch?« Bienzle wirkte jetzt sehr ruhig.

»Ja.«

»Gut, so weit. Jetzt sagen Sie uns noch, warum?«

»Ich sagte doch, geschäftlich.«

»Und was waren das für Geschäfte?«

»Darum habe ich mich nie gekümmert – bisher.«

»Ja, bisher. Aber heute?«

Frau Pressler schwieg.

»Wir kriegen's raus«, sagte Bienzle.

Alle drei schwiegen.

Gächter stand unbeweglich an der Tür. Bienzle hockte müde in seinem Sessel, die Augen waren ihm fast zugefallen. Frau Pressler saß auf der vorderen Kante ihres Stuhles und zerknautschte ein Taschentuch.

»Wenn der Herr Steinhilber hier ist – ich meine, in der Gegend –, wo würde er sich dann aufhalten?«, fragte Bienzle langsam. »Hat er eine Freundin hier?«

»Woher soll ich das wissen? Mir würde er's nicht auf die Nase binden – mir zuletzt!«

»Aber irgendeine missgünstige Frau aus dem Dorf hätt's Ihnen gesteckt.«

Frau Pressler stand auf und ging zum Fenster. Sie sah in die Nacht hinaus. »Wollen Sie mich nicht endlich in Ruhe lassen?«

»Das liegt ganz bei Ihnen«, sagte Gächter. »Reden Sie halt und sagen Sie uns, was Sie wissen.«

»Er hat was mit dieser Neuner …«

»Ursula Neuner aus Großvorderbach?« Gächter stieß sich vom Türbalken ab.

»Die ist erst neunzehn«, sagte Bienzle wie zu sich selbst.

Frau Pressler lachte. »Was spielt das für eine Rolle? Die war erst sechzehn, als …« Sie unterbrach sich.

»Als was?«, fragte Gächter scharf.

»Sie wissen schon.«

»Also doch«, sagte Bienzle. »Das Mädchen hat uns was vorgespielt.«

»Bühnenreif«, knurrte Gächter, »und als ich sie nochmal verhört habe, muss sie demnach perfekt gelogen haben.«

Bienzle sagte unvermittelt: »Ihr Mann hat also dem Jürgen eine Vollmacht in die Hand gedrückt und gesagt, fahr nach Stuttgart, heb das Geld ab und bleib bis morgen bei deiner Schwester.«

»Das hab ich nicht behauptet«, stieß Frau Pressler hervor.

»Aber ich!«, sagte Bienzle. »Und jetzt weiter im Text: Er hat seinen Schwiegersohn hergelockt. Wahrscheinlich hat er ihm Geld versprochen – viel Geld. Und auch den Gebhardt hat er kommen lassen – den aber, um ihn umzubringen und die Tat Steinhilber in die Schuhe zu schieben.«

Gächter sah Bienzle an. »Wie heißt das auf Schwäbisch: Jetzt tu nur auch g'schwind langsam!«

Bienzle hob den Zeigefinger: »Du hast's doch g'sehen – ich bin kein einziges Mal auf den Strich getreten!«

Kopfschüttelnd wendete sich Gächter ab.

Mit einem grässlich grellen Ton schrie eine Alarmglocke los. Unterhalb des Bungalows flammten Scheinwerfer auf. Dann heulte eine Sirene. Bienzle war mit einem Satz auf beiden Beinen.

»Feueralarm!«, schrie Frau Pressler.

Gächter war schon zur Tür hinaus. Bienzle stand unschlüssig mitten im Zimmer.

»Wenn's hier brennt, lohnt sich's!«, sagte er.

Erst dann stapfte er hinaus.

Von Gächter war nichts mehr zu sehen. Bienzle blieb am Rand der Terrasse stehen und blickte auf die weitläufige Anlage des Sägewerks hinab. Im Scheinwerferlicht sah er Gächter, der mit großen Schritten zwischen den Bretterstapeln Richtung Sägehütte lief. Eine schmale Flamme züngelte an der Giebelseite des langgezogenen Schuppens hinauf. Frau Pressler war hinter den Kommissar getreten.

»Tun Sie doch was!«, rief sie atemlos.

Bienzle stand wie festgewurzelt. »Hat Ihr Sohn die Mädchen auf dem Gewissen?«

»Nein!«, schrie sie.

»Hat sein Vater ihm Geld versprochen, damit er verschwindet, der Jürgen?«

»Ja …«

»Und Ihr Mann wollte das Werk wieder selber übernehmen – ich meine, die Leitung des Werks?«

»Ja!«

Gächter hatte jetzt den Schuppen erreicht und die Tür aufgerissen. Flammen schlugen ihm entgegen.

»Jetzt müsste man alle auf einen Schlag hier haben«, murmelte Bienzle. »Vater und Sohn Pressler, Steinhilber, Kasparczek und Kowalski, Gebhardt und das Fräulein Neuner …« Er beugte sich weit über den schmiedeeisernen Zaun und kniff die Augen zusammen. »Mindestens einer davon scheint ja da zu sein!«

»Ich versteh Sie nicht«, sagte Frau Pressler.

Aber Bienzle kümmerte sich nicht mehr um sie. »Und wenn mich nicht alles täuscht, kommt er sogar herauf.«

Der Mann war wie ein Schattenriss zu sehen. Er befand sich jetzt zwischen einem Tiefstrahler und der Böschung unterhalb des Bungalows.

»Wenn das Feuer um sich greift …«, stöhnte Frau Pressler.

»Beruhigen Sie sich; wir zwei können's sowieso nicht verhindern.« Bienzle trat einen Schritt zurück, um aus dem Lichtkreis der Terrassenlampe zu kommen.

Gächter hatte indessen durch den Rauch hindurch einen Feuerlöscher entdeckt. Er drückte ein Taschentuch gegen Nase und Mund und rannte los.

Der Mann kam langsam die Treppe herauf. Bienzle zog sich weiter zurück. Er stand jetzt neben der Regenrinne. Frau Pressler war zum Tor gegangen.

Gächter schaffte den kurzen Weg. Er riss den Feuerlöscher aus der Halterung und stürmte zurück zur Tür.

»Jürgen, du? Aber …« Frau Pressler drückte die Hände flach auf ihre Brust. »Aber ich denke, du bist in Stuttgart!«
»Ganz ruhig, Mutter.« Jürgen Pressler stieß das Tor auf.
»Aber das Feuer!«, schrie sie.
»Ein Kurzschluss vermutlich«, sagte Jürgen Pressler und lachte.

Gächter hatte Mühe, die Kappe abzuziehen, er fluchte, was das Zeug hielt. Dann sprang sie plötzlich wie von selbst herunter.
»Na endlich!« Gächter drückte auf den Auslösehebel. Eine Schaumkaskade schoss aus dem Ventil.

Bienzle hatte sich ganz in die Dunkelheit zurückgezogen.
Jürgen Pressler ging an der Front des Hauses entlang, öffnete eine kleine Stahltür, die in die Außenwand eingelassen war, und drückte auf ein paar Kippschalter. Zuerst verstummte die Sirene, dann die gellende Klingel, und schließlich erloschen die Scheinwerfer. Das Tal lag wieder ruhig und dunkel; nur unten im Werk flackerte es rötlich, vom Rauch gedämpft. Erst nachdem sich Bienzle an die Stille gewöhnt hatte, hörte er die Sirene vom Dorf her. Er trat einen Schritt vor.

Mutter und Sohn standen dicht beieinander. Jürgen Pressler hatte seinen Arm um die alte Frau gelegt und streichelte ihr übers Haar.

Leise sagte er: »Jetzt wird alles gut!«

Die Stimme der Mutter klang seltsam sachlich, als sie sagte: »Nein, Jürgen, gar nichts wird gut.«

»Doch, doch – glaub mir nur! Wir brauchen ihn nicht mehr. Wir sind sehr hoch versichert.«

Bienzle trat in den Lichtkreis der Lampe und sagte: »Gegen alles kann man sich nicht versichern.«

Jürgen Pressler ließ seine Mutter los und starrte den Kommissar entgeistert an, der jetzt an den beiden vorbei über die Terrasse ging. Am Geländer blieb er stehen.

Gächter war es offenbar gelungen, das Feuer ein wenig zurückzudrängen. Immer wieder rief er nach Bienzle. Der stand gelassen am Rande der Terrasse und sagte über die Schulter: »Für meinen Kollegen da unten ist das eine sportliche Angelegenheit ...« Dann wandte er sich um. »Sie haben also das Feuer gelegt, Herr Pressler?«

»Wie kommen Sie her?«, fragte Pressler.

»Ihr Vater wollte den Betrieb wieder selber übernehmen. Sie sollten sich verdrücken – mit genügend Geld natürlich. Vielleicht nach Südamerika – Ihre Schlagrechte wahrnehmen ...«

»Ihre Phantasie möchte ich haben«, sagte Jürgen Pressler.

Bienzle drehte sich um und sah wieder auf das Sägewerk hinunter. »Er wird verlieren, mein Kollege.«

Das Feuer durchbrach das Dach des Schuppens.

»Bei Brandstiftung zahlt keine Versicherung«, sagte Bienzle. Er beobachtete den jungen Pressler. Der stand einen Augenblick unschlüssig da, dann rannte er los, die Treppe hinunter.

Bienzle ging zu Frau Pressler hinüber. »Ihr Sohn denkt ziemlich fix«, sagte er. »Übrigens weiß ich jetzt, dass er die Mädchen nicht umgebracht hat.«

Frau Pressler ließ sich auf einen Stuhl fallen und begann zu weinen, erst leise, verhalten – verstockt, dachte Bienzle. Wie ein Schluckauf klang das. Aber plötzlich beugte sie sich weit vor bis dicht über ihre Knie und schluchzte hemmungslos.

Bienzle sagte, mehr zu sich selbst als zu ihr: »Er wäre mit dem Geld verschwunden, wenn er die Mädchen auf dem Gewissen hätte. So aber hatte er nur eines im Sinn: zu verhindern, dass der Vater hier wieder das Regiment übernimmt.«

Frau Pressler richtete sich auf und ließ die Schultern gegen die Rückenlehne fallen. Ihr Kopf pendelte hin und her. »Ich halte das nicht aus!«, stöhnte sie.

»Was man aushält, weiß man immer erst hinterher.«

Bienzle ging zum Geländer. Gächter und Pressler bekämpften gemeinsam die Flammen.

»Zu zweit schaffen sie's vielleicht«, murmelte Bienzle.

Am Ende des Tales huschten blaue Lichtflecke über den Himmel. Weit entfernt erklang ein Martinshorn.

Eine Stunde später, exakt zwanzig Minuten nach Mitternacht, war der Brand gelöscht. Und während die Feuerwehr das Gelände sicherte und Wachen gegen eventuelle Schwelbrände aufstellte, saßen Gächter und Pressler im Wohnzimmer des Bungalows und versuchten, den Geschmack von Ruß, Rauch und Asche mit viel Bier wegzuspülen.

»Wo warst eigentlich du?«, fragte Gächter.

Bienzle lächelte ein wenig schuldbewusst. »Ich bin bei der Polizei und nicht bei der Feuerwehr.«

Gächter machte eine wegwerfende Handbewegung.

»Ich hab a bissle was erfahren«, sagte Bienzle.

»Aha!« Gächter schüttete ein weiteres Bier in sich hinein.

Bienzle baute sich vor seinem rußgeschwärzten Kollegen auf. »Also, hör zu: Gottlieb Pressler, Menschenfreund und Sägewerksbesitzer, hat tatsächlich geglaubt, er könne Schicksal spielen, die Schuldigen entlarven und«, Bienzle hob den Zeigefinger, »auch gleich bestrafen. Er war nämlich längst hinter all das gekommen, was wir noch gar nicht so genau wissen: Gebhardt hat Kasparczek gezwungen, Platten für die Falschgeldproduktion zu gravieren. Kasparczek hat das zuerst verweigert, aber dann – unter Drogen – gemacht. Und zwar gut; denn wenn dieser Kasparczek was macht, dann will er's auch gut machen. Gebhardt konnte also sein Geld drucken. Jürgen Pressler, dieser Brandstifter da, hat Lunte gerochen. Ihm ging's nicht besonders, weil ja sein Alter das Kapital sozusagen mit auf die Walz genommen hatte. Also der Jürgen hat davon erfahren – wie, das verrät er uns noch in dieser Nacht. Aber es war mehr eine Ahnung; wirklich gewusst hat er's nicht. Er wollte es genau wissen. Und da verfiel er auf seine damalige Freundin Renate Häberlein.«

Jürgen Pressler stemmte sich aus seinem Stuhl, ließ sich aber sofort wieder zurückfallen.

Bienzle hob beruhigend die Hand. »Widersprechen Sie mir ruhig, Herr Pressler, wenn ich mich irre.«

Aber der junge Mann winkte nur ab und griff sich eine neue Bierflasche.

»Jürgen, trink nicht so viel«, sagte Frau Pressler scharf.

Aber noch ehe der Sohn antworten konnte, fuhr Bienzle fort: »Also machte sich Renate Häberlein an Kasparczek heran. Sie brachte genug Beweise mit. Für Pressler war klar: Gebhardt druckt Falschgeld. Jetzt setzte er ihn unter Druck. Gebhardt blieb nichts weiter übrig, als ihn mit in das Geschäft zu nehmen. Und da musste Pressler feststellen: Der Partner Gebhardts war sein eigener Schwager, Steinhilber alias Fortenbacher.

Gebhardt druckte oder ließ drucken, und Steinhilber setzte das Falschgeld ab …«

Bis zu diesem Punkt hatte die alte Frau Pressler ruhig zugehört. Jetzt sagte sie: »Es ist schon nach zwei Uhr. Sie können ja Ihre Geschichte morgen weitererzählen.« Ihr Gesicht war dabei so seltsam ruhig, dass es wie erstarrt wirkte.

Bienzle sah sie einen Augenblick an und wandte sich dann wieder Gächter zu. »Also: Gebhardt und Steinhilber nahmen Jürgen Pressler mit ins Geschäft. Und das hätte lange gut gehen können, wenn … Ja, wenn Renate Häberlein eine andere Frau gewesen wäre. Offensichtlich gehörte sie aber zu den Frauen, die sich nur vermeintlich von den Männern benutzen lassen.«

Jürgen Pressler stellte seine Bierflasche hart auf den Glastisch.

»Was sie herausgebracht hatte«, fuhr Bienzle ungerührt fort, »erkannte sie schnell selbst als gewinnträchtiges Wissen. Sie verlangte ihren Anteil.«

Gächter, der zu schnell und zu viel getrunken hatte, grinste, schaute in die Runde und sagte: »Woher der Bienzle das nur alles weiß?«

Bienzle achtete nicht auf ihn. Er sah Pressler an: »Gell, Sie saget mir, wenn was net stimmt.«

Pressler reagierte nicht.

Bienzle redete weiter: »Auch Kasparczek wurde jetzt unberechenbar. Er hatte nämlich Renate Häberlein durchschaut. Kurz darauf freundete er sich mit Elke Maier an. Mit ihr hat er wohl wirklich vorgehabt, ein neues Leben anzufangen – so was gibt's ja. Aber so was kostet Geld; das konnte er zwar herstellen, aber er hatte keines. Immerhin wusste er, wo man welches holen konnte – bei Gebhardt …« Bienzle beugte sich zu Gächter hinunter: »Und jetzt versetz dich mal in den Gebhardt: A paar Woche vorher hat er noch ganz allei kassiert, und jetzt kommt plötzlich jede Woch a neuer Teilhaber, sprich Erpresser!«

»Scheißsituation, zugegeben«, sagte Gächter.

»Richtig! Ich kann mir vorstellen, wie's bei der Krisensitzung zuging: Gebhardt nervös, Pressler unschlüssig, Steinhilber eiskalt.« Blitzschnell fuhr Bienzle zu Pressler herum: »Stimmt's?«

Der junge Pressler hob wie beschwichtigend beide Handflächen nach oben. Er ging an die Hausbar, die in eine Schrankwand eingelassen war, und goss sich einen Obstler in einen Cognacschwenker.

Bienzle sah ihm zu und wartete geduldig, bis er wieder Platz genommen hatte. »Und danach wurde Renate Häberlein umgebracht – vorsätzlich, brutal und keineswegs aus sexuellem Antrieb. Die Frage ist nur, von wem?«

»Von mir nicht«, sagte Pressler.

»Und von Gebhardt auch nicht«, sagte Bienzle.

»Von Steinhilber also!«, sagte Gächter.

»Das glaube ich nicht!«, sagte Frau Pressler.

Plötzlich starrten alle die alte Frau an.

»Das Dumme ist«, sagte Bienzle, »dass ich von allem, was Sie sagen, so beeindruckt bin.« Er war aus dem Konzept gebracht. Der Einwurf von Frau Pressler war mehr als eine Irritation. Er hob die Schultern. Dann sagte er: »Also, Frau Pressler – wer war's?«

Sie sah ihn an. »Ich glaube lediglich, dass es mein Schwiegersohn nicht war.«

Bienzle suchte nach seinem roten Faden und fand ihn wieder. »Egal, wer's war. Elke Maier war mit Renate Häberlein befreundet gewesen. Sie wusste viel, und die anderen wussten, dass sie viel wusste.«

Gächter stellte seine Bierflasche auf den Boden und knurrte: »Hört gut zu, Leute – Bienzle formuliert wieder mal wie ein Weltmeister. Ich bin müde, hab mir die Hose angesengt, ein

Feuer gelöscht und vielleicht eine Katastrophe verhindert. Ich will ins Bett! Mach's kurz, Kommissar.«

Pressler, der auch längst nicht mehr nüchtern war, grinste. »Klingt wie 'n Titel für 'n Krimi: Mach's kurz, Kommissar!«

Bienzle hatte geduldig zugehört. Ihn würde jetzt niemand mehr aus dem Konzept bringen. »Elke Maier wollte Geld«, sagte er, »viel Geld. Und sie wollte es cleverer machen als ihre Freundin Renate. Sie ging weder zu Gebhardt noch zu Steinhilber. Sie ging zu Ihnen, Herr Pressler! Elke Maier wusste genau: Sie waren zu weich oder, sagen wir besser, zu anständig, um sich einer Zeugin durch Mord zu entledigen.«

Pressler sah den Kommissar unsicher an. Eigentlich wusste er, dass sich Bienzle bis zu diesem Punkt alles zusammenreimen konnte, aber nur bis hierher und nicht weiter. Und im Grunde wusste er auch, wenn er jetzt schwieg, eisern schwieg, geriet der Polizist in eine Sackgasse. Aber Pressler wollte reden, er wollte loswerden, was ihn bedrückte, frei werden wollte er. Und so redete er, obwohl er eigentlich nichts sagen wollte.

»Ich konnt ja gar nichts machen.«

Frau Pressler, die nur ahnte, was sich da anbahnte, schrie: »Jürgen, halt doch den Mund!«

Aber ihr Sohn sah sie nur an und sagte: »Mein Gott, wie oft habt ihr mir den Mund verboten!«

Bienzle setzte sich und sah den jungen Pressler erwartungsvoll an.

»Die Fäden hat Bruno gezogen – mein Schwager, Steinhilber.«

Bienzle nickte.

»Er hat sich den Kowalski genommen«, fuhr Pressler fort.

Gächter sah Bienzle an und sagte: »Wenn du jetzt behauptest, du hättest das gewusst, gibt's unheimlich Zoff.«

»I hab koi Ahnung!«, sagte Bienzle.

Pressler sprach weiter: »Mein Schwager hat Kowalski mit Tipps versorgt, wo's was zu sehen gab – bei Kasparczek und Elke Maier zum Beispiel.«

»Aber *warum*?«, rief Gächter.

»Hat dei Gehirn ausg'setzt?«, fragte Bienzle.

»Weil er's dem Kowalski anhängen wollte!«, rief Pressler.

»Erinnerst du dich an den ersten Abend im *Rössle*?«, fragte Bienzle. »Dir hat's doch am meisten gestunken, wie sich der Steinhilber alias Fortenbacher an uns rang'schmisse hat!«

Gächter nickte langsam. »Stimmt, ja ... ›Das war einer vom Eichenhof‹, hat er damals gesagt, und dann noch: ›Tippelbrüder, Alkoholiker, Penner – lauter Asoziale –, da finden Sie den ganzen Abschaum!‹«

»Sie haben ein gutes Gedächtnis, Herr Gächter«, sagte Pressler.

»Des braucht er jetzt bald nimmer«, gab Bienzle zurück, »jetzt gibt's nämlich Computer ... Was habet Sie denn getan, als die Elke Maier zu Ihnen kam?«

»Ich hab ...« Der junge Pressler unterbrach sich und schaute auf die Uhr. »Das ist ja der dritte Grad!«

»Sie sind zu Steinhilber gegange, oder?«

Pressler nickte.

»Und der hat dann Elke Maier genauso umgebracht wie zuvor Renate Häberlein.«

»Das sind doch alles Lügen und Hirngespinste. Es ist bald drei Uhr in der Nacht«, protestierte Frau Pressler.

»Wir gehen, wenn alles ausgesprochen ist«, sagte Bienzle sehr ruhig. Er hatte – ganz gegen seine Gewohnheit – keinen Tropfen getrunken. »Kowalski war schlauer als die beiden Mädchen, gell?«, wandte er sich an Pressler.

»Den haben alle unterschätzt.«

»Stimmt; ich auch.« Bienzle nickte ein paar Mal. »Kowalski konnte sich ja zusammenreimen, wie alles zusammenhing.

Aber der war viel abgefeimter als die Renate und die Elke. Der protzte nicht mit dem, was er wusste, der erpresste auch nicht im großen Stil. Er ließ nur so viel von seinem Wissen heraus, dass Gebhardt glaubte, er könne sich Kowalskis Schweigen kaufen. Aber als dann mein Freund Josef Kowalski eingebuchtet war, da hatte er schon ein neues Geschäft im Auge, das er mit mir machen wollte. Wenn er Gebhardt und seine Spießgesellen auf Nummer Sicher brachte – was konnte ihm das noch schaden?«

Gächter grinste und blies an der Öffnung der leeren Bierflasche, dass ein röhrender Ton erklang. »Die Welt ist schlecht, und die Menschen sind schlecht – was für ein Glück, wir wären ja sonst arbeitslos.«

»Pfui Teufel«, sagte Frau Pressler.

»Du bist besoffen«, stellte Bienzle fest.

»Du hast's nötig!«, sagte Gächter.

»Haben Sie genau zugehört?«, fragte Bienzle den jungen Pressler.

»Ganz genau.«

»Und?«

»Kein Einspruch, Euer Ehren.«

»Dann würd ich jetzt gern was trinken!«

Pressler ging ziemlich unsicher zur Hausbar. Er prüfte die Flaschen und zog eine heraus. »Das ist der Lieblingswein meines Vaters.«

»Auf dem sein' G'schmack verlass ich mich blind«, sagte Bienzle.

Als er zwei kleine Schlucke genossen hatte, lehnte er sich in dem bequemen Ledersessel, den er sich mit Bedacht ausgesucht hatte, weit zurück. »Ich tipp auf einen Eberstädter Trollinger mit Lemberger 1981.«

»Stimmt«, sagte Pressler.

Bienzle wandte sich an Frau Pressler: »Kennen Sie das Spiel ›Himmel und Hölle‹?«

»Natürlich, das haben wir doch als Kinder gespielt.«

»Mhm«, machte Bienzle, »der Jürgen ischt in der falschen Richtung g'hopst.«

»Ich verstehe nicht …«

»Naufwärts ist's nämlich ziemlich schwierig«, sagte Bienzle. Er trank behutsam. »Also, der Einundachtziger war koi besonderer Jahrgang«, sagte er, »des schmeckt mr.«

»Trink halt Bier«, sagte Gächter.

»Schuldig sind sie am Ende alle«, dozierte Bienzle, ohne Gächter zu beachten. »Der alte Pressler – vor allem, weil er selber Schicksal spielen wollte. Der junge Pressler«, fuhr er fort, ohne ihn anzusehen, »weil er sich für g'scheiter gehalten hat, als er ist, und weil er widerstandslos immer weiter reingeschlittert ist in die Machenschaften der anderen – auch dann noch, als Ihnen längst die Sache über den Kopf gewachsen war«, wandte er sich jetzt an Jürgen Pressler. »Dem Gebhardt ging 's bloß ums Geld, und der Steinhilber ist genau der Mann, den die alle gebraucht haben – einer, der sich sozusagen stellvertretend gern die Finger schmutzig macht, um damit auch seine Kompagnons unter seinen Willen zu zwingen. Und der Kasparczek – des ischt oiner von dene Dumme, mit dene mr sonscht d' Welt umtreibt!«

»Was für einer?«, fragte Gächter.

»Oiner wie du und ich, Gächter.«

»Oh, du liebes Herrgöttchen!«

»Lass es, bitte lass es!« Bienzle verdrehte die Augen.

Gächter stand auf und holte sich, ohne lang zu fragen, aus der Küche ein Bier. Als er zurückkam, sagte er zu Bienzle: »Einen Sack voll Indizien haben wir, aber keinen Beweis – und vor allem keinen Täter!«

160

Pressler hob den Kopf. »Er hat recht: Wie wollen Sie das alles beweisen, Kommissar?«

»Ist Ihnen entgangen, dass ich nichts anderes gemacht hab, als Ihr Geständnis zu formulieren?«

»Mein Geständnis? Sie? Damit kommen Sie nicht weit!«

»Weit genug. Sie werden das Satz für Satz unterschreiben.«

»Warum sollte ich?«

»Weil es vorderhand noch fraglich ist, wofür ich Sie vor den Richter bring.«

Gächter sah seinen Freund erstaunt an. »Hör mal, das ist meine Rolle!«, rief er und fing an zu lachen.

Aber Bienzle lachte nicht mit. Er stand behäbig auf, ging zu Pressler hinüber, beugte sich zu ihm hinab und sagte, jede Silbe betonend: »Falschgeld, Betrug, Beihilfe zum Mord, Brandstiftung … Eine schöne Latte. Andere brauchen für eine kriminelle Karriere dieser Größenordnung Jahre!«

Pressler schwieg. Bienzle veränderte seine Haltung um keinen Millimeter.

»Als ich Sie zum erschte Mal g'sehe hab, im *Rössle*, da waren Sie der Platzhirsch – groß und stark, laut ond arrogant. Wisset Sie no, wie Sie den Kowalski lächerlich g'macht habet? Wisset Sie no, was Sie g'schriee habet? I sag's Ihne: Sie habet g'schriee: ›Müssen wir uns von Asozialen alles gefallen lassen?‹ Und schon damals habe ich 'dacht, wer da wohl der Asoziale ischt – der Kowalski oder Sie? Und ich will ganz ehrlich sein: Von alle Verdächtige wäret Sie mir lange Zeit der liebschte Täter g'wese!«

Bienzle richtete sich auf und stieß den Atem aus. »So, jetzt wisset Sie's!«

Gächter grinste: »Wer schützt uns vor solchen Bullen?«

Bienzle ließ sich nicht beirren. »Sie haben die Wahl, Pressler. Ihr Geständnis ist für die ganze weitere Entwicklung des Falles von entscheidender Bedeutung. Und täuschen Sie sich ja nicht:

Was die Richter am Ende glauben, hängt auch davon ab, was und wie unsereiner aussagt.«

Pressler schüttelte den Kopf, als ob er lästige Gedanken abwerfen müsste. »Das ist ja Erpressung!«

»Erpressung?«, sagte Bienzle. »Richtig, das könnten wir bei Ihnen auch noch unterbringen.«

Gächter drehte sich eine Zigarette. Er sagte langsam: »Wenn der Bienzle einmal einen auf dem Kieker hat ...«

Frau Pressler ging zur Bar und schenkte sich einen Schnaps ein.

Jürgen Pressler hob die Hände. »Okay – machen Sie ein Protokoll!«

»Der Gächter macht das«, sagte Bienzle kalt. »Der hat Sie nicht so auf dem Kieker!«

Frau Pressler trank ihren Schnaps in einem Zug aus.

Als sich Gächter und Jürgen Pressler in einen Büroraum zurückzogen, um das Geständnis des jungen Sägewerksbesitzers in die Maschine zu schreiben, ließ sich Bienzle von seinem Kollegen die Wagenschlüssel geben, um nach Großvorderbach zu fahren.

– 22 –

Die Uhr am Armaturenbrett zeigte 4 Uhr 20, als Bienzle den Wagen vor dem kleinen Häuschen stoppte, in dem Frau Neuner mit ihrer Tochter Ursula wohnte. Sorgfältig schloss er die Autotür ab und schritt auf das Haus zu. Vor den Stufen zur Haustür verharrte er einen Moment und ging dann an der Front entlang bis zu einem schmalen Durchlass. Er warf einen Blick zu den Fenstern hinauf und verzog sich zwischen den Häusern nach hinten.

Er erreichte den Hof. Ein windschiefer Schuppen saß zwischen der Rückfront des Hauses und einer steil abfallenden Böschung. Das wacklige Holztor war mit einem Vorhängeschloss gesichert. Bienzle strich ein Streichholz an und leuchtete die Erde ab. Auf dem weichen Grasboden waren deutliche Spuren von Autoreifen zu erkennen. Als das Streichholz erloschen war, mussten sich seine Augen erst wieder an die Dunkelheit gewöhnen. Er untersuchte das Vorhängeschloss und rüttelte leise an dem Holztor. In der Nähe schlug ein Hund an. Das Tor ließ sich nicht öffnen. Bienzle war müde und hellwach zugleich. Er ging bis zum Rand der Böschung und setzte sich, wobei er die Absätze seiner Schuhe tief ins weiche Erdreich drückte.

Er kannte seine besondere Begabung, sein Gefühl für Zeit auszuschalten. Warten war für ihn nichts Unangenehmes. Schon früher war er manchmal mitten in der Nacht hinausgefahren – auf die Schwäbische Alb zum Beispiel –, um auf die Dämmerung und den Sonnenaufgang zu warten.

Der Tag kam langsam. Der Himmel war grau bezogen. Ein dünner Hochnebel verwandelte die Sonnenstrahlen in eine diffuse Helligkeit. Bienzle wusste nicht, ob er geschlafen hatte.

Hinter den Bauernhäusern krähten ein paar Hähne. Auf der anderen Seite belebte sich die Straße. Autos wurden gestartet. Hastige Schritte ließen vermuten, dass die Frühaufsteher zur Arbeit unterwegs waren.

Bienzle erhob sich und ging zu dem Schuppen. Durch eine Ritze erkannte er die Umrisse eines Autos. Er zog ein kleines Notizbuch aus der Tasche und blätterte darin, bis er die Eintragung *Autonummer Steinhilber/Fortenbacher: S-HB-30* fand. Er klappte das Büchlein zu und schaute erneut durch die Bretterritze, aber die Autonummer konnte er nicht erkennen.

Es verging noch eine gute Stunde, ehe sich im Haus etwas regte. Ein Rollladen wurde hochgezogen. Bienzle retirierte in den schmalen Durchlass zwischen Hof und Fahrstraße. Als nach einer weiteren halben Stunde die Haustür ging, lugte er vorsichtig um die Ecke. Frau Neuner lief die Straße hinunter und blieb an der Autobushaltestelle stehen. Sie unterhielt sich mit keinem der anderen Wartenden. Bienzle wartete, bis der Bus angehalten und die Fahrgäste aufgenommen hatte. Dann ging er auf die Haustür zu. Der Bus fuhr an ihm vorbei. Einen kurzen Augenblick lang nahm er das Gesicht von Frau Neuner wahr. Sie hatte die Augen entsetzt aufgerissen. Bienzle hob resignierend und entschuldigend zugleich die Schultern, aber sicher hatte Frau Neuner die Geste nicht gesehen. Vorsichtig drückte er die Klinke der Haustür nieder. Die Tür schwang nach innen auf. Bienzle musste lächeln. In der Stadt gab es das schon lange nicht mehr, dass man ein Haus so einfach betreten konnte; auf dem Land aber war das noch immer gang und gäbe.

Im Haus waren Stimmen zu hören. Eine Frau und ein Mann stritten sich. Bienzle horchte nicht darauf, was sie sagten. Er ging langsam – eher aus Müdigkeit als aus Vorsicht. Er stieß die Tür zur Küche auf. Steinhilber und Ursula Neuner saßen beim Frühstück – sie in einem dünnen Nachthemd, er in Unterhemd und Hose.

Bienzle wünschte einen guten Morgen und wusste im gleichen Augenblick, dass es wie Hohn klingen musste. Dann nahm er Steinhilber fest. Steinhilber leistete keinen Widerstand.

Er konnte ja nicht wissen, dass der Hauptkommissar Ernst Bienzle – wie meistens – unbewaffnet war.

– ENDE –

Bienzle und der alte Türke

Die Hauptpersonen

Vural Poskaya	beginnt aufräumen zu helfen und endet mit einem Messer zwischen den Rippen.
Mehmed Uygul	gesteht einen Mord, den er nicht begangen hat.
Peter Neidlinger	sitzt in der Tinte.
Edith Baumeister	betreibt einen Puff und sitzt dann auch in der Tinte.
Fritz Keller	lässt die Puppen tanzen und ist doch selbst nur eine Puppe.
Josef Lechner	hat eine schicke Villa und Dreck am Stecken.
Rosi Maurer (»Abigail«)	ist schön und nicht sehr intelligent, aber gerissen.
Ismail Önökül	tut üble Dinge und schweigt.
Erich (der »Lächler«) Senftleben	sagt üble Dinge und lächelt.

Hannelore Schmiedinger	hat erst Angst, aber dann behält sie die Nerven.
Kommissar Gächter	hat das Herz auf dem rechten Fleck, aber die Dienstvorschrift nicht immer unter dem Arm.
Hauptkommissar Bienzle	verliert einen Freund und kriegt seine Mordkommission zurück.
Kommissar Gerstl	verliert eine Wette.
Hans Köberle alias Dr. Nobel	kann sowohl Codes knacken als auch Klarinette spielen.

Bienzle hatte Schnupfen. Dicht über der Nasenwurzel saß ein Druck, den er auch durch das ständige Massieren mit Daumen und Zeigefinger nicht loswurde. Missmutig rührte er in seiner Tasse Tee. Gächter, der ihm gegenübersaß, blätterte in einer Akte.

»Diese Art Morde klärt man sofort auf oder nie«, sagte er.

Bienzle begann zu niesen.

»Messer in die linke Herzkammer eingedrungen. Gewehrt hat er sich nicht, wenn man den Medizinern glauben darf.«

»Und ihr habt keine Spuren gefunden?«, fragte Bienzle.

»Nichts.«

»Na ja, das ist ja zum Glück nicht mehr mein Problem.« Bienzle stand auf.

Gächter sah ihn an. »Es könnte auch ein Fall für dich sein. Bist du nicht an so einer Rauschgiftsache?«

»An einer aussichtslosen, ja.«

Gächter klappte die Akte zu. »Und ich dachte, du seist deswegen gekommen.«

»Ich wollte nur mal wieder bei euch reinschauen«, brummte Bienzle. Er war im Herbst 1977 in die Abteilung Wirtschaftskriminalität versetzt worden. Jetzt schrieb man Mai 1978.

»Heimweh?«, fragte Gächter.

»Blödsinn!«

»Der Alte hat doch mal so was angedeutet, als ob du zurückkommen könntest.«

»Das ist jetzt kein Thema.«

»Auf jeden Fall lief's zu deiner Zeit besser.«

»Anders halt.«

Gächter gähnte. »Nichts gegen Meyer, aber dem fehlt deine Intuition. Der Computer ersetzt eben nur einen Teil der menschlichen Intelligenz.«

»Ich werd nicht anfangen, über meinen Nachfolger zu lästern«, sagte Bienzle, »er kann ja nichts dafür.« Er stand zwischen Schreibtisch und Tür. Der Besuch in seinem alten Kommissariat war eigentlich beendet, aber noch konnte er sich nicht entschließen, die restlichen drei Schritte zur Tür zu tun.

»Wohnst du noch in dieser Pension?«, fragte Gächter, nur um etwas zu sagen.

»Ich seh mich jetzt nach einer Wohnung um.«

»Ernsthaft?« Gächter kannte den Kommissar gut genug, um zu wissen, dass es wohl bei dieser Absichtserklärung bleiben würde. »Wir könnten mal wieder ein Bier miteinander trinken«, sagte er.

»Streng dich nicht an, Gächter.« Bienzle ging grußlos aus seinem früheren Dienstzimmer und verließ das Haus.

– 2 –

Das Lokal hieß *Istanbul* und war für seinen Geschmack etwas zu schick. An der Decke rotierte eine verspiegelte Kugel, die das Licht der Lampen in schwache Strahlen spaltete und zurückwarf. Hinter der rot gekachelten Theke standen Flaschen in einem Jugendstilregal. Links und rechts der Theke reckten zwei ausgestopfte, ziemlich zerrupfte Flamingos ihre schlanken Hälse. Auf den schwarzen Kaffeehausstühlen saßen fast nur Männer. Einige spielten ein türkisches Brettspiel, wobei sie ihre Würfel geräuschvoll über das Holz trudeln ließen.

Bienzle saß allein an einem der runden Tischchen, ein Glas Wein vor sich. Er hatte den Platz so gewählt, dass er die Theke und den Wirt dahinter im Blickfeld behalten konnte.

Der Wirt hatte ein schmales, dunkles Gesicht, das durch einen schwarzen Kinnbart noch länger wirkte. Gelegentlich erwiderte er Bienzles Blick. Geschickt hantierte der Türke mit Gläsern, Flaschen und den hoch beladenen Tellern, die durch eine Durchreiche hinter der Theke geschoben wurden.

Je länger Bienzle saß und den Wirt beobachtete, umso fahriger wurden dessen Bewegungen. Immer häufiger schaute er auf die Uhr.

Bienzle hatte ziemlich genau zwei Stunden so gesessen, als drei Männer das Lokal betraten. Sie blieben kurz stehen, musterten die Gäste. Wenn sie ihn als Polizisten erkannten, würden sie das Lokal sofort wieder verlassen. Bienzle starrte in sein Weinglas und hob den Blick erst wieder, als die drei die Theke erreicht hatten.

Der Wirt schenkte drei Gläser voll und schob sie den Männern zu. Dabei sprach er leise auf sie ein. Einer von ihnen sah verstohlen zu Bienzle herüber. Im gleichen Augenblick erhob sich der Kommissar und ging zur Theke. Er legte seinen Dienstausweis zwischen die Gläser und sagte:

»Würden Sie sich bitte ausweisen!«

»Tut uns leid«, sagte ein kleiner Feister, offensichtlich der Anführer, schnell, »wir tragen unsere Ausweise nicht bei uns.«

»Sie wissen also auch, wie es in den Taschen der anderen Herren aussieht?«

Der Wortführer sah Bienzle nur stumm an.

Bienzle sagte: »Darf man fragen, was Sie hier wollen?«

»Ein Glas trinken, wie die meisten hier.«

Der Kommissar musterte den Mann. Er war gut einen Kopf

kleiner als er selbst. Das runde Gesicht hatte eine ungesunde gelbliche Farbe. Die Nase war fast platt. Die schwarzen Haare hatte er mit Hilfe einer fettigen Masse fest an die Kopfhaut geklebt. Die hellen, aufmerksamen Augen wollten nicht recht in das feiste Gesicht passen. Sie waren flink und schienen daran gewöhnt, sich nichts entgehen zu lassen. Der dicke Körper saß auf zwei zu kurzen Beinen.

»Ich hab da andere Informationen«, sagte Bienzle.

Der kleine Mann hob nur unmerklich die rechte Augenbraue und warf dem Wirt einen schnellen Blick zu.

»Nicht von ihm!« Bienzle deutete mit dem Daumen auf den Wirt.

Der Kleine goss seinen Schnaps hinunter und legte Geld auf die Theke.

»Kassieren Sie heute nicht?«, fragte Bienzle.

»Ich verstehe nicht.«

»Sind Sie Türke?«

»Ja, aber ich lebe seit fünfzehn Jahren in Ihrem Land.«

»Mhm«, machte Bienzle. »Sie sprechen gut deutsch.«

Die beiden Begleiter des kleinen Türken bewegten sich langsam vom Tresen weg Richtung Tür.

»Freunde von Ihnen?«, fragte Bienzle den Wirt und nickte zu den beiden hinüber.

»Ich kenne sie, aber nicht besonders gut.«

»Landsleute?«

»Nein, einer ist Jugoslawe, der andere Grieche.«

»Tja«, sagte Bienzle unbestimmt, »ich will Sie nicht aufhalten.« Er ging an seinen Tisch zurück.

Die drei Männer hatten das Lokal verlassen, noch ehe er sich wieder gesetzt hatte.

Ein schmaler, auffallend kleiner Mann erhob sich von einem Tisch in der gegenüberliegenden Ecke des Lokals. Sein Weinglas hielt er in der rechten Hand. Bienzle sah ihn auf sich zukommen und rückte den freien zweiten Stuhl an seinem Tisch zurecht. Der zierliche Mann setzte sich und sah den Kommissar aus seinen dunklen Augen fragend an.

»Ich denke, ich hab sie ein bisschen beunruhigt«, sagte Bienzle.

»Was soll das bringen?«, fragte der andere.

»Sie müssen Fehler machen, anders kommt man ihnen nicht bei.«

»Keine sehr offensive Methode.«

»Nein«, sagte Bienzle knapp.

Der zierliche Mann schob Bienzle unauffällig einen Zettel zu. »Das sind die Lokale, die heute noch dran sind.«

Bienzle legte die Hand auf den Zettel. »Sie sollten vorsichtiger sein, Herr Poskaya«, brummte er.

»Wenn wir immer nur vorsichtig sind …«

»Ihnen geht's doch nicht schlecht«, meinte Bienzle. »Schöner Job bei der Gewerkschaft, Nebeneinkünfte als Gerichtsdolmetscher und als Journalist …«

»Sie können das wohl nicht verstehen. In diesem Land ist man eben nicht gewohnt, sich um andere zu sorgen.«

Bienzle sah den Türken ruhig an. An der Art, wie er deutsch sprach, war noch immer zu erkennen, wie er es einmal gelernt hatte: aus Büchern. »Trotzdem«, sagte Bienzle, »Sie gefährden sich, und ich kann Sie nicht schützen.«

»Es ist auch eine politische Frage«, sagte Poskaya. »Das Geld fließt zu einem großen Teil den Faschisten zu. Auch das aus dem Rauschgiftgeschäft.«

»Sagten Sie nicht, dass als Kopf der Bande ein Deutscher vermutet wird?«

»Das ist kein Widerspruch. Es soll auch noch, oder schon wieder, deutsche Faschisten geben.«

Bienzle erhob sich ein wenig schwerfällig. »Ich werd mal losgehen und noch die anderen Läden auf Ihrem Zettel abklappern.«

Poskaya nickte und lächelte. »Machen Sie sich keine Sorgen um mich, mein Freund.«

Dieses »mein Freund« hallte in Bienzles Gehirn nach, als er durch die nächtlichen Gassen der Stuttgarter Altstadt ging. Es hatte geregnet. Das Pflaster war nass und spiegelte das Licht der Straßenlampen matt wider. »Mein Freund …«

Bienzle wäre gern mit Vural Poskaya befreundet gewesen. Der kleine, zähe Mann gefiel ihm. Er hatte ihn schon in verschiedenen Situationen erlebt: im Streit mit deutschen Vermietern, die türkischen Gastarbeitern Wuchermieten abverlangten; bei Gewerkschaftsversammlungen, bei Demonstrationen. Wenn Poskaya redete, riss er seine Landsleute mit, wenn er mit Chefs oder Vermietern verhandelte, erwies er sich als flexibel und ausdauernd. Bienzle kannte ihn auch von einer anderen Seite. Er hatte an einigen Abenden in Poskayas kleiner Wohnung gesessen, Raki getrunken und den Geschichten und Gedichten des Türken zugehört. »Mein Freund …«

Und er hatte Poskaya überredet, Informationen für ihn zu sammeln.

Bienzle studierte unter einer Laterne den Zettel. *Türkische Taverne* hieß das Lokal, das als nächstes notiert war. Er kannte die Kneipe; sie lag zwei Gassen weiter, dicht hinter der Leonhardskirche.

Dass er sich zu viel Zeit gelassen hatte, erkannte Bienzle sofort, als er in die Leonhardsgasse einbog. Vor der Taverne stand eine Gruppe von Leuten, die alle den Kopf der Kneipe zugewandt hatten, wie Menschen, die gemeinsam einen Film verfolgen.

Der Film lief hinter den gelben Butzenscheiben als eine Art Schattenspiel. Man sah die Umrisse von Körpern, die, wie es schien, schnell eine schwere Arbeit verrichteten, Stühle aufhoben und zerschmetterten, mit Gegenständen um sich schlugen und warfen.

Bienzle fasste automatisch unter seine Jacke. Aber das hätte er sich sparen können; er trug seine Dienstpistole nur selten bei sich. Auch heute war er unbewaffnet. Er zog die Schultern hoch. Plötzlich war ihm kalt … Er kannte das; seine Angst überwand er nur, wenn seine Wut groß genug war. Jetzt ging er schnell auf die Taverne zu, bahnte sich einen Weg zwischen den Neugierigen hindurch und riss die Tür auf.

Das Erste, was er sah, war ein alter Mann, der mit ausgebreiteten Armen wie gekreuzigt an die Rückwand des Lokals gepresst stand und dem die Tränen aus den Augen rannen. Erst danach registrierte er die drei Männer, die mit Stuhlbeinen und Flaschen um sich schlugen und warfen.

»Aufhören – Polizei!«, brüllte Bienzle.

Die drei Männer hielten inne. Ein groteskes Bild. Als ob ein Film plötzlich angehalten worden wäre. Der kleine, fette Türke, mit dem Bienzle im *Istanbul* gesprochen hatte, hielt hoch über dem Kopf einen zerbrochenen Stuhl. Die Lehne war abgeknickt und pendelte hin und her, als hinge sie an einem letzten Faden.

Der Türke rief etwas. Die beiden anderen rannten auf Bienzle zu, immer noch ihre Schlagwerkzeuge in den Händen. Bienzle griff noch einmal unter die Jacke, dorthin, wo sein Pistolen-halfter eigentlich sitzen sollte. Mit Absicht diesmal. So, wie er es hundertfach geübt und fast nie im Ernstfall getan hatte. Die Geste wirkte: Die beiden Männer reagierten sofort. Einer von ihnen bellte ein fremdländisches Wort. Sie sprangen zur Seite, duckten sich, rannten blitzschnell links und rechts an Bienzle vorbei auf die Straße hinaus.

Ihr Anführer setzte den zerbrochenen Stuhl ab und grinste. Bienzle stand unbeweglich. Der alte Wirt ließ langsam die Arme an der Wand herabgleiten.

Der schwarzhaarige Türke hatte plötzlich ein Klappmesser in der Hand und ließ es aufspringen. Dabei bewegte er sich langsam seitlich auf eine schmale Tür zu, über der *Toilette* stand. Bienzle schnitt ihm den Weg ab. Draußen hörte man eine näher kommende Polizeisirene.

»Aus dem Weg«, sagte der Türke.

»Nein«, sagte Bienzle.

»Ich stech dich nieder.«

Bienzle spürte die Kälte, die in jede Zelle seines Körpers drang. Er starrte den Türken an, unfähig, sich zu bewegen. Der Türke machte zwei Schritte auf ihn zu.

»Sie werden nicht weit kommen«, sagte Bienzle lahm.

»Weg!«, zischte der Türke.

Bienzle wiegte den schweren Kopf hin und her.

Der Wirt hatte sich von der Wand gelöst und kam nun langsam näher. Er bewegte sich wie in Trance, griff ohne hinzusehen ein Stück Holz, das auf einem Tisch lag, hob es über den Kopf und schlug zu. Der kleine Türke sackte lautlos zusammen. Der alte Mann stieg über ihn hinweg und ging auf Bienzle zu. Wieder hob er das Holz, holte aus, schlug zu. Bienzle wich aus und fing den Mann auf, der vom Schwung des Schlages nach vorn gerissen wurde.

»Ruhig!«, brummte Bienzle.

Die Tür wurde aufgestoßen; zwei uniformierte Polizisten kamen herein. Sie hatten ihre Waffen gezogen.

»Waffen sichern!«, brüllte Bienzle.

Die beiden gehorchten. Sie hatten tatsächlich entsichert gehabt.

»Was machen Sie denn hier, Herr Bienzle?«, fragte der ältere der beiden.

»Euer Drecksgeschäft«, brummte der Kommissar.

Während die beiden Uniformierten dem Türken Handschellen anlegten, schenkte Bienzle einen Schnaps ein und reichte ihn dem Wirt.

»Wie ist es dazu gekommen?«, fragte er.

Der Alte, der noch immer wie benommen wirkte, sagte leise: »Ich nicht zahlen.«

»Aha.«

»Ich ja wollen, aber nicht können.«

»Wie viel sollten Sie denn bezahlen?«

»Vierhundert.«

»Jeden Monat?«

»Ja, jeden Monat vierhundert.«

»Kennen Sie Vural Poskaya?«

»Jeder Türke kennen.«

»Er ist ein Freund von mir«, sagte Bienzle und fühlte sich ein wenig unbehaglich dabei.

Der alte Wirt nickte, als ob er das schon wisse.

»Kennen Sie die Leute, die das Geld bei Ihnen kassieren?«

Der Blick des Alten ging unsicher zu seinem dicklichen Landsmann, den die Polizisten mit den Handschellen an ein Heizungsrohr gefesselt hatten. Aus dem dichten schwarzen Haar sickerte Blut hervor und führte in einer Zickzacklinie zum Kinn.

»Wir brauchen einen Krankenwagen«, sagte Bienzle.

Der gefesselte Mann sagte schnell etwas auf Türkisch. Der alte Wirt schrak zusammen.

»Nun?«, fragte Bienzle. »Kennen Sie die Leute?«

Der Alte schüttelte heftig den Kopf. Bienzle stand auf und ging zu dem Gefesselten hinüber. Er griff in dessen Brusttasche und zog eine Brieftasche heraus. Neben den Tageseinnahmen enthielt sie auch einen türkischen Pass auf den Namen Ismail Önökül, eine Liste von Lokalen und andere Notizzettel.

»Na, dann werden wir uns das da mal übersetzen lassen«, brummte Bienzle.

»Von Poskaya, dem Schwein, was?«, sagte der Türke.

Bienzle holte aus, ließ den Arm aber fallen, als sein Blick auf das blutverschmierte Gesicht des Türken fiel.

– 4 –

Bienzle ging zu Fuß zu der Pension, in der er wohnte, seitdem er sich von seiner Frau getrennt hatte. Wie immer, wenn er sich dem Haus näherte, verlangsamte er seine Schritte. Er wohnte ungern hier, aber er war zu phlegmatisch, um sich nach etwas anderem umzusehen. Sehr behutsam schob er den Schlüssel ins Haustürschloss. Seiner Wirtin war zuzutrauen, dass sie auch um diese Stunde noch aus ihrem Schlafzimmer kam, um ihn aufzuhalten. Sie würde dann einen rosafarbenen Morgenrock mit rot abgesetzten Rosen tragen – gewollt nachlässig zugeknöpft.

Er schaffte es, ungeschoren an ihrer Tür vorbeizukommen. In seinem Zimmer warf er sich angezogen aufs Bett. Er schaute auf seine Armbanduhr: kurz nach zwei … Sollte er Hannelore noch anrufen? Sie hatte sich darauf eingestellt, dass er sich zu den ungewöhnlichsten Zeiten bei ihr meldete, und sie hatte sich noch nie darüber beklagt. Er war zu müde. Er nahm sich vor, sie beim Frühstück zu überraschen. Das war sein letzter Gedanke, bevor er einschlief.

Er wachte in der Nacht nur einmal kurz auf, weil er glaubte, Schritte und ein ungewöhnliches Scharren zu hören, aber die Geräusche konnten auch Teil eines Traumes gewesen sein. Er hatte mit Hannelore vor einem kleinen, ganz aus Holz und Glas gebauten Haus gestanden und mit dem Architekten über den Einbau eines Atombunkers diskutiert ... Doch noch bevor er weiter darüber spekulieren konnte, war er wieder eingeschlafen.

Ein gellender Schrei weckte ihn. Es war schon hell. Bienzle sprang aus dem Bett und war übergangslos hellwach. Er fuhr in die Schuhe und rannte zum Fenster. Der Schrei hielt an – ein hoher, gellender, singender Ton, nur von ganz kurzen Pausen des Atemholens unterbrochen.

Seine Wirtin stand im Garten. Sie hielt beide Hände flach gegen ihre großen Brüste gepresst. Ihr Mund war weit aufgerissen und nach oben gereckt – ein unnatürlich großes rotes Loch in einem schneeweißen Gesicht. Bienzle konnte nicht sehen, was die Frau so erschreckt hatte, denn zwei Kirschbäume und allerlei Buschwerk verwehrten den Blick in den Garten.

»Was ist denn los?«, rief er. Aber die Frau schrie einfach weiter. Knurrend machte er sich auf den Weg durchs Treppenhaus. Wahrscheinlich war ihr eine Ratte in den Weg gelaufen, als sie die Zeitung holen wollte, die der Bote in der Regel zwischen zwei Latten des niedrigen Gartenzauns steckte ... Bienzle trat in die taufeuchte Morgenluft hinaus.

»Ist ja gut«, murmelte er in einem Ton, wie ihn Stallburschen gegenüber nervösen Pferden anschlagen.

Der grelle Ton brach ab. Der Mund der Wirtin klappte zu; sie streckte ihren rechten Arm aus und zeigte mit einem langen Finger, der zitternd hin und her fuhr, unter einen Kirschbaum dicht am Zaun. Bienzle drückte sich auf dem schmalen Gartenweg an ihr vorbei, um ja keinen Fuß in eines der fein geharkten Beete zu setzen.

Vural Poskaya saß gegen den Zaun gelehnt. Aus seiner Brust ragte ein eleganter silberner Messergriff. Die Augen des kleinen Türken waren weit offen und starrten Bienzle an. Seine Hände lagen flach auf den Knien, die er leicht angewinkelt hatte. Dort, wo das Messer in die Brust gestoßen war, sah man einen fast kreisrunden Blutfleck.

Bienzle stand einen Meter vor ihm. »Mein Freund!«, sagte er leise.

»Was? Das ist ein Freund von Ihnen?« Die Stimme der Zimmerwirtin hatte einen hysterischen Klang.

Bienzle ging vor Poskaya in die Hocke und fasste nach seinem linken Handgelenk. »Tot«, murmelte er und spürte, wie die Verzweiflung in ihm aufstieg. Sehr langsam erhob er sich und ging quer durch den Garten zum Haus zurück.

»Herr Bienzle, meine Beete!«, schrie die Wirtin entsetzt.

Bienzle rief Gächter an.

Zehn Minuten später traf die Mordkommission mit einem Spezialwagen für die Tatortaufnahme ein. Die Beamten schwärmten aus. Der schöne Garten litt sehr darunter.

Bienzle hatte die Kollegen nur mit einem Kopfnicken begrüßt und war dann in den kleinen Frühstücksraum gegangen. Er hatte sich Kaffee eingegossen und ein Hörnchen mit Butter bestrichen. Gedankenverloren aß er. Sein Blick hing die ganze Zeit unverwandt an einem leicht verblichenen Bild, das auf einem Vertiko stand und einen Soldaten darstellte. Über eine Ecke des Bildes zog sich ein ehedem schwarzes Band, das nun staubig und grau aussah.

Seine Wirtin kam herein und stellte einen Koffer neben Bienzles Stuhl. »Ich habe Ihre Sachen gepackt«, sagte sie.

Bienzle sah erstaunt auf. »Ja, was ...«

Die Wirtin fuhr fort: »Sie wissen, Sie waren mir immer sympathisch, und wir ... Ich meine, aus uns zwei ... Aber so etwas hätte mein verstorbener Mann niemals geduldet. Niemals! Und ich dulde es auch nicht.«

Bienzle sah sie an. Wie immer hatte sie ihr rot gefärbtes Haar in vielen kleinen, runden Kringellocken hochgetürmt.

»Was dulden Sie nicht?«

»Das wissen Sie genau.«

»Leichen im Garten«, sagte Bienzle bitter.

Sie legte wortlos einen Zettel auf den Tisch und ging hinaus. Es war eine Abschlussrechnung.

Gächter kam herein. Er war das Gegenstück zu Bienzle: überschlank, geradezu dürr, schlaksig in allen seinen Bewegungen. Sein scharf geschnittenes Gesicht mit der Adlernase wirkte immer lauernd, seine Augen verloren fast nie ihren misstrauischen Ausdruck.

»Du kennst den Toten?«, fragte er Bienzle.

Bienzle nickte.

»Türke, nicht wahr?«

Bienzle nickte wieder.

Gächter lehnte sich, wie es seine Art war, gegen den Türbalken.

»Ein Türke mehr oder weniger ...«

Bienzle sah ihn an. Unwillkürlich stieß sich Gächter von dem Türbalken ab.

»Verzeihung, war nicht so gemeint«, murmelte er.

Bienzle stand auf. Seine Stimme hatte einen ungewöhnlichen Klang. Damit müsste man Glas schneiden können, dachte Gächter.

»Er war ein Freund«, sagte Bienzle. »Zuverlässig, anständig, gescheit …«, er machte eine Pause, »… und mutig.« Er griff nach seinem Koffer.

»Du ziehst aus?«, fragte Gächter.

Bienzle ging wortlos an ihm vorbei. Im Garten blieb er kurz stehen. Kriminalinspektor Haußmann war wie immer eifrig dabei, Details zu notieren.

»Haußmann!«, rief Bienzle.

Der junge Mann fuhr herum. »Herr Hauptkommissar?«

»I heiß immer no Bienzle … Den Bericht will ich um elf auf meinem Tisch!«

Bienzle stapfte wortlos aus dem Garten. Gächter schlenderte aus dem Haus.

»*Er* will meinen Bericht …«, sagte Haußmann verblüfft.

»Aha.« Gächter bohrte mit dem Nagel des kleinen Fingers in den Zähnen.

»Aber er ist doch gar nicht mehr zuständig.«

Gächter sah den jungen Kollegen an. »So was ändert sich oft über Nacht. Der Bienzle ist ein Dickschädel, und wenn er den Fall will, kriegt er ihn auch. Und dass er ihn will, ist so sicher wie das Amen in der Kirche.«

Bienzle war die schmale, abschüssige Gasse schon ein ganzes Stück hinuntergegangen. Gächter trat an das Gartentor und sah der massigen Gestalt nach, die so ging, als ob sie viel mehr als nur einen schweren Koffer zu tragen hätte. Gächters Blick hatte plötzlich einen Anflug von Zärtlichkeit.

– 5 –

Ich kaufe nichts!«, rief Hannelore fröhlich, als sie Bienzle mit dem schweren Koffer vor der Tür stehen sah.

»Kann ich reinkommen?«, fragte er ernst.

Hannelore Schmiedinger kannte ihn gut genug, um sofort zu begreifen, dass etwas Schwerwiegendes vorgefallen sein musste. Bienzle stellte seinen Koffer unter der Garderobe ab und nahm Hannelore fest in die Arme. Für einen Augenblick schien es, als ob er bei ihr Halt suche. Sie standen eine ganze Weile so, ohne sich zu küssen, ohne sich zu rühren. Dann glitt Hannelores Hand über seinen Rücken hinauf zu seinem Nacken.

Er sagte in ihre Haare hinein: »Sie haben Poskaya erstochen!«

Hannelore fuhr zurück. »Nein!«

»Doch. Und sie haben ihn in den Vorgarten meiner Pension gesetzt.«

»Ich mach uns einen Kaffee.«

Bienzle setzte sich in der Küche auf einen der beiden schmalen geflochtenen Stühle an das kleine Frühstückstischchen. Während Hannelore den Tisch deckte, erzählte er ihr von seinen Erlebnissen am vorausgegangenen Abend.

»Und du glaubst, dass der Mord mit gestern Abend beziehungsweise heute Nacht zu tun hat?«, fragte Hannelore.

»Da gibt's wohl keinen Zweifel.«

»Und jetzt?«

»Jetzt geh ich erst mal zum Chef und verlange meinen alten Job zurück.«

»Das hab ich nicht gemeint.«

Bienzle musste niesen. Er fröstelte. »Eine Grippe kann ich mir jetzt nicht leisten.«

»Willst du hierbleiben?«

»Wenn's dir nichts ausmacht …«

Sie ging nervös in der schmalen Küche auf und ab. Das Haar trug sie wieder so lang wie damals, als er sie kennengelernt hatte. Sie war Zeugin in einem Mordfall gewesen und dann angeschossen worden. Bienzle war damals noch verheiratet gewesen – eine gleichgültige, abgenutzte Ehe. In Hannelore hatte er sich nahezu übergangslos verliebt, aber da er sich nicht vorstellen konnte, dass ihr mit ihm Ähnliches widerfahren könnte, hatte er sich lange nicht mehr gemeldet.

»Es macht mir etwas aus«, sagte sie leise.

Bienzle hob sein breites Gesicht und sah sie unter buschigen Augenbrauen hervor forschend an.

Hannelore sagte schnell: »Du weißt, ich hab dich lieb …«

Bienzle sagte nichts; er wartete.

Sie hatte die Hände gefaltet und rieb die Handflächen nervös gegeneinander. »Ich ertrage zu große Nähe nicht. Und ich fürchte mich …«

Sie stand jetzt hinter ihm, umfasste mit beiden Händen sein Kinn und drückte seinen Kopf an ihre Brust.

»Kannst du das verstehen? Ich habe noch nie mit einem Mann zusammengelebt. Der Gedanke, dass alles bei uns Gewohnheit werden könnte …« Sie brach ab und gab seinen Kopf frei.

»Ja«, sagte Bienzle nur. »Ich werd was anderes finden.«

»Beleidigt?«

»Nein, nein! Das ist etwas, was ich respektiere.« Er versuchte, die aufkeimende Enttäuschung niederzukämpfen. »Was zwischen uns ist, müsste sogar noch mehr aushalten«, setzte er linkisch hinzu. »Und es tut mir auch ganz gut, wenigstens eine Zeit lang mal unbehütet zu leben.«

»Danke, Ernst.« Sie lächelte. »Für die nächsten Tage kannst du natürlich hierbleiben.«

»Mal sehen«, sagte Bienzle unbestimmt und stand auf. »Viel Zeit wird mir der Fall sowieso nicht lassen.«

Im Polizeipräsidium ging Bienzle sofort zum Zimmer des Präsidenten. Karl Hauser war, wie er, einst auf das renommierte Eberhard-Ludwigs-Gymnasium gegangen; Bienzle bis zur mittleren Reife, Hauser bis zum Abitur. Sonst hatten sie nicht allzu viel gemeinsam, wenn man einmal davon absah, dass beide in kritischen Situationen in breites Schwäbisch verfielen und dass sie die gleichen Weinsorten liebten.

»Der Herr Präsident darf nicht gestört werden«, sagte die ältliche Sekretärin im Vorzimmer. Sie trug einen scharf plissierten schwarzen Rock und eine hochgeschlossene weiße Bluse. Als Bienzle den Raum betreten hatte, war sie aufgesprungen und hatte vor der Tür zum Chefzimmer Posten bezogen.

Bienzle sah sie finster an, ging dann an ihren Schreibtisch, drückte auf den Knopf der Gegensprechanlage und sagte: »Hier ist Bienzle. Wenn's nicht wichtig wär, würd ich nicht stören.«

»Komm halt rein«, tönte es aus dem Lautsprecher.

Die Sekretärin machte Platz. Bienzle ging auf die Tür zu, blieb aber nochmal stehen.

»Trägt man das wieder?«, fragte er.

»Wie bitte?«

»Plisseeröcke. Das ist doch so ein Geschäft mit dem Bügeln.«

»Dass Sie so was wissen!« Ein Hauch von Rot huschte über das Gesicht der Chefsekretärin.

Karl Hauser wies jovial auf die Sitzecke, die schon seit fünfundzwanzig Jahren diesen Raum zierte. Abgewetzte blaue Sessel gruppierten sich um einen hässlichen ovalen Tisch mit einer schwarzen Schieferplatte. Bienzle setzte sich, zog eine Zigarilloschachtel heraus und bot sie dem Präsidenten an. Hauser bediente sich. Er war einen halben Kopf kleiner als der hoch gewachsene Bienzle, hatte ein rotes, frisches Gesicht, sauber gescheitelte und gleichmäßig gewellte graue Haare, und er trug seit neuestem Schneideranzüge, um den anschwellenden Bauch besser zu kaschieren.

»Wo brennt's?«, fragte er.

»Hast du vom Mord an Poskaya gehört?«

»Natürlich.«

»Man hat die Leiche in den Vorgarten meiner Pension gesetzt.«

»Ich weiß, Gächter hat mich bereits unterrichtet.«

»Hat er dir auch gesagt, dass Poskaya mit mir zusammengearbeitet hat?«

»Ich hab mir so etwas gedacht.«

»Er war ein ungewöhnlicher Mann.«

»Wenn du es sagst …«

»Ich weiß es. Ich hab ihn gut genug gekannt.«

Hauser stieß kleine Rauchwolken vor sich hin und sah zu, wie sie sich über der schwarzen Tischplatte zu einer Nebelbank ausbreiteten. »Du arbeitest an einem Spezialauftrag?« Es klang eher wie eine Feststellung als wie eine Frage.

»Organisiertes Verbrechen, ja.«

»Vor zehn Jahren hat man an so was in Stuttgart noch nicht mal im Traum gedacht«, sagte Hauser. »Heute sieht's anders aus …« Er sah Bienzle nachdenklich an: »Und jetzt?«

»Ich werd den Fall übernehmen!«

»Aha.«

»Lieber noch würde ich …«

»Ich weiß, du willst wieder deine alte Mordkommission.«

Bienzle nickte bedächtig. »Ich kann dir nicht versprechen, dass ich nicht wieder nach meinem eigenen Kopf vorgehe, aber ich würde mich bemühen, es nicht zu tun. Und außerdem – so dumm bin ich nicht, dass ich nicht wüsste, wo der Unterschied zwischen mir und meinem so genannten Nachfolger liegt.«

»Meyer ist ein hochqualifizierter Mann.«

»Dann lob ihn doch einfach die Treppe rauf, oder lob ihn weg.«

»Bienzle!« Aber die Empörung war gespielt.

»Also, was isch?«

Hauser blinzelte und drückte das Zigarillo wie eine Zigarette im Aschenbecher aus.

»Du lernsch's nie«, brummte Bienzle.

»Was?«

»Dass Zigarre von selber ausgehet – das ist wie bei manche Kriminalbeamte.«

»Also gut«, sagte Hauser, »statistisch warst du erfolgreicher.«

»Die Statistik interessiert mich nicht.«

»Aber mir liefert sie Argumente«, sagte Hauser.

»So isch's, wenn mr bürokratisch Karriere macht, dann braucht mr d' Statistik.«

Hauser lächelte. »Glaub bloß nicht, dass ich's nicht auch für dich mach!«

Bienzle war ein bisschen verlegen.

– 7 –

Bienzle schämte sich, dass er sich so darüber freute, sein altes Zimmer wieder beziehen zu können; der Anlass dafür war traurig genug. Gächter saß auf dem Fensterbrett und ließ die Absätze gegen die Heizung baumeln. Bienzle sortierte mit bedächtigen Bewegungen seine Habseligkeiten in den abgenutzten gelblichen Schreibtisch. Haußmann kam durch die Tür. Er trug einen Stapel Akten unter dem Arm und legte sie auf Bienzles Tisch ab.

Gächter sagte: »Du wirst ja wohl einen ausgeben.«

»Nach Feierabend«, brummte Bienzle.

Hauptkommissar Meyer betrat den Raum. Er trug einen gedeckten grauen Anzug, eine hellblaue Krawatte und ein ebensolches Einstecktuch. Sein schmales Gesicht wirkte gepflegt und diszipliniert.

»Tja«, sagte er, »da will ich mich mal verabschieden. Ehrlich gesagt, ich hab immer damit gerechnet, dass Sie zurückkommen würden.«

Bienzle nickte. »Also dann …«

»Was machen Sie denn jetzt?«, wollte Gächter von Meyer wissen.

»Eine hochinteressante Sache: Stabsstelle, beobachtende Fahndung, kurz Befa. Alles computerisiert.« Während er sprach, streckte Meyer Gächter die schmale Hand hin. Dann ging er zu Haußmann. »Sie hätt ich gern mitgenommen. Sie sind begabt.«

Haußmann wurde rot. »Oh, vielen Dank.«

Bienzle brummte: »A bissle was muss er schon noch lerne!« Dann stand er auf und gab Meyer die Hand: »Sie werden mir glauben, dass ich nicht gegen Sie intrigiert habe.«

»Aber ja doch!« Meyer war ganz eifrig. »Ich betrachte die anstehende Veränderung ja durchaus auch als Verbesserung, Kollege Bienzle.«

»So muss es sein«, sagte Bienzle trocken. Er begleitete seinen Vorgänger zur Tür. Dann wandte er sich seinen Mitarbeitern zu. »Also, wie sieht's aus?«

»Den Türkenfall aus den Anlagen haben wir abgeschlossen«, sagte Gächter, »eine Eifersuchtsgeschichte.«

»Mich interessiert erst einmal der Fall Poskaya.«

Haußmann zog seinen Block aus der Tasche. Und dann las er seine Notizen vor: »Die Tatwaffe war ein Stilett. Die vierzehn Zentimeter lange, beidseitig geschliffene Klinge ist direkt ins

Herz gedrungen. Der Arzt meint, ein Kampf habe nicht stattgefunden. Der Täter muss dicht vor Poskaya gestanden haben, und es ist anzunehmen, dass Poskaya ihn gekannt hat. Außerdem wurde der Stich so präzise geführt – keine Rippe wurde berührt –, dass man Profiarbeit annehmen kann. Keine Fingerabdrücke. Todeszeit zwischen 0 Uhr 30 und 1 Uhr heute Nacht. Der Fundort ist mit dem Tatort nicht identisch. In Poskayas Wohnung hat man keinerlei Hinweise gefunden, dass es dort geschehen sein könnte.«

»Gut.« Bienzle kramte aus seiner Jackentasche den Zettel hervor, den ihm Poskaya am Vorabend zugeschoben hatte. »Ihr werdet diese Lokale abklappern und versuchen dahinterzukommen, wie viel und an wen die Wirte zahlen. Meinen Einstand geb ich heute Abend im *Istanbul*.«

Gächter verzog das Gesicht.

»Du kannst ruhig auch mal Döner Kebab essen«, sagte Bienzle.

– 8 –

Gächter aß drei Portionen. Sie saßen an einem Ecktisch, von dem aus das ganze Lokal zu übersehen war. Als sie gegessen hatten, winkte Bienzle den Wirt zu sich her.

»Nehmen Sie bitte Platz«, sagte der Kommissar. »Ihr Name?«

»Alle nennen mich Ali.«

»Gut, Ali. Gestern Abend habe ich hier gesessen, zusammen mit einem Freund – Sie erinnern sich?«

Der Wirt nickte und musterte Bienzle mit seinen Kohleaugen.

»Poskaya, ein Landsmann.«

»Sie kennen ihn?«

»Jeder Türke in Stuttgart kennt ihn, er ist sehr hilfsbereit.«

»Bloß jetzt ist er tot«, fuhr Gächter brutal dazwischen.

Das dunkle Gesicht des Türken nahm eine olivgrüne Farbe an. Seine dicken Lippen zitterten. Die tiefen Falten in seinen langgezogenen Wangen gruben sich noch tiefer ein.

Bienzle beobachtete Ali genau. »Sie haben Angst«, sagte er lakonisch.

Ali schien ihn nicht zu beachten. Er stieß ein paar türkische Sätze hervor, die wie ein Gebet klangen.

Gächter sagte: »Und nun das Ganze auf Deutsch, bitte.«

Ali senkte den Kopf fast bis auf die Tischplatte. Seine Hände presste er zwischen die Knie. »Das hätte niemals geschehen dürfen«, sagte er in fast akzentfreiem Deutsch.

Bienzle sagte: »Das denke ich auch. Man hat ihn erstochen und dann in den Vorgarten des Hauses gebracht, in dem ich wohnte.«

Der Türke sah Bienzle in die Augen. »Hat er für Sie gearbeitet?«

»So kann man es nicht sagen. Wir haben zusammengearbeitet.«

Ali nickte.

»Und gestern muss uns hier jemand beobachtet haben.«

»Sie zum Beispiel!«, hakte Gächter nach und stieß mit dem Zeigefinger gegen Alis Brust.

»Ich hätte Poskaya geschützt, nicht verraten.«

»Wenn Sie gekonnt hätten«, sagte Bienzle.

Der Türke hob die Schultern.

»Können Sie uns irgendwelche Angaben machen über die Organisation, die Ihnen Schutz gegen Geld anbietet?«

»Ich verstehe nicht.«

»Oh doch, Sie verstehen sehr gut! Die drei Männer, die gestern Abend hier waren und die ich angesprochen habe, machen Kasse. Ich hab sie später nochmal getroffen. Ihr Anführer ist verhaftet.«

»Dann wissen Sie's ja.«

»Ich weiß noch lange nicht genug. Aber es wird jeden Tag ein bisschen mehr«, sagte Bienzle. »Der Mord an Vural Poskaya war ein großer Fehler der Organisation.«

Ali wiegte den Kopf. »Die Wirte werden sich jetzt noch mehr fürchten.«

»Sie auch?«, fragte Gächter.

»Ich auch.«

»Dann bringen Sie uns doch noch eine Karaffe«, sagte Bienzle.

Der Wirt erhob sich schnell und ging zur Theke.

Gächter sagte: »Glaubst du eigentlich, dass Poskaya dir alles gesagt hat, was er wusste?«

»Warum?«

»So wie du ihn schilderst, war er doch ein ziemlich penibler und systematischer Typ.«

»Sicher.«

»Also hat er doch vielleicht alle seine Erkenntnisse aufgeschrieben.«

Bienzle hieb mit der flachen Hand auf den Tisch. »Dass ich da nicht dran gedacht habe!« Er sprang auf, warf Geld auf den Tisch und ging auf die Tür zu.

Ali blieb mit der vollen Karaffe mitten im Lokal stehen. »Sie wollen schon gehen?«

»Ja, das Geld liegt auf dem Tisch … bis bald.«

Die drei Beamten verließen das *Istanbul* fast fluchtartig.

– 9 –

Poskayas kleine Eineinhalbzimmerwohnung lag im ersten Stock eines Altbaus im Leonhardsviertel, nicht weit vom *Istanbul*.

»Die Wohnung ist heute Morgen auf Spuren abgesucht und versiegelt worden«, sagte Haußmann.

»Dass man so etwas übersehen kann!«, schimpfte Bienzle.

»Man hätte eine richtige Hausdurchsuchung machen müssen, sofort.«

Die Haustür war nur angelehnt. Das Zweiminutenlicht im Treppenhaus funktionierte nicht. Bienzle gab Gächter ein Zeichen, zurückzubleiben und das Haus von außen zu beobachten. Er zeigte zu einem Fenster im ersten Stock hinauf. Gächter nickte und lehnte sich gegen eine Dachrinne am gegenüberliegenden Haus.

Bienzle und Haußmann stiegen die Treppe hinauf. Als sie vor Poskayas Tür ankamen, riss Bienzle ein Streichholz an. Das Siegel war erbrochen, die Tür geschlossen. Haußmann drehte den Türknauf. Bienzles Streichholz erlosch. Als er das nächste anzündete, hatte Haußmann die Tür bereits einen Spalt aufgedrückt. Einen Augenblick blieben die beiden reglos stehen und lauschten. Ein leises Scharren war zu hören, aber das konnte auch vom Stockwerk darüber kommen. Haußmann schob behutsam die Tür vollends auf. Da war das Geräusch wieder, außerdem ein kühler Luftzug, der von einem offenen Fenster herrühren musste. Bienzle tastete nach einem Lichtschalter. Von dem winzigen Vorraum gingen zwei Türen ab, das wusste er von seinen früheren Besuchen bei Poskaya. Direkt gegenüber der Wohnungstür befand sich die Tür zum Wohnraum, rechts ging es ins Bad. Bienzle drückte den Schalter und machte zwei schnelle Schritte.

»Stehen bleiben!«

Aber der Schatten, den er im Wohnzimmer erkannt hatte, glitt bereits geschmeidig über das Fenstersims. Bienzle schaltete das Wohnzimmerlicht ein. Am Fensterbrett sah er gerade noch die Finger, die sich lösten. Haußmann rannte zum Fenster und beugte sich hinaus. Der Mann hatte sich fallen lassen und den Sprung elastisch abgefangen. Doch da stand plötzlich Gächter vor ihm. Er schlug zweimal zu. Der andere ging in die Knie, wurde von Gächter aber gepackt, hochgezogen und zum Hauseingang gezerrt.

Bienzle, der neben Haußmann getreten war, knurrte unwillig: »Das wär ja wohl auch anders gegangen.«

Gächters Gefangener war höchstens um die achtzehn. Er hatte ein helles, hohlwangiges Gesicht mit grauen, unsteten Augen. Lange blonde gepflegte Haare fielen bis auf die Schultern. Er zitterte, Gächter stieß ihn in einen Sessel.

Bienzle nahm gegenüber auf der Couch Platz. »Wie heißen Sie?«

Der Junge antwortete nicht, er kroch in sich zusammen und presste den Rücken gegen die Sessellehne.

»Durchsuchen Sie ihn, Haußmann«, sagte Bienzle.

Der Inspektor bat den Gefangenen höflich, aufzustehen, und suchte ihn dann mit geübten Griffen ab. Am Ende lagen auf Vural Poskayas Ess- und Arbeitstisch drei Kugelschreiber, ein Kalender, ein Reisepass, ein Notizbuch, eine Spritze, ein kleiner Gummischlauch, ein Löffelchen und zwei kleine Papierpäckchen.

»Krempeln Sie mal den Ärmel hoch – den linken«, sagte Bienzle, während er in dem Reisepass blätterte. »Peter Neidlinger«, las er leise, »geboren am 14. April 1964.«

Der Junge rollte den Ärmel über den linken Arm hinauf. Die Einstiche in der Armbeuge waren sofort zu erkennen.

»Wie lange machen Sie das schon?«, fragte Bienzle.

»Seit einem Jahr ungefähr, aber ich bin nicht abhängig.«

»Tja, das sagen sie alle.«

»Nein, wirklich.«

Bienzle stand auf und trat dicht vor den Jungen hin. »Wer hat Sie hierhergeschickt?«

»Niemand.«

Gächter, der im Türrahmen lehnte, stieß sich ab und ging auf Neidlinger zu. Der Junge wich zurück, stieß mit den Kniekehlen gegen den Sessel und ließ sich zurückfallen.

»Wir sperren ihn ein«, sagte Gächter, »spätestens morgen schreit er nach seinem Stoff, und für ein halbes Gramm verrät er uns alles.«

»Da können Sie lange warten«, sagte Neidlinger trotzig.

»Macht nichts, wir haben ja Zeit«, gab Gächter zurück.

Bienzle sprach leise, wie zu sich selbst: »Wenn sie so einen Buben abhängig gemacht haben, lässt er sich einsetzen wie ein dressierter Hund.«

Haußmann hatte inzwischen das Notizbuch studiert, das er aus Neidlingers Parkatasche gefischt hatte. »Sieht so aus, als ob er schon gefunden hätte, was wir suchen – Poskayas Aufzeichnungen. Eine ganze Menge Namen und Adressen.«

Bienzle ließ sich das Buch geben. Er nahm sich Zeit, darin zu lesen. Eine eigentümliche Stille war plötzlich in dem kleinen Zimmer. Schließlich sagte er zu Gächter: »Jetzt wollen wir doch mal sehen, wie schnell das mobile Einsatzkommando ist.« Dann wandte er seine Aufmerksamkeit wieder dem Jungen zu: »Waren Sie allein?«

Neidlinger sah an dem Kommissar vorbei und antwortete nicht.

Bienzle seufzte: »Na, dann wollen wir doch mal einen richtigen Großalarm auslösen und die MEKs auf Trab bringen. Machst du das, Gächter?« Er warf ihm das Notizbuch zu.

»Du meinst, heute Nacht noch?«, fragte Gächter.

Bienzle nickte bedächtig. »Irgendwo wartet das Herrchen, das den kleinen Hund hier losgeschickt hat. Wenn nun unser jun-

ger Freund bis zu einem bestimmten Zeitpunkt nicht zurück-
kommt, wird man Vorsichtsmaßnahmen treffen, nicht wahr?«
Gächter sah auf die Uhr, zuckte die Achseln und verließ Poskayas Wohnung.

Bienzle lehnte sich bequem in die Couchecke zurück. Leise
sagte er: »Wir seien wie durchgeschnittene Zitronen, sagen die
anderen, ich verstehe das so, dass wir ausgepresst werden, und
die Schale fällt in den Müll.« Er sah Peter Neidlinger an. »Das
stammt von Vural Poskaya, auf Türkisch reimte es sich. Es ist
ein Gedicht über Gastarbeiterinnen in Deutschland, aber dieser Satz passt haarscharf auch auf Sie, mein Junge.«

»Bin nicht Ihr Junge!«, stieß Neidlinger hervor.

»Richtig, entschuldigen Sie!« Bienzle ließ eine Pause eintreten.
Dann sagte er: »Gehen Sie noch zur Schule?«

Neidlinger schüttelte den Kopf.

»Lehrling?«, fragte Bienzle.

»Nein!«

»Arbeitslos?«

»Gelegenheitsarbeiter.«

Bienzle ließ wieder ein paar Minuten vergehen. Dann sagte er:
»Haußmann, sehen Sie doch mal nach, ob unser junger Freund
hier vielleicht etwas übersehen hat.« Dann sagte Bienzle zu
Neidlinger: »Einbruch, Diebstahl, Vergehen gegen das Betäu-
bungsmittelgesetz – 's kommt schon was zusammen bei Ihnen.
Wissen Sie eigentlich, was mit dem Besitzer dieser Wohnung
geschehen ist? Er saß heute Morgen im Garten vor meinem
Zimmerfenster. Und er hatte ein Messer in der Brust. Vierzehn
Zentimeter tief. Er war ein Freund von mir. Ich hab ihn sehr
gemocht. Vural Poskaya hat gegen das organisierte Verbrechen
gekämpft, weil er darunter litt, dass er und viele seiner Landsleute immer mit ein paar Messerstechern und Rauschgifthänd-
lern in einen Topf geworfen werden.«

Peter Neidlinger fixierte einen Punkt an der Decke und rührte sich nicht.

»Wer hat Sie geschickt?«, fragte Bienzle.

Der junge Mann sah den Kommissar kurz an. »Aus mir kriegen Sie nichts raus.« Er gähnte.

Und dann war er plötzlich auf den Beinen.

Bienzle rief nach Haußmann und sprang selbst mit einer Behändigkeit auf, die man diesem schweren Mann kaum zugetraut hätte. Aber Neidlinger trickste sowohl den Kommissar als auch den hereinstürzenden Inspektor aus. Während beide versuchten, ihm den Weg zum Korridor abzuschneiden, änderte der Junge blitzschnell die Richtung, schwang sich aus dem Fenster und ließ sich fallen. Haußmann zog seine Pistole.

Bienzle fuhr ihn an: »Waffe weg!«

Vor dem Haus hörte man davonhastende Schritte.

Bienzle ließ sich wieder auf die Couch fallen. »Für einen Fixer macht er einen guttrainierten Eindruck, nicht wahr?«

– 10 –

Am anderen Morgen sah Bienzle den Jungen wieder.

Gächter hatte es geschafft, das MEK fast in voller Mannschaftsstärke auf die Beine zu bringen. In sieben Wohnungen waren die Beamten fündig geworden. Zweieinhalb Kilo Haschisch, zweihundertsechzig Gramm Heroin, hundertdreißig Gramm Kokain und diverse Waffen stapelten sich bei der Frühbesprechung auf dem Konferenztisch. Zwei Werkstätten, in denen gestohlene Autos der Superklasse umfrisiert, neu lackiert und für den illegalen Export präpariert wurden, waren aufgeflogen. Peter Neidlinger war zwei der MEK-Polizisten in die Arme gelaufen, als er in eine dieser Werkstätten gestürmt kam – offensichtlich war sie als Treff vereinbart worden. Neidlingers Auftraggeber waren allerdings nicht mehr da gewesen.

»Es ist anzunehmen«, sagte Bienzle bei der Besprechung, »dass sie Neidlinger bei seiner Tour beobachten ließen, ohne dass er es wusste.«

Präsident Hauser lobte den nächtlichen Erfolg wortreich, aber Bienzle schüttelte nur missmutig den Kopf.

»Wir haben ein bisschen an der Peripherie gekratzt …« Trotzdem war auch er zufrieden. Er hatte für eine gewisse Unruhe gesorgt, und er war sicher, dass die Organisation Fehler machen würde, sobald ihre Führer nervös wurden.

Nach der Besprechung ließ er Neidlinger vorführen. Der Junge hinkte. Er sah blass aus, und wenn nicht alles täuschte, hatte er geweint.

»Gestern Abend hätten wir noch ein Geschäft miteinander machen können«, sagte Bienzle, »heute sieht's anders aus.« Neidlinger saß in sich zusammengesunken auf dem harten Stuhl seitlich neben Bienzles Schreibtisch.

Bienzle zündete sich ein Zigarillo an. »Glauben Sie, dass Sie ein Dauerverhör durchhalten?«

Neidlinger gab sich einen Ruck. »Was wollen Sie wissen?«

»Wer Sie geschickt hat.«

»Er war am Telefon!«

»Wer – er?«

»Ich weiß nicht, wie er heißt. Wirklich nicht.«

»Wo hat er Sie angerufen?«

»In der Werkstatt, da, wo Sie mich auch geschnappt haben. Ich arbeite da manchmal.«

»Und wer hat dort das Sagen?«

»Sauter, Atze Sauter. Richtig heißt er mit Vornamen Arthur, glaub ich.«

Bienzle überflog die Namen auf der Liste der Verhafteten und blätterte dann in Poskayas Notizbuch. Der Name war nirgends vermerkt. »Und der Mann am Telefon – ist das der Boss?«

»Für mich ist er es. Er muss zu allem sein Okay geben, sonst läuft nichts.«

»Und Sie haben ihn nie gesehen?«

»Vielleicht war er ja mal in der Werkstatt, ohne dass ich wusste, dass er's ist …«

»Wie spricht er?«

»Wie meinen Sie das?«

»Hat er einen ausländischen Akzent?«

»Ja, er klingt wie ein Ausländer.«

Bienzle paffte eine Weile vor sich hin. Schließlich fragte er: »Wie ist das nun mit dem Fixen?«

»Was soll sein?«

»Na ja, Sie sitzen jetzt erst mal eine Weile in Stammheim.«

Neidlinger grinste. »Wenn ich's wirklich brauche, krieg ich's auch in Stammheim, und wahrscheinlich aus der gleichen Quelle.«

»Kommt nur drauf an, was Sie dort dafür zahlen müssen.«

Bienzle drückte auf einen Knopf. Ein uniformierter Polizist kam herein und führte Neidlinger ab.

Bienzle saß lange Zeit unbeweglich in seinem Schreibtischsessel, die Hände über dem Bauch gefaltet, den Kopf weit zurückgelegt. Er hätte wohl noch lange so dagesessen, wenn ihn nicht ein explosionsartiges Niesen fast vom Stuhl gerissen hätte.

Haußmann und Gächter kamen fast gleichzeitig herein. Bienzle stand auf und trat an das verschlierte Fenster.

»Ziemliche Unruhe im Revier«, sagte Gächter, »und der Buhmann bist du.«

»So soll's sein«, sagte Bienzle ungerührt. »Sind alle Adressen abgeklappert?«

»Ja. Du kannst davon ausgehen, dass die Organisation vorübergehend stillhält – allerdings nur vorübergehend.«

»Ja, das denke ich auch ... Irgendwelche Hinweise auf die obere Etage des Vereins?«

»Kein Stück.«

Haußmann meldete sich: »Es scheint auch so zu sein, dass die Leute untereinander nichts voneinander wissen.«

»Teile und herrsche – ein bewährtes Prinzip.« Bienzle nickte.

Die Sekretärin kam herein. »Das wurde für Sie an der Pforte abgegeben«, sagte sie und reichte dem Kommissar ein gelbes Kuvert.

»Von wem?«

»Weiß ich doch nicht!«

»Haben Sie den Pförtner nicht gefragt?«

»Wie komm ich denn dazu?« Sie ging schnell hinaus.

Gächter grinste. »Es gibt auch Leute in der Abteilung, die sich über deine Rückkehr nicht gerade freuen ... Meyer hat ihr immer mal Blumen oder Pralinen mitgebracht.«

»Was? Ja ischt der denn au no ganz bache?« Er rief den Pförtner an: »Bienzle hier. Da ist ein Brief für mich abgegeben worden ... Ja, genau. Wer hat ihn abgegeben?« Er hörte eine Weile zu und schmiss dann den Hörer wortlos in die Gabel zurück. »Idiot«, brummte er.

Gächter sagte: »Er kann sich nicht erinnern, was?«

»Es seien ein paar Leute vor seinem Fenster gestanden, und irgendwer habe den Brief einfach dazwischen reingeschoben. Er hat keinen blassen Dunst!«

Bienzle zog ein Paar Plastikhandschuhe an, öffnete das Kuvert und nahm einen weißen, mit Schreibmaschine beschriebenen Bogen heraus. Während ihn die beiden anderen neugierig anstarrten, las er langsam Zeile für Zeile, dann legte er den Brief sachte auf den Schreibtisch. »Man droht mir«, sagte er nachdenklich, »und man kündigt an, dass man Kontakt mit mir aufnehmen wird.«

»… werde«, korrigierte Gächter und grinste. »Nur das unpersönliche ›man‹ ist auf jeden Fall zu vermeiden, pflegte mein Deutschlehrer zu sagen.«

»Dass du mal einen Deutschlehrer gehabt hast …«

»Der Brief ist also nicht unterzeichnet?«, fragte Haußmann.

»Doch – da steht großkotzig drunter: ›Die Organisation‹.«

Gächter zog das Schreiben zu sich her und las es. Dann sagte er: »Die scheinen dich als Staatsfeind Nummer eins ausgesucht zu haben.«

»Sieht ganz so aus.«

»Vielleicht solltest du mal eine Zeit lang nicht allein losziehen.«

»Blödsinn. Die Techniker sollen den Wisch mal unter die Lupe nehmen. Viel wird nicht dabei rauskommen, aber den Schreibmaschinentyp und so was will ich wissen.«

Haußmann nahm den Brief und ging hinaus.

Bienzle zog Vural Poskayas Notizbuch zu sich heran, das auf dem Schreibtisch lag. Viele Eintragungen waren in Türkisch. Immer wieder schlug Bienzle das letzte Blatt auf. Da stand sein eigener Name, dann folgten ein paar Zahlen. Mitten auf das Blatt hatte Poskaya eine Rose gezeichnet. Am oberen Rand des Blattes stand das Datum: *24. Juli*. Von da führte ein gerader Strich nach unten und lief in einen Pfeil aus. Unter der Pfeilspitze stand *21 Uhr K. Ich muss vorsichtig sein.*

Immer wieder kehrte Bienzles Blick zu dieser Eintragung zurück, aber er konnte sich keinen Reim darauf machen.

Gächter fragte: »Was entdeckt?«

Bienzle schüttelte unschlüssig den Kopf und ließ das Buch in die Jackentasche gleiten. »Mein Freund«, murmelte er leise.

»Wie bitte?«

»Ach, nix«, nuschelte Bienzle und griff zum Telefon. Aber es fiel ihm niemand ein, den er anrufen konnte. Schließlich ließ er Ismail Önökül vorführen.

Der feiste, kleine Türke lächelte, als er durch die Tür geschoben wurde. Gächter gab einen unwilligen Ton von sich.

Bienzle bot dem Häftling einen Stuhl an.

»Ihre Freunde haben schnell reagiert«, sagte er und sah dabei auf seine Fingernägel.

Önökül antwortete nicht. Das Lächeln hielt sich auf seinem Gesicht.

»Wenn ich mich recht erinnere«, fuhr Bienzle leise fort, »haben Sie Poskaya gestern Abend ein Schwein genannt.«

Das Lächeln verschwand. Önökül starrte den Kommissar an.

Bienzle schwieg, und auch Gächter, der die Methoden seines Chefs kannte, sagte nichts. Die Stille wurde bedrückend.

Endlich sagte Bienzle: »Wir wissen inzwischen eine ganze Menge über die Organisation.«

Gächter erhob sich, ging langsam zur Tür und lehnte sich gegen den Rahmen. »Überlegen Sie mal, Önökül, was Ihre Freunde denken, wenn sie erfahren, *wie viel* wir wissen.«

Önökül wurde unruhig.

»Da wird dann wohl mancher *Sie* ein Schwein nennen«, sagte Gächter.

»Mich? Wieso?«

»Denken Sie doch mal nach …« Gächter drehte sich mit geschickten Fingern eine Zigarette und schob sie lässig in den linken Mundwinkel. Bei jedem Wort wippte sie mit. »Die Leute werden sich doch dafür interessieren, *woher* wir so viel wissen … Und sie wollen dann auf eine Antwort nicht allzu lange warten.«

»Sie wollen mir das anhängen?« Önökül schnappte nach Luft.

»Wer sagt das denn?«, fragte Bienzle zurück.

Wieder trat eine lange Pause ein. Das einzige Geräusch im Raum verursachten Önököls Schuhe, die auf dem alten Dielenboden hin und her scharrten.

Schließlich sagte Bienzle: »Der Haftrichter hat ja entschieden, dass Sie eine Weile bei uns bleiben, genauso wie Neidlinger.« Er beobachtete Önököl scharf, sah aber kein Anzeichen dafür, dass der Name irgendeinen Eindruck auf den Türken gemacht hätte. Missmutig stand Bienzle auf, ging zur Tür und rief zwei Beamte herein, die Önököl wieder wegbrachten.

»Bei dem verfängt die sanfte Tour nicht«, sagte Gächter.

»Die harte auch nicht.«

»Und was jetzt?«

»Jetzt geh ich a Viertele trinke!«

– 11 –

Beim Portier blieb der Kommissar einen Augenblick stehen. »Sie können sich wirklich nicht entsinnen, wie der Mensch aussah, der den Brief abgegeben hat?«

Der Mann hinter der Glasscheibe schüttelte nur unwillig den Kopf.

Bienzle stapfte hinaus und unter den staubgrauen Pappeln der Taubenheimstraße entlang. Er merkte schnell, dass er verfolgt wurde. In langen Jahren hatte er ein Gespür dafür entwickelt. Er wandte sich nicht um, verlangsamte aber unwillkürlich seine Schritte. Normalerweise ging er noch über die große Fahrstraße zum Weinhaus Pfundt hinüber. Diesmal aber betrat er eine kleine Wirtschaft ganz in der Nähe des Präsidiums. Sorgsam drückte er die Tür hinter sich zu und ging dann mit schnellen Schritten zu einem Tischchen in der Ecke. Er setzte sich mit dem Rücken zur Wand und starrte auf die Tür. Ohne den Blick zu wenden, bestellte er ein Viertel Grunbacher Riesling mit Sylvaner.

Die Tür ging auf.

Der Mann, der hereinkam, mochte vierzig Jahre alt sein. Er trug einen Pepitaanzug in Grau und Blau, glänzende schwarze Schuhe, ein rosafarbenes Hemd und eine dunkelrote Fliege. Er war schlank und fast so groß wie Bienzle. Das Gesicht stand im Widerspruch zu der drahtigen Figur. Weiche Backen hingen rechts und links von einem spitzen Kinn. Die Nase war platt und verriet den ehemaligen Boxer. Ein schmales schwarzes Oberlippenbärtchen wuchs in die weichen Falten hinein, die sich zwischen Kinn und Backen gebildet hatten.

Als sich der Mann unaufgefordert zu Bienzle setzte, bemerkte der Kommissar einen schweren Ring mit einem blassrosafarbenen Stein an seiner rechten Hand.

»Herr Hauptkommissar Ernst Bienzle?« Die Stimme des Mannes hatte einen tiefen, ausgesprochen angenehmen Klang.

»Richtig.«

»Ich habe Sie gesucht.«

»Und ich hab Sie erwartet.«

Der Mann legte die Stirn in Falten und versuchte, ungläubig dreinzuschauen.

»Wie heißen Sie?«, fragte Bienzle.

»Mein Name ist eigentlich nicht wichtig.«

»Sie kennen mich ja auch.«

»Eben!«

Bienzle zuckte die Achseln, griff nach der Tageszeitung, die in einen Rahmen geklemmt an einem Garderobenhaken hing, und fing an zu lesen.

Der Mann bestellte sich ein Mineralwasser. Nach einer Weile sagte er: »Nicht gerade höflich, zu lesen, wenn man um ein Gespräch gebeten wird.«

Bienzle sah kurz auf. »Das ist auch nicht unhöflicher, als wenn man sich nicht vorstellt.«

»Mein Name ist Keller«, sagte der Mann.

Bienzle legte die Zeitung weg. »Na also!«

Keller beugte sich über den Tisch und stützte beide Ellbogen auf. Bienzle zog vorsichtig sein Glas näher zu sich her.

»Ich bin sozusagen bevollmächtigt, mit Ihnen zu verhandeln«, sagte Keller.

»Mit mir? Ich führe keine Verhandlungen.«

»Einmal muss man ja damit anfangen …« Keller grinste.

»Und worüber?«

»Über den Mord an Poskaya.«

»Der ist erst vor Gericht ein Verhandlungsgegenstand.«

Keller nahm einen Schluck von seinem Sprudelwasser. Als er wieder zu sprechen begann, zog er jedes Wort in die Länge: »Nehmen wir einmal an, ich wüsste einen Weg, Ihnen den Mörder Poskayas sozusagen frei Haus zu liefern …«

Bienzle sah sein Gegenüber an, ohne eine Miene zu verziehen.

»Nehmen wir einmal an«, sagte er im gleichen Tonfall, »ich nehme Sie vorläufig fest?«

»Wie das?«

»Sie haben sich soeben als Mitwisser zu erkennen gegeben.«

Keller lächelte. »Das würde unsere Verhandlungen aber nicht besonders fördern.«

»Was wissen Sie über Poskaya?«

Keller schaute dem Kommissar mit bekümmerter Miene ins Gesicht. »Ein ungewöhnlich begabter Mann und couragiert, ohne Frage. Schade, dass er tot ist.«

Bienzle zeigte keine Regung.

»Ich denke, dass er ein paar grobe Schnitzer gemacht hat«, fuhr Keller fort. »Wie man sieht, waren es nicht wieder gutzumachende Schnitzer.«

Bienzle nippte bedächtig an seinem Wein. »Nur wer nichts tut, macht keine Fehler«, sagte er langsam. »Sie begehen ja vielleicht auch gerade einen.«

Keller lächelte. »Das lassen Sie mal meine Sorge sein.«

»Also gut. Sie wollen verhandeln. Was bieten Sie an?«

Keller richtete sich auf und umfasste sein Glas mit beiden Händen. »Ich könnte Ihnen den Weg zeigen, wie Sie den Mörder Poskayas finden.«

»Und was verlangen Sie dafür?«

»Sie sind Leiter der Mordkommission, nicht wahr?«

»Seit Kurzem wieder, ja.«

»Es gehört also nicht zu Ihren unmittelbaren Aufgaben, andere Delikte aufzuklären?«

»Nein. Aber wie Sie sicher wissen, gibt es den so genannten Verfolgungszwang. Wenn ich von einem Verbrechen erfahre, darf ich's nicht ignorieren.«

Keller lächelte maliziös. »Wenn aber Ihre Vorgesetzten nicht erfahren, was Sie erfahren haben …«

»Wenn ich Sie recht verstehe, verlangen Sie, dass ich alles, was ich von Poskaya erfahren habe und bei der Fahndung nach seinem Mörder zusätzlich herausbekomme, unter den Tisch fallen lasse.«

»So könnte man's ausdrücken.«

»Ein seltsames Geschäft.« Bienzle massierte seine Nasenwurzel, um ein aufkeimendes Niesen zu unterdrücken. »Ich weiß schon ziemlich viel.«

»Sie bluffen.«

»Sie brauchen mir's ja nicht zu glauben«, sagte Bienzle leichthin und griff wieder nach der Zeitung. »Im Übrigen«, fügte er hinzu, während er zu blättern begann, »wer garantiert Ihnen, dass ich mich daran halte?«

»Es wäre nicht ratsam, ein einmal geschlossenes Abkommen zu

brechen. In solchen Fällen werden die Gentlemen, die ich vertrete, sehr ungemütlich.«

»Gedroht hat man mir schon«, sagte Bienzle. »Brieflich.«

Keller ging nicht darauf ein.

Bienzle fuhr fort: »Wenn ich den Mörder Poskayas habe, habe ich noch lange nicht den oder die Auftraggeber, in deren Namen Sie hier verhandeln.«

»Wer sagt, dass es Auftraggeber gibt?«

»Ich.«

»Sie könnten sich irren …«

»Oder auch nicht. Die Organisation hat einen Fehler gemacht, als sie Poskaya umbringen ließ – einen großen Fehler!«

Keller wurde unruhig. Er beugte sich weit vor. »Herr Hauptkommissar, ich beschwöre Sie: Übernehmen Sie sich nicht! Die Jacke, die Sie da anziehen wollen, ist Ihnen viel zu groß … Sie bringen sich und andere in Gefahr.«

»Andere?«

»Es gibt doch Menschen, die Ihnen nahestehen, nicht wahr?«

Bienzle starrte Keller unter buschigen Augenbrauen hervor an. »Noch eine Drohung?«

»Ein guter Rat.«

»Welchen Beruf üben Sie aus?«, fragte Bienzle unvermittelt.

»Ich bin Makler.«

Bienzle lachte und bestellte sich noch ein Viertel.

Keller erhob sich. »Sie sollten ernsthaft über mein Angebot nachdenken.«

Bienzle sah zu Keller auf. »Garantieren Sie mir, dass der Mörder noch am Leben ist, wenn ich ihn finde?«

»Ich habe Ihnen alles gesagt, was zu sagen ist.« Keller deutete eine Verbeugung an und verließ das Lokal.

»Zahlen Sie den Sprudel?«, fragte die Bedienung.

Bienzle nickte gedankenverloren.

Sie waren mit der Straßenbahn bis zur Haltestelle Waldeck gefahren und Hand in Hand über einen schmalen Weg bis zum Arbeiterwaldheim Heslach hinaufgegangen. Es war ein sonniger, warmer Sonntag. Die weitläufigen Gärten um das barackenartige Waldheim waren dichtbevölkert. An Eisentischen saßen die Menschen unter den alten Bäumen, vesperten, tranken Bier und Wein. Die Kinder spielten hinter dem Haus auf dem großen Spielplatz.

Bienzle hatte die Jacke ausgezogen und das Hemd bis zum Gürtel aufgeknöpft. Er hatte einen Krug Bier vor sich stehen. Hannelore saß ihm gegenüber, die Füße gegen seinen Stuhl gestemmt und den Kopf weit in den Nacken zurückgelegt. Die Augen hatte sie geschlossen.

Bienzle sah sie an. Leise sagte er: »Ich habe einen ganzen Bauch voller Zärtlichkeit für dich.«

Hannelore blinzelte. »Das ist aber dann gar nicht wenig.«

Einen Augenblick dachte Bienzle: »Wenn ihr was zustoßen würde …« Er schob den Gedanken weg, aber die Angst blieb.

»Du bist plötzlich so ernst«, sagte Hannelore.

Bienzle antwortete nicht. Er stand auf, gab ihr einen Kuss und ging, um nachfüllen zu lassen, mit seinem Bierkrug zu der Theke, die unter einer alten Buche stand. Während der Mann am Zapfhahn das Bier langsam in den Krug laufen ließ, stand Bienzle mit dem Rücken zu ihm und sah zu Hannelore hinüber. Nachdenklich zündete er ein Zigarillo an.

Ein Mann trat an Hannelores Tisch. Bienzle straffte sich, legte zwei Mark auf den Tresen, nahm den Bierkrug, obwohl er noch nicht voll war, und ging über die Wiese. Eine kleine Wolke hatte sich vor die Sonne geschoben. Ihr Schatten wanderte langsam als dunkler Fleck über die Gärten.

Der Mann an Hannelores Tisch sah Bienzle auf sich zukommen. Schnell ging er auf den angrenzenden Wald zu und verschwand zwischen den dicht stehenden Bäumen.

Hannelore zitterte.

Bienzle legte ihr die Hand auf die Schulter. »Was ist passiert?«

Hannelore begann zu weinen.

»Er hat dich bedroht?«

Sie stand auf. »Lass uns gehn ... Schnell!«

Bienzle setzte sich. Er hielt jetzt ihre beiden Hände in den seinen. »Erzähl.«

»Es war widerlich ... Ich will weg!«

Die Sonne kam wieder. Bienzle rührte sich nicht. Er war wie gelähmt. »Er sah so harmlos aus«, sagte er.

Hannelore entzog ihm ihre Hände und wischte die Tränen mit dem Handrücken aus dem Gesicht. »Er stand da, und er redete tatsächlich im Plauderton.«

»Was hat er gesagt?«

»›Wenn er sich nicht besinnt‹, hat er gesagt und dabei auf dich gezeigt, ›sind Sie dran ...‹ Dann hat er ausgemalt, was sie mit mir machen, wenn sie mich erst haben. ›Es gibt da ein paar Jungs‹, hat er gesagt, ›die sind auf Vergewaltigungen spezialisiert. Die sperren wir dann mit Ihnen zusammen ein.‹«

Bienzle sah auf die Stelle, wo der Mann zwischen den Bäumen verschwunden war.

»Und die ganze Zeit hat er gelächelt ...« Hannelore begann wieder zu weinen.

Bienzle versuchte sich zu erinnern, wie der Mann ausgesehen hatte. »Könntest du ihn beschreiben?«, fragte er sachlich.

»Ich kann so nicht leben«, sagte Hannelore leise.

»Was meinst du damit?«

»Diese ständige Angst. Ich halt das nicht aus. Immer hab ich

Angst um dich – und jetzt das noch …« Noch immer stand sie vor ihm.

Bienzle erhob sich endlich, legte den Arm um ihre Schultern und wollte auf den Waldweg zugehen, der zurück zur Straßenbahnhaltestelle führte.

»Lass uns ein Taxi nehmen«, bat Hannelore, »ich mag jetzt nicht durch den Wald gehen.«

Während der ganzen Fahrt schwiegen beide. Erst als sie in Hannelores gemütlicher Wohnung ankamen, sagte Bienzle: »Ich bin ratlos. Die Burschen haben mich da erwischt, wo ich zu treffen bin. Ich weiß nicht, was ich tun soll.«

Hannelore kochte Kaffee. Von der Küche her sagte sie: »Ich dachte, die Angst würde vielleicht wieder weggehen, aber das tut sie nicht.«

»Was müssen das für Menschen sein«, sagte Bienzle mehr zu sich selbst und deckte den Tisch. »Sie wollen verhindern, dass ich den Mord an einem Freund aufkläre, indem sie drohen, mir den Menschen zu nehmen, den ich am liebsten hab.«

Hannelore kam herein, blieb aber, die Kaffeekanne in der Hand, unter der Tür stehen. »Das war ja eine Liebeserklärung.«

Bienzle blinzelte. »Du tust grad so, als ob's meine erste wär.«

»Das nicht, aber eine sehr schöne.« Sie setzte sich.

»Du solltest verreisen«, meinte Bienzle.

»Wenn das so leicht ginge – ich hab immerhin einen Beruf.«

»Red mit deinem Chef.«

Hannelore schüttelte den Kopf. »Das ist doch keine Lösung – Flucht! Ich hab vier Wochen Jahresurlaub. Den will ich nicht nehmen, um mich zu verkriechen … Ich will, dass du mich da raushältst.«

Bienzle rutschte in sich zusammen. Lange sagte er gar nichts, trank seinen Kaffee und starrte auf einen Punkt an der Zimmerwand. Schließlich straffte er sich und legte die großen Hände flach auf die Sessellehne. So saß er noch eine Weile, ehe er ein kaum hörbares »Also dann!« hervorstieß und aufstand. Er ging zum Telefon, suchte eine Weile im Telefonbuch – »Keller gibt's wie Sand am Meer!« – und wählte schließlich.

»Herr Keller da?«, fragte er barsch. Er wartete mit geschlossenen Augen. Dann sprach er wieder: »Keller? Bienzle hier. Ich hab über Ihr Angebot nachgedacht ... Anweisungen? Für wen halten Sie mich? ... Nennen Sie einen Treffpunkt ... Gut. In zwanzig Minuten.« Er legte den Hörer sehr sanft in die Gabel zurück.

»Dir ist nicht wohl«, stellte Hannelore fest.

Bienzle sah sie an. »Ich hab gerade mein Kommissariat zurückbekommen. In diesem Moment fang ich an, es wieder zu verlieren.«

– 13 –

Das Lokal nannte sich *Zirbelstuben*, war ganz in Holz gehalten und für das Stuttgart der siebziger Jahre eigentlich zu weltstädtisch. Bienzle kam sich deplatziert vor.

»Haben Sie einen Tisch bestellt?«, fragte der Ober mit näselnder Stimme.

»Man hat mich b'stellt!«, knurrte Bienzle. Keller hatte er schon entdeckt. Der Makler erhob sich ein wenig von seinem blausamtenen Sesselchen und winkte. Bienzle stapfte auf ihn zu und ließ sich grußlos in den Stuhl fallen.

»Schon gegessen?«, fragte Keller.

»'n Leberkäs, im Waldheim.«

»Na, ein leichter Lachs oder ein bisschen Salat wird dann immer noch reingehen.«

Bienzle studierte die Karte.

»Der Wein ist auch sehr gut hier«, sagte Keller verbindlich.

Bienzle bestellte, ohne sein Gegenüber zu beachten, ein Omelett mit Pfifferlingen und einen Heilbronner Stiftsberg. Dann sah er Keller zum ersten Mal an.

Keller lächelte verbindlich: »Endlich ein schöner Sommertag – ein Wetterchen …«

»Zur Sache«, sagte Bienzle.

»Warum denn so hektisch? Ich bin nicht gewohnt …«

»Aber ich«, unterbrach ihn Bienzle grob. »Sie wollen Sicherheiten, ich will Sicherheiten – wie soll das aussehen?«

Der Wein kam. Keller versuchte Bienzle zuzutrinken, aber der übersah die Geste.

»Was hat Sie bewogen, nun doch auf mein Angebot zurückzukommen?«, fragte Keller.

»Einer Ihrer Gorillas. Es ist ihm gelungen, meine Freundin so in Angst zu versetzen, wie Sie es ihm wohl aufgetragen haben. Der Mann kann's bei Ihnen noch weit bringen – es sei denn, ich erwisch ihn vorher.«

»Man hat also Frau Schmiedinger unter Druck gesetzt?«

»Erst kürzlich hat mir ein Kollege gesagt, dass es besser sei, das unpersönliche ›man‹ zu vermeiden – zumindest ist das wohl die Ansicht seines Deutschlehrers gewesen.«

Keller lachte höflich. »Nun ja, was immer Sie bewogen haben mag, jetzt sitzen wir hier und sollten zu unserem Agreement kommen.«

Bienzle nippte an seinem Wein, ohne ihn zu schmecken. Seine Zunge war pelzig, seine Handflächen schwitzten, er fühlte einen seltsamen heißen Druck hinter den Augen. Auf der Fahrt hierher hatte er sich alles zurechtgelegt, aber jetzt fand er es nicht wieder. Sein Kopf war leer. Er wartete.

»Wir kennen Ihren Einfluss im LKA und auch bei der städtischen Polizei. Sie sind ein bekannter und, wie wir wissen, unorthodoxer Polizist. Und genau das ist der Grund dafür, dass wir glauben, eine Beziehung zu Ihnen könnte für alle Teile hilfreich sein.«

Bienzle starrte Keller verständnislos an, aber sah auf seine gepflegten Hände, die sich in einem sanften Spiel unablässig bewegten. »Der Mörder von Poskaya ist der Türke Mehmed Uygul. Er wohnt im Rainsburgweg 18 zusammen mit zwei Freunden. Uygul hat ein Geständnis abgelegt. Ich habe es der Einfachheit halber mitgebracht. Es ist auf dieser Tonbandkassette.« Keller legte eine Kassette auf den Tisch.

»In welcher Sprache?«, fragte Bienzle.

»Türkisch. Sie werden es sich übersetzen lassen müssen.«

Bienzle fixierte das kleine viereckige Kästchen. »Sind Sie der Meinung, dass er bei uns nicht geständig sein wird?«

»Es gibt einfach unterschiedliche Verhörmethoden.« Keller lächelte.

Das Essen kam. Bienzle sagte zu dem Kellner: »Nehmen Sie's bitte wieder mit, mir ist der Appetit vergangen.«

Kopfschüttelnd trug der Ober das Gedeck wieder davon.

Bienzle dachte angestrengt nach. Das war alles absolut unlogisch. Poskaya war mit Sicherheit das Opfer der Organisation; persönliche Feinde hatte er nicht gehabt. Warum sollte ein kleiner Gastarbeiter, wie es dieser Uygul wohl war, gerade den Gewerkschafter Poskaya umbringen? Er hatte es, davon ging Bienzle aus, auf Befehl getan – aber warum gab er jetzt den Mord auch noch auf Befehl zu? Das war doch widersinnig!

»Sie sollten wirklich etwas essen«, sagte Keller, »die Küche ist ausgezeichnet.«

»Was verlangen Sie von mir?«, fragte Bienzle.

»Sie haben den Mörder. Sie schließen den Fall ab. Sie schreiben Ihren Bericht, geben Ihre Pressekonferenz. Die Akten werden geschlossen ... Mehr wollen wir nicht.«

Bienzle sah Keller ins Gesicht. »Sie müssen sehr viel zu verbergen haben, und ich soll Ihnen dabei helfen … Und wenn ich's nicht tue?«

»Herr Bienzle«, Keller sprach nun beschwörend, »ich sage das in Ihrem Interesse, glauben Sie mir. Sie sind mir sympathisch, wirklich. Aber die Leute, für die ich zu sprechen die Ehre habe«, es klang ironisch, »kennen leider keinerlei Pardon.«

Bienzle schien beeindruckt. »Es ist nur so«, sagte er, »wenn ich Ihnen nachgebe und mache, was Sie verlangen, bin ich in Ihrer Hand, nicht wahr? Den nächsten Schritt kennen wir schon. Sie kommen und verlangen von mir Auskünfte, natürlich vertraulich, vielleicht bieten Sie mir sogar Geld dafür – nein, ganz sicher tun Sie das: Sie werden mich bezahlen wollen, um die Abhängigkeit noch zu vertiefen. Wenn ich dann irgendwann mal nicht mehr mitspielen will, hängen Sie mich hin. ›Im Fall Poskaya‹, werden Sie dann sagen, ›damals, da hat er gemeinsame Sache mit uns gemacht …‹ Hauptkommissar Bienzle kriegt sein Korruptionsverfahren, und auch dann, wenn man ihm nichts nachweisen kann, wird das Folgen haben.«

Unvermittelt fragte Keller: »Was fasziniert Sie eigentlich an Ihrem Beruf, Kommissar?«

Bienzle musste unwillkürlich lachen. »Man hat mir auch schon leichtere Fragen gestellt!«

»Und die Antwort?«

»Schwer zu sagen. Die Schuldigen zu finden.«

»Die Täter?«

»Nein, nicht einfach die Täter. Die sind ja nicht selten auch selber die Opfer – ich nehme an, bei diesem Uygul ist das nicht anders. Ich will wissen, wie es dazu gekommen ist, wer Schuld hat, dass es so gekommen ist.« Bienzle wurde nachdenklich, und er war froh, dass ihm die Frage Kellers für ein paar Augenblicke Luft verschaffte. »Sie glauben ja nicht, mit welcher Art

Geständnis ich es manchmal zu tun habe – Leute gestehen Taten, die sie niemals begangen haben, fühlen sich schuldig, obwohl sie niemals schuldig geworden sind.«

»Aber warum? Das ist doch widersinnig!«

»Nicht unbedingt. Im Umfeld von Verbrechen trifft man manchmal auf Menschen, die durchaus glauben, ein Verbrechen begehen zu können. Sie empfinden sich als latent gefährdet, als schlechte Menschen sogar – es sind Leute dabei, die auf der Suche sind nach einer Buße.«

»Na, na …« Keller stützte die Fingerkuppen geziert gegeneinander.

»Typen wie Sie meine ich nicht«, sagte Bienzle. »*Sie* werden nicht getrieben: Sie *treiben*, bei Ihnen ist alles Kalkül, Berechnung …«

Keller winkte ab. »Der Moralist steht Ihnen nicht, Herr Bienzle!«

Bienzle lehnte sich zurück. »Mal Klartext geredet: Sie wollen, dass ich den Fall so runterspiele, wie Sie die Partitur schreiben, dafür tun Sie meiner Freundin nichts …

Ich will Ihnen mal eine Geschichte erzählen: In Heidelberg oder Karlsruhe, ich weiß das nicht mehr so genau, wurde vor ein paar Jahren die kleine Tochter eines sehr reichen Industriellen entführt. Mit den üblichen Drohungen: Wenn Sie zur Polizei gehen, überlebt es das Kind nicht. Zahlen Sie zwei Millionen in kleinen Scheinen – na, und so weiter. Der Mann ist sofort zur Polizei marschiert.

Eine Stunde später konnte man ihn schon über Radio und Fernsehen hören und sehen. Ein widerlicher Kerl, eingebildet, großkotzig – na ja, so einer halt, der 'n Haufen Geld macht, weil er 'n Haufen Leut für sich schaffen lässt, die ewig arm bleiben. Dieser Mann also sagte über Radio und Fernsehen: ›Zwei Millionen wollen die Entführer. Ich habe die zwei Millionen hier.‹ Er ließ zwei Koffer von zwei Bediensteten öffnen; auf der Mattscheibe konnte man das Geld sehen. ›Diese zwei Millionen‹, sagte er dann und machte eine bedeutsame Pause, ›diese zwei Millionen werden dafür verwendet, die Täter zu fangen, wenn meine Tochter nicht binnen sechs Stunden zu Hause ist. Es wird eine Jagd ohnegleichen, die ganze Bevölkerung wird mitmachen, die Polizei, alle Privatdetektive, die ich kriegen kann. Ich lege auch noch eine Million drauf, wenn's sein muss.

Ich bin aber bereit, den Entführern einen Betrag von 50 000 Mark zukommen zu lassen – wohin auch immer –, wenn meine Tochter heute Abend unversehrt zu Hause ist.‹« Bienzle sah Keller an. »Was, glauben Sie, ist passiert?«

Keller erwiderte Bienzles Blick interessiert. »Der Mann hat vermutlich gewonnen.«

»Wie Sie es ausdrücken, ist es genau richtig. Der Mann hat hoch gespielt, und ich vermute, er hat sogar Spaß daran gehabt. Und er hat gewonnen … Seine Frau allerdings hat ihn wegen seelischer Grausamkeit verlassen und das Kind mitgenommen.«

Keller lachte. »Hat sie vielleicht auch noch den Kidnapper geheiratet?«

»Wer weiß, vielleicht wär das die bessere Partie gewesen. Ich hab ja keine Ahnung, was den oder die Kidnapper zu ihrer Tat veranlasst hat, wie verzweifelt sie vielleicht waren …«

Bienzle unterbrach sich. Was veranlasste ihn zu dieser Predigt? Doch nichts anderes als der Wunsch, Zeit zu gewinnen. Aber auch der Zeitgewinn würde nichts nützen. Ihm fiel nichts ein; er wusste nicht, was er tun sollte oder konnte.

Keller fragte: »Warum erzählen Sie mir das alles?«

»Ich will Ihnen klarmachen, dass ich nur nach meinen Noten Musik mache. Ich wollte Ihnen aber auch sagen, dass Sie nicht mit Resignation zu rechnen hätten, wenn Sie Ihre dreckigen Drohungen in die Tat umsetzen sollten.«

Keller sagte nichts; er lächelte nur und winkte mit einer eleganten Bewegung dem Kellner.

»Zwei Kaffee, zwei Cognacs, bitte!«

Bienzle sagte: »Zum Glück haben wir ja langsam Polizeikräfte genug, dass wir auch einen wirksamen Personenschutz organisieren können.«

»Solange Zeit dafür ist«, schränkte Keller ein.

Bienzle wurde es plötzlich sehr kalt. »Wie meinen Sie das?«

Kaffee und Cognac kamen.

»Es gibt keinen optimalen Schutz«, sagte Keller. »Außer dem, den ich Ihnen zu vermitteln bereit gewesen wäre.«

»Was soll das heißen?« Bienzle war alarmiert, aber das war im Augenblick noch ein sehr verschwommenes Gefühl. Er griff nach der Tonbandkassette und ließ sie in seine äußere Jackentasche gleiten.

Keller hob ein wenig den Kopf und sah über Bienzle hinweg. Sein Blick schien einem anderen zu begegnen. Keller nickte fast unmerklich.

Bienzle fuhr herum. Er sah an der Tür einen Mann, der ihm bekannt vorkam. Der Mann lächelte. Und an seinem Lächeln erkannte ihn der Kommissar. Er hatte ihn am Nachmittag gesehen – am Tisch von Hannelore, draußen im Waldheim.

Wie der Blitz war Bienzle auf den Beinen. Er startete, noch ehe der Mann an der Tür richtig begriffen hatte, was geschah. Auch Keller hatte sich erhoben, aber er legte nur behutsam Geld auf den Tisch und ging dann schnell in die andere Richtung, wo eine zweite Tür zum Treppenhaus führte.

Bienzle erreichte die Tür, als der Mann gerade die erste Stufe der mit tiefen Teppichen ausgelegten Treppe betrat.

»Stehen bleiben, Polizei!«, brüllte Bienzle, wohl wissend, dass dies allenfalls den Effekt hatte, die Flucht des anderen zu beschleunigen.

Der Mann hastete nun in riesigen Sätzen die Treppe hinunter. Bienzle schrie: »Bleiben Sie stehen!« Lächerlich, schoss es ihm durch den Kopf. Jeder Polizist würde zu Tode erschrecken, wenn ein Flüchtiger auf einen solchen Zuruf plötzlich ruckartig stehen bliebe.

Der Mann blieb nicht stehen, er kam zu Fall. Ein Kellner hatte ihm einfach eine mit einer silbernen Haube bedeckte Fleischplatte zwischen die Beine geworfen. Nun lag der Flüchtige zwischen Braten, Sauce und Gemüse am Fuß der Treppe. Er rappelte sich gerade auf, als Bienzle die letzte Stufe erreichte. Das Gesicht war in Fußhöhe, und Bienzle trat zu.

Noch nie hatte er einen Menschen geschlagen.

Jetzt stand er zitternd da und hielt sich mit der linken Hand am Geländer fest, während er mit der rechten die Handschellen von seinem Gürtel hakte. Als er sie um die Handgelenke des Mannes zuschnappen ließ, sagte er leise: »'zeihung.«

Vom Lokal aus hatte er den Kommissar vom Dienst angerufen, danach Gächter, der die Sonntage in aller Regel zu Hause verbrachte, um sich, wie er sagte, ganz dem Genuss hinzugeben, keinen Menschen sehen zu müssen. Haußmann hatte ohnehin Bereitschaft.

Der Geschäftsführer der *Zirbelstuben* hatte Bienzle und seinen Gefangenen in ein Nebenzimmer bugsiert. Dort saßen sie sich nun an einem Tisch gegenüber. Der Mann blutete am Kinn und an der Stirn. Sein hellblauer Anzug war übel zugerichtet. Bienzle sah ihn genauer an. Er war überschlank, dürr nannte man so einen Kerl auf Schwäbisch. Das Gesicht wirkte selbst jetzt noch offen und sympathisch. Das dichte schwarze Haar war links sauber gescheitelt. Die Augen lagen ziemlich tief. Der

Mund wirkte ein wenig zu klein. Der junge Mann erwiderte Bienzles Blick ohne erkennbare Angst.

Bienzle holte ein Versäumnis nach: »Sie sind vorläufig festgenommen«, brummte er, »ich mache Sie darauf aufmerksam …«

»Aber warum?«, fuhr der junge Mann dazwischen.

»Unter anderem wegen dem, was Sie heute Mittag im Waldheim zu Frau Schmiedinger gesagt haben.«

Der junge Mann lachte nur. Bienzle war klar, dass er nichts in der Hand hatte.

»Auf jeden Fall verklage ich Sie wegen Körperverletzung und Freiheitsberaubung«, sagte der junge Mann, und dabei lächelte er ganz freundlich.

Bienzle wurde unsicher. »Wie heißen Sie?«

»Erich Senftleben, geboren 1957 in Hannover, wohnhaft in Esslingen/Neckar, Untere Burggasse 27, Beruf Vertreter«, rasselte er herunter.

»Danke«, sagte Bienzle. »Ausweis dabei?«

»Klar – immer!«

Bienzle ging nicht weiter darauf ein. »Sie arbeiten mit Herrn Keller zusammen?«

»Das ist ja wohl nicht strafbar?«

»Kommt drauf an.«

Es trat eine ungemütliche Pause ein. Bienzle gab sich schließlich einen Ruck: »Sie haben da ziemlich schlimme Sachen von sich gegeben heute Mittag – sind die auf Ihrem Mist gewachsen?«

Erich Senftleben lächelte, aber er sagte nichts.

»Hallo, Lächler!«, kam es plötzlich von der Tür. Gächter lehnte dort und drehte eine Zigarette. Er stand hinter Senftleben, konnte also gar nicht sehen, ob der lächelte oder nicht.

Senftleben blieb wie erstarrt sitzen; sein Lächeln war in eine seltsame Starre übergegangen.

»Du kennst ihn?«, fragte Bienzle.

Gächter nickte kurz. Er kam langsam um den Tisch herum und starrte in das blutverkrustete, noch immer lächelnd verzerrte Gesicht.

»Wir haben Uygul festgenommen«, berichtete er lakonisch.

»Das ging aber schnell!«, sagte Bienzle.

»Heute Morgen schon.«

»Was? Ich hab doch grad erst die Einsatzleitung …«

»Neidlinger hat etwas gewusst, Önökül auch, und ich hab heut Nacht ein paar Überstunden gemacht … du kennst das ja, Lächler!« Gächter versuchte auch ein Lächeln, aber es geriet zum Fürchten.

Bienzle zog die Kassette aus der Tasche. »Da soll ein Geständnis von Uygul drauf sein.«

»Ein gezinktes vermutlich«, sagte Gächter, »und womöglich noch auf Türkisch.«

Bienzles Verwirrung nahm noch zu.

»Also, Lächler«, sagte Gächter, »was ist Sache?«

Senftleben lehnte sich zurück. Sein Gesicht sah plötzlich unbekümmert aus. »Sache ist, dass ihr diesmal zu schnell, dilettantisch und viel zu risikoreich zugeschlagen habt. Wenn Uygul wirklich schon verhaftet ist, dürfte die Kleine von ihm« – er deutete auf Bienzle – »inzwischen ihre Wohnung an der Staffelstraße unfreiwillig verlassen haben.«

»Bluff«, sagte Gächter.

Senftleben lächelte.

Bienzle griff nach dem Telefon, das auf einem schmalen Schränkchen an der Wand stand. Er wählte hastig und wartete lange, wobei er fühlte, wie ihn Panik erfasste. Er war nicht mehr fähig, den Hörer zurückzulegen.

Gächter nahm ihm den Hörer sanft aus der Hand und sprach beruhigend auf ihn ein: »Ganz ruhig jetzt, Ernst; du musst jetzt ganz ruhig bleiben.«

Aber es wirkte nicht. Mit einem lauten Aufstöhnen stemmte sich Bienzle aus dem Sessel hoch und ließ sich vornüber fallen. Seine Hände klatschten flach auf die Tischplatte, die Arme stützten den schweren Brustkasten wie Säulen. Sein Gesicht war sehr dicht vor dem Senftlebens.

Der Lächler rückte seinen Körper so weit zurück, wie es die Sessellehne zuließ. »Ich … Ich … Ich weiß nichts, Herr Kommissar«, stammelte er. »Wirklich, es ist wahr.«

»Zu spät zum Lügen«, sagte Gächter kalt. »Für dich gibt's überhaupt nur noch eine Chance: die Wahrheit!«

Bienzle rührte sich nicht. Er wirkte wie ein Vorstehhund vor seinem Opfer. Das Wild war gestellt und verbellt.

Gächter sagte: »Ich werde den Kommissar nicht daran hindern, wenn er jetzt eine Unbesonnenheit begehen sollte.«

Einen Augenblick war es ganz still. Bienzle kam zu sich. Unbesonnenheit, hatte Gächter gesagt … Hatte er ihn gemeint?

Senftleben sagte: »Ich hab das nur so hingesagt. Ich glaube nicht, dass Frau Schmiedinger etwas zugestoßen ist.«

Bienzle ließ sich ächzend zurückfallen, während Gächter telefonisch einen Streifenwagen zu Hannelores Wohnung beorderte.

»Wo könnte sie noch sein?«, fragte er den Kommissar.

Bienzle zuckte die Achseln.

»Ich habe mit ihr telefoniert«, sagte Senftleben plötzlich.

»Du?« Gächter sah den Lächler ungläubig an.

»Vor 'ner Stunde. Als mich der Kommissar gesehen hat, hab ich grade …« Das Gesicht des jungen Mannes zeigte jetzt wieder ein breites Lächeln. »… sozusagen Vollzug gemeldet.«

Bienzle war unfähig, etwas zu sagen oder sich zu bewegen.

»Und was hattest du ihr mitzuteilen?«, fragte Gächter. »Lass, ich will's gar nicht wissen. Das heißt, ich kann's mir denken. Von wo hast du angerufen?«

»Was krieg ich, wenn ich hier singe?«

»Frag lieber, was du kriegst, wenn du nicht singst!«

Zum ersten Mal meldete sich Bienzle wieder. »Jeder Ganove bietet uns heute Geschäfte an.«

»Ich habe von der Zelle an der Staffelstraße aus angerufen, und als sie dann aus dem Haus rannte, habe ich – wie zufällig – dagestanden.« Er lachte. »Das hat gewirkt!«

»Jetzt nur noch eine letzte Frage: Wer ist dein Auftraggeber – dieser saubere Herr Keller?«

Der Lächler nickte ergeben.

– 14 –

Bienzle fuhr langsam durch die Straßen des Stuttgarter Ostens. Eine stille Wut breitete sich in ihm aus. Eine Wut ohne Ziel, die sich schließlich gegen ihn selbst richtete. Ernst Bienzle hatte das Gefühl, in jeder Hinsicht versagt zu haben. Er, dem jeder Kollege bestätigte, er habe ein völlig ungebrochenes Selbstbewusstsein, überlegte, ob es nicht besser wäre, sich ein für alle Mal entbinden zu lassen, den Abschied zu nehmen, irgendetwas zu tun, nur nichts, was ihm Verantwortung für sich und andere auflud.

Draußen wurde es langsam dunkel. Ein sonniger Sommersonntag ging zu Ende, ein Tag, der so schön begonnen hatte. Er hätte glücklich sein können. Seitdem er sich auf diese Liebe zu Hannelore Schmiedinger eingelassen hatte, hatte er plötzlich wieder Lust auf die Zukunft, und er genoss dieses neue Zusammensein – die stillen Gespräche abends auf dem Balkon; die Wanderungen Hand in Hand; die nach vielen Jahren wieder aufgenommenen Theaterbesuche; die Vertrautheit, die immer da war, auch wenn sie lange nicht miteinander sprachen … All das schien gefährdet. Sein Beruf war schuld, seine Verstrickung in der Welt des Verbrechens, die seine Arbeit und seinen Alltag bestimmte.

Bienzle schaltete ruckartig und zu früh in den nächst niederen Gang. Er wurde gegen das Steuer geworfen. Ein paar verspätete Fußballfans kamen aus den Kneipen rund um das Neckarstadion und ließen sich über die gepflasterte Straße treiben. Bienzle hupte. Die draußen lachten und führten abstruse Pantomimen auf. Die Wut in Bienzle kochte unter seiner Schädeldecke; er gab Gas. Nur mit Mühe konnten sich ein paar laut fluchende und mit den Fäusten drohende Jungen auf den Gehsteig flüchten.

Bienzle erreichte endlich die Staffelstraße, parkte und ging die Treppen zu Hannelores Wohnung hinauf. Sie war nicht da. Zwar hatte er einen Schlüssel in der Tasche, aber er setzte sich auf die Treppe und zündete sich ein Zigarillo an.

Die Passanten, die schwer atmend treppauf und leichtfüßig treppab an ihm vorbeikamen, schien er gar nicht zu bemerken. Wie oft hatte er schon so gestanden oder gesessen – ohne ein Gefühl für Zeit –, wenn er selbst eine Beschattung übernommen hatte. Gächter verglich ihn dann mit einer lauernden Katze.

Als Hannelore die Treppe heraufkam, fühlte er, wie eine warme Welle über ihn hinwegging. Sie stieg sehr aufrecht, Stufe um Stufe, den Kopf etwas zurückgeworfen, eine Hand am Geländer. Sehr zerbrechlich sah sie aus und zugleich auch sehr stark.

Sie beugte sich zu ihm herab, als sie ihn erreicht hatte, und küsste ihn. Dann gingen sie ins Haus.

15

Am Montag berichtete Bienzle dem Präsidenten ausführlich. Der Mordfall Poskaya konnte als abgeschlossen gelten. Uygul hatte ein umfassendes Geständnis abgelegt. Es entsprach, wie schnell festzustellen war, fast wörtlich dem Text auf der Tonbandkassette, die Bienzle von Keller erhalten hatte.

»Irgendetwas stimmt nicht«, sagte Bienzle.

»Warum? Selten hat ein Fall klarer gelegen«, meinte Hauser.

»Eben drum. Du kennst den alten Ganovenspruch: Solange der Tiger gereizt ist, verhält man sich ruhig. Niemandem war mehr daran gelegen, den Fall Poskaya abzuschließen, als denen, die offensichtlich den Mord bestellt haben.«

»Uygul spricht nur von persönlichen Motiven.«

»Kein Wort glaub ich davon! Ich bin noch nicht einmal sicher, ob der überhaupt etwas mit Poskayas Ermordung zu tun hat.«

»Mach's halblang!« Hauser nahm sich ungefragt ein Zigarillo aus Bienzles Schachtel und zündete es umständlich an. »Kein Mensch nimmt einen Mord auf sich, der ihn lebenslang hinter Gitter bringt, wenn er nicht …«

»… gute Gründe dafür hat«, unterbrach ihn Bienzle.

»Ich kann mir ehrlich gesagt keinen Grund vorstellen, der so stark wäre.«

»Wir sind ja auch keine Türken. Wart mal die Verhandlung ab! Wie oft hast grad du uns eingepaukt, dass mr ein Geständnis net als endgültige Beweis nehme darf. Wir haben keine Fingerabdrücke, keine Zeugenaussage, kein einzig's Indiz – bloß das Geständnis. Kein Richter in ganz Deutschland verurteilt daraufhin einen Angeklagten.«

Hauser wurde es sichtlich unbehaglich. »Ich hab die Pressekonferenz schon einberufen.«

»Richtig!«, lobte Bienzle. »Wir sollten tatsächlich so tun, als ob der Tiger sich beruhigt schlafen gelegt hätte.«

»Aber was vermutest du denn?«

Bienzle kratzte sich am Kinn. »Wenn ich des no scho so genau wüsst … Die Organisation plant etwas Größeres, des isch klar. Es sieht so aus, als ob sie unter Zeitdruck wär. Sie könnet ja au net wisse, wie viel so Kerle wia der Önökül ond der Neidlinger verratet, net wahr? Auch wenn die net viel wisset, könnt's ja doch sei, dass sie ons auf was bringet.«

»Mein lieber Mann.« Hauser stieß nervös kleine Rauchwölkchen aus. »So viel Vermutung und so wenig Fakten – das hatten wir auch noch nicht oft.«

Bienzle lächelte. »Mr darf net undankbar sei, Herr Präsident. In der letzten Woche haben wir mehr Erfolge gegen das organisierte Verbrechen erzielt als im ganzen Jahr davor.«

»Soll ich dich jetzt lobe?«, fragte Hauser ironisch.

»Ha klar – ond zur Beförderung vorschlage!« Bienzle sah sehr selbstzufrieden aus.

»Ohne Kurs und Prüfung?«

»Aufgrund besonderer Begabung halt.«

»Bienzle, Bienzle, an deiner Stell wär ich froh, dass ich wieder an mei'm alte Schreibtisch hocke dät.«

Bienzle erhob sich. Im Aufstehen sagte er: »Soll ich dir was sage, Herr Präsident? Geschtern noch wollt ich da Bettel hinschmeißa.«

»Was? Ja, und was dann?«

»Aufhöre halt, in den Ruhestand gehe! Oder mich selbständig mache wie der Doktor Nobel.«

»Mit zweiundvierzig?«

»Warum net? Mei Scheidung kann i sowieso kaum zahle, wenn ich Beamter bleib.«

»Und dann machst du a kleins Zigarreg'schäftle auf, oder was?«

»Warum net? Vielleicht geh ich auch zur Zeitung und schreib Polizeireportagen. Oder ich mach Musik wie der Dr. Nobel.«

»Der *musste* aber gehen, damals!« Hauser schien verwirrt, bei Bienzle wusste man nie so genau, was er ernst meinte und was nicht. Hunderte von Untersuchungshäftlingen hatten sich schon darüber beschwert. »Mach mr bloß koine Fisematente«, sagte Hauser unsicher.

»Als ob ich nach deiner Meinung schon mal was anders gmacht hätt!« Bienzle lächelte seinem Chef noch einmal zu und ging schnell hinaus.

Im Korridor standen zwei Journalisten und lachten über einen Witz, den der eine gerade dem anderen erzählt hatte.

Bienzle blieb stehen. »Ihr zwei seid wohl die ganze Pressekonferenz?«

»Schon mal was von Pressekonzentration gehört?«, sagte der ältere der beiden, ein dicklicher Mann um die fünfzig mit einem gelblichen Gesicht und weit vorspringenden Basedowaugen.

»Können Sie uns schon was sagen?«, fragte der Jüngere, ein Anfangzwanziger in modischen Jeans und einem roten T-Shirt mit der Aufschrift *University of Hohenheim*.

Bienzle druckste herum. »Wann sind Sie denn beim Chef?«

»In zehn Minuten«, sagte der ältere Journalist.

»Dann kommen Sie doch schnell noch in mein Büro.«

Das waren sie nicht gewohnt. Bienzle galt zwar als ein Mann, der für sein Leben gern Pressekonferenzen abhielt und auch ein Meister darin war, schlagfertig die Rituale solcher Veranstaltungen zu absolvieren, aber noch nie hatte er den Bitten einzelner Journalisten nachgegeben – es sei denn, er brauchte sie für konspirative Zwecke. Das war auch den beiden Reportern klar. Sie verständigten sich mit einem Blick und ließen sich dann von Bienzle informieren.

Der Fall sei so gut wie erledigt, sagte der Kommissar. Dasselbe werde ihnen auch Hauser gleich mitteilen. Uygul sei nach bestimmten Aussagen des bereits einsitzenden Neidlinger und des Türken Önögül festgenommen worden. Außerdem habe der Staatsbürger Fritz Keller, ein Makler, wesentlich dazu beigetragen. Man sei froh, so schnell zu einem Ergebnis gekommen zu sein. Organisiertes Verbrechen? Davon könne man in Stuttgart eigentlich nicht sprechen. Man sei ja schließlich nicht in Chicago oder Frankfurt, nicht wahr! Die paar Ansätze habe man im Keim ersticken können. Natürlich, ein Dealer-Problem gebe es nach wie vor, aber auch da habe man erhebliche Fortschritte gemacht, wie die beiden Herren ja wüssten.

Der ältere Journalist fragte schließlich: »Und Sie glauben, dass wir Ihnen das abnehmen?«

»Was?«, fragte Bienzle unschuldig.

»Sie spielen den Fall doch ganz deutlich herunter. Was wollen Sie denn damit erreichen?«

Bienzle sah den Journalisten an. »Wenn Sie mich im Sinne des von mir soeben Vorgetragenen zitieren, habe ich nichts dagegen. Zugegeben, es sind keine spektakulären Äußerungen, aber auch der Polizeialltag besteht nun mal nicht nur aus aufsehenerregenden Geschichten, nicht wahr?«

Der ältere Journalist bekam einen listigen Blick. »Mal angenommen, wir bringen das so oder so ähnlich, kriegen wir dann das nächste Mal auch als Erste den Tipp, wenn's wieder spektakulärer wird?«

Bienzle holte eine Cognacflasche und drei Gläser aus seinem Schreibtisch. Er goss umständlich ein, bediente sich selbst, prostete, trank und sagte, als er sein Glas wieder absetzte: »Genau das wollte ich Ihnen sowieso gerade versprechen.«

16

Es war nicht üblich, einen Häftling in seiner Zelle im Stammheimer Untersuchungsgefängnis zu befragen. Aber auch hier kannte Bienzle ein paar Leute – und Senftleben saß schließlich nicht im Hochsicherheitstrakt. Wie immer, wenn der Kommissar durch die vielen Sicherheitsprüfungen in der Stammheimer Festung musste, überfiel ihn auch heute das Gefühl der Platzangst. Er beeilte sich sehr, durch die langen Korridore zu kommen. Die Grüße einiger Vollzugsbeamter erwiderte er ausgesprochen unfreundlich und abweisend. Er wusste ja, dass die Männer nichts dafür konnten, welche Kälte und Menschenfeindlichkeit hier jede Wand ausstrahlte, aber er konnte und wollte sich auch nicht vorstellen, wie es ein Beamter aushalten konnte, hier Tag um Tag Verwalter des menschlichen Elends zu sein.

»Wann komm ich endlich raus?«, war Senftlebens erste Frage.

»Kommt drauf an«, sagte Bienzle. »Ich hab ganz persönlich was gegen Sie, Herr Senftleben, das sollten Sie ruhig zur Kenntnis nehmen, und deshalb werde ich alles tun, um Ihnen ordentlich was nachzuweisen. Dafür mache ich sogar Überstunden. Wenn Sie eine gewisse Wiedergutmachung ...« Er ließ den Satz in der Luft hängen.

Der Lächler verzog sein Gesicht zu einer Grimasse. Er hob Zeigefinger und Daumen der rechten Hand vor Bienzles Gesicht und machte zwei dicht beieinander liegende Balken daraus. »Ich bin doch nur so ein kleines Licht, Mann. Ich weiß doch nicht, was läuft.«

»Dann erzählen Sie doch bitte nochmal genau, wie Sie auf Frau Schmiedinger angesetzt worden sind.«

»Steht alles im Protokoll.«

»Reden Sie!« Bienzle hockte sich auf das schmale Eisenbett.

»Na ja, Keller hat mich bestellt.«

»Wohin?«

»In den Schlosspark an den Eckensee, da, wo's zur Oper geht.«

»Bestellt er Sie immer dorthin?«

»Ja, das ist der übliche Treff.«

»Schon letztes Jahr?«

»Klar.«

»Na, dann erzählen Sie mir doch erst einmal ein bisschen was über die Aufträge aus den letzten Jahren.«

»Scheiße«, sagte der Lächler, »dass ich auf so was reinfalle ... Also gut, ich geb's zu: Ich arbeite schon drei Jahre für den Keller.«

»Ausschließlich?«

»Er glaubt's zumindest.«

»Okay. Was sind das für Aufträge?«

»Mal sind es Kurierdienste, mal muss ich jemand einschüchtern – das wissen Sie ja, mal hat er mich mit ein paar anderen zusammengespannt, wenn jemand ausgeflippt war und wieder in die Reihe gebracht werden musste ... So Sachen halt.«

»Mhm ... Haben Sie auch bei den Wirten und Geschäften kassiert, denen die Organisation Schutz bietet?«

»Nein, nie. Das machen nur die Ausländer.«

»Ist Keller der Boss?«

»Er ist *mein* Boss.«

»Sie haben die Frage verstanden, nicht wahr? Ich will wissen, ob er die Organisation leitet.«

»Weiß ich nicht genau, aber ich denke, dass er nur so 'ne Art Unterchef ist. Also, hier in Stuttgart ist er schon der Boss, klar, aber das ist wohl bloß so 'ne Art Filiale, wenn Sie wissen, was ich meine.«

Bienzle lehnte sich weit zurück, bis er hinter seinen Schulterblättern die kalte Wand spürte. Er sah Senftleben ruhig an.

»Das, was Sie mit meiner Freundin angestellt haben, macht Ihnen das eigentlich Spaß?«

Der Lächler stand auf und ging in der schmalen Zelle auf und ab. Schließlich blieb er vor Bienzle stehen und sah auf ihn herab. Er lächelte, als er sagte: »Kellers Stärke ist es, die Leute so einzusetzen, dass sie auch noch Vergnügen haben bei dem, was sie machen, verstehen Sie?«

Bienzle nickte ein paar Mal. »Diese Drohung mit der Vergewaltigung …«

Der Lächler kicherte. »Ich krieg 'n Steifen, wenn ich das mach. Und deshalb bin ich dafür auch der beste Mann!«

Bienzle nickte wieder. Seltsamerweise war er weder angeekelt noch aufgebracht. Er dachte darüber nach, dass Keller ein guter Psychologe sein musste und dass er offensichtlich mehr von Mitarbeiterführung verstand als mancher seriöse Manager.

»Was macht Ihnen mehr Spaß«, fragte Bienzle langsam, »die Androhung oder die Ausführung?«

»Sind Sie verrückt? Ich würde so was doch niemals wirklich *machen*! Haben Sie denn keine sexuellen Phantasien, Mann? Denken Sie nicht auch manchmal nachts daran, beim Onanieren oder vorher halt, was Sie mit 'ner Frau alles anstellen könnten? Und dann geht Ihnen einer ab, und alles ist wieder okay … Mann, darüber kann man doch reden!«

Bienzle war rot geworden. Der Lächler redete weiter: »Aber das heißt doch nicht, dass ich das alles, was ich mir vorstelle, auch *mache*! Mannomann, wenn das alle täten, das wär vielleicht 'ne Welt … Nun mal raus mit der Sprache, Kommissar, ich bin ja auch ehrlich gewesen: An was denken Sie, wenn Sie 'n Steifen kriegen?«

Bienzle sagte: »Jedenfalls nicht an Vergewaltigung.«

»Feigling!« Der Lächler setzte sich enttäuscht auf den einzigen Stuhl in der Zelle.

»Was wissen Sie über Kellers Aktivitäten?«, fragte Bienzle schnell, um das Thema zu wechseln.

»Nichts, absolut nichts. Und fragen Sie mich auch nicht, ob mir noch was einfällt. Mir fällt null ein, darauf können Sie sich verlassen. Gestern war mein Rechtsanwalt da. Er meint, dass Sie mich nicht mehr lange hierbehalten können. Die paar Tage, die Sie mir noch aufbrummen, schaff ich locker. Ich hab schon meine ersten Geschäfte hier angeleiert. Im Knast kann man leicht ein paar Riesen verdienen, man muss nur wissen, wie's geht. Da sitzt einer, der hat draußen Geld wie Heu, und für den gibt's 'ne Menge zu erledigen – drinnen und draußen. 'n richtiger Glücksfall für mich – ehrlich! –, dass Sie mich eingebuchtet haben. Das könnten Sie öfter machen. Für 'ne Woche oder so und ohne richtigen Grund. Dient der Akquisition!«

Bienzle ließ ihn ruhig ausreden. Dann versuchte er es mit einer Lüge. »Neidlinger sagt, Sie hätten über ein Jahr gedealt.«

»Dafür kriegt er ein paar in die Fresse, sobald ich ihn sehe. Er is ja auch hier drin. So wenig ich Frauen vergewaltige, so wenig verschaff ich den Süchtigen Stoff. Es gibt Dinge, die tu ich nicht, Kommissar – ob Sie's glauben oder nicht. So was werden Sie mir nie nachweisen. Nicht, weil Sie zu dämlich sind oder weil ich zu clever bin, nein, weil so was bei mir nicht läuft.«

Bienzle stand schwerfällig auf. »Ich hab's bloß versucht, Neidlinger hat keine derartigen Angaben gemacht.«

Senftleben bekam ganz schmale Augen. »Und für so was kommt einer wie Sie nicht in den Knast, was?«

»Komm, komm«, brummte Bienzle, »bei der Rechnung, die zwischen uns offen ist, war das noch nicht einmal eine kleine Anzahlung.«

»Trotzdem«, sagte Senftleben.

Und Bienzle wusste, dass er recht hatte.

Da er schon einmal in Stammheim war und die ersten dumpfen Ängste überwunden hatte, ließ er sich noch zu Neidlinger bringen. In der Zelle nahm er den gleichen Platz ein wie bei Senftleben.

»Wer hat Ihnen gesagt, Sie sollten eine Aussage über Uygul machen?«, fragte Bienzle.

Neidlinger wirkte nervös, abgespannt und ängstlich. Er knetete seine Hände. Vielleicht war es doch nicht so einfach, im Knast den Stoff zu bekommen, den er brauchte.

»War's Ihr Rechtsanwalt?«, fragte Bienzle freundlich.

»Er sagt, das könnte mir helfen.«

»Woher wussten Sie denn, dass Uygul den Poskaya erstochen hat?«

Neidlinger presste die Lippen aufeinander.

»Etwa auch von Ihrem Rechtsanwalt?«

»So ein Unsinn!«, sagte Neidlinger übertrieben forsch.

»Woher bekommen Sie Ihren Stoff?«

»Brauch ich nicht. Ich bin ein Gelegenheitsfixer.«

»Das gibt's nicht.«

»Sie müssen's ja wissen!«

»Wer ist Ihr Anwalt?«

»Doktor Kröglin aus München.«

»Aus München? Wer zahlt das denn für Sie?«

»Ich habe eben Freunde.«

»Oh, du liabs Herrgöttle von Biberach …« Bienzle stand auf. »Sie sind ganz allein verantwortlich für das, was Sie tun und sagen. Aber ich würde Ihnen doch gern etwas zu bedenken geben: Sie glauben jetzt, dass die Leute, für die Sie arbeiten und für die Sie letztlich auch hier im Knast sitzen, Ihre Freunde sind – so was wie 'ne Familie, bei der man gut aufgehoben und versorgt ist. Das glauben Sie doch?!«

»Labern Sie doch zu, wen Sie wollen!« Neidlinger wandte den

Kopf ab und starrte zum Gitterfenster hinauf, das unter der Decke angebracht war.

»Ich seh schon, es nützt nichts …« Bienzle verließ die Zelle.

Der Beamte, der hinter ihm abschloss, sagte: »Der Bub kann ei'm leidtun.«

Bienzle blieb stehen. »Wie meinen Sie das?«

»Abends sitzt er auf seinem Bett und heult wie ein Schlosshund.«

»Er ist ja erst zwei Abende da«, sagte Bienzle, gerade so, als ob er sich dafür verteidigen müsste, Neidlinger hier eingeliefert zu haben.

»Trotzdem …« Der Beamte blieb stehen und sah sich vorsichtig um: »Unsereiner kennt seine Pappenheimer, bei uns wird man Menschenkenner, ob man will oder nicht.«

Bienzle antwortete säuerlich: »Sie vielleicht, aber ob das auf alle zutrifft? Vor ein paar Jahren haben drei Ihrer Kollegen in Mannheim einen Häftling so zusammengeschlagen, dass er nie wieder aufgestanden ist – einen wehrlosen Mann!«

»Erzähl ich Ihnen halt nichts mehr!«, brummte der Schließer trotzig.

»Warum sind Sie denn so empfindlich, Kollege?«, fragte Bienzle schnell. »Gibt's hier so was wie eine Kantine?«

»Schon, aber da kann mr net schwätze.«

»Dann vielleicht mal abends a Viertele?«, fragte Bienzle.

»Warum net.«

»Saget Se mr bloß noch – hat der Neidlinger was Wichtig's von sich gebe?«

»Ich hab ihn halt gefragt, ob er keine Eltern hätt ond ob mr die net benachrichtige sollt …« Der Schließer verfiel in den Dialekt – wie Bienzle, sobald er mit einem anderen Schwaben ein wenig vertraulich wurde.

»Ond?«, fragte Bienzle.

»Er hätt bloß noch a Mutter, sagt er, ond wenn die net wär, no wär er noch auf dr Schul ond net uff der schiefa Ebene – des ischt jetzt mei Formulierung, des mit dr schiefa Ebene.«

»Wisset Sie, wo die Mutter wohnt?«

»Noi, aber vielleicht sagt er mir's. I bring ihm nachher noch was zum Lesa.«

»Was liest er denn?«

»Perry Rhodan ond Jerry Cotton.«

»Aha, ond des kaufet Sie jetzt?«

»Noi, do han i gnug davon drhoim. I les des Zeugs au, wisset Se.«

Bienzle verließ den Menschenkenner etwas überhastet. An der Pforte begegnete er einem Rechtsanwalt, den er aus dem alten Weinlokal *Kiste* kannte und der eine Zeit lang selbst in dieser Trutzburg eingesessen hatte. Bienzle grüßte.

Der Anwalt erwiderte erstaunt: »Dass Sie sich trauen, mich hier öffentlich zu grüßen!«

Bienzle blieb stehen. Er lachte. »Ja, warum denn net?« Er gab dem anderen die Hand. »Mir kennet uns doch gut genug. Wie geht's Ihne denn?«

»Seitdem ich wieder draußen bin, besser.«

»Und was machet Sie hier, Sie praktiziert doch no net wieder?«

»Leider net, aber irgendwann … Vorläufig bin ich ›juristische Hilfskraft‹ bei einem Kollegen.« Er machte eine etwas dramatische Geste. »Und wie geht's bei den Bullen?«

»Da ändert sich au net viel«, sagte Bienzle freundlich. »Ich war mal in Ihrem Prozess.«

»Ich hab Sie g'sehn … Wenn mr da obe sitzt, sucht mr die Reihe immer wieder nach G'sichter ab, die eim wohltun könntet. Aber ehrlich g'sagt, i wär net auf die Idee komme, dass bei Ihne a Art Mitgefühl …«

»Interesse, Herr Doktor, Interesse.«

»Sie sind auch vorsichtig geworden«, sagte der Anwalt, und sein asketisches Gesicht bekam einen schmerzlichen Ausdruck.

Bienzle kratzte sich am Kinn. »Wenn ich Ihnen hätt helfen können, hätt ich's auch getan.«

Sobald sie sich beide wieder an die Schriftsprache heranmachten, wuchs auch wieder die Distanz, die für einen Augenblick aufgehoben schien.

»Na, dann will ich mal«, sagte der Anwalt.

»Alles Gute«, sagte Bienzle.

Sie gingen beide ein paar Schritte auseinander und blieben fast gleichzeitig nochmal stehen. Bienzle drehte sich um. Der andere schaute über die Schulter.

Der Anwalt sagte: »Nichts ist verlogener als die Behauptung, dass man nach verbüßter Strafe wieder in die Gesellschaft aufgenommen werde.«

Bienzle machte wieder einen Schritt auf ihn zu. »Wie wär's mit ema Viertele in der Kischt?«

»Da geh i nimmer hin«, sagte der Anwalt, »da sitzet so viele Rechte, die gar net verstande könnet, dass se mi scho wieder rausglasse habet.«

»Dann beim Costas?«

»Einverstande.«

»Wann?«

»Heut Abend von mir aus.«

»Um achte?«

»Gern.«

Sie nickten sich zu. Der Anwalt trat durch die Pforte, Bienzle ging auf die Endhaltestelle der Straßenbahn zu. Er setzte sich in den bereitstehenden Wagen und war froh, dass die Bahn nicht gleich losfuhr. Als sie dann endlich klingelte und anruckte, war er eingeschlafen.

17

Im Präsidium saß Gächter auf dem Fenstersims seines Amtszimmers und diktierte Haußmann einen Bericht in die Maschine.

»Ich war in Stammheim«, sagte Bienzle. »Viel war gestern wohl nicht nötig, um den Neidlinger und den Önökül zum Sprechen zu bringen.«

»Stimmt.« Gächter sprang von seinem Sitz herunter. »Lang geziert hat sich keiner. Ich diktiere gerade den Bericht.«

»Ischt der Haußmann jetzt dei Sekretärin?«

»Die Sekretärin hat sich krankgemeldet für zwei Tage.«

»Ist der Monat scho wieder rum?«, fragte Bienzle und schaute auf seine Armbanduhr, um die Datumsangabe zu kontrollieren, »oder werdet die Zyklen bei der immer kürzer?«

Haußmann sagte: »Es geht ihr wirklich nicht gut, wenn diese Tage bei ihr kommen.«

»Ich sag ja gar nichts, bloß dass die emmer ihre Tage im Anschluss ans Wochenende kriegt …« Bienzle schaute Haußmann über die Schulter. »Nach ›er behauptet‹ kommt ein Komma.«

Haußmann wurde rot und korrigierte den Fehler.

Gächter fragte: »Was rausbekommen in Stammheim?«

»Da ist so ein Wärter, der ein weiches Herz für den Neidlinger hat. Abends sitzt der Junge auf seiner Pritsche und heult. Er hat von seiner Mutter gesprochen, ohne die er gar nicht an Keller geraten wäre, oder so ähnlich.«

»Apropos Keller«, sagte Haußmann, »nehmen wir den nicht irgendwann fest?«

»Sobald Sie Schlaumeier einen hinreichenden Verdacht haben.«

»Der Uygul ist ein getürkter Mörder«, sagte Gächter plötzlich. »Ein türkischer getürkter …«

Bienzle nickte ein paar Mal. »Dasselbe denk ich auch schon die

ganze Zeit. Und selbst wenn er's war, war er's nicht aus eigenem
Antrieb.«

Pause.

»Was machen wir denn jetzt?«, fragte Haußmann.

»Tja, wenn ich das wüsste … Einen Täter haben wir. Morgen
steht's in der Zeitung, der Staatsanwalt ist ganz glücklich, weil's
doch so ein eindeutiger und glatter Fall ist, ond falls heut koiner
mehr oin umbringt, steht ons morga a ruhiger Tag ins Haus.«

»Aber Sie finden sich mit der Version doch gar nicht ab«, sagte
Haußmann irritiert.

»Vorerst schon.« Bienzle zündete sich ein Zigarillo an. »Aber
bloß vorerst!«

Das Telefon klingelte. Haußmann nahm ab. Der Vollzugsbeamte aus Stammheim wollte Bienzle sprechen.

»Die Frau heißt Edith Baumeister«, sagte er.

»Neidlingers Mutter?«

»Ja, sie hat wieder geheiratet.«

»Vielen Dank, Herr Kollege«, sagte Bienzle. »Sonst noch
was?«

»Ja, die Adresse … Er hat ihr nämlich einen Brief geschrieben.
Einen bitterbösen, voller Beschuldigungen.«

Bienzle verzog das Gesicht, aber er wollte dann doch nicht
fragen, woher der Beamte so genau wusste, was in dem Brief
stand.

»Stellen Sie sich vor«, drang die Stimme aus dem Telefonhörer,
»er nennt sie eine …« Der Beamte senkte die Stimme und flüsterte kaum vernehmlich: »… eine Nutte! Und dann schreibt
er noch, ihre Stuttgarter Freunde seien auch nichts Besseres als
Zuhälter. Und am Ende verlangt er 30 000 Mark, sobald er
rauskommt, sonst wird er auspacken.«

»Hervorragende Arbeit«, sagte Bienzle mit einem Gesicht, als
ob er in eine Zitrone gebissen hätte.

»Man hilft doch gern«, sagte der Schließer. »Wollen Sie nun die Adresse?«

»Sicher, klar.«

»Habt ihr eigentlich nicht so einen Fonds«, fragte der Mann aus Stammheim, »für Recherchen und so was – Sie wissen schon.«

»Ach, Sie meinen den Schmiergeldfonds?«, fragte Bienzle treuherzig. »Ja, ja, den gibt's – wenn wir zum Beispiel Leute aus der Unterwelt bestechen müssen, weil wir anders nicht an Informationen kommen.«

»Ich dachte nur, weil ich doch … Ich meine …«

Bienzle schüttelte den Kopf und sagte gleichzeitig: »Ja, ich denke, dass man da was machen kann.«

»Also, die Adresse«, sagte nun der Vollzugsbeamte schnell: »Kirschenweg 44 in München 80.«

»Danke«, sagte Bienzle und legte rasch auf.

»Eine Spur?«, fragte Gächter.

»Noch nicht mal der Hauch einer Spur. Aber ich denke, dass ich mal nach München fahren sollte.«

»Den Kollegen Gerstl besuchen, was?« Gächter grinste. »In München steht ein Hofbräuhaus!«

»Do ganget sowieso bloß Preußa ond Bayern nei«, konterte Bienzle.

Hannelore hatte sich auf den Abend bei Costas gefreut. Als Bienzle kam, saß sie schon da und redete mit Giorgos, dem immer freundlichen Stellvertreter des Wirts. Es war noch nicht sehr voll, Costas selbst noch nicht da. Bienzle bestellte einen Salat und das übliche Kalbskotelett.

Gleich darauf kam der Anwalt. Einige der Gäste schienen ihn zu erkennen, aber niemand schien sich zu wundern. Er ging auf Hannelore und Bienzle zu und begrüßte beide freundlich, für seine Art fast überschwänglich. Auch Costas setzte sich zu ihnen, als er kam und sah, dass Giorgos auch allein fertig wurde.

Bienzle vermied es, auf den Prozess des Anwalts zu sprechen zu kommen, aber am Ende ließ es sich dann doch nicht vermeiden, wenigstens über die Knastmonate des Juristen zu reden. Sehr anschaulich schilderte der Anwalt, wie die Einsamkeit, das Eingeschlossensein und die Feindseligkeit mancher Vollzugsbeamter auf ihn gewirkt hatten.

»Warum waren die denn so feindselig?«, wollte Hannelore wissen.

»Die Leute, die ich verteidigt habe und mit denen ich befreundet bin, haben das Leben im Gefängnis stark verändert. Es gab plötzlich neue Sicherheitsvorschriften; Freiheiten, die sich nach und nach eingeschlichen hatten, wurden schlagartig wieder eingeschränkt. Alles, was das Leben hinter den Mauern ein bisschen erträglicher macht, war auf einmal wieder verboten. Das trifft die Beamten fast noch härter als die Gefangenen.«

Bienzle sagte: »Ich hab heute einen Jungen besucht, der sowieso labil ist, man müsste ganz schnell sehen, wie man ihn da rauskriegt.«

Der Anwalt lachte. »Das müssten Sie doch bei den meisten, vor allem, wenn sie noch jung sind. Wer in die Hierarchie des Knasts erst einmal eingebaut ist, bleibt ein Teil von ihr, auch wenn er wieder draußen ist.«

»Das verstehe ich nicht.« Hannelore schüttelte den Kopf.

»Es entsteht eine Art Solidarität und zugleich eine ganz starke Abhängigkeit von den wenigen starken Naturen da drin. Zum ersten Mal wissen viele der jungen Gefangenen, wo es langgeht; ob es ihnen passt oder nicht, sie kriegen ganz klare Koordinaten, innerhalb derer sie sich verhalten können und natürlich müssen … Einer solchen Konstellation kann man sich nur schwer entziehen, glauben Sie mir. Sie können sich ja kaum vorstellen, wie dankbar man ist, wenn die Isolierung ein wenig kleiner wird, wenn es Menschen gibt, denen man sich mitteilen kann, die Interesse an einem zeigen, und sei es auch nur geheuchelt ...

Ihr junger Delinquent hat seine Planstelle im System schneller weg als seine Anklageschrift, das können Sie mir glauben.«

»Ich glaub's ja«, sagte Bienzle. »Ich weiß es, deshalb will ich ja was unternehmen. Ich hab sowieso kein gutes Gefühl, wenn ich an den Jungen denke. Hoffentlich passen die auf ihn auf!«

Hannelore strich sich die Haare aus der Stirn.

Costas sagte: »Könnt ihr auch von was anderem reden? Der Doktor ist wieder frei, oder? Da kann ich doch einen Demestica ausschenken, auf meine Kosten!«

Giorgos spendierte eine Mark für den Musikautomaten. Griechische Musik erklang, und sie tranken sich zu.

– 18 –

Bienzle war mit dem Intercity gefahren. Etwas über zwei Stunden. Er hatte einen Kriminalroman gelesen und war überrascht gewesen, wie sehr er ihn fasziniert hatte. Er hatte ganz vergessen, sich über Details zu ärgern, die mit dem Polizeialltag überhaupt nichts zu tun hatten und dennoch als Teil dieses Alltags geschildert wurden. In sich hatte die Geschichte gestimmt, wenn sie auch von der Polizeirealität ein gutes Stück entfernt war. Aber vielleicht durfte man ja gar nicht alles so originalgetreu nachmalen, so ganz realistisch schreiben – das wäre wahrscheinlich langweilig geworden.

Weiter kam er nicht mit seinen Gedanken, denn der Taxifahrer sagte: »Der Kirschenweg ist a Einbahnstraßn von der anderen Seiten.«

Bienzle bezahlte und stieg aus. Langsam bummelte er durch

die enge Gasse, die wohl zu Schwabing gehörte. Ein paar Pornoläden, dazwischen sehr schick wirkende Boutiquen, zwei gemütliche Kneipen; plötzlich ein einzelner Baum, um den eine Bank lief, dann wieder Geschäfte. Eine kleine Bäckerei mit zwei runden Tischchen vor der Tür, an denen ein paar Männer Kaffee tranken.

Nummer 44 war ein Jugendstilhaus mit Stuckgirlanden über der Tür, Bogenfenstern in allen Stockwerken und einem durchgehenden Erker, der über die Hausecke gestülpt war. Bienzle suchte den Namen. *Edith Baumeister, Massagen*, las er.

Auf sein Klingeln ertönte fast gleichzeitig der Türsummer. Bienzle stieg die Treppe hinauf. An einer ausladenden Glastür mit grünen Scheiben stand eine fernöstliche Schönheit auf sehr hohen Absätzen in einem weißen, hautengen Massagemantel, der lediglich von einem Knopf in der Taille zusammengehalten wurde. Bienzle schluckte.

»Ihl Wunsch, bitte?«, sagte das Mädchen.

»Tja, ich wollte gern zu Frau Baumeister.«

»Flau Baumeistel ist in ihlem Bülo und sehl beschäftigt, kann ich fül Sie etwas tun?«

Bienzle schwitzte ein wenig. »Ich bin eigentlich nicht gekommen, um die Dienste ihrer Firma in Anspruch zu nehmen ...«

Ein Mann drückte sich schnell an ihm vorbei, warf ihm einen prüfenden Blick zu und ging rasch die Treppe hinunter.

»Sie sollten heleinkommen, auf jeden Fall«, sagte das Mädchen und fasste ihn an der Hand.

Bienzle sah schnell an sich hinunter, denn ein kundiges Auge musste die Erektion mit Sicherheit erkennen. Um sich zu helfen, zog er seinen Dienstausweis heraus und sagte: »Ich bin von der Polizei ... Allerdings hat das gar nichts mit Ihrem Etablissement hier zu tun. Es geht um den Sohn von Frau Baumeister.«

Eine sehr hoch gewachsene Schwarze im Bikini kam aus einer

Tür und musterte den Kommissar. »Schwarz oder gelb?«, fragte sie, und selbst diese drei Worte verrieten, dass sie urbayerisch sprach.

Bienzle lächelte. »Weder noch, ich bin dienstlich hier.«

Die schöne Schwarze zuckte die Achseln und ging durch den Korridor auf eine Tür zu, auf der *Sauna* stand.

»Ich welde Sie melden«, sagte die Asiatin.

Das Büro von Frau Baumeister war luxuriös, und sie selbst passte sehr gut in diese Umgebung. Sie trug ein fußlanges Kleid, tief ausgeschnitten und mit einer Leopardenfellimitation bedruckt. Der schwarzgepaspelte Rand des Dekolletés lief über die Kuppen ihrer Brustwarzen. Sie war braungebrannt und trug eine hochgetürmte blonde Frisur. Ihre Augen über den hervorstehenden Backenknochen waren schmal. Um den Mund verlief ein scharfer Zug; zwei Linien bildeten exakte Dreiecke neben den Mundwinkeln. Das Kinn wirkte spitz, aber energisch. Ihre Hände, die mit einem nachgebildeten Federkiel spielten, waren schlank und ausnehmend schön.

Bienzle hatte sich vorgestellt und gefragt, ob sie den Brief ihres Sohnes aus Stammheim erhalten habe.

»Er ist achtzehn Jahre alt und volljährig«, sagte sie kühl. »Die Fehler, die er macht, hat er selber zu verantworten.«

»Ja, wenn's so einfach wäre«, sagte Bienzle. »Was er heute ist, musste er ja erst einmal werden, und dazu hat er achtzehn Jahre gebraucht, nicht wahr – und eine Mutter natürlich.«

»Mir machen Sie kein schlechtes Gewissen«, sagte Frau Baumeister.

»Brauch ich auch nicht, Sie haben schon eins.« Bienzle ließ sich vorsichtig in einen zerbrechlichen, mit rotem Samt bespannten Sessel sinken.

»Ich weiß gar nicht, was Sie von mir wollen.«

»Das will ich Ihnen gern sagen: Ich möchte wissen, wer die

Leute sind, denen Sie Ihren Sohn … wie soll ich sagen … anvertraut haben, als er nach Stuttgart ging.«

»Das ist schon mal falsch«, sagte sie grob. »Nicht er ging nach Stuttgart, er blieb dort. Und ich ging nach München.«

»Wann?«

»Vor zweieinhalb Jahren.«

»Da war er noch keine sechzehn.«

»Stimmt.«

»Also, wer hat ihn bei sich aufgenommen?«

»Ein Freund.«

»Keller?«

»Wer ist Keller?«

»Ich dachte, das sei Ihr Freund.«

»Nein.«

»Wer war es denn?«

»Ihre Art zu fragen gefällt mir nicht.«

Ein Mädchen kam herein. Sie trug nur einen Slip. »Der Kunde in drei will's französisch. Ich mach das aber nicht!«

»Immer das Gleiche …« Frau Baumeister bekam einen strengen Blick. »Du machst, was der Kunde verlangt!« Sie griff unter die Schreibtischplatte in ein Ablagefach und zog eine Peitsche heraus.

Das Mädchen sagte schnell: »Abigail sagt, sie übernimmt's für mich!«

»Ist er denn damit einverstanden?«

»Das bring ich ihm schon bei.«

»Na gut, diesmal noch.«

»Danke«, sagte das Mädchen und eilte hinaus.

Bienzle starrte auf die Peitsche und dachte an Senftleben. »Kennt Ihr Sohn diese Peitsche?«, fragte er.

»Reden Sie keinen Unsinn«, sagte Frau Baumeister. »Ich bin keine schlechtere Mutter als andere.«

»Das nennt man schwäbisch den so genannten Lumpenbeweis.«

»Wie bitte?«

»Sie sagen, Sie seien auch nicht schlechter als andere. Sie sollten besser sein.«

»Herr …« Sie suchte nach dem Namen und entschloss sich dann anders. »Herr Kommissar, in diesem Haus hier reden wir nicht von Moral, wenn's recht ist.«

»Gut. Aber Ihrem Sohn geht's schlecht.«

»*Sie* haben ihn eingesperrt.«

»Ich will das noch nicht einmal bestreiten«, sagte Bienzle, »aber ohne Ihre Hilfe wird's kaum möglich sein, ihn da wieder herauszuholen.«

»So schlecht ist er ja vielleicht gar nicht aufgehoben.« Frau Baumeister hatte noch immer die Peitsche in der Hand.

»Es ist der schlechteste und gefährlichste Platz für ihn«, sagte Bienzle. »Der Junge neigt zu Depressionen.«

Frau Baumeister langte sich ein Tuch vom Regal und legte es um ihre Schultern, um den Ausschnitt zu bedecken. »Gut, ich bin die Mutter: Sein Vater hat sich nie gekümmert, und ich hatte wenig Zeit. Alles zugegeben. Ich kenne all diese Reden, wie und warum einer kriminell wird … Einmal in der Woche bedienen wir hier einen Landgerichtsrat, oder was der ist. Der hält Vorträge über das Laster, während ihn zwei Mädchen auf reichlich ungewöhnliche Weise um sein Sperma erleichtern. Manchmal sitzt er dann noch in dem Stuhl, in dem Sie sich gerade breitgemacht haben, und unterhält sich mit mir. Ich glaub zwar, er macht das nur in der Hoffnung, dass er sich in der Zeit regeneriert und noch ein zweites Mal kann … Ist ja auch egal. Auf jeden Fall hat der so seine Theorien über den Werdegang eines Verbrechers, er nennt es Karriere der Kriminalität. Und auf Peter passt das ja alles auch ganz gut. Aber ich kann deshalb nicht aussteigen hier und auf Mama machen. Das hab ich noch nie gekonnt.«

Bienzle sah sie an. »Das glaub ich Ihnen nicht.«

»Was glauben Sie nicht?«

»Dass Sie nicht auch eine gute Mutter waren. Erinnern Sie sich doch mal daran, wie das war, als er drei oder vier Jahre alt war.«

Sie seufzte und sagte dann sehr schnell: »Lassen Sie doch diese Sentimentalitäten. Haben Sie Kinder?«

Bienzle sah überrascht auf. »Noch nicht«, sagte er, ohne nachzudenken.

Frau Baumeister lachte. »Dann wird's aber Zeit!«

Bienzle nickte.

»Obwohl«, sagte sie, »wenn man so sieht, was die Mannsbilder hier verspritzen, und das könnten lauter kleine Kinder werden ...«

Bienzle musste lächeln. »Das Beste wäre, nicht geboren worden zu sein, aber wer hat schon das Glück, unter Hunderttausenden kaum einer – das hat, glaube ich, Tucholsky gesagt.«

»Ohne dass du es merkst, hat er dich in ein halbprivates Geplauder verwickelt ...«

»Wie war das?« Bienzle sah auf.

Frau Baumeister lächelte überlegen. »Man hat mich vor Ihnen gewarnt – mit genau diesem Satz.«

»Vor mir? Ja, wer denn? Wer weiß überhaupt, dass ich ...?« Er spürte, dass seine Fingerkuppen seltsam kalt wurden.

»Ich werd's Ihnen nicht sagen, wer mich gewarnt hat, aber derjenige hat auf jeden Fall damit gerechnet, dass Sie mich besuchen werden.«

Bienzle fing sich wieder. »Frau Baumeister, ich werde bestimmt rauskriegen, wo Ihr Sohn die letzten drei Jahre gelebt hat.«

»Polizeilich war er hier gemeldet.«

»Ich hab auch nicht angenommen, dass ich nur aufs Einwohnermeldeamt marschieren muss.«

»Ich habe keine Veranlassung, Ihnen behilflich zu sein.«

»Gut, das seh ich ein. Aber tun Sie was für Peter! Ihr Sohn wirkt sehr verzweifelt. Was immer er verbockt haben mag, er ist immer noch Ihr Kind. Und Sie haben Mittel, das sieht man. Sie können zumindest finanziell etwas tun. Schreiben Sie ihm. Rufen Sie an, das geht, man holt ihn ans Telefon … Irgendetwas sollten Sie tun für ihn.«

»Sie reden wie einer vom Jugendamt.«

»Das ist doch völlig egal, wie ich rede. Ich mein's ernst, Heilandsack!«

Sie lachte. »Es sieht tatsächlich so aus!«

Bienzle stand auf und ging zur Tür. »Gehört der Laden Ihnen?«

»Achtundvierzig Prozent davon, ja. Und von zwei Peepshows und einer Bar mit Kino auch.«

»Und die anderen zweiundfuffzig Prozent?«

»Na, die gehören meinem Teilhaber!« Jetzt lag wieder das überlegene Lächeln auf ihrem Gesicht.

Bienzle ging grußlos hinaus. An der Glastür stieß er fast mit einem gut gekleideten älteren Herrn zusammen, der von zwei Mädchen begleitet war. Die eine war die, die sich zuvor geweigert hatte, es »französisch zu machen«.

Bienzle sah den Mann an. »War's gut?«, fragte er, für sich selbst überraschend.

»Superb!«, sagte der Mann mit einem strahlenden Lächeln.

»Na, wie wär's mit uns zwei?«, fragte das Mädchen, das Abigail sein musste.

»Heißen Sie wirklich Abigail?«, fragte Bienzle.

»Nein, das ist natürlich mein Künstlername.«

»Und wie heißen Sie richtig?«

»Rosi Maurer.«

Bienzle nickte. »Sagen Sie, Frau Maurer – wissen Sie, wer der Kompagnon von Frau Baumeister ist?«

»Ich massier dich, und dann sag ich's dir vielleicht«, schnurrte Abigail-Rosi.

Bienzle zupfte an seiner Oberlippe. »Tja«, sagte er dann, »wenn es der Beruf nun mal verlangt …«

In dem Massageraum, einer Zelle, denen in Stammheim nicht unähnlich, begann Abigail sogleich, Bienzles Hosengürtel zu öffnen.

»Moment!«, sagte er.

»Ich seh doch, dass du's brauchst«, sagte das Mädchen und fasste nach.

Bienzle kämpfte mit sich und stieß dann hervor: »Ich zahle, was üblich ist, und du beantwortest meine Fragen.« Dass ihm das vertrauliche Du herausgerutscht war, irritierte ihn.

Die Tür wurde aufgerissen. Frau Baumeister stand schwer atmend auf der Schwelle. »Raus hier, Bulle, aber schnell!« Sie hielt die Peitsche in der Hand und hatte einen hochroten Kopf.

»Was ist denn?«, fragte Abigail. »Ich versuch gerade …«

»Mit dir rede ich gleich. Verschwinde!«

Abigail zog Bienzles Gürtel wieder fest – wie jemand, der sich auf keinen Fall nachsagen lassen will, er vernachlässige seine Arbeit; dann tänzelte sie mit wippenden Brüsten hinaus. Als sie ihre Chefin passierte, holte die mit der Peitsche aus. Abigail stieß einen Schrei aus und duckte sich weg. Frau Baumeister schlug zu, aber der herabfahrende Arm wurde von Bienzle aufgefangen. Er hielt ihr Handgelenk fest. Frau Baumeister schrie auf.

»Woher wussten Sie, dass ich hier bin?«

»Geht Sie gar nichts an!«

Abigail, die auf dem Flur stehen geblieben war und der nun auch der Zorn das Blut in den Kopf trieb, rief: »Sie hat's auf dem Monitor gesehn!«

»Auf dem Monitor? Sie überwachen diese Kabinen hier per Fernsehen?«

»Das geht Sie überhaupt nichts an.«

»Mit so einem Gerät kann man aufzeichnen, nicht wahr?«

»Was reden Sie denn da?«

»Ich rede von Ihrer Videoanlage und von deren Möglichkeiten, gnädige Frau.« Er ließ sie los und marschierte Richtung Glastür.

»Nehmen Sie mich mit?«, fragte Abigail schnell.

»Du bleibst hier!« Die Stimme der Chefin hatte jetzt einen unnatürlich schrillen Klang.

»Ziehen Sie sich was an, und holen Sie Ihre Sachen«, sagte Bienzle sachlich.

Frau Baumeister war außer sich. »Das wirst du büßen, du Kanaille!«

Ein paar Türen öffneten sich vorsichtig.

Bienzle sagte laut: »Lassen Sie die Türen ruhig zu, Herrschaften, Frau Baumeister kann alles über ihr Fernsehüberwachungssystem verfolgen, andere Einblicke sind ganz unnötig.«

Die geräumige Jugendstilwohnung schien sich plötzlich in eine Art Bienenhaus zu verwandeln. Türen wurden aufgerissen. Männer hasteten vorbei. Einige Mädchen versuchten ihre Kunden aufzuhalten und hängten sich an sie. »Erst bezahlen!«, rief eine, und eine andere: »Die guckt halt gern, was ist denn dabei …«

Aber das schien die Herren nur noch mehr in Verwirrung zu stürzen.

Als Abigail angezogen und mit einem kleinen Köfferchen neben Bienzle auftauchte, war die Wohnung fast leer. Frau Baumeister stand noch immer unter der Kabinentür und fuchtelte unkontrolliert mit ihrer Peitsche herum.

Bienzle deutete eine Verbeugung an, fasste Abigail-Rosi bei der Hand und führte sie vorsichtig die Treppe hinunter. Ihre Absätze waren so abenteuerlich hoch, dass er glücklich war, als er das Mädchen heil bis zur Straße gebracht hatte. Dort fragte er: »Haben Sie keine anderen Schuhe?«

»Doch, doch«, sagte sie eifrig, »und die zieh ich auch sonst an, wenn ich auf die Straße geh, aber ich hab gedacht, dann wirk ich neben Ihnen so klein.«

»Ich mag kleine Frauen«, log Bienzle.

Rosi Maurer wechselte die Schuhe und folgte ihm dann in ein Café. Sie wusste nicht viel über Frau Baumeisters Massagesalon. Der Teilhaber war nur zweimal da gewesen. Er fuhr ein Mercedes-Coupé mit einer Starnberger Nummer, war groß – »fast so groß wie Sie«, sagte Rosi –, braungebrannt und hatte schneeweiße Haare wie ein ganz alter Mann, obwohl er höchstens vierzig war. »Ach was, nicht mal das, fünfunddreißig vielleicht.«

Bienzle wollte wissen, wie er gesprochen habe.

»Ja, bayerisch halt.«

»Das ist doch schon eine ganze Menge. Wie hat Frau Baumeister ihn denn angeredet?«

»Sepp.«

»Na bitte, schon wieder was … Rechnen wir also mal zusammen: Er heißt Josef, ist ungefähr ein Meter fünfundachtzig groß, braungebrannt, hat weiße Haare und fährt einen Mercedes-Sportwagen mit Starnberger Kennzeichen.«

»Und er hat viele Ringe an den Händen.«

»Besser als unter den Augen«, sagte Bienzle, aber darüber konnten weder er noch Rosi richtig lachen.

Sie bestellten noch zwei Campari.

Nach einer Weile sagte Rosi: »Warum fragen Sie mich eigentlich nicht?«

»Was?«

»Na, halt warum ich das mach in dem Massagesalon.«

»Weil Sie Geld damit verdienen, keinen anderen Beruf haben, weil Sie sehr hübsch sind und deshalb erfolgreich in diesem Beruf und weil es Ihnen vielleicht sogar Spaß macht.«

»Manchmal, nur manchmal. Meistens kotzt es mich an.«

»Aha. Und warum machen Sie's dann?«

»Na ja, weil wir Geld damit verdienen, weil wir keinen anderen Beruf haben … Was Sie gesagt haben. Aber dass es Spaß macht … Also, das wär übertrieben.« Plötzlich sah sie ihn von der Seite an. »Sind Sie verheiratet?«

»Gewesen.«

»Und jetzt?«

»Hab ich eine Freundin, die ich sehr mag.«

Rosi Maurer seufzte. »Das ist immer so.«

Bienzle war geschmeichelt. »Wollen wir noch zusammen essen?«

»Au gern.«

Sie verließen das Lokal und bummelten den Kirschenweg hinunter. Plötzlich verkrampfte sich Rosis Hand in Bienzles Arm.

»Da is er ja!«

»Wer?«

»Der Sepp …«

Ein offenes Mercedes-Coupé wurde von seinem Fahrer gerade ziemlich waghalsig auf dem Gehsteig vor dem Haus Nr. 44 geparkt. Ein schlanker, großgewachsener Mann sprang heraus und eilte in langen Sätzen auf die Tür zu. Er zog einen Schlüssel aus der Hosentasche und schloss auf.

Bienzle sah sich um. »Wo kann man denn hier telefonieren?«

Rosi zeigte auf eine Telefonzelle am Ende der Straße.

Bienzle spurtete los. Bei ihm sah das weit weniger sportlich aus als bei Sepp.

»Nichts kann ich beweisen«, sagte er kurz darauf aufgeregt in den Hörer, »aber ich hab genauso eine Nase wie Sie, Kollege Gerstl! Und ich wett zwei Kästen Bier …«

»Andechser«, unterbrach ihn der Kollege.

»Von mir aus auch Andechser …«

»Dös is nämlich teurer.«

»Also gut, von mir aus fünf Kästen!«

»Ohne Gegenwette … Ich will Sie ja net narrisch machen, aber mein Kollege hat mitgehört und ist schon mit zwei weiteren Beamten unterwegs.«

Bienzle sah den Apparat an und wusste nicht, ob er lachen oder sauer werden sollte. Draußen stand Rosi Maurer und kämmte sich.

»Wann kommen S' denn vorbei?«, wollte Gerstl wissen.

»Jetzt muss ich noch eine Dame zum Essen ausführen. Sagen wir, gegen vier?«

»Alles klar. Die Biergärten sind offen.«

Bienzle legte auf.

Mit Rosi am Arm spazierte er langsam den Kirschenweg hinunter. Ein hellgrauer BMW fuhr langsam von der anderen Seite her in die Einbahnstraße ein. Kurz darauf kam Sepp mit einem großen Karton aus dem Haus. Zwei Männer stiegen aus dem BMW, gingen auf den weißhaarigen Mann zu, zeigten ihre Dienstausweise und öffneten den Karton. Einer zog ein schmales Filmband aus einer schwarzen Schachtel heraus und hielt es gegen das Licht. Dann wurde der Karton kurzerhand in den BMW geladen. Der Mercedesfahrer zuckte die Achseln, verhandelte noch ein bisschen mit den Beamten, warf einen Blick zum ersten Stock hinauf und sprang dann elegant in seinen Wagen. Nacheinander passierten der BMW und der Mercedes Bienzle und seine Begleiterin.

»Jetzt hab ich Hunger«, sagte Bienzle.

– 19 –

Als Bienzle die Tür zu Gerstls Büro leise öffnete, hörte er ein mehrstimmiges »Uiuiuiui!« – »Jetzt schau der dees o!« – »Herrschaftszeit'n!«.

»Dürft ihr das denn?«, fragte Bienzle und starrte auf den Bildschirm, auf dem gerade ein nackter älterer Herr mit einem Lederriemen im Mund im Kreis hüpfte. Jetzt kamen zwei nackte Mädchen ins Bild; eine davon war die Ostasiatin, die Bienzle bei Frau Baumeister eingelassen hatte. Die Mädchen hielten die beiden Enden des Riemens wie Zügel in der Hand und schwangen zwei Peitschen über ihren Köpfen.

Bienzle gab Gerstl die Hand.

»Wir sind gleich durch«, sagte der Kommissar, »lauter erstklassiges Erpressungsmaterial. Ich hab schon einen Bericht in der Zeitung lanciert … Keine Namen natürlich! Aber da werden wir dann schnell rausbekommen, ob die Dame unsere angesehenen Bürger schröpft oder nicht.«

Als die Kollegen später beim Bier saßen, fragte Bienzle: »Was sagt denn der Staatsanwalt? Wenn die Baumeister niemand erpresst, ist es dann auch strafbar?«

»Schon mal was vom Recht am eigenen Bild gehört?«

»Bei der Presse, ja.«

»Man darf auch sonst die Persönlichkeitsrechte nicht verletzen.«

Es war ein heller, lauer Abend. Gerstl hatte einen Platz unter einer ausladenden Platane gefunden. Der Lärm von den anderen

Tischen klang nur gedämpft herüber. Bienzle streckte die Beine weit von sich und stemmte seinen Oberkörper nach hinten, dass der Stuhl ächzte.

»So was haben wir in Stuttgart leider nicht«, sagte er.

»Ah, geh, Massagesalons gibt's überall.«

»Ich red von Biergärten, Kollege.«

»Ach so, ja, da ham S' natürlich recht.«

Die Zeitungsmeldung, die, inhaltlich ähnlich, in der Form aber sehr verschieden, anderntags in der *Süddeutschen Zeitung*, dem *Münchener Merkur*, der *Abendzeitung* und der *tz* stand, verfehlte ihre Wirkung nicht. Der erste Besucher, der mit einem solchen Zeitungsausschnitt ins Präsidium kam, war der Besitzer eines bekannten Antiquitätengeschäfts und selbst auch nicht mehr der Jüngste.

»Sie haben da verlautbart«, sagte er – auch seine Sprache wirkte antiquiert –, »dass in einem Etablissement im Kirschenweg filmische Aufzeichnungen, wenn ich so sagen soll, gefunden und beschlagnahmt worden seien. Ich habe nun eine schwache Hoffnung, dass es sich um die Originale von Bändern handelt, die auf obszönste Weise von mir erstellt worden sind.«

Der junge Beamte, der den Antiquitätenhändler empfangen hatte, sagte freundlich: »Sind Sie mit diesen Pornos erpresst worden?«

»Mit diesen … äh … Ja, so könnte man sagen. Man hat mir eine Kopie zukommen lassen, auf der ich … Nun, in einer verfänglichen Situation …«

»Wie viel?«

»Bitte?«

»Was hat man von Ihnen verlangt?«

»Fünfhundert monatlich, per Barscheck ohne Empfängerangabe … Verstehen Sie, es stand mir offen, wie ich den Betrag deklarierte, und deshalb habe ich ihn als Honorar für Experti-sen ausgewiesen.«

Bienzle, der im Hintergrund des Zimmers saß, musste sich auf die Lippen beißen.

»Meine Frau, wissen Sie ...« Der alte Herr unterbrach sich. »Nun, sie hätte kein Verständnis.«

Der junge Polizist nahm ein Protokoll auf. Unterdessen kamen zwei Anrufe von Männern, die ebenfalls erpresst wurden. Im Laufe des Tages summierten sich die Fälle; sie hatten wenig Sensationelles an sich. Die Beträge waren selten höher als sie-benhundert Mark. Einzige Ausnahme war eine stadtbekannte Unternehmerin, die wesentlich höher zur Kasse gebeten wur-de, weil sie unbedingt verhindern wollte, dass ihr Mann etwas erfuhr. Niemand sagte ihr, dass auch ihr Mann unter den Er-pressten war.

Der junge Beamte, der ganz offensichtlich eine Leidenschaft für Statistik hatte, rechnete, stellte Tabellen auf, verglich, zog einen Strich und verkündete schließlich: »Insgesamt 49 Fälle, monatliche Gesamtsumme 26 700 Mark – steuerfrei, denke ich. Die Kundschaft gliedert sich wie folgt: 24 höhere Beamte, meist Akademiker, 2 Zeitungsredakteure, 7 Unternehmer, 5 Angestellte, 4 Ärzte und 3 Zahnärzte, die Frau Unternehme-rin, ein Heilpraktiker, ein Berufspolitiker und ein Arbeiter. Zahlungen werden geleistet seit September letzten Jahres. Wir kommen auf einen Gesamtbetrag von 285 400 Mark. Aber natürlich können wir davon ausgehen, dass es sich hier nur um die Spitze des Eisbergs handelt, die Dunkelziffer dürfte be-trächtlich sein.«

»Und Frau Baumeister?«, fragte Bienzle.

»Die hat nach Angaben ihres Personals schon drei Minuten nach Ihnen, Herr Bienzle, das Haus verlassen und ist seitdem nicht mehr gesehen worden.«

»Vielleicht schreibt sie wenigstens ihrem Sohn noch einen Brief«, brummte Bienzle. »Ich geh mal zum Bahnhof.« Er nickte kurz in die Runde und ging hinaus.

Auf der Rückfahrt las er keinen Kriminalroman.

– 20 –

Gächter holte ihn ab.

Bienzle erwartete irgendeine anzügliche Bemerkung über seinen Ausflug in Münchens glitzernde Porno-Unterwelt. Gächter lehnte aber ungewöhnlich ernst an der Wand eines Kiosks am Ende von Gleis neun und drehte eine längst fertige Zigarette in den Händen.

»Was ist?«, fragte Bienzle, und eine seltsame Unruhe erfasste ihn.

»Peter Neidlinger.«

»Sag bloß, er hat sich …«

»Beinahe«, sagte Gächter. »Mit Glasscherben – hier.« Er zeigte auf die Innenseite seines Handgelenks. »Sie haben ihn ziemlich spät gefunden.«

»Und jetzt?«

»Er ist zwar bei Bewusstsein – ich glaube, sie haben eine Transfusion gemacht –, aber es geht ihm nicht gut.«

»Armer Kerl.« Bienzle strebte dem Nordausgang zu. Am Bahnhofskino blieb er stehen. Die schreienden Plakate kündigten *Schwedische Mädchen mit feuchten Schenkeln* an. »Sollte alles verboten werden«, knurrte er.

»Wo bleibt dein schwäbischer Liberalismus?«, fragte Gächter süffisant.

»Den hab ich in München gelassen.«

Peter Neidlinger lag in einem Zimmer des Robert-Bosch-Krankenhauses. Zwei uniformierte Beamte saßen auf Stühlen vor der Tür. Bienzle kannte den Stationsarzt zufällig, er hatte früher in seiner Nachbarschaft gewohnt.

»Nett, Sie mal wieder zu sehen«, sagte der Arzt, ein kleiner, durchtrainierter Mann Anfang vierzig.

»Ganz meinerseits«, sagte Bienzle automatisch. »Wie geht's ihm?«

»Er ist übern Berg, aber Sie können ihn nicht lange sprechen.«

Bienzle nickte und betrat das Krankenzimmer, einen schmalen, aber freundlich eingerichteten hellen Raum. Gächter wartete draußen.

Peter Neidlingers Gesicht war bleich und eingefallen. Rötliche Bartstoppeln bedeckten das Kinn; sonst hatte er noch keinen Bartwuchs.

Bienzle nickte ihm zu.

»Was wollen Sie?«, stieß Neidlinger hervor.

»Nicht aufregen«, sagte Bienzle behutsam. »Ich bin in München gewesen und hab Ihre Mutter gesehen. Sie hat gesagt, sie will Ihnen schreiben.«

Neidlinger sah ihn ungläubig an.

»Ich war in ihrem Massagesalon«, sagte Bienzle. »Sie kennen ihn?«

Neidlinger nickte unmerklich.

»Ich bin auch dem Sepp begegnet«, sagte Bienzle aufs Geratewohl.

Er konnte sich täuschen – Neidlingers Gesicht wirkte durch den Blutverlust stark verändert –, aber es sah so aus, als stiegen Wut und Hass in dem Jungen auf.

»War er's, der Ihnen Ihre Mutter entfremdet hat?«, fragte Bienzle.

Neidlingers Körper hatte sich gespannt; unter der Decke war

zu erkennen, wie er die Beckenknochen nach oben gedrückt und die Beine straff gegen die Matratze gestemmt hatte. Jetzt sank der Körper wieder in sich zusammen; das Gesicht wurde von einem grauen Schatten überzogen. Er nickte – diesmal nachdrücklich.

»Ich glaub, er hat Ihrer Mutter ganz schön was eingebrockt«, sagte Bienzle und beobachtete Neidlingers Gesicht genau. Diesmal glaubte er einen triumphierenden Zug zu erkennen. Bienzle fuhr fort: »Er hat eine Videoanlage installiert und alle Kunden abgefilmt. Gut und gern fünfzig davon sind erpresst worden. Viele von ihnen haben es inzwischen zugegeben und sind bereit, sich als Zeugen zur Verfügung zu stellen.«

Neidlinger nickte nur, als ob er das alles erwartet hätte.

Bienzle beugte sich zu dem Bett vor und sagte: »Ich hab Ihnen das alles ganz offen erzählt, damit Sie nicht denken, wir treiben ein doppeltes Spiel. Ich will nicht, dass Sie da weiter in irgendwas hineingezogen werden. Gleich nachher werde ich mit dem Haftrichter sprechen. Ich hoffe, wir bekommen Sie frei ... Aber dann will ich, dass Sie nicht mehr diesem Keller oder sonst so einem halbseidenen Kerl nachlaufen. Sie sind jung genug, um was Anständiges aus sich zu machen. Das geht zwar langsamer, als wenn man es wie der Sepp oder der Keller macht, aber es bietet mehr Sicherheit. So! Jetzt hab ich eine richtige Rede gehalten. – Den Doktor Helfrich kenn ich, das ist ein Pfundskerl, und er sagt, er bringt Sie wieder hin. Anständig essen, viel schlafen und die Sorgen erst mal in den Schrank hängen. – Alles klar?«

Der Junge nickte und versuchte ein Lächeln dabei.

Bienzle ging hinaus. Er war schweißüberströmt.

Gächter fragte, als sie nebeneinander den Krankenhauskorridor hinuntergingen: »Hast du ihn gefragt, bei wem er untergebracht war, nachdem seine Mutter abgehauen ist?«

»Alles zu seiner Zeit«, sagte Bienzle, »der Junge muss erst langsam wieder aufgebaut werden.«

»Hoffentlich *haben* wir genug Zeit.«

»Keine Sorge«, sagte Bienzle, ohne zu zeigen, wie groß die Sorgen waren, die er sich machte.

»Wenn's einen Zusammenhang zwischen diesem Sepp, seiner Hure und den Stuttgartern um Keller gibt, dann war deine ganze Beruhigungsstrategie umsonst.«

»Ach ja«, sagte Bienzle, »stand denn der Artikel in der Zeitung?«

»In beiden Zeitungen, ja, und beide zitierten auch den Kriminalhauptkommissar Ernst Bienzle mit ausgiebigen Äußerungen. Hauser war – wie soll ich sagen – ein bisschen überrascht.«

Bienzle fuhr sich mit dem Zeigefinger in den Kragen. »Das wird nicht ganz einfach, denke ich.«

»Ach was, aus München kamen solche Lobeshymnen auf dich, dass er dir gar nicht böse sein kann. Hauptkommissar Ernst Bienzle hat unter selbstlosem Einsatz seiner Genitalien einen der größten und schmierigsten Erpressungsfälle seit Ende des Krieges ... Und so weiter, du kennst das ja. Übrigens, irgendwer hat dir Andechser Bier geschickt ... Fünf Kästen stehen in unserem Büro.«

Das Bier schmeckte süffig und schwer, und jede Flasche verleitete zu einer nächsten. Als der Präsident die Räume der Mordkommission betrat, war die Stimmung ausgesprochen fröhlich.

»Greifen Sie zu, Herr Präsident«, rief Bienzle, der selbst in angetrunkenem Zustand nie vergaß, dass er den alten Schulfreund im Beisein anderer nicht duzen durfte.

»Feiern Sie Ihren Presseerfolg?«, fragte Hauser säuerlich.

»Oh ja.« Bienzle fuhr sich durch seinen dichten Haarschopf,

dass die Haare am Ende nach allen Himmelsrichtungen abstanden. »Da hab ich mich wieder mal vertan. Ich dachte halt …«
»Ja, ja, wenn Sie mal denken!«
Jeder im Zimmer wusste, wie die beiden miteinander standen.
»Herr Präsident!«, rief Bienzle viel zu laut. »Ich bitte in aller Form um Verzeihung, Nachsicht und Vergebung!« Dabei war er aufgestanden und hatte im Rhythmus der letzten Worte die Hacken zusammengeschlagen.
»Verzeihung gewährt«, sagte Hauser lächelnd. »Nachsicht verweigert.«
»Auch recht.« Bienzle stieß Hauser eine Flasche in die Hand.
»Andechser Bier – die verlorene Wette eines Münchner Kollegen.«
Hauser griff zu. »Mal unter uns«, sagte er, »wie weit sind denn nun Ihre Ermittlungen in diesem Massage-Puff gegangen?«
Man rückte näher zusammen – sieben Männer, deren Verhalten sich kaum von dem an einem Stammtisch unterschied.
»Also«, begann Bienzle langsam, »aufgemacht hat mir eine Asiatin – Chinesin, schätze ich. Scharfe Frau, bestimmt. Sie hat gesagt, sie welde sofolt nach del Chefin lufen.«
Wieherndes Gelächter brach los.
»Dann war da noch eine Farbige, so schwarz wie schön, unglaubliches Weib, wirklich, mindestens ein Meter fünfundneunzig, in goldenen Sandaletten und einem goldenen Bikini. Sie fragte mich, ob ich …«, Bienzle begann zu kichern, »… ob ich …« Er verschluckte sich, und als er wieder reden konnte, sagte er kurz: »Ich glaub, ich bin besoffen.«
»Weitererzählen!«, rief der Kriminalmeister Gollhofer, der mit Kistner an einem Schreibmaschinentischchen saß und leere Flaschen in exakten Reihen auf der Tischplatte antreten ließ.
»Fahrt doch selber hin«, grummelte Bienzle. »Ach so, geht ja nicht, ist ja aufgeflogen wegen der Filme, aber geht doch hier

in Stuttgart wohin, gibt genug solche Schuppen, inserieren ja überall, Wallimaus und Wollibär oder wie das heißt, alles, was geil und teuer ist. Fragt mal die Jungs von der Sitte oder vom MEK. Die haben neulich sogar mal einen V-Mann reingeschickt. Toller Auftrag, richtig konspirativ. Er hat exakt abgerechnet. Das Mädchen von der Buchhaltung hat gar nicht fassen können, was sie da las: ›Eine Flasche Sekt und einmal Bumsen 147 Mark.‹«

Wieder folgte ein wieherndes Gelächter.

Gächter, der wie immer im Türrahmen lehnte, war der Einzige, der nicht mitlachte. »Das reicht!«, sagte er plötzlich sehr nüchtern.

»Was'n mit dir los?«, rief Bienzle.

»Nichts. Mir passt die Richtung nicht!«

»Na hören Sie mal …« Hauser schien ehrlich erstaunt.

»Keine Lust«, sagte Gächter kalt.

Gollhofer schrie von hinten: »So bringt der sich um jede Beförderung!«

Gächter sagte ruhig: »Eigentlich sollte das auch dem Präsidenten nicht gefallen.«

»Jetzt gehen Sie aber entschieden zu weit«, protestierte Hauser, »das ist eine Männerrunde …«

Gächter machte nur eine wegwerfende Handbewegung.

Gollhofer räsonierte: »Gächter, ich glaub, du bist schwul.«

Gächter stieß sich vom Türbalken ab und sagte: »Und wenn's so wäre, wär's meine Sache.«

Bienzle starrte den Freund an und sagte mit schwerer Zunge: »Aber du bisses doch nicht.«

Gächter lächelte: »Nein, ich sag ja nur, wenn's so wär, wär's ausschließlich meine Sache, so, wie es die deine wäre, wenn du mit einer Schwarzen, einer Chinesin und sieben oberbayerischen Dirndln gepennt hättest.«

»Stimmt«, sagte Bienzle lakonisch.

»Na, dann will ich mal gehen«, sagte Hauser. »Eine Betriebs-
nudel sind Sie ja nicht gerade, Gächter, aber … Damit ich's
nicht vergesse: Ihre Beförderung zum Kommissar ist da, und –
das soll sich der Obermeister Gollhofer mal merken – die kann
er sich gar nicht vermasseln, der Kollege Gächter.«

Gächter nickte, als nehme er eine Selbstverständlichkeit zur
Kenntnis. Für einen Moment legte Hauser die Hand auf
Bienzles Schulter. »Nichts für ungut, mein Lieber!« Dann ging
er schnell hinaus.

Als sich die Tür hinter ihm geschlossen hatte, rief Bienzle:
»Eine Flasche noch auf den Kommissar Gächter – und ich will
keinen Widerspruch hören.«

Gächter nahm sich eine Flasche und sagte: »Dir ist's auch schon
mal besser gegangen, Ernst.«

Bienzle ließ sich in seinen Sessel fallen, eine Flasche zwischen
den Händen auf seinen Bauch gestützt. »Weißt du was, Gächter«, sagte er mit unsicherer Stimme, »weiß der Himmel, warum – ich mag dich. Aber jetzt …« Er rülpste vernehmlich.
»Jetzt leck mich am Arsch!«

Damit schlief er ein.

– 21 –

Mehmed Uygul war siebenundzwanzig Jahre alt, aber er wirkte älter. Er war kaum 1 Meter 60 groß und stämmig gebaut;
über seinem gutmütigen Gesicht war der Haaransatz weit zu-
rückgetreten, sodass sich eine hohe, kahle Stirn zeigte, auf der
jetzt Schweißperlen standen. Bienzle hatte ihn in sein Zimmer
bringen lassen, denn noch saß der Türke in der polizeilichen
Arrestzelle ein.

Der Kommissar bot Zigaretten und Kaffee an.

Uygul winkte ab. »Deutschen Kaffee bringe ich nicht durch Kehle.«

»Möchten Sie sonst etwas?«, fragte Bienzle freundlich.

»Man sagt, Poskaya war Ihr Freund«, antwortete Mehmed Uygul betroffen.

Bienzle nickte.

»Aber wenn er war Ihr Freund, warum sind Sie zu mir so?«

Bienzle lehnte sich weit in seinem Sessel zurück. Er griff nach einem Bleistift und begann, leise damit auf dem Tisch einen Dreivierteltakt zu klopfen. »Ich glaube nicht, dass Sie's getan haben«, sagte er schließlich.

Uygul sah ihn erstaunt an.

»Wissen Sie«, fuhr Bienzle fort, »ein Geständnis ist vor deutschen Gerichten so gut wie gar nichts wert, wenn wir's nicht durch Beweise erhärten können. Ihr Geständnis nun zeichnet sich vor allem dadurch aus, dass es keinerlei andere Hinweise darauf gibt, Sie könnten Poskaya ermordet haben. Warum sollten Sie auch so etwas tun? Wie ich Sie einschätze, hätten Sie Mühe, einem Huhn den Kopf abzuhacken, wenn Sie's essen wollten.«

Uygul war offensichtlich verwirrt. »Aber warum ich sitze dann hier?«

»Weil Ihnen Keller – oder wer immer – gesagt hat, dass das nur vorübergehend ist, und weil er Ihnen viel Geld dafür versprochen hat. Sie brauchen das Geld, nicht wahr?«

»Ich immer gut verdient bei Daimler.«

»Das stimmt leider nicht«, sagte Bienzle freundlich, »wir haben alles genau überprüft. Sie sind seit über sieben Monaten arbeitslos. Ihre Frau ist bereits nach Istanbul zurückgekehrt und hat die beiden Kinder mitgenommen.«

»Aber ich habe wieder Arbeit.«

»Gehabt! Drei Wochen lang als Teppichverleger, nicht wahr? Dann hat Keller dafür gesorgt, dass Sie den Job wieder verloren haben. Er brauchte Sie für andere Zwecke.«

»Keller? Das glaube ich nicht.«

»Sie dürfen es auch nicht glauben, denn schließlich ist er Ihre ganze Hoffnung. Auf ihn müssen Sie Ihr ganzes Vertrauen setzen.«

Uygul wischte sich die Stirn ab.

»Wie heißt das Brettspiel, das Sie zu Hause so gerne spielen?«, fragte Bienzle unvermittelt.

»Es hat viele Namen. Wir sagen Tavli.«

»In Kellers Spiel haben Sie zu wenig Steine auf der anderen Seite«, sagte Bienzle langsam. »Und selbst mit drei Paschwürfen holen Sie nicht mehr auf.«

Uygul starrte Bienzle an. »Sie kennen das Spiel.«

»Ein bisschen, Poskaya hat mir mal eines geschenkt, ein sehr schönes mit herrlichen Intarsienarbeiten, schauen Sie.« Bienzle griff in seinen Schreibtisch und holte das Ebenholzbrett heraus mit den wunderschönen Elfenbeinverzierungen.

»Oh«, entfuhr es Uygul, »das ist sehr teuer, auch bei uns.«

»Wollen wir?« Bienzle verteilte schwarze und weiße Steine. Zögernd griff Uygul zu den Würfeln, er wog sie in der Hand, warf sie spielerisch ein paar Mal in die Luft, fing sie wieder auf, drehte sie einzeln zwischen Daumen und Zeigefinger.

»Wer fängt an?«, fragte Bienzle.

»Wer die höchste Zahl würfelt.«

Sie spielten zwei Spiele und brauchten über eine Stunde dazu. Bienzle vermied es während der ganzen Zeit, über etwas anderes als das Spiel zu sprechen. Er verlor zweimal und hatte auch nicht den Hauch einer Chance. Uygul lächelte zufrieden.

Bienzle sammelte die Steine mit bedächtigen Bewegungen ein.

»Schade«, sagte er, »das Leben ist leider kein Spiel.«

Uygul hob beide Hände. »Ich weiß.«

»Aber was Sie nicht wissen: Keller hat drei Zeugen, die bereit sind, einen Eid darauf zu schwören, dass Mehmed Uygul meinen Freund Vural Poskaya erstochen hat. Und sehen Sie, in einem solchen Fall wird jeder deutsche Richter auf schuldig erkennen. Sie werden den Rest Ihres Lebens im Zuchthaus Bruchsal verbringen.«

Uygul begann zu zittern.

»Und sagen Sie nicht, das sei ein Bluff«, stieß Bienzle nach, obwohl es einer war. »Selbst wenn ich's nicht wirklich wüsste, könnte ich's mir doch an meinen fünf Fingern abzählen, dass es genauso geplant ist. Keller geht es nur darum, dass die Polizei nicht weiter ermittelt. Er hat mir das selbst gesagt. Wahrscheinlich bereitet er eine große Sache vor und braucht deshalb Ruhe ... Poskaya muss von dieser Sache Wind bekommen haben. Deshalb musste er sterben. Ein Leben mehr oder weniger, das spielt für Herrn Keller und seine Freunde keine Rolle, und – entschuldigen Sie, Herr Uygul – wenn es das Leben eines Türken ist ...«

Bienzle brach ab, denn Uygul war nun im Zustand größter Verwirrung. Er umklammerte das Spielbrett mit beiden Händen, als ob er sich daran festhalten könnte – ein Stück Heimat in einem tristen deutschen Polizeibüro. Die Augen waren weit hervorgetreten. Uygul würgte, als ob er brechen müsste. Dann schluckte er schwer und ließ seinen Kopf mit einem Knall auf das Spielbrett fallen.

»Wissen Sie, wer's wirklich getan hat?«, fragte Bienzle leise.

Uygul schüttelte heftig den Kopf.

»Auch keine Ahnung?«

Wieder dieses wilde Kopfschütteln.

Bienzle fragte weiter: »In welcher Beziehung haben Sie zu Keller gestanden?«

»Meine Frau früher hat geputzt in sein Haus. Ich habe im Garten gearbeitet.«

»Eines Tages hat Herr Keller dann Ihre Frau weggeschickt und Ihnen noch gelegentlich einen Auftrag zukommen lassen … War es so?«

»Ja.«

»Er war immer sehr freundlich und großzügig zu Ihnen.«

»Ja, sehr großzügig.«

»Was für Arbeiten waren das?«

»Mal einen Transporter fahren, ich habe Führerschein Klasse 2, mal im Lager arbeiten …«

»Er hat ein Lager?«

»Ja, großes Lager im Industriegebiet Esslingen.«

Bienzle stand auf und ging zur Tür, die ins Nachbarzimmer führte. »Haußmann!«, rief er, noch ehe er die Tür geöffnet hatte, und als er sie dann öffnete, stand der junge Assistent schon mit Block und Bleistift auf der Schwelle.

»Herr Uygul sagt, Keller habe ein großes Lager im Esslinger Industriegebiet. Kümmern Sie sich doch mal drum.«

»Wird gemacht. Haben Sie die Adresse, Herr Uygul?«

»Es ist in Hafenstraße 14 oder 16, ein graues Haus ohne Fenster.«

Haußmann war schon unterwegs Richtung Korridor.

Uygul hatte sich wieder ein wenig gefangen. »Was kann ich denn tun?«, fragte er.

»Am besten vorerst gar nichts. Ich denke, dass wir in den nächsten Tagen ein paar entscheidende Schritte weiterkommen. Sie müssten dann den Anwalt wechseln und sofort Ihr Geständnis widerrufen, wobei ich Ihnen raten möchte, ganz bei der Wahrheit zu bleiben. Wenn es erst einmal so weit ist, kann Ihnen Keller nichts mehr anhaben.«

»Aber das Geld!«, stieß Uygul verzweifelt hervor.

»Wie viel ist es denn?«

»20 000 Deutschmark.«

»Das ist allerdings viel. Aber ich möchte wetten, Sie hätten es sowieso nie gekriegt. Wer ist jetzt Ihr Anwalt?«

»Dr. Kassmann.«

»Oh, du liabs Herrgöttle von Biberach, wie hent di d' Mucka verschissa!«

»Wie bitte?«

»Nichts, nichts … Nur: Ich kenn ihn, der verdient sein Geld schon immer bei Leuten wie Keller.«

»Und soll ich …«

»Sie sollen erst mal gar nichts. Ein paar Tage müssen Sie noch aushalten. Haben Sie irgendeinen Wunsch?«

»Ich würde gern mit Frau telefonieren.«

»Daran soll's nicht hängen.« Bienzle schob seinen Apparat über den Tisch, zog ihn aber gleich wieder zu sich. »Ich vermittel 's Ihnen, schreiben Sie mir nur die Nummer auf.«

Fünf Minuten später hörte Bienzle ein aufgeregtes, kehliges fremdländisches Gespräch mit, von dem er kein Wort und doch alles verstand. Am Ende saß Mehmed Uygul glücklich lächelnd und tränenüberströmt vor dem Tisch des Kommissars.

»Wenn Sie wollen, können wir das gelegentlich wieder mal machen«, sagte Bienzle.

»Dieser Keller wird einfach überschätzt«, meinte Gächter, der auf dem Fenstersims bei Bienzle Platz genommen hatte, kaum dass Uygul in seine Zelle zurückgebracht worden war. »Er ist ja wohl auch wieder nur der verlängerte Arm von irgendwem, den wir nicht kennen.«

»Gerstl hat übrigens einen Bericht geschickt«, sagte Bienzle. »Dieser Sepp oder, genauer, Josef Lechner aus Starnberg hat gar nichts mit den Erpressungen zu tun. Er hat den Karton nur auf

Wunsch von Frau Baumeister weggeschafft, ohne zu wissen, was drin war ... Also, mit anderen Worten, sein Anwalt hat ihn mit Glanz herausgepaukt. Frau Baumeister freilich wird für ein paar Jährchen einfahren, wenn man sie erst gefunden hat.«

»Abwarten«, sagte Gächter, »solche Leute haben immer noch einen Trick im Hut. Glaubst du denn an die Unschuld des Herrn Josef Lechner?«

»Bledsinn, kei Wort glaub i.«

»Vielleicht sollte man ihm mal auf den Zahn fühlen, vor Ort.«

»In Starnberg?«

»Warum nicht?«

Bienzle sah zum Fenster hinaus. So weit der Himmel zu sehen war, war er blitzblau. »Dienstreisewetter wär's ja.«

»Der Chef wird sagen, das sollen die Bayern machen.«

»Ich red mit ihm«, sagte Bienzle.

»Eine Frage noch: Wie heißt denn Lechners Anwalt?«

Bienzle blätterte in den Akten. »Dr. Hans Kröglin.«

»Na, siehst du.«

»Was?«

»Das ist doch ganz zufällig auch Neidlingers Anwalt.«

»Stimmt, ja ... Dia miesset ons für bled halte.«

»Na ja«, sagte Gächter unbestimmt.

Bienzle sah seinen Kollegen scharf an, aber der schaute mit unschuldigem Gesicht zum Fenster hinaus.

»Zweimal in einer Woche nach München«, sagte Bienzle schließlich, »das grenzt an Luxus.«

»Vergiss dein Badezeug nicht.«

Bienzle schüttelte sich. »Ich weiß gar nicht, ob ich noch schwimmen kann.«

Bienzle hatte Hauser angerufen. Der hatte jemand in München angerufen. Und jetzt waren sie ganz offiziell in Bayern, wo die Stuttgarter Polizei sonst nicht viel zu suchen hat.

Das Haus Lechners stand etwas außerhalb von Starnberg, Richtung Pöcking. Eine hohe Mauer umgab das Grundstück. Man konnte nur vermuten, dass das Gelände bis zum See hinunterreichte.

Gächter und Bienzle waren im Münchner Stadtbüro der Rechtsanwaltskanzlei Kröglin, Mayer und Kröglin sehr förmlich darauf hingewiesen worden, dass es unmöglich sei, Herrn Kröglin ohne entsprechende Voranmeldung zu sprechen. Die Dame in der Anmeldung – und es war weiß Gott eine Dame – meinte auch, er habe einen Auswärtstermin in Starnberg, der den ganzen Tag in Anspruch nehme. Dass dieser Termin bei Josef Lechner sein würde, hatten Bienzle und Gächter einfach angenommen, schließlich wollten sie ohnehin zu ihm.

Nun standen sie etwas ratlos vor der imponierenden Mauer, die Lechners Grundstück umgab. Ihren Golf hatten sie auf der gegenüberliegenden Straßenseite geparkt. Etwa fünfzig Meter neben dem Tor war eine tiefe Einbuchtung im Verlauf der Mauer mit einigen Abstellplätzen für Autos. Die Wagen, die dort standen, waren ausnahmslos teure Modelle.

Gächter schlenderte hinüber. In einem großen BMW lagen auf dem Rücksitz diverse Aktenordner, zwei Bücher, die unschwer als *Schönfelders Gesetzeskommentare* zu erkennen waren, eine Golfermütze und eine Stange John-Players-Zigaretten.

»Das könnte er sein …« Gächter spielte am Kofferraumdeckel herum. Er zog sein Taschenmesser aus der Tasche und versuchte dem Schloss gut zuzureden. Plötzlich heulte eine Alarmsirene los.

Gächter startete. Auch Bienzle rannte los. Sie erreichten ihren VW Golf, noch ehe das Tor zum Anwesen Lechners aufgerissen wurde. Langsam ließ Bienzle den Golf auf das Haus zurollen.

Ein großer, dicker Mann in einem teuren blauen Schneideranzug rannte an der Mauer entlang auf den BMW zu, während Sepp Lechner, der ein Tennishemd zu eleganten blauen Wollhosen trug, lachend am Tor lehnte. Der dicke Mann schloss hastig die Tür seines Autos auf und stellte die Sirene ab. Dann ging er um den Wagen herum und untersuchte den Kofferraum. Bienzle bog im gleichen Moment neben dem BMW auf den Parkplatz ein.

»Sauerei, verfluchte!«, schimpfte der dicke Mann.

Gächter stieg aus. »Ist was passiert?«

Der Dicke sah ihn misstrauisch an. »Wo kommen Sie her?«

»Aus Stuttgart.« Gächter deutete auf das Nummernschild des Golf.

»Haben Sie irgendjemand gesehen?«

Gächter schüttelte den Kopf. »Keinen Menschen, Herr Dr. Kröglin.«

Die Überraschung saß. Der dicke Mann hob ruckartig seinen Kopf und starrte Gächter aus hellen, weit aufgerissenen Augen an. »Kennen wir uns?«

»Noch nicht«, sagte Gächter, »aber es hätte sich ohnehin nicht vermeiden lassen.«

Kröglin schwitzte, aber das konnte an den sommerlichen Temperaturen und der drückenden Schwüle liegen.

Lechner kam nun ebenfalls hinzu. Auch Bienzle stieg langsam aus.

»Sie stehen auf meinem Privatparkplatz«, sagte Lechner zu Bienzle und musterte ihn.

»Das ist schon in Ordnung«, sagte Gächter über die Schulter, »wir wollten ohnehin zu Ihnen, wenn Sie Herr Lechner sind.«

»Mir ist, als ob ich Sie schon gesehen hätte«, sagte Lechner zu Bienzle.

Bienzle kaute auf einem kalten Zigarillostummel herum. »Vielleicht hat man mich Ihnen beschrieben – Frau Baumeister zum Beispiel.«

Lechner memorierte: »Ungefähr so groß wie ich, zu dick, kantiger Schädel, buschige Augenbrauen, braune Augen, zu langes Haar – Sie müssen der Polizeibeamte aus Stuttgart sein.«

»Polizeibeamter?« Kröglins Stimme klang ein wenig beunruhigt.

»Stimmt«, sagte Bienzle. »Sollen wir uns ausweisen?«

»Sie wären hier sowieso nicht zuständig«, sagte der Anwalt schnell.

»Das weiß ich besser«, sagte Bienzle maulfaul und versuchte, das angekaute Stück Zigarillo in Brand zu setzen. »Aber wenn Sie eine Bestätigung brauchen, setzen Sie sich doch mit dem Mordkommissariat in München in Verbindung.«

»Mordkommissariat? – Wo hat es einen Mord gegeben?« Der Anwalt ließ ein süffisantes Lächeln um seine dicken Lippen spielen.

Bienzle zupfte sich am Bart. »Mord gibt es immer mal wieder, wir wären sonst ja arbeitslos.«

»Keine besonders geistreiche Bemerkung.« Lechner grinste.

»Zugegeben«, sagte Bienzle friedlich.

»Also, was wollen Sie?«, fragte Kröglin.

»Müssen wir das auf der Straße besprechen?«

»Wir könnten auch gleich Ihre Anzeige wegen des versuchten Einbruchs in Ihr Fahrzeug aufnehmen«, sagte Gächter.

Der Anwalt machte eine wegwerfende Handbewegung.

»Kommen Sie rein«, sagte Lechner.

Das Haus war ein weitläufiger Bungalow, auf den ersten Blick eingeschossig, hatte aber zwei weitere Etagen zum See hin, weil das Gelände hier ziemlich steil abfiel. Das Haus hockte geduckt zwischen hohen Tannen und Birken.

Lechner ging voraus. Er führte seine Gäste durch das Erdgeschoss – einen einzigen hallenartigen Raum mit mattem Klinkerfußboden, der sparsam, aber sehr geschmackvoll möbliert war. Kleinplastiken auf schlanken, hohen Sockeln dekorierten die lichtdurchflutete Halle, die auf der Seeseite von einer einzigen Fensterfront abgeschlossen wurde.

Lechner schob eine der Glaswände zur Seite und trat auf die Seeterrasse hinaus, die mindestens hundert Quadratmeter maß. Bequeme Korbmöbel unter einem ausladenden Sonnenschirm gruppierten sich um einen Schiefertisch. Zwei Mädchen brachten Gläser … Bienzle traute seinen Augen nicht.

Eines der Mädchen war Abigail-Rosi Maurer.

Sie trug ein bodenlanges Kleid. Bienzle wechselte einen schnellen Blick mit Gächter. Er hätte ihm seine Entdeckung nur zu gern mitgeteilt. Das andere Mädchen trug einen Alibi-Bikini, der mehr zeigte als verhüllte.

Lechner bot ihnen mit einer ausholenden Geste Platz an. Sie setzten sich.

»Ihr könnt euch zurückziehen«, sagte Lechner zu den Mädchen. »Sagt Carlo und Heinz Bescheid, sie können bedienen, wenn wir was brauchen.«

Der Wachwechsel funktionierte reibungslos. Carlo und Heinz trugen dunkelblaue Hosen mit messerscharfen Bügelfalten und weiße Jacketts, die sich unterhalb des Schlüsselbeins auf der linken Seite etwas wölbten. Gächter grinste, deutete auf Carlo, einen gut aussehenden sportlichen Typ Ende zwanzig, und sagte:

»Eine Achtunddreißiger, was? Andere Modelle tragen weniger auf.«

Carlo nickte leicht und lächelte Gächter freundlich zu.

»Also, meine Herren«, sagte Lechner, »worum geht es?«

Bienzle griff nach dem Glas, das Heinz, ein kleiner, untersetzter Mann, auf den Tisch stellte. »Schwer zu sagen«, sagte er unbestimmt, »wir haben Probleme mit einem Mandanten des Herrn Kröglin, der zufällig auch Ihnen am Herzen liegen sollte.«

»Neidlinger«, sagte Lechner und fing dafür einen bösen Blick seines Anwalts ein.

»Exakt«, sagte Gächter. »Er hat einen Selbstmordversuch unternommen, nachdem er auf Anraten seines Anwalts, Dr. Kröglin, einen Mann fälschlich beschuldigt hat.«

»Bisschen viel auf einmal«, sagte Lechner lächelnd.

»Aber es ist noch nicht alles.« Bienzle hatte sich plötzlich entschlossen, alle Taktik außer Acht zu lassen und frontal anzugreifen. »Der Mann, den Neidlinger beschuldigt hat, hat ein Geständnis abgelegt.«

»Na also!« Kröglin lehnte sich zurück.

»Und widerrufen«, sagte Bienzle.

»Dazu hat jeder Angeklagte das Recht.« Kröglin war aufgestanden und ging nun bis an die vordere Kante der Terrasse, wobei er den anderen den Rücken zuwandte.

»Wir sind jetzt freilich in der dummen Lage, dass es keinerlei Beweise gibt, die Uyguls Schuld – Uygul, so heißt der mutmaßliche Täter –, also, die dessen Schuld belegen würden.«

»Keine Zeugenaussagen?«, fragte Kröglin.

»Noch nicht«, sagte Bienzle. »Ich zweifle allerdings nicht daran, dass wir die bekommen. Spätestens im Prozess, falls es überhaupt zu einer Anklage kommt.«

Kröglin stand unbeweglich. »Warum sollte es nicht dazu kommen? Übrigens: Ich habe meinem Mandanten keineswegs geraten, irgendjemanden zu beschuldigen, schon gar nicht einen Herrn Gygluk …«

»Uygul«, korrigierte Bienzle.

»Wie auch immer.«

Bienzle ging nicht weiter auf ihn ein; er nippte an dem Gin-Orange, den ihm der freundliche Leibwächter Lechners gereicht hatte. »Was mich interessiert, Herr Dr. Kröglin, warum verteidigen Sie Neidlinger?«

»Sie werden nicht erwarten, dass ich darauf antworte.«

»Keine Antwort ist immer auch eine«, sagte Bienzle leichthin. »Hat Sie Frau Baumeister, Neidlingers Mutter, beauftragt?«

»Kein Kommentar.«

Gächter, der lang ausgestreckt in einem Korbsessel lümmelte und Zigaretten auf Vorrat drehte, sagte, ohne aufzusehen: »Interessant, wie wir über Dinge reden, die wir alle hier genau kennen und die wir doch nicht beim Namen nennen.«

»Ich verstehe nicht …« Kröglin runzelte die Stirn.

»Macht nichts«, sagte Gächter, »ich mein ja nur.« Er stieß sich eine der Zigaretten zwischen die Zähne.

Bienzle sagte aufs Geratewohl: »Ihre Stuttgarter Filiale macht in letzter Zeit eine Menge Fehler. Aber das ist immer so. Wenn man einmal falsch entschieden hat und diese falsche Entscheidung überhastet ausbügeln will, folgt fast unweigerlich der nächste Fehler, und dann gibt es kein Halten mehr … Das Management Ihres Ladens war zu sorglos. Aber das ist auch keine neue Erkenntnis. Wenn so ein Laden einmal zu lange ohne Probleme läuft, leidet die Vorsicht darunter, nicht wahr?«

Lechner sah den Kommissar kühl an. »Sie müssten schon deutlicher werden, wenn ich eine Gänsehaut kriegen soll.«

Bienzle lachte leise. »Immerhin geben Sie zu, dass es doch etwas gäbe, das Sie das Gruseln lehren könnte … Ich mache Ihnen einen Vorschlag: Opfern Sie Keller, den kriegen wir sowieso über kurz oder lang. Ich brauch in Stuttgart Erfolge, nicht in München oder Starnberg.«

Kröglin setzte sich wieder. »Sie reden lauter ungereimtes Zeug.«

»Tja, vielleicht«, meinte Bienzle, »aber so eine Dienstfahrt an den Starnberger See bei dem Wetter muss ja mit irgendetwas begründet werden, nicht wahr?«

Lechner gab Carlo einen Wink, weitere Getränke zu bringen.

»Ich habe mich ein wenig erkundigt«, sagte er dann. »Mit Ihnen würde ich niemals Geschäfte machen, Herr Hauptkommissar. Sie sind ein Mann, der ein paar Talente mehr hat, als sie ein Polizist braucht. Dass Sie Ihre Talente für lächerliche 4200 Mark brutto an den Staat verhökern, müssen Sie mit sich selber ausmachen – aber, wie gesagt, mit mir kommen Sie nicht ins Geschäft.«

»Na ja, dann vielleicht gegen Sie.«

»Will ich nicht ausschließen.«

Gächter gähnte. »Das war's dann wohl.«

»Fast«, sagte Bienzle. »Wer ist denn Ihr Korrespondenzanwalt in Stuttgart, Herr Dr. Kröglin? Sie wissen, es ist kein Problem, dies zu ermitteln, aber Sie würden mir die Arbeit erleichtern …«

»Dr. Kassmann.«

Bienzle wandte sich wieder an den Hausherrn: »Sie haben gerade ein paar schmeichelhafte Dinge über mich gesagt, Herr Lechner. Aber wenn Sie *meine* Talente schon so hoch einschätzen – warum machen dann Leute wie Kröglin solche Fehler? Kassmann vertritt Uygul, und er besucht als Korrespondenzanwalt von Kröglin auch Neidlinger?«

»Das bedeutet doch überhaupt nichts!«, stieß Kröglin hervor.

»Das würde nichts bedeuten, wenn wir nicht zwei und zwei zusammenzählen könnten, und wenn wir« – Bienzle hob sein Glas gegen Lechner – »nicht genug Fingerspitzengefühl hätten, um aus den genannten Herren gelegentlich ein paar Bröckchen von der Wahrheit herauszuholen. Im Übrigen: Keller hat seinen entscheidenden Fehler gemacht, als er die Frau bedrohte, mit der ich zusammenlebe.«

Lechner bekam ein ernstes Gesicht. »Wenn Keller wirklich mit mir zusammenarbeiten würde, Herr Bienzle, und er würde so etwas Dummes tun, müsste ich es ihm in der Tat sehr übel nehmen!«

»Dann nehmen Se mal, nehmen Se mal«, sagte Gächter hinter seinem Glas hervor.

Lechner stand auf. »Ich denke, wir haben Ihnen ausreichend Gastfreundschaft gewährt, meine Herren.«

Gächter sprang auf. »Mehr als genug.« Dabei klopfte er leicht auf Carlos Jacke, an der Stelle, unter der die Waffe steckte. »Alles klar mit dem Waffenschein, Carlo?«

»No problem, Mister«, grinste Carlo.

»I believe it«, antwortete Gächter, indem er Carlos Gesichtsausdruck imitierte.

»Jetzt müsste man wissen, was der Herr Lechner dem Herrn Keller zu sagen hat«, brummte Bienzle, als sie wieder in den Golf stiegen.

»Vielleicht erfahren wir's ja.«

»Wie bitte?« Bienzle rangierte den Golf ein wenig ungeschickt aus der Parkbucht auf die Straße.

»Gollhofer ist zwar im Allgemeinen keine Leuchte, aber technische Tricks hat er eine Menge drauf. Ist ja nicht so schwierig, ein Telefon abzuhören.«

»*Was* war des?« Bienzle trat heftig auf die Bremse. Das Auto stand quer auf der Fahrbahn.

»Kein Grund, einen Unfall zu riskieren«, sagte Gächter. »Ich versteh deine ewigen Skrupel nicht, Ernst – ich mach mir jedenfalls keine, wenn es um Leute geht, die ihrerseits völlig frei davon sind.«

»Wenn's rauskommt, bin i g'liefert. No han i mei Kommissariat grad vierzehn Tag g'habt, wenn i auch scho wieder em hohe Boga nausflieag.«

» *Wenn's* rauskommt!« Gächter zupfte Tabakkrümel von seinem Jackett.

Bienzle hatte den Motor abgewürgt. Jetzt startete er wieder. Als er das Ende der Umfriedung von Lechners Grundstück erreichte, stand dort Abigail-Rosi Maurer. Bienzle bremste abrupt.

Gächter knurrte: »Schon wieder!« Und tatsächlich starb im gleichen Moment der Motor ab.

Bienzle stieg aus und trat hinter die Seitenmauer.

»Was gibt's?«, fragte er Rosi nicht gerade freundlich.

»Ich wollte nicht, dass Sie was Falsches denken.«

»Was kann man da schon groß denken? Sie waren im Kirschenweg Lechners Agentin, oder?«

»Ach was! Er hat mich aufgegabelt, weil ihm wer gesagt hat, ich sei mit Ihnen weggegangen.«

»Und?«

»Er hat mich unheimlich verhauen.«

» *Was?*«

Rosi hob ungeniert den Rock und zeigte Bienzle die blau angelaufenen Striemen auf ihren Schenkeln.

»Und so was lassen Sie sich gefallen? Zeigen Sie ihn an!«

»Alles zu seiner Zeit.«

Bienzle hob den Blick und musterte Rosi aufmerksam. Es war nicht mehr viel übrig von der Naivität, die sie ihm vorgespielt hatte.

»Er braucht mich als Zeugin im Prozess gegen die Baumeister.«

»Die muss erst einmal gefunden sein.«

»Aber die sitzt doch schon!«

»*Was?*«

»Ja, in Stadelheim. Seit gestern Abend … Sie hat sich beim Sepp gemeldet. Er soll ihr Geld schicken, weil sie doch so holterdiepolter wegmusste. Er hat gesagt, er bringt's ihr. Er ist auch gefahren. Aber irgendwie hat sich die Polizei an ihn gehängt oder das Telefon abgehört …«

»Das gibt's nicht«, sagte Bienzle.

»Auf jeden Fall, sie haben sie geschnappt, und der Sepp konnte sich grade noch retten … Jetzt sitzt sie halt. Der Sepp sagt, sie muss die Schuld auf sich nehmen, und wenn sie's nicht tut, muss ich eine Aussage machen.«

»Und Frau Baumeister beschuldigen?«

»Was'n sonst?«

»Natürlich.«

»Solange er gestern unterwegs war, war ich bei einem Arzt und hab mir ein Attest ausstellen lassen über die Misshandlungen. Und Ihnen wollte ich für alle Fälle diese Angaben machen« – sie sagte wirklich ganz förmlich »diese Angaben machen« –, »damit ich noch weitere Sicherheiten habe.« Sie wischte ein paar nicht vorhandene Stäubchen von Bienzles Jackenrevers und sagte: »Ich hab Vertrauen zu Ihnen, aber gegen den Lechner mach ich erst was, wenn er sich nicht mehr wehren kann.«

Bienzle hielt ihre Hand fest, weil ihn das Gefummel an seiner Jacke nervös machte. Sie lehnte sich ein wenig gegen ihn.

»Sie kennen sich aus, was?«, sagte Bienzle unfreundlich.

»Man lernt 'ne Menge, wenn man aufpasst. Ich hab viel Lehrgeld bezahlt – seit ich sechzehn wurde. Jetzt bin ich siebenundzwanzig und will auch mal kassieren – wenn's geht.«

Bienzle schob sie ein wenig von sich weg und sah ihr ins Gesicht. »Meistens geht's nicht«, sagte er sanft.

»Das nächste Mal, wenn ich zur Polizei geh, hat er gesagt, zerschneidet er mir das Gesicht … Der Sepp.«

»Ich wollt, Sie würden ihn anzeigen.«

»Irgendwann vielleicht.« Sie wandte sich ab und lief an der Mauer entlang Richtung See.

Bienzle sah ihr noch eine Weile nach und ging dann zum Auto zurück. Gächter hatte sich inzwischen ans Steuer gesetzt. Bienzle verzichtete darauf zu protestieren und stieg ohne ein Wort auf der Beifahrerseite ein.

»Nun?«, fragte Gächter.

»Später.« Bienzle versank in ein dumpfes Brüten. Schließlich sagte er: »Frau Baumeister sitzt in Stadelheim.«

»Hat *sie* das gesagt?«

»Hm.«

»Meinst du, sie würde uns empfangen?«

»Warum nicht? Schließlich haben wir Nachrichten für sie.«

Bienzle sprach kein Wort mehr, bis sie vor dem Gefängnis ankamen.

Zwei Telefongespräche hatten genügt. Jetzt saßen sie in einer Sprechzelle und warteten auf Frau Baumeister.

Sie trug ein schlichtes schwarzes Kleid, graue Strümpfe und hochhackige schwarze Schuhe. Das Haar hatte sie straff nach hinten gekämmt und in einem großen Dutt zusammengefasst. Sie sah Bienzle ohne erkennbare Regung an.

Dem Kommissar war es ein wenig ungemütlich; er hatte das oft, wenn er Leute im Gefängnis traf, die er dort hingebracht hatte. Gächter beobachtete ihn und schüttelte unmerklich den Kopf.

»Frau Baumeister«, sagte Bienzle hastig und ohne Gruß, »ich bestelle Ihnen Grüße von Ihrem Sohn. Er hat einen Selbstmordversuch gemacht, aber das haben Sie ja vielleicht erfahren. Ich hatte ein längeres Gespräch mit ihm und hoffe sehr, dass wir ihn da bald wieder draußen haben.«

»Erst mal haben Sie ihn hineingebracht«, sagte sie bitter.

»Hoppla«, sagte Gächter, »wenn's so weit kommt, dass die Mütter ihre Erziehungsfehler erst einmal uns aufbuckeln, gibt's gleich viel weniger Generationskonflikte.«

»Wer sind Sie denn?«, fragte Frau Baumeister aufmerksam. Sie schien ihm die scharfe Bemerkung nicht übel zu nehmen.

»Kommissar Gächter, ein Kollege von Herrn Bienzle. Und zwar einer, der sich die Fehler anderer nicht so mir nichts, dir nichts aufhalsen lässt … Es mag Sie ja einigermaßen trösten, wenn Sie, allein in Ihrer Zelle, alles auf die Bullen schieben, nur stimmt's halt nicht.«

»Was wollen Sie überhaupt?«

Bienzle sagte: »Mich interessiert, warum 's in diesem Fall so viele freiwillige Sündenböcke gibt.«

»Ich verstehe nicht …«

»Nun ja, bei uns in Stuttgart hat ein Türke einen Mord gestanden, den er gar nicht begangen hat – aller Wahrscheinlichkeit nach wenigstens. Und Sie nehmen diese Erpressungsversuche allein auf sich, obwohl doch der Josef Lechner der eigentliche Initiator dieser Schweinereien und einiger anderer ist. Sie setzen sich friedlich in den Knast, während er sich in Starnberg von Rosi Maurer und einigen anderen Gespielinnen die kühlen Drinks auf seiner schattigen Terrasse servieren lässt.«

»Sie waren bei ihm?«

»Ja. Wir hatten ein recht informatives Gespräch … Ich habe ihm empfohlen, sich von Keller zu trennen. Herr Kröglin, der auch da war, konnte ihm allerdings nicht zuraten.«

Frau Baumeister hatte den Daumen zwischen die Zähne geschoben und biss kräftig zu. Ihre Augen wurden schmal vor Schmerz, aber sie ließ nicht nach. So saß sie eine ganze Weile vornübergebeugt, verkrampft, erstarrt.

Bienzle hätte ihr gern die Hand auf den Arm gelegt, aber die dicke Glasscheibe mit dem Sprechsieb in der Mitte verhinderte es. Endlich zog sie den Daumen aus dem Mund. Tiefrote Einkerbungen von ihren Zähnen zeichneten sich ab.

»Ich will zurück in meine Zelle«, sagte sie.

Bienzle nickte. »Nur eins noch: Ich glaube, wenn Sie jemand suchen, der Ihnen wirklich zugetan ist, dann sollten Sie sich an Peter halten.«

Sie sah ihn sekundenlang an, und obwohl sie keine Miene verzog, rannen zwei Tränen über das ebenmäßige Gesicht hinunter.

Gächter sagte: »Dass Sie so 'n paar geile Böcke geschröpft haben, schadet nichts. Würd ich mir kein Gewissen draus machen.«

Sie ging sehr aufrecht hinaus.

»Was sollte denn das?«, fragte Bienzle.

Gächter grinste. »Ich dachte, ich will ihr auch was Nettes sagen … Außerdem ist es genau das, was ich denke, mein Lieber.«

Im großen Vorraum des Gefängnisses, bei der Einlasspforte, wo dicht nebeneinander die Automaten hingen, aus denen sich die Gefangenen ihr Bier, ihre Cola oder ihre Schokolade holen konnten, hingen auch zwei offene Fernsprecher. Gächter warf zwei Markstücke ein und wählte das Stuttgarter Büro.

»Den Gollhofer bitte …« Und dann: »Wie sieht's aus?« Nach einer kurzen Pause sagte er: »Na, ist doch besser als gar nichts, nicht wahr … Und jetzt wollen wir mal die Spuren verwischen, was?« Damit legte er auf.

Bienzle sagte: »Zwei Markstücke für ein Vierzigpfenniggespräch? Setz die bloß nicht auf die Spesenabrechnung!«

»Aber sicher mach ich das. Was ich erfahren habe, ist 'ne Menge mehr wert: Lechner – vermutlich war es Lechner, ein Mann mit bayerischem Akzent halt – hat von einer Zelle aus bei Keller angerufen. So hat es sich wenigstens angehört, sagt Gollhofer. Das war um 14 Uhr 23 – sechzehn Minuten, nachdem wir das Haus verlassen hatten. Er muss Keller ziemlich zur Sau gemacht haben. Ein Kurier ist angekündigt. Gollhofer nimmt an, dass er mit der Bahn fährt, denn der Treff ist auf 19 Uhr 57 festgesetzt, Hauptbahnhof, Gleis 9.«

»Das ist der Intercity, der hier um 17 Uhr 43 abgeht.«

»Den müssten wir noch kriegen …« Gächter sah auf die Uhr. »Und der Golf?«

»Den lassen wir in München, und du machst am Wochenende einen Ausflug mit deiner Hannelore: Hinfahrt Zug, Rückfahrt Auto – macht doch Spaß, oder nicht?«

»Wenn's di net gäb und koine große Kartoffel …«

»Müsste man lauter kleine essen, ich weiß.«

– 23 –

Manchmal brauchen auch Polizisten Glück. Bienzle und Gächter waren gut eine halbe Stunde vor Abfahrt des Zuges am Bahnhof. Jeder von ihnen übernahm einen Seiteneingang; den Mitteleingang konnten sie nicht auch noch überwachen. Das Glück hatte Bienzle.

Er sah das Mercedes-Coupé schon, als es noch gut hundert Meter vom Bahnhof entfernt in einer Schlange stand und nur langsam vorankam. Am Steuer saß eine Frau, neben ihr ein Mann – mehr war auf die Entfernung nicht festzustellen. Schritt für Schritt rückte das Fahrzeug näher auf den Bahnhof zu. Bienzle erkannte jetzt das Nummernschild und auch die Frau – Rosi Maurer. Plötzlich beugte sich der Mann auf dem Beifahrersitz zu der Fahrerin hinüber. Sie küssten sich flüchtig, dann sprang er heraus. Die Frau wendete auf der Straße und fuhr in die entgegengesetzte Richtung davon.

Bienzle hatte den jungen Mann noch nie gesehen. Er trug einen tadellosen hellen Leinenanzug und ein weißes Hemd, dessen großen Kragen er über die Revers der Jacke gelegt hatte. Er war mindestens einen Meter neunzig groß, schlaksig und sicher nicht viel älter als zwanzig. Er trug einen schmalen braunen Aktenkoffer in der Hand.

Wenn er draußen bei Lechner gewesen war, konnte es ohne weiteres sein, dass er Bienzle und Gächter gesehen hatte, ohne dass sie ihn bemerkt hatten. Bienzle ging ein paar Stufen zu den Toiletten hinunter, als der junge Mann die Bahnhofshalle betrat, machte aber gleich wieder kehrt, um ihm zu folgen.

Es waren noch fünf Minuten bis zur Abfahrt des Zuges. Der junge Mann zögerte einen Augenblick, machte ein paar Schritte auf die Schalterhalle zu, besann sich dann aber anders, kaufte an einem Zeitungsstand den *Playboy* und die *Financial Times* und stieg in den letzten Wagen des Intercity.

Bienzle blieb am Prellbock stehen. So war's mit Gächter ausgemacht, der buchstäblich in letzter Minute angeschlendert kam.

»Nichts«, sagte er.

»Ich hab den Mann gesehen«, gab Bienzle zurück. »Keiner von denen, die wir kennen – Typ gehobener Ladenschwengel.«

»Darunter kann ich mir nicht viel vorstellen«, sagte Gächter, während er den Zug enterte und Bienzle hilfreich die Hand entgegenstreckte. Im gleichen Augenblick ruckte der Intercity an.

Der junge Mann saß im Speisewagen und las in der *Financial Times*, als die beiden kurz hinter Ulm auf die Suche nach ihm gingen.

»Angeber«, knurrte Gächter, als ihn Bienzle auf den jungen Mann aufmerksam machte.

Der braune Koffer lag neben dem Jüngling auf der schmalen Bank.

Gächter setzte sich ihm gegenüber, während Bienzle auf der anderen Seite des Ganges Platz nahm. Der junge Mann ließ die Zeitung kurz sinken, musterte Gächter mit einem gleichgültigen Blick und las weiter. Er hatte einen Whisky vor sich stehen.

Gächter bestellte ein Bier, Bienzle einen Rotwein.

Gächter sagte kurz vor Geislingen: »Sagen Sie, Herr Nachbar, bringt das eigentlich was?« Dabei schnippte er mit dem Finger gegen die Zeitung.

»Kommt immer darauf an, wer es liest«, sagte der junge Mann von oben herab mit einer leicht näselnden Stimme.

»Sie reisen in Geschäften?«, fragte Gächter unbeeindruckt.

Der junge Mann nickte.

»Herr Keller erwartet Sie, nicht wahr?«

Der junge Mann zog die sorgfältig gekämmten Augenbrauen zu zwei spitzen Dreiecken hoch. »Herr Keller?«

»Ja. Er hat uns nach Ulm geschickt, um Ihnen auf halbem Weg entgegenzukommen.«

»Uns?«

»Na ja, mich und zwei Kollegen. Einer sitzt da drüben, der mit dem Rotwein.«

Der junge Mann sah Bienzle abschätzig an. »Und der andere?«

»Sichert sozusagen draußen das Feld.«

»Das gefällt mir nicht.«

»Das war auch gar nicht anzunehmen.« Gächter nickte gelassen.

Bienzle beobachtete seinen Kollegen Gächter die ganze Zeit und dachte: Jeder würde ihm den Gangster abnehmen!

»Ich habe klare Anweisungen«, sagte der Jüngling.

»Da wird sich Papa Lechner aber wundern, wenn du sie nicht einhalten kannst.«

»Mein Vater wird sich das nicht gef…«

»So kommt man zu seinen Informationen«, unterbrach ihn Gächter. »Sie sind also der Lechner junior.«

»Ja.«

»Und ich möchte wetten, Sie haben keine Ahnung, was für brisantes Material da in Ihrem Köfferchen ist.«

»Aber Sie, was?« Der junge Mann bemühte sich, seinen überlegenen Ton zu halten.

Bienzle beugte sich herüber. »Was machen Sie denn beruflich?«

»Ich studiere, aber ich glaube nicht, dass Sie das was angeht.«

Bienzle machte spitze Lippen. »Na, ich weiß nicht, vielleicht doch.«

»Haben Sie einen Schlüssel zu dem Koffer?«, fragte Gächter.

Der Junge schüttelte den Kopf.

Da zum ersten Mal befürchtete Bienzle, dass ihnen ein großer Fehler unterlaufen sein könnte. »Den Schlüssel hat Keller«, sagte er missmutig; es war mehr eine Feststellung als eine Frage. Vielleicht hatten sie Lechner zu früh gestellt.

Der Zug passierte Göppingen. In einer knappen halben Stunde würde er in Stuttgart einlaufen. Bienzle gab Gächter ein Zeichen und machte sich auf die Suche nach dem Zugführer.

Das war ein älterer Mann, der sofort verstand. Er stellte, ohne viel zu fragen, eine Funkverbindung zum Stuttgarter Hauptbahnhof und dort zur Bahnpolizei her. Bienzle veranlasste, dass Keller ab sofort überwacht werden sollte. Außerdem wurden Haußmann und Gollhofer zum Gleis 9 beordert.

»Könnten Sie denn ein bisschen langsam tun?«, fragte er dann den Zugführer.

Aber der schüttelte energisch den Kopf. »Bei mir gibt's keine Verspätung – zumindest keine, die ich verschulde. Da ist nichts zu machen, aber auch gar nichts, Herr Kommissar!«

Gächter und der junge Lechner saßen sich noch genauso gegenüber, wie Bienzle sie verlassen hatte. Lechner las wieder in den rötlichen Seiten des internationalen Finanzblattes. Gächter bohrte mit dem Nagel des kleinen Fingers in den Zähnen und schaute zum Fenster hinaus.

Der Zug fuhr durch den Bahnhof von Plochingen.

Draußen schien die Sonne, aber die Klimaanlage des Intercitys unterkühlte die Luft in den Waggons. Bienzle fror ein wenig. Er verglich den jungen Lechner mit Neidlinger. Dieser schlaksige Kerl da wirkte seltsam unversehrt, während Neidlinger vielfach verwundet erschien. Die Neidlingers und die Rosi Maurers lebten auf der Kehrseite des Highlife, das sich Typen wie Keller oder Lechner leisteten.

Lechner junior spürte den Blick des Kommissars und wandte ihm den Kopf zu: »Is was?«

»Gleich wird was sein«, knurrte Bienzle.

Sie fuhren durch Cannstatt. Der Lautsprecher sagte an, dass der Zug in wenigen Minuten Stuttgart-Hauptbahnhof erreichen werde, und kurz darauf wiederholte er: »Stjutgard Mäjn Stäischen.« Gächter musste lachen. Er fuhr selten mit der Bahn und hatte derartige Ankündigungen noch nicht gehört.

»Ich wäre Ihnen verpflichtet, wenn Sie mich jetzt allein ließen«, sagte der junge Lechner. »Das dürfte auch im Sinn von Herrn Keller sein.«

Gächter lachte erneut. »Sicher!«

Bienzle blieb dicht hinter dem jungen Lechner. Gächter hatte sich rücksichtslos zur Tür am anderen Ende des Waggons durchgedrängelt und sprang auf den Perron, sobald der Zug angehalten hatte. Die Erste-Klasse-Wagen hielten ganz hinten. Der Weg zum Kopf des Bahnsteigs war weit. Gollhofer und Haußmann kamen langsam am Zug entlang.

Lechner marschierte mit ausholenden Schritten auf der Mitte des Bahnsteigs Richtung Halle. Elegant suchte er sich seinen Weg durch die Menge. Kurze, geschmeidige Bewegungen verschafften ihm immer wieder Vorteile. Wie ein Fußballspieler dribbelte er sich durch. Bienzle verlor fast den Anschluss und hielt ihn nur, indem er das eine und andere Foul beging.

Lechner hatte die *Financial Times* unter den Arm geklemmt. Kurz vor dem Ende des Bahnsteigs wechselte er das Köfferchen in die andere Hand und zog die Zeitung unter dem Arm hervor. Er hob sie in Kopfhöhe. Zwei Männer kamen auf ihn zu.

Bienzle erreichte jetzt Gollhofer. »Der dort mit dem hellen Leinenanzug, der Lange.«

Aber Gächter war schon neben ihm. Auch Haußmann hatte schnell geschaltet und umrundete die drei Männer wie ein Herdenhund die Schafe. Bienzle erreichte die Gruppe und sagte etwas atemlos:

»Polizei. Machen Sie keinen Fehler jetzt. Sie sind vorläufig festgenommen. Der Koffer wird beschlagnahmt.«

Es folgte eine Szene, die Bienzle wiederum an Fußball erinnerte. Wie bei einer abgesprochenen Freistoßvariante spritzten die beiden Männer, die Lechner in Empfang genommen hatten, nach rechts und links auseinander, drehten auf dem Absatz – es waren ganz synchrone Bewegungen – und starteten Richtung Bahnsteig. Einer rannte voll in Gollhofer hinein, der bewegungslos dastand, der andere wurde von Haußmann schon nach zwanzig Metern eingeholt.

Die Bahnpolizei erschien verspätet mit vier Mann. Da aber Haußmann die Waffe gezogen hatte, wurden die Beamten doch noch gebraucht, um die mit spitzen Schreien auseinanderstiebenden Passanten zu beruhigen.

Bienzle sagte trocken: »Wer davonrennt, kann kein gutes Gewissen haben.«

Der junge Lechner antwortete wie ein wohlerzogener Schüler: »Ich bin aber nicht davongelaufen.«

Bienzle lächelte ihm freundlich zu. »Nein, Sie nicht, Sie waren ganz brav.«

– 24 –

Der Koffer enthielt einen schmalen Aktenordner mit vierundzwanzig eng beschriebenen Seiten. Auf dem Ordner stand *Exposé*. Der Text war verschlüsselt und ergab keinerlei Sinn. Auch die langen Zahlenkolonnen konnte niemand deuten, ehe die dazugehörenden Texte nicht entschlüsselt waren.

Hauser, der dazugekommen war, schüttelte den Kopf. »Ich weiß nicht … Wir können doch nicht einem schlichten Reisenden mit Polizeigewalt seinen Koffer abnehmen, als ob zehn Kilo Heroin drin wären, und dann …«

»Das muss es sein!«, sagte Bienzle plötzlich.

»Wie bitte?«, fragte der Präsident.

»Schau dir mal die Zahlen an …« In der Aufregung duzte er den Jugendfreund vor den anderen. »Liest sich doch wie Gewichtsangaben!«

»Könnten auch Mark und Pfennige sein.«

»Na hör mal – 1,7 oder 2,4 oder auch 0,2 oder hier sogar 0,025 –, wo gibt es denn das in Mark und Pfennigen? Aber in Kilo könnte es schon eher einen Sinn machen. Frag doch mal … Entschuldigung, Herr Präsident … Fragen Sie doch mal bei Tellemien im Rauschgiftdezernat.«

»Selbst wenn Sie recht hätten, Bienzle – wir müssen erst den Text entschlüsseln.«

»Ich kenne nur einen, der das auf die Schnelle bringt«, meldete sich Gächter.

»Doktor Nobel?«, fragte Bienzle.

»Genau.«

»Ausgeschlossen!«, sagte Hauser.

»Er hat den Vorteil, dass er sich mit Rauschgiften auskennt«, warf Gächter ein.

»Gerade deshalb«, sagte Hauser fast trotzig.

»Sie sollen ihn ja nicht in allen Ehren wieder aufnehmen, ganz abgesehen davon, dass er das ganz sicher selber nicht will. Wir wissen nicht einmal, ob er uns diesen Dienst tut. Aber wenn, dann können wir uns gratulieren.«

»Wenn *du* mit ihm sprichst, macht er es schon«, meinte Gächter.

»Ich will auf jeden Fall nichts damit zu tun haben«, sagte Hauser.

»Es ist sowieso schon spät«, brummte Bienzle, »ein Präsident hat um diese Zeit andere Verpflichtungen, denke ich.«

Hauser ging schnell hinaus. Vor der Tür putzte er die Schuhe auf dem Schuhabstreifer ab.

»Also los!«, drängte Bienzle. »Wo finden wir ihn?«

»Er spielt in einer Dixieland-Band im Ketterer-Keller.«

»Net schlecht. Haußmann, Sie kommen mit, dann können Sie mir unterwegs erzählen, was Ihre Observation in Esslingen gebracht hat.«

Haußmann berichtete wie immer wohl vorbereitet und sehr präzis. Das Lagerhaus habe außer einigen Kisten mit teuren Pelzmänteln, anderen mit Hi-Fi-Geräten und einem Stapel Videoanlagen nichts enthalten.

»Ich würde sagen, typisches Hehlergut, aber sehr gut getarnt. Alle Waren haben ordnungsgemäße Laufzettel der Lieferfirmen. Nur dass die Lieferfirmen niemals an Keller geliefert haben.«

»Dann sind die Zettel gefälscht.«

»Wir fragen zurzeit alle Versicherungen nach entsprechenden Transport- oder Diebstahlschäden ab.«

»Sehr gut. Die Schlinge zieht sich ganz schön zu um den Hals des guten Herrn Keller.«

»Darf ich Sie fragen, was es mit diesem Doktor Nobel auf sich hat?«, fragte Haußmann nach einer Pause.

Bienzle lachte. »Den Doktor hat er, glaube ich, in Chemie gemacht. Den Spitznamen ›Nobel‹ hat er sich wegen seiner außerordentlich eleganten Garderobe eingehandelt – mit dem Chemiker und Sprengstofferfinder Nobel und seinem Dynamit hat es nichts zu tun. Er war im Labor unser größtes As. Nur – ins Labor geraten halt nicht nur Gipsabdrücke, Gewebeproben oder Blutgerinnsel. Dort werden auch die sichergestellten Rauschgifte klassifiziert. Kein Mensch weiß, wie viel so ein Chemiker braucht, um seine Analysen zu machen. Auf jeden Fall geht immer mehr ins Labor, als nach den Prüfungen wieder herauskommt.

Nobel – bürgerlich heißt er übrigens Hans Köberle – nahm ab und zu eine Probe … Es fing mit Morphium an. Das hatten wir damals einem süchtigen Arzt abgeknöpft. Dann kam er auf Kokain. Später sagte er einmal zu mir, so ein Code, den er entschlüsseln musste, sei für ihn wie ein offenes Buch, wenn er geschnupft habe. Er stimulierte seine kriminalistischen Leistungen, indem er selber kriminell wurde. Na, zum Heroin war's dann kein großer Schritt mehr. Wahrscheinlich trieb ihn sein rastloser Erkenntnisdrang dazu, sich auch einmal eine Spritze zu setzen.

Niemand hat etwas bemerkt. Ich auch nicht, obwohl ich zu seinen besten Freunden gehörte. Aber Heroin macht halt schneller abhängig als jede andere Droge, das Rauschgift Alkohol eingeschlossen. Na ja, eines Tages haben wir ihn gefunden. Er hatte gar keine so große Dosis genommen, aber es war ein sehr schwüler Tag, Stuttgart lag unter einer Smog-Glocke. Wir konnten alle kaum atmen. Sein Herz hat wohl nicht richtig mitgemacht. Die Spritze steckte noch in seinem Arm. Er war bewusstlos.

Und dann – Sie kennen ja den Polizeiapparat – begannen die peniblen und peinlichen Ermittlungen. Er ging freiwillig – sowohl in den Entzug als auch von der Polizei weg. Damals war er schon sechsunddreißig. Er sagte zu mir: ›In meinem Alter schafft man's schon …‹ Ich denke, er hat's geschafft, aber ich weiß nicht, unter welchen Qualen.

Nach dem Entzug zog er zwei Jahre ziellos durch die Welt. Ich glaube, es gibt kaum ein Land, in dem er nicht gewesen ist. Er hat ganz interessante Artikel darüber geschrieben und sehr schöne Fotos gemacht. Einige davon hat er auch verkauft. Tja, und als er zurückkam, spielte er wieder Klarinette. Wir haben früher viel zusammen musiziert. Ich hab auch gesungen, ja, ja, gucket Se no. Bloß, ich hab wieder aufg'hört, ond der Nobel hat immer weiter gelernt. Ein begabter Kerle, wirklich – sehr musikalisch! Jetzt ist er ein richtiger Meister auf seinem Instrument. Er spielt bei so 'ner Ragtime-Band. Musik, mit der wir aufgewachsen sind.«

»Und davon kann er leben?«

»Na ja, ein Benny Goodman ist er natürlich nicht, aber er spielt wirklich gut. Ob er davon leben kann …«

Bienzle ließ den Satz in der Luft hängen. Sie hatten die Marienstraße erreicht und parkten im Halteverbot.

Zum Ketterer-Keller ging es eine enge, gewundene Steintreppe hinunter. Eine Plastikflügeltür musste gegen die dicke Luft, die von unten heraufdrang, aufgestemmt werden. Fetzen rhythmischer Trompetenklänge mischten sich mit dem Klatschen der Zuhörer, die gerade ein Solo feierten. Bienzle zahlte für jeden fünf Mark Eintritt und betrat als Erster den niedrigen, rauchgeschwängerten Raum.

Links vom Eingang auf einem kaum erhöhten Podest saßen dicht beieinander neun Musiker. Der Trompeter war noch mit seinem Solo beschäftigt; die Spieler aus dem Saxophonsatz hatten Pause und griffen nach ihren Biergläsern.

»Basin Street Blues«, sagte Bienzle über die Schulter und war stolz, dass er dem Jungen so prompt, wenn auch ungefragt, Auskunft geben konnte.

Der Trompeter empfing mit einer tiefen Verbeugung den Solo-Applaus. Ein mittelgroßer Mann von gut vierzig Jahren, der ein zart gestreiftes Hemd in Ocker und Braun und darüber breite rote Hosenträger trug, erhob sich.

Er hatte ein schmales Gesicht, glatt nach hinten gekämmte schwarze Haare und trug eine Brille mit halben Gläsern, die in ein feines Gestell gefasst waren. Während er spielte, starrte er durch die Gläser auf die Noten und hob nur gelegentlich den Blick über deren Rand, um das Publikum prüfend zu mustern. Sein Solo begann mit einem langgezogenen klagenden Ton, den er endlos auszuhalten schien, aber urplötzlich ließ er ein paar Läufe folgen, deren einzelne Töne sich wie glänzende Perlen voneinander absetzten. Bienzle nickte anerkennend. Das war noch besser, als er erwartet hatte.

Ein Mädchen stieß jedem der beiden Beamten einen Bierkrug in die Hand. Haußmann bezahlte, während Bienzle schon den ersten Schluck nahm.

Als er den Krug an die Lippen hob und den Kopf leicht nach hinten sinken ließ, um dem Bier den rechten Weg zu weisen, fiel der Blick des Klarinettisten auf ihn. Der Musiker blinzelte, wechselte dann, indem er heftig ein paar Mal mit dem Fuß aufstampfte, den Rhythmus und fiel auch in eine ganz andere Melodie. Die übrigen Musiker hasteten ihm hinterher, kamen ins Stolpern, fingen sich aber schnell und folgten ihm dann willig in den alten Schlager *Icecream – You scream*.

Bienzle wischte sich mit dem Handrücken den Mund ab, setzte den Bierkrug auf ein schmales Geländer neben sich und nickte. Das war früher ihre Erkennungsmelodic gewesen. So hatten sie gepfiffen, wenn sie sich suchten oder ihr Kommen ankündigten.

Der Klarinettist bot sein ganzes Können auf; er improvisierte frei über Trompete und Posaune, die brav bei der Melodie blieben. Bienzle, den Bierkrug wieder in der Hand, ging wie von der Musik angezogen auf das Podium zu. Der Klarinettist setzte einen Moment ab, griff nach einem Mikrophon an einer langen Schnur und warf es Bienzle geschickt zu.

Der Kommissar fing es mit der freien Hand auf. Er hatte plötzlich ein verlegenes Lächeln in seinem kantigen Gesicht. Die Leute um ihn applaudierten und riefen ihm allerlei zu, was er nicht verstand. Der Klarinettist gab ein Zeichen, die Instrumente verließen ihre Melodien und deuteten nun nur noch rhythmisch das Lied an. Bienzle begann plötzlich zu singen, ohne recht zu merken, wie es geschah, und mit einem kräftigen Kloß im Hals. Die Stimme wurde schnell frei. Er hatte einen tiefen, wohlklingenden Bariton, und er konnte die Stimme in ein raues Krächzen brechen lassen, um sie kurz darauf wieder in ihre volle Reinheit zurückzuführen. Nach den ersten beiden Zeilen unterbrach er sich, nahm einen riesigen Schluck aus seinem Krug, griff das Mikro fester, lehnte sich gegen einen Balken, und dann legte er richtig los.

Als er endete, brach das Publikum in schreienden Jubel aus. Der Drummer gab den Takt für den Beifall vor. Der Klarinettist stellte sein Instrument auf den Ständer und kam herunter. Er umarmte Bienzle und schrie ihn durch den Lärm an: »Mann, du altes Arschloch, warum kommst du erst heut?«

Bienzle konnte vor lauter Rührung kaum sprechen. »Ab jetzt öfter«, sagte er ungelenk und mit rauer Stimme.

Die Band begann ein neues Stück. »Komm, wir trinken einen«, sagte Nobel. Bienzle stellte seinen jungen Kollegen vor, was Nobel mit einer Grimasse quittierte. »Seid ihr etwa dienstlich da?«

»Auch …« Bienzle war nicht ganz wohl dabei. »Aber diesmal wirst du mir helfen, denn wenn mich nicht alles täuscht, handelt es sich um die größten Rauschgiftdealer, die wir derzeit im Ländle haben.«

»Wenn's denn sein muss …«, sagte der Klarinettist obenhin. »Komm, wir gehen in die Küche.«

Direkt hinter dem Jazzkeller befand sich die Küche für das ganze Hotel und die Restaurants, die sich hoch über dem Gewölbe auftürmten. Nobel nickte ein paar Männern in hohen weißen Mützen zu, zog drei Hocker unter einem Tisch hervor und schnappte sich ein Handtuch, mit dem er die Platte sauber wischte. Bienzle breitete den Aktenordner aus.

»Zigarette bitte!«, sagte Nobel abwesend.

Haußmann reichte sie ihm.

»Feuer …« Er war schon völlig vertieft.

Draußen lärmte der Old Time Jazz, drinnen dampften die Töpfe, klapperten die Köche mit Deckeln und Geschirr. Aber um Doktor Nobel schien die Welt zu versinken. Es dauerte nun schon eine gute halbe Stunde. Bienzle saß unbeweglich da, während Haußmann alle paar Sekunden seine Sitzposition veränderte.

Endlich hob Nobel den Kopf, er nahm die Brille ab und massierte sich die Nasenwurzel. »Mein lieber Mann!«, sagte er schließlich. »Der Code ist nicht schwierig. Ich kann euch den in den Computer eingeben. Aber was da drin steht … Ich kann dir jetzt schon sagen, das sind Transaktionen, die in die zig Millionen gehen … Sag mal, du machst doch wieder Mordkommission, oder?«

»Haste's g'hört?«

»Ich erfahr doch alles. Aber Rauschgift ist doch Tellemiens Ressort …«

»Einer, der vielleicht schon so viel wusste wie du jetzt, nachdem du das entziffert hast, musste dran glauben.«

»Dein Freund da, der Türke?«

»Genau.«

»Feiner Kerl gewesen. Schade, dass er tot ist. Also, wenn ich dir da helfen kann …«

»Du hast mir schon geholfen. Aber wenn wir gleich dem Computer sein Futter …«

»Klar, ich meld mich bloß schnell ab.«

Bienzle und Nobel gingen nebeneinander her durch die Krumme Straße und die Tübinger Straße. Der Klarinettist hatte sich gewünscht, wenigstens ein paar Schritte zu Fuß zu gehen; Haußmann sollte in der Eberhardstraße mit dem Wagen auf sie warten.

»Ohne der Computerauswertung vorzugreifen«, sagte Nobel, »die haben wohl für nächste Woche ein Riesending vor, und es soll – wahrscheinlich muss es sogar – über Stuttgart laufen. Wenn ich's richtig verstanden hab, geht's um eine neue Droge. Engelsstaub! Der Lieferant sitzt in Bolivien. Nächsten Dienstag soll die Übernahme sein. Das Papier weist nun den Mann hier an, die Überbringer nach Frankfurt zu bringen, ohne Verdacht aufkommen zu lassen – München sowohl als auch Stuttgart seien jetzt ein zu heißes Pflaster, aber wenn man die Lieferanten versuche, einfach umzudirigieren, sei das Risiko, dass sie ganz abspringen, zu groß.«

»Engelsstaub …« Bienzle knetete seine Finger. »Engelsstaub … Ich hab den Namen schon gehört.«

»Ich auch – und ich erinnere mich auch, was er bedeutet.

Schließlich bin ich ja Chemiker. Engelsstaub ist Phenocyclohexyepiperidin.«

»Erwarte bloß nicht, dass ich das wiederhole.«

Nobel blieb ernst. »Es wurde aus Piperidin heraus entwickelt, das ist ein Beruhigungsmittel für Tiere. Pferde, die bei Rennen nicht siegen sollen, kriegen es ins Futter. Es ist billig herzustellen. Wenn ich nun das Papier richtig verstehe, geht es darum, den Markt hier dafür anzutörnen und später groß einzusteigen – geschätzte Gewinnmarge zweihundert Prozent.«

»Zweihundert?!«

»Ja, später. Zunächst soll die Droge zu Dumpingpreisen angeboten werden. Süchtig wird man davon genauso wie von Heroin. Die Wirkung ist ähnlich wie bei psychedelischen Drogen – herrliche Farb- und Musikerlebnisse, ungeahnte Effekte – du glaubst, dass du durch die Lüfte segelst und die ganze Welt weit unter dir hast. Das kann dann allerdings schnell umkippen in Angst- und Wahnvorstellungen – entsetzlich, sag ich dir, unvorstellbar! Viele Engelsstaub-Süchtige in Amerika bringen sich um – der Wunsch, sich zu töten, wird übermächtig und nur manchmal umgeleitet auf andere. Dann kann so ein Süchtiger auch zum Mörder werden – ohne Anlass und ohne erkennbares Motiv.«

Bienzle schauderte. »Der Tellemien müsste das hören.«

»Der weiß das sicher längst. Aber der größte Fehler wäre es ja, dieser Horrordroge auch noch Publizität zu verschaffen.«

»Da wirst du wohl recht haben.«

Sie gingen eine Weile schweigend nebeneinander her. Schließlich sagte Bienzle: »Das sind Größenordnungen – dafür erscheint selbst dieser Lechner zu klein.«

Doktor Nobel lachte. »Warum? Schau dir mal die Leute an, die weltweite Milliardengeschäfte für die Industrie machen – die sind in der Regel auch keine Einsteins.«

Sie erreichten die Eberhardstraße und stiegen zu Haußmann in den Dienstwagen.

Zwanzig Minuten später saßen sie im Präsidium.

»Komisches Gefühl«, hatte Nobel gesagt, als sie am Pförtner vorbeikamen. Es war fast Mitternacht gewesen. Jetzt arbeitete er konzentriert und schnell, während eine Sekretärin den verschlüsselten Text auf eine Diskette nahm, um ihn gleich danach im Computer über den Code-Schlüssel mit dem Exposé-Text vergleichen zu können.

Bienzle schlich für einen Augenblick hinaus, um von seinem Büro aus Hannelore anzurufen, aber sie antwortete nicht. Eine unbestimmte Unruhe erfasste ihn.

Gächter kam herein. »Ist was?«

»Hannelore meldet sich nicht, das ist ungewöhnlich um diese Zeit.«

Gächter sagte: »Unsere Leute, die Keller beobachten, sagen, er habe das Haus den ganzen Tag noch nicht verlassen. Manchmal erscheint er am Fenster und schaut heraus. Man muss davon ausgehen, dass er unsere Überwachungsspezialisten längst entdeckt hat.«

»Macht nichts«, sagte Bienzle, der mit seinen Gedanken ganz woanders war.

»Wenn er nur nicht hinterrücks irgendeine Schweinerei …«

Gächter unterbrach sich, denn Bienzle fuhr auf: »Das ist es ja, genau das! Ich hab Angst, Gächter. Ich fahr nach Hause, nachsehen.«

»Nimm den Haußmann mit, für alle Fälle. Ich kümmere mich um Nobel.«

Bienzle bat Haußmann zu fahren. Er selbst hatte schweißfeuchte Hände, fühlte sich müde und ausgebrannt und musste beim Verlassen des Präsidiums sogar kurz von seinem Assistenten gestützt werden.

Zum zweiten Mal an diesem Abend fuhren sie durch Stuttgarts nächtliche Straßen. Haußmann war ein geschickter und überlegter Chauffeur. Sie hielten am oberen Ende der langen, geraden Treppe, die vom Kernerplatz bis zum Bahnhof hinunterführt. Nebeneinander nahmen sie die Stufen in großen Sprüngen. Bienzle zog schon unterwegs den Schlüsselbund aus der Tasche, aber er glitt ihm aus den Fingern. Beim Versuch, ihn schnell wieder aufzuheben, stolperte der Kommissar und ging in die Knie. Haußmann nahm ihm wie selbstverständlich den Schlüsselbund aus der Hand. Er war es auch, der aufschloss, als sie vor Hannelores Wohnung ankamen.

Das hübsche Zimmer mit dem Blick auf den hinter dem Haus ansteigenden Grasberg war verwüstet. Ein Kampf musste stattgefunden haben. Bienzle stöhnte auf. Haußmann ging zum Telefon. Aber die Leitung war aus der Wand gerissen. Der Assistent suchte und fand eine Cognacflasche, die er seinem Chef einfach in die Hand drückte, bevor er zum nächsten Stockwerk hinaufrannte und Sturm klingelte.

Das Erste, was er dem verschlafenen älteren Mann, der ihm öffnete, ins Gesicht brüllte, war: »Ja, haben Sie denn nichts gemerkt?« Er drängte ihn zur Seite und stürmte in die Wohnung.

»Na hören Sie mal!«, protestierte der Mann. Haußmann fischte seine Karte aus der Jackentasche und warf sie dem Verdutzten zu. Da hatte er aber schon den Telefonhörer in der Hand.

»Sieh bloß zu, dass der Bienzle keinen Scheiß macht«, waren Gächters erste Worte, nachdem er Haußmanns Bericht entgegengenommen hatte.

»Was ist los?«, hörte Haußmann Doktor Nobel von hinten rufen.

»Sie haben Bienzles Freundin entführt«, hörte er dann wieder Gächters Stimme.

Bienzle erschien in der fremden Wohnungstür. »Haben Sie das Präsidium dran?«, fragte er, nun unheimlich ruhig.

»Ja, Gächter.«

»Gib her ... Hallo, Gächter, wir treffen uns vor dem Haus von Keller.«

»Verstanden.«

»Wir dürfen ihm nicht viel Zeit lassen.«

»Klar, Ernst, wir packen ihn. Mach dir man keine Sorgen. Der soll uns kennenlernen.«

»Das soll er.« Bienzle legte den Hörer behutsam auf die Gabel zurück und sagte abwesend zu dem verwirrten Nachbarn: »Entschuldigen Sie.«

»Wir haben wirklich nichts gehört! Der Fernseher ist gelaufen, und ich bin ja auch so schwerhörig«, erklärte der Mann entschuldigend.

»Macht ja nichts«, sagte Bienzle.

– 25 –

Gächter hatte noch gewartet, bis der Computer seine Übersetzung geliefert hatte. Das Exposé bestätigte, was Nobel erzählt hatte, und erwies sich darüber hinaus als eine ganz genaue Anweisung, wie binnen drei Tagen der »Stützpunkt Stuttgart« aufzulösen sei. Jeder Posten war genau erfasst. Insgesamt ergaben sich mehr als 9 Kilogramm Heroin (auf Lager), 21 Kilogramm Haschisch, 1,4 Kilogramm Kokain, dazu erhebliche »Bestände« an LSD und einem Drogen-Alkohol-Gemisch, das in dem Papier »Süfti« genannt wurde. Erfasst waren aber auch »Lagerbestände an Pelzen«, drei »Posten« Videogeräte und vier-

undzwanzig Lieferungen an unversteuertem Schweizergold –
Gesamtgewicht 24 Kilo. Das Papier zeigte auch auf, wie ausste-
hende Lieferungen an andere »Stützpunkte« umgelenkt werden
sollten. Der »Stützpunktführer« – das war wohl Keller – wurde
angewiesen, Deutschland umgehend nach Auflösung der Lager
zu verlassen.

Bienzle lehnte gegen einen Zaun nahe bei Kellers Haus, als
Gächter eintraf. Aus dem Auto stieg auch Doktor Nobel.

»Wenn ich irgendwas tun kann …«, sagte er.

»Hast du alles übersetzt?«

»Den Klartext habe ich dabei.«

»Hervorragend.« Bienzle klang fast geschäftsmäßig.

»Hör mal«, sagte Gächter, »wenn du dich nicht in der Lage
fühlst …«

»Red nicht, wie der Hauser jetzt reden würde.«

Sie gingen auf das Haus zu. Es war kurz nach zwei Uhr in der
Nacht, aber die Fenster waren noch erleuchtet.

Bienzle klingelte, und fast gleichzeitig ertönte der Summer.
Gächter drückte die Tür mit der Schulter auf. Die rechte Hand
hatte er unter dem Jackett, sein Zeigefinger lag auf dem Siche-
rungshebel der Dienstpistole.

Keller empfing sie mit einem Lächeln. »Kommen Sie herein,
meine Herren, ich hab Sie irgendwie erwartet. Nehmen Sie
Platz, bitte.«

Bienzle blieb breitbeinig stehen, wo er stand, dicht beim
Durchlass zum geräumigen Wohnstudio, in das zwei Stufen
hinabführten. Gächter lehnte sich gegen die Wand neben dem
Kamin, in dem ein schwaches Feuerchen knisterte. Doktor
Nobel setzte sich mit dem Exposé in der Hand in einen breiten
Ledersessel, während Haußmann unruhig von einem Fuß auf
den anderen trat.

»Nun?«, fragte Keller.

Gächter sagte: »Das Exposé von Sepp Lechner haben wir Ihnen mitgebracht. Es ist uns gelungen, eine schnelle Übersetzung herzustellen. Sie kennen Herrn Doktor Köberle?«

»Doktor Nobel? Natürlich! Ich hab ihm schließlich mehr als einmal angeboten, für mich und für gutes Geld zu arbeiten.« Keller schien bester Laune zu sein.

»Nun, in gewissem Sinn hat er das heute getan«, sagte Gächter, ohne eine Miene zu verziehen. »Sie brauchen sich keinerlei Mühe mehr zu machen, Herr Stützpunktführer – klingt wie ein alter Nazirang! –, das Entschlüsseln der Befehle ist doch immer ein bisschen lästig.«

Bienzles Stimme klang rau, und es schwang ein gefährlicher Unterton mit, als er sich jetzt zum ersten Mal meldete: »Wo ist Hannelore Schmiedinger?«

»Da fragen Sie mich? Ist sie meine Freundin oder Ihre?«

Bienzle machte einen Schritt nach vorn.

»Können wir uns mal in Ihrem Prachtschuppen hier umsehen?«, fragte Gächter schnell.

»Haben Sie einen Hausdurchsuchungsbefehl?«

»Brauch ich nicht bei Gefahr im Verzug.«

»Ja, aber nur bei der Terroristenfahndung, mein Lieber. Ich kenne die Gesetze zum Glück ganz gut.«

Gächter sah Keller kalt an. »Wir vermuten hier einen konspirativen Unterschlupf der Roten Armee Fraktion.«

Keller lachte, aber es klang nicht sehr fröhlich.

»Also, was ist?«, fuhr ihn Gächter an.

»Was ist, was ist … Was soll schon sein? Nötigung ist das! Weiter nichts.«

»Die Schlüssel zu allen Räumen, wenn's recht ist.«

»Wenn's recht ist, wenn's recht ist – Sie wissen ja gar nicht, was Recht ist, sonst würden Sie nicht fortgesetzt das Recht beugen.«

Doktor Nobel stand auf, holte sich aus der offenen Hausbar einen Whisky und goss zwei Gläser ein. Niemand redete, solange er damit beschäftigt war, aber alle sahen sie zu ihm hin. Jetzt ging er gemessen durch den Raum auf Bienzle zu, vorbei an Keller, und drückte dem Kommissar ein Glas in die Hand.

»Eure Methoden sind richtig human«, sagte er. »Wir sind vier, er ist einer, seine Leibwächter haben längst das sinkende Schiff verlassen ... Jeder von euch trägt eine Waffe, nicht wahr?«

Bienzle schüttelte den Kopf. »So nicht, Nobel!«

Haußmann war inzwischen unbemerkt aus dem Raum gegangen.

Nobel trank einen Schluck. »Ich würd's aus ihm rausprügeln«, meinte er.

Keller wich einen Schritt gegen den Kamin zurück.

Bienzle sah ihn aus müden, blutunterlaufenen Augen an. »Wo ist sie?«, fragte er.

»Kann ich mit Ihnen unter vier Augen reden?«, fragte Keller plötzlich.

»Nein«, sagte Bienzle, »ich weiß nicht, wozu ich heut Nacht fähig bin.«

Gächter sagte: »Glauben Sie ja nicht, Keller, dass wir nochmal lockerlassen. Das hier ...«, er klopfte auf das Exposé, »bringt Sie gut und gern für zehn Jahre in den Knast. Dazu noch die Entführung – das reicht vielleicht sogar für lebenslang.«

»Sie sind doch am Ende«, sagte Nobel ganz freundlich.

»Ich nicht!« Kellers Stimme hatte einen triumphierenden Klang. Er sah von einem zum andern, als ob er Beifall erwarte. Da wurde ihm plötzlich bewusst, dass einer der Beamten fehlte. »Wo ... wo ist Ihr junger Kollege?«

»Haußmann?«, fragte Bienzle.

»Weiß ich, wie er heißt!«

»Den Namen sollten Sie sich merken«, sagte Gächter, »Haußmann, mit scharfem ß, die Schwaben sagen Dreierles-Es. Haußmann ist ein ausgesprochen begabter junger Kollege.«

Bienzle hatte sich wieder gefangen; er musterte Gächter, dann Keller. Er wusste, dass es ein Pokerspiel war. Keller gab sich noch lange nicht geschlagen. Klar war, dass er im Augenblick auf Zeit spielte – warum sonst rückte er noch nicht mit seinen Bedingungen heraus? Wo ließ er Hannelore hinbringen?

Haußmann kam herein. Er hatte zwei Weinflaschen unter dem Arm. »Ich hab eine ganze Menge von dem Stoff gefunden. In säuberlich verkorkten Trollingerflaschen.«

»Trollinger?«, fuhr Bienzle auf. »Keller, das verzeih ich Ihnen nie!«

Keller wollte auf Haußmann losgehen, wurde aber von Gächter gebremst. Mit schneidend scharfer, sehr leiser Stimme sagte er: »Stopp, Keller! Ich mach normalerweise nicht so schnell von meiner Waffe Gebrauch, aber bei Typen, die Rauschgift unter die Leute bringen, habe ich wenig Hemmungen.«

»Sie sind imstand …« Keller fixierte Gächter, der seine Dienstwaffe in der Hand hielt.

»Aber sicher bin ich imstand. Zu allerhand, übrigens. Sie können's gleich erleben, wenn Sie jetzt nicht endlich mit der Wahrheit rüberkommen … Wo ist Frau Schmiedinger?«

Keller setzte sich auf die Kante des Couchtisches. Er sah auf seine teure Uhr, hob dann den Kopf und formulierte offensichtlich sehr sorgfältig. »Also, Sie müssen sich die Dame nun durchaus als Geisel vorstellen. Über die Bedingungen ihrer Freigabe würde ich gern mit Herrn Hauptkommissar Bienzle unter vier Augen sprechen, das deutete ich bereits an.«

Bienzle nickte. »Also gut, wartet draußen solange.«

»Ich weiß nicht …«, sagte Gächter zweifelnd.

»Ich schaff das schon.«

Die drei anderen verließen zögernd den Raum.

Keller erhob sich und kam auf Bienzle zu, aber der gab einen unartikulierten knurrenden Ton von sich, der Keller erschreckt innehalten ließ.

»Ich weiß«, fing Keller an, »ich stehe mit dem Rücken zur Wand, aber …«

»Einen Augenblick«, fuhr Bienzle dazwischen. »Ich hab ein paar Fragen, und ich würde Ihnen raten, schnell und klar Auskunft zu geben.«

»Bitte!« Keller deutete eine leichte Verneigung an, die in dieser Situation ziemlich lächerlich wirkte.

»Uygul hat Poskaya nicht ermordet. Wer war's?«

»So bekommen Sie Ihre Frau nie zurück.«

»Antwort!«

»Ich weigere mich. Das heißt, ich kann nur sagen, Uygul war es.«

»Also, das waren auch Sie?« Bienzle starrte ihn an.

»Wie kommen Sie denn darauf?«

»Komisch, ich weiß es – mit einem Mal weiß ich es. Sie selbst haben mir's soeben verraten. Wo ist es geschehen – hier? Haben Sie ihn eingeladen? Am Tag seines Todes steht in seinem Kalender: ›21 Uhr K. Ich muss vorsichtig sein.‹ Er ist nicht vorsichtig genug gewesen. Armer Vural!«

»Ihre Phantasien müssen Sie selber verantworten.«

Bienzle sah ihn kalt an. »Jetzt Ihr Vorschlag!«

»Ach so, ja, die Sache mit Frau Schmiedinger … Im Augenblick geht es ihr nicht schlecht, würde ich annehmen. Aber das kann sich sehr schnell ändern. Meine Leute sind da nicht zimperlich.«

Bienzle kämpfte mühsam um Beherrschung. »Weiter!«

»Ich bin durchaus bereit, ein Geschäft mit Ihnen zu machen. Sie wollen etwas, das ich Ihnen verschaffen kann: Ihre Freundin. Und ich möchte etwas von Ihnen.«

»Nun?«

»Drei Stunden Vorsprung, weiter nichts.«

Bienzle ging zur Tür und riss sie auf: »Gächter, Nobel, Haußmann!«

Die drei waren sehr schnell wieder in der Wohnhalle.

»Dieser … eh … Herr hier bietet mir ein Geschäft an. Er will
drei Stunden Vorsprung, dann lässt er Hannelore frei. Dass er
der Mörder Poskayas ist, halte ich für so gut wie sicher.«

»Er?« Gächter sah Bienzle ungläubig an.

Haußmann sagte: »Er hat immerhin eine Waffensammlung, zu
der auch eine Menge Messer und Dolche gehören.«

Gächter lehnte sich gegen den Türbalken und sagte in schlep-
pendem Tonfall: »Vielleicht lasst ihr mich mal 'ne Weile mit
ihm allein.«

»Nein«, sagte Bienzle.

»Aber sieh mal, Ernst: Ein Mann wie der probiert doch mit
allen Mitteln davonzukommen. Er wird versuchen, zu fliehen
oder sich zu wehren – wer kann das jetzt schon sagen? Natürlich wird er das nicht überleben, wozu gehen wir schließlich
einmal die Woche auf den Schießplatz, um zu trainieren.«

Bienzle schüttelte den Kopf. »Gächter!«

»Schau doch, hat er nicht vorhin selber von Terroristen geredet,
oder wie war das? Von denen kommt auch nur noch selten
einer lebend in Haft!«

Keller starrte Gächter ungläubig an. »Herr Bienzle, können Sie
diese Reden nicht stoppen?«

Gächter beachtete ihn überhaupt nicht. »Was glaubst du – wie
viele von den 187 Rauschgifttoten, die wir dieses Jahr schon
in unserem Bundesland hatten, hat der da auf dem Gewissen?
Doch sicher ein Dutzend, wenn nicht mehr. Und da soll ich
Skrupel haben?«

»Sie sind Polizeibeamter!«, schrie Keller.

Gächter bewegte sich auf ihn zu und schob den Kopf ganz dicht vor die ängstlichen Augen des Maklers: »Und du bist ein ganz mieses, dreckiges, gefährliches Schwein.«

»Gächter, *bitte*!« Bienzles Protest wirkte nicht sehr überzeugend.

»Mal was von putativer Notwehr gehört?«, fuhr Gächter unbeirrt fort. »Kein einziger Polizist, der einen erschossen hat, ist je bestraft worden, alle haben inzwischen ihre Beförderung. Ich bin in letzter Zeit sowieso schleppend befördert worden ...« Gächter griff unter seine Jacke. »Wo ist Hannelore Schmiedinger?«, fuhr er Keller an.

»Ich verweigere die Aussage!«, schrie der Makler. Aus seinem Gesicht war jede Souveränität gewichen. Und jede Farbe.

Gächter hatte seine Pistole gezogen und spielte mit ihr herum, während er in lockerem Konversationston weiterredete: »Sie können doch rechnen, Keller, wenn Sie sich diesmal vielleicht auch verrechnet haben. Sie fahren gnadenlos in den Knast ein, gnadenlos! Und einer wie Sie, der fällt dort ganz schön auf. Wenn Frau Schmiedinger was passiert – wir hängen's Ihnen an, ob Sie's waren oder nicht. Bienzle, Haußmann, Köberle – wir alle vier schwören vor jedem Richter.«

»Jetzt reicht's!«, fuhr Bienzle auf.

»Hör endlich auf, den Rechtsstaat zu verkörpern«, sagte Gächter ungnädig. »Guck mal – gerade hat er eine verdächtige Bewegung gemacht.« Er entsicherte die Pistole. »Noch eine, und ich knall Sie ab, Keller. So, und jetzt reden wir beide einmal miteinander: Sie sorgen auf der Stelle dafür, dass eine telefonische Verbindung zu Hannelore Schmiedinger hergestellt wird – und behaupten Sie bloß nicht, dass das nicht geht! Sie haben uns nicht umsonst so lange hingehalten, nicht wahr? Sie haben gewartet, bis Ihre Leute mit der Geisel in Sicherheit waren.«

»Warum sollte ich Ihnen etwas verraten?«

»Haben Sie immer noch nicht begriffen? Weil ich sonst Ernst mache! Ich muss Sie ja nicht gleich totschießen, nicht wahr, ein Schuss ins Knie oder so würde fürs Erste vielleicht genügen … Glauben Sie ja nicht, dass ich da irgendwelche Skrupel hätte. Rufen Sie an! Für Sie kann zwar nicht viel dabei herauskommen, außer dass wir Ihnen die Entführung vielleicht nicht anhängen – vorausgesetzt, Frau Schmiedinger treffen wir so unversehrt an, wie sie gestern war.«

Bienzle fuhr zusammen, als Gächter dies sagte.

»Also«, bellte Gächter, »Hörer abnehmen, wählen und eine Verbindung herstellen. Das ist der erste Posten in unserem Geschäft. Weiter verhandelt wird, wenn Bienzle mit Frau Schmiedinger gesprochen hat.«

Keller ging zum Telefon, deckte die Wählscheibe geschickt mit dem Körper ab und wählte dann zehn Nummern. »Ja, ich bin's«, sagte er. »Frau Schmiedinger soll einen Satz sagen. Herr Bienzle ist hier – es ist ein Lebenszeichen, weiter nichts, also kein Gequatsche.«

Bienzle ging mit müden Schritten zum Telefon, ließ sich in einen Sessel sinken und nahm dann den Hörer entgegen.

Hannelore sagte mit sehr disziplinierter Stimme: »Ernst? Mir geht's den Umständen entsprechend gut. Die, die mich bewachen, sind eigentlich ganz nett, und …«

Dann wurde das Gespräch unterbrochen.

Bienzle fühlte plötzlich eine große Erleichterung. Das war nicht unter Druck gesprochen. Er kannte seine Hannelore. Es war ihr nichts geschehen. Bis jetzt war ihr nichts geschehen … Wie von fern hörte er Gächters Stimme.

»Sie Linkmichel! Da wählen Sie vier Nummern vor, dabei war's die Nullsiebenelf, also die Vorwahl hier von Stuttgart. Es gehört nicht so viel dazu, am Rücklauf der Wählscheibe die

Zahlen zu erkennen. Männer wie Sie müssten längst Tastentelefone haben. Und weil wir so was vermutet haben, haben wir auch vorgebaut.« Gächter ging nun selbst zum Telefon, wählte und sagte dann: »Gollhofer? Habt ihr die Nummer? Und der Inhaber? Mann, wozu hat die Post diese teuren Computer eigentlich … Ja, ich warte.«

Keller stand mit herunterhängenden Armen mitten im Zimmer. Sein Gesicht war jetzt grau, der Mund stand offen, was seinem Gesicht einen halb staunenden, halb dümmlichen Ausdruck verlieh.

»Sie machen aber auch Fehler!«, sagte Gächter mit freundlichem Lächeln. »Was ist?«, rief er dann ins Telefon. »Ja, Moment, ich notier das.« Dann wandte er sich an Bienzle: »Sollen die mit dem MEK …?«

»Auf keinen Fall«, antwortete Bienzle ruhig, »nicht, dass womöglich im letzten Augenblick noch was schiefgeht …«

Gächter sagte ins Telefon: »Wartet die weiteren Anweisungen ab. Danke.« Er legte auf.

Keller meinte lahm: »Wenn ich mich nicht stündlich melde, geschieht ihr etwas.«

Gächter sah ihn an. »Das glauben wir Ihnen erst einmal nicht, Herr Keller. Im Feuerbacher Tal also haben Sie ein Grundstück, ein Gütle, wie die Schwaben hier sagen, mit einer schönen Hütte drauf, nehme ich an. Immerhin hat das Hüttle ja nun schon seit anderthalb Jahren Telefon. Und nun wäre ich bereit, um fünf Kästen Andechser zu wetten, dass wir dort auch noch einiges finden, was Sie belastet. Haußmann, haben Sie mal 'ne Acht?«

Haußmann reichte Gächter die Handschellen. Widerstandslos ließ Keller seine Handgelenke einschließen.

»Was jetzt?«, wandte sich Gächter an Bienzle.

Keller meldete sich schwach: »Ein Wort von mir genügt, und

Frau Schmiedinger ist frei. Wie gesagt: Drei Stunden Vorsprung ...«

»Dein Wort ist nichts mehr wert«, sagte Gächter kalt, »da müssten wir Lechner ganz falsch einschätzen. Überhaupt –«, Gächter sah zu Bienzle hinüber, »Lechner!«

»Die Münchner Kollegen werden von Kistner auf dem Laufenden gehalten«, warf Haußmann ein. »Der Exposé-Klartext ist per Telekopierer rübergegangen.«

»Hm, hm ...« Gächter nickte. »Jetzt kommt's drauf an, wie schnell Lechner ist – beziehungsweise wie schnell unsere bayerischen Kollegen sind.«

Keller kicherte. »Immerhin hat Lechner noch Verstärkung geschickt.«

»Sie meinen seinen Sohnemann?« Gächter zog die Mundwinkel verächtlich nach unten.

»Quatsch«, sagte Keller.

Und von da an schwieg er hartnäckig und verlangte nach einem Rechtsanwalt. Aber als er Kassmann anrief, bedauerte der zutiefst, derzeit das Mandat leider, leider nicht annehmen zu können.

»Ich fahr jetzt raus ins Feuerbacher Tal«, verkündete Bienzle.

»Aber nicht allein!«, sagte Gächter.

»Haußmann kann mitkommen und der Doktor, wenn er will. Aber du solltest mit dem da hierbleiben, falls tatsächlich Kontrollanrufe von da draußen kommen. Die Tatsache, dass ich telefonische Verbindung mit den Entführern aufnehmen kann, erleichtert die Sache vielleicht, aber nicht unbedingt.«

»Hauser würde es nie gutheißen, dass du das selber machst. Du bist betroffen, da neigt man eher zu Kurzschlussreaktionen – der gefoulte Spieler soll den Elfmeter nie selber schießen.«

Gächter, der sich für Fußball kein Stück interessierte, wählte den Vergleich bewusst, weil er Bienzles Fußball-Leidenschaft kannte.

»Ich pass schon auf«, sagte Bienzle. »Und vom Wagen aus rufen wir Verstärkung für dich und für uns.«

»Für hier würde ich das nicht machen«, sagte Gächter. »Falls inzwischen irgendwelche von seinen Kumpels das Haus bewachen, ohne dass wir's merken – könnte ja sein.«

Bienzle sah seinen Freund zweifelnd an. Er traute ihm nicht so recht.

Gächter nickte ihm aufmunternd zu: »Morgen ist alles überstanden, Ernst.«

– 26 –

Haußmann fuhr. Der Doktor und Bienzle saßen im Fond. Nobel schüttelte immer wieder den Kopf.

»Was hast du denn?«, fragte Bienzle schließlich irritiert.

»Der Kerl muss doch bescheuert sein! Stell dir vor, wir hätten so ein Unternehmen aufgebaut wie der – würden uns da vielleicht so gravierende Fehler unterlaufen wie diesem Keller?«

»Keine Ahnung.« Bienzle gähnte. »Wahrscheinlich schon. Wenn ich dran denke, was ich schon alles falsch gemacht habe … Nur dass unsereiner nicht gleich in den Knast kommt dafür.«

Köberle lachte. »Na ja, bei mir war's anders.«

»Warst du im Knast?«

»Acht Tage, ehe ich zum Entzug kam. Aber das hat gereicht, glaub mir.«

»Ich glaub's. Und jetzt?«

»Was jetzt?«

»Lebst du von der Musik?«

»Tagsüber verkauf ich Platten in einem Geschäft in Sindelfingen, da kennen mich nicht so viele Leute, dann schreib ich noch 'n bisschen – Konzertkritiken und so was. Ja, und dann die Arrangements für die Ragtime-Band und andere Kapellen, und schließlich krieg ich auch noch 75 Mark Abendgage und Freibier, wenn wir auftreten.«

»Na sag amal, dann bist du ja a richtiger Krösus!«

Nobel lachte. »Auf jeden Fall würde ich mit dir nicht tauschen … Musizierst du noch?«

»Mehr schlecht als recht. Übrigens, du musst mich nicht ablenken. Ich bin übers Schlimmste schon weg.«

Daraufhin schwiegen sie, bis sie Feuerbach erreichten und Richtung Botnang abbogen. Nach zwei Kilometern verlangsamte Haußmann die Fahrt.

»Jetzt muss es bald kommen«, sagte er leise, als ob ihn die Kidnapper hören könnten.

»Dann halten Sie mal hier, ich geh zu Fuß weiter. Kommst du mit?«, fragte Bienzle den Doktor.

»Na hör mal, ist doch klar.«

Von der Straße mussten sie durch hohes Gras eine steile Böschung hinabsteigen.

»Da mäht au koiner meh!«, brummte Bienzle.

»Das Heu hätt auch einen viel zu hohen Bleigehalt«, flüsterte der Chemiker zurück. Vor ihnen lag jetzt ein schmaler Bach, über den einzelne Stege zu den Wochenendgrundstücken hinüberführten. Langsam gingen die beiden bachaufwärts. Ab und zu konnten sie eine Hausnummer entziffern. Manche der Holzhäuschen schienen bewohnt zu sein, was an den Briefkästen zu erkennen war, die an einfache Pfosten angenagelt waren.

»Da vorn müsste es kommen«, flüsterte Nobel.

Bienzle kniff die müden Augen zusammen. Jenseits des Baches zog sich eine lange Hecke hin, die zwei oder gar drei Grundstücke umfasste. Die Hecke war so hoch und dicht, dass man weder darüber hinweg- noch hindurchschauen konnte.

»Das Pfadfinderspiel bringt ja nichts«, sagte Bienzle, ging auf das Gartentor zu und versuchte, es zu öffnen.

Im gleichen Augenblick schlug drinnen eine schrille Klingel an.

»Bleib du mal im Hintergrund«, flüsterte Bienzle.

Schritte näherten sich.

»Ist da jemand?«, fragte eine Stimme.

»Mhm«, machte Bienzle, »da ist jemand.«

Dem Mann hinter der Hecke schien es die Sprache verschlagen zu haben. Bienzle hörte ein leises Klicken.

»Bienzle, mein Name«, sagte er laut in die Nacht hinein. »Ich möchte gern Frau Schmiedinger sprechen.«

Noch immer schwieg der Mann hinter der Hecke. »Sind Sie allein?«, fragte er endlich.

Bienzle lachte leise. »Machen Sie auf, dann werden Sie's bald wissen. Ich mach Ihnen ein Angebot.«

»Was für ein Angebot?« Der Mann im Garten hatte sich von seinem Schrecken offenkundig noch immer nicht erholt.

»Jetzt mach halt auf!«, rief Bienzle gemütlich.

Ein Schlüssel wurde ins Schloss geschoben. »Aber keine falschen Tricks!«, sagte die Stimme, bemüht drohend.

»'s gibt sowieso bloß richtige Tricks«, sagte Bienzle, »die falsche kennet ja gar net funktioniere.«

Der Lichtkegel einer Taschenlampe erfasste ihn und suchte dann die Umgebung ab. Bienzle war geblendet; auch als die Lampe erlosch, sah er nur helle Kringel. So entging ihm, wie das Tor aufgestoßen wurde. Er spürte den Lauf einer Waffe in der Seite und brachte nur ein gereiztes »Hano, jetzt!« hervor.

»Los!«, zischte die Stimme.

Bienzle sah zu dem Haus hinüber. »Wie viele seid ihr?«, fragte er.

»Hände über den Kopf!«, war die einzige Antwort.

Bienzle gehorchte. Der Mann fingerte nervös Bienzles Körper ab, fand die Dienstpistole und zog sie nach einigem Gezerre aus dem Schulterhalfter. Dann stieß er den Kommissar vor sich her durch das Tor, warf es mit dem Fuß hinter sich zu, schloss aber nicht wieder ab.

Aus der einen Spaltbreit geöffneten Haustür drang warmes gelbliches Licht auf den Gartenweg. Bienzle stieß die Tür mit dem Fuß weit auf und trat über eine erhöhte Schwelle ein.

Hannelore lag auf einem Bett im Hintergrund des Zimmers. Ihre Hände waren mit einer Binde an das Bettgestell gefesselt. Sie sah Bienzle an, ohne irgendeine Regung zu zeigen.

»Hinsetzen!«, bellte der Mann, der Bienzle hereingebracht hatte. Links von der Tür war ein schöner grüner Kachelofen, um den eine breite Bank herumlief. Bienzle setzte sich auf die Bank und nahm die Hände herunter.

»Hände oben lassen«, befahl der Mann.

Diesmal gehorchte Bienzle nicht. Es war ein Versuch, weiter nichts. Sein Bewacher schien keine Notiz davon zu nehmen – oder sich einfach damit abzufinden, dass er sich nicht durchsetzen konnte.

Bienzle sah sich aufmerksam um. Neben dem Bett, auf dem Hannelore lag, saß auf einem Stuhl ein vielleicht neunzehnjähriger junger Mann mit strähnigen blonden Haaren, dessen Gesicht mit Pickeln übersät war. Der Mann, der Bienzle hereingebracht hatte, mochte vielleicht dreißig sein, großgewachsen, kräftig in den Schultern. Seine Hände waren riesig. Das breitflächige Gesicht wirkte derb, die Augen hatten etwas Verschlagenes.

Plötzlich ging die Tür zum Nebenraum auf. Carlo, Sepp Lechners gut aussehender Leibwächter, stand unter dem Türbalken. »Dass Sie uns gefunden haben!«, sagte er.

»Wie kommen *Sie* denn hierher?«, fragte Bienzle perplex.

»Mit dem Wagen. Ist ja keine Entfernung.«

»Der Sohn Ihres Chefs ist derzeit unser Gast«, sagte Bienzle. »Und das Exposé ist entschlüsselt. Keller sitzt, Sepp Lechner wird es wohl kaum anders gehen. Und nun frage ich Sie, was Sie tun wollen?«

»Unsere Chancen haben sich doch verbessert«, sagte Carlo, »um hundert Prozent. Bis vor zwei Minuten hatten wir nur eine Geisel, jetzt sind es zwei.«

»Mhm«, machte Bienzle.

»Eigentlich bin ich hergekommen, um das Schlimmste zu verhindern – aber dann war das Kind schon in den Brunnen gefallen. Will sagen, Ihr Fräulein Braut war schon entführt.« Carlo grinste.

Bienzle sah ihn scharf an. »Haben Sie was getrunken?«

»Hören Sie mal – sind Sie etwa von der Verkehrspolizei?«

Bienzle wandte kein Auge von Carlo. »Ich dachte nur, Sie sind auf einmal so gesprächig.«

»Also, die Dame war in der Gewalt dieser beiden Gentlemen …« Carlo musste über seinen Scherz kichern. »Was war zu tun?« Er baute sich theatralisch vor Bienzle auf. »Die Dummheiten, die ich verhindern sollte, waren schon begangen. Die Verbindung nach München ist abgerissen. Ich komme hierher … Na ja: Keller bot mir an, gemeinsam mit mir zu versilbern, was er hat. Ich vermutete gleich, dass er vieles davon hier hat, und ich hab recht behalten. Also muss ich mit dem Gepäck da …« Er stieß die Tür zum Nebenzimmer auf und wies mit dem Fuß auf einen Stapel Kisten und Taschen: »… mit diesem Gepäck muss ich … das heißt, müssen wir drei verschwinden. – Alles klar?«

Bienzle lächelte. »Das letzte Gefecht!«

Carlo sagte: »Dort drüben steht das Telefon. Ich nehme an, Sie haben uns gefunden, nachdem dieser Idiot uns angerufen hat.«

»Ganz recht.«

»Dann ist es nur recht und billig, wenn Sie nun anrufen, um uns dreien die Freiheit zu garantieren.«

»Warum sollte ich das tun?«

»Weil wir sonst diese hübsche Dame da hernehmen – und zwar nach allen Regeln der Kunst. Glauben Sie ja nicht, wir würden's ungern tun.« Er ging zum Bett und hob Hannelores Rock an, sodass man zwischen ihre Beine sehen konnte.

Bienzle sprang auf, aber der Mann neben ihm schlug sofort zu. Seine Unsicherheit schien in dem Augenblick gewichen zu sein, als Carlo das Zimmer betreten hatte. Bienzle ging in die Knie. Hannelore stieß einen Schrei aus, als ob sie selbst getroffen worden wäre.

Carlo sagte: »Nicht wahr, Puppe: Wenn du eine Vergewaltigung nicht verhindern kannst, dann entspanne dich und genieße, so heißt doch der weise Spruch.« Er schob ihr jetzt den Rock weit über die Schenkel hinauf.

Bienzle, der am Boden lag, spürte, wie das Blut warm aus seinen Haaren sickerte. Er stemmte sich mühsam auf die Ellbogen hoch. »Was verlangen Sie?«

Carlo wandte sich von Hannelore ab und wieder dem Kommissar zu. »Rufen Sie an, und sorgen Sie für freies Geleit. Ich will drei Stunden Vorsprung.«

Bienzle lachte bitter. »Das wollte Keller auch. Es hat keinen Sinn, Carlo – in ein paar Minuten sind meine Kollegen da.«

»Sind Sie denn allein gekommen?«

»Nicht ganz«, sagte Bienzle langsam.

»Wie viele?«

»Mein Kollege Haußmann wartet im Wagen.«

»Das Haus ist also nicht umstellt?«

»Noch nicht, nein.«

»Wie viel Zeit ist noch?«

»Haußmann wird Verstärkung anfordern, wenn ich nach dreißig Minuten nicht zurück bin.«

»Und wann sind die dreißig Minuten um?«

»In drei oder vier Minuten.«

»Gut«, sagte Carlo. »Es ist die einzige Chance, kommen Sie!«

Bienzle stand sehr langsam auf. »Was haben Sie vor?«

»Sie werden's ja sehen.«

Der Blonde sagte: »Und was ist mit der Frau? Du hast gesagt, ich darf drüber.«

Carlo sah ihn voller Abscheu an. »Du kommst auch gleich mit, Fitze, sonst versaust du uns noch alles.«

»Der Chef hat aber auch gesagt …«

»Der Chef bin ich!« Carlo packte den blonden Jüngling am Hemdkragen und stieß ihn vor sich her über die Schwelle. »Du passt auf«, sagte er zu dem Grobschlächtigen. »Ich lass die Polizeikarre vorfahren, und dann ruf ich dich – alles klar?«

Carlo hatte jetzt einen Revolver in der Hand. Der Mann neben Bienzle nickte.

»Los, Kommissar!«, befahl Carlo. »Hände über den Kopf, wie gehabt!«

Bienzle ging auf die Tür zu. Er drehte sich zu Hannelore um und wollte etwas sagen, aber sie drehte den Kopf zur Seite und sah zu Boden.

Eine ohnmächtige Wut ergriff Bienzle. Er blieb stehen.

»Auf geht's!«, sagte Carlo ungeduldig. Er stieß Bienzle vor sich her in den Garten.

»Wer hat sie aus ihrer Wohnung geholt?«, fragte Bienzle.

»Was spielt das für eine Rolle?«

»Ich will's wissen.«

Carlo hob die Schultern. »Die beiden halt, Fitze und Chris ... Das ist der, der noch bei ihr drin ist.«

Chris hatte seinen Namen gehört und steckte den Kopf durch die Tür. »Was ist mit mir?«

»Nichts, du Schwachkopf!«, fuhr Carlo ihn an.

Chris machte einen Schritt vor die Tür. »Spiel dich nicht auf, ja!«

»Keine Bewegung!«, sagte eine sehr sachliche Stimme. »Ich steh im Dunkeln, und ihr steht voll im Licht, Genossen. Lauter Zielscheiben.«

Der, den sie Chris nannten, fuhr herum und schoss in die Richtung, aus der Nobels Stimme gekommen war.

Plötzlich war es sehr still. Dann Doktor Nobels Stimme: »Fahrkarte.«

Wieder schoss Chris. Eine andere Waffe antwortete aus der Dunkelheit. Chris stürzte vornüber und blieb liegen.

»Nanu?«, sagte Nobel aus der Nacht. »Ich hab doch gar nicht ...«

»Aber ich.« Haußmanns Stimme. »Hoffentlich hab ich bloß sein Bein getroffen.«

Fitze rannte blitzschnell in die Hütte.

Hannelore rief von drinnen: »Ernst, Ernst ...«

»Mir ist nichts passiert«, rief Bienzle.

»Das kann sich aber schnell ändern«, zischte Carlo.

»Augenblick«, sagte Bienzle. »Wenn wir gegenseitig aufeinander schießen, was bringt das denn? Sie wollten freien Abzug ... Also!«

»So nicht«, sagte Carlo, »*mit* dem Gepäck. Der Vorgang ist einfach. Fitze ist da drin ...« Er schrie jetzt laut: »Fitze, du hältst der Dame die Kanone an den Kopf – von mir aus auch zwischen die Beine. Ich fahre das Auto vor den Steg. Ihr, meine Herren – einschließlich diesem schießwütigen Bullen, der da irgendwo im Garten sitzt –, schleppt das Gepäck raus. Und du, Fitze, hast grünes Licht, wenn die Bullen nicht spuren.«

»Au ja«, rief Fitze begeistert aus der Hütte.

Es war ein verzweifelter Versuch, aber Bienzle wusste, dass Carlo damit Erfolg haben konnte.

»Und ich?«, wimmerte Chris. Er lag in dem Lichtkeil, der durch die halboffene Tür fiel.

Carlo stieg wortlos über ihn hinweg und ging Richtung Gartentor.

Ein Schuss fiel, schlug gegen das Metall des Tors und schrillte als Querschläger weg.

»Ich knall dich ab!«, zischte Chris, der noch immer seine Waffe in der Hand hielt.

»Es ist nicht zu schaffen«, sagte Bienzle laut. »Hauen Sie ab von mir aus, aber kommen Sie nicht wieder, Carlo – mit diesem Invaliden hier werden wir fertig, solange Sie das Auto holen, und mit Fitze zweimal.«

Carlo stand noch immer wie angewurzelt auf dem Gartenweg. Plötzlich war der ganze Garten in gleißendes Licht getaucht.

»Hier spricht die Polizei …«, klang es überlaut und gleichzeitig von allen Seiten.

Bienzle sah sich rasch um. Nobel lag unter einem Johannisbeerbusch und erhob sich nun vorsichtig. Haußmann kauerte hinter einer Regentonne. »Das Grundstück ist umstellt!«, dröhnte es aus den Lautsprechern.

Bienzle sagte schnell in die Pause der Lautsprecherdurchsage hinein: »Waffen weg – ich sage für euch aus!«

Tatsächlich ließ Carlo den Revolver fallen. Chris lag zusammengekrümmt in der Rabatte neben dem Gartenweg; seine Finger öffneten sich langsam, und die Pistole glitt aus seiner Hand und blieb in einem Nelkenbusch hängen.

»Widerstand ist sinnlos …«, brüllte der Lautsprecher.

Bienzle rannte auf das Haus zu. Ein Schuss bellte. Das Geschoss schlug in die Holzwand der Hütte.

»Idiot«, röhrte der Lautsprecher, »das ist doch Bienzle!«

In der Dunkelheit hinter den Scheinwerfern hörte man ein paar Männer lachen.

Bienzle erreichte die Schwelle. Hannelore saß halb aufgerichtet auf dem Bett. Fitze kauerte auf dem Fußboden und drängte seinen Kopf gegen ihre Hüfte. Sie streichelte ihn sanft und redete beruhigend auf ihn ein. Zu Bienzle sah sie nur ganz kurz herüber.

»Sie müssen Hannelore Schmiedinger sein«, sagte Doktor Nobel hinter Bienzle. Er ging zum Bett und begann sie loszubinden. »Mein Name ist Köberle, ich bin ein Freund von Ernst. Aber eins kann ich Ihnen sagen: Als ich noch bei der Polizei war – ich bin ja zum Glück nicht mehr dabei –, da ging das alles noch viel fachmännischer vor sich. Reiner Dilettantismus, also wirklich! Ich musste die Kerle ohne Waffe aus der Dunkelheit bedrohen.«

Bienzle nahm Fitze behutsam die Waffe aus der Hand und ging zum Telefon.

»Hallo, ja, ich bin's, Bienzle … Gächter? Richtig, wer sonst? Also, Hannelore haben wir gefunden, und die Gauner sitzen fest. In einer Stunde im Revier, ja.« Er legte auf. »Haußmann – ist ein Krankenwagen bestellt?«

»Aber sicher.« Haußmann, der Zuverlässige.

– 27 –

Bienzles Büro wurde durch das diffuse Morgenlicht erhellt. Hannelore sagte: »Ich bin das erste Mal in deinem Büro.«

»Stimmt nicht«, sagte Bienzle, »damals, als wir uns kennenlernten … Oder wie war das?«

»Da lag ich im Krankenhaus, und du hast mich besucht. Und gleich beim ersten Mal geküsst.«

»Was – im Dienst?«, fragte Doktor Nobel.

»Im Dienst!«, wiederholte Hannelore nachdrücklich, aber ihre Stimme hatte einen seltsamen Klang. Das Andechser Bier stieg ihr in den Kopf.

»Nun stellen Sie sich mal vor: Mich hat man gefeuert und ihn befördert … Da stimmt doch was nicht!«

»Was stimmt nicht?«, fragte Gächter, der durch die Tür kam und sich auf einem der leeren Bierkästen niederließ, weil kein Stuhl mehr frei war.

»Ach, euer ganzer Laden!«, knurrte Nobel.

»Wo warst du denn so lange?« Bienzle sah Gächter an.

»Man muss das Eisen schmieden, solange es heiß ist, nicht wahr?«

»Gächter …?« Bienzle fühlte sich plötzlich nicht besonders gut.

»Ich hab sie gegenübergestellt.«

»Wen?«

»Na ja, Keller und diesen Carlo.«

»Und?«

»Was, und?«

»Lass dir doch nicht die Würmer einzeln aus dr Nas ziehe!«

»Na ja, der Carlo ist nicht gut auf unseren Keller zu sprechen. Schließlich hat der ihm ja die ganze Chose eingebrockt.« Gächter begann, sich eine Zigarette zu drehen.

»Weiter«, sagte Bienzle.

»Na ja – das Messer, mit dem Poskaya erstochen wurde, stammt aus Kellers Sammlung. Und er war es auch, der zugestochen hat.«

»Hoffentlich hält dieses Geständnis!«, brummelte Bienzle.

Gächter zog ein kleines japanisches Tonbandgerät aus seiner Jackentasche. Er drückte auf einen Knopf.

Kellers Stimme vom Band wirkte müde, schleppend, krank. Er begann: »Ich bin mit dieser Tonbandaufzeichnung einverstanden. Am Sonntag, 22. Juli, erschien Vural Poskaya bei mir. Ich hatte ihn zu diesem Gespräch eingeladen, nachdem er mich mehrfach darum ersucht hatte. Poskaya war mir bekannt.«

»Woher?« Gächters Stimme.

»Mehrere Wirte ausländischer Lokale hatten mich wissen lassen … oder meine Leute wissen lassen, dass Poskaya Informationen sammelte. Er soll angefangen haben, die Wirte und Geschäftsleute zum Widerstand aufzustacheln. Er wollte eine … wie hat er das genannt … eine Selbsthilfegruppe gegen die Organisation organisieren, ja, das war das Wort.«

Es trat eine längere Pause ein. Dann wieder Gächter: »Er kam also gegen Abend?«

»Ja. Allein, wie vereinbart. Ich bot ihm etwas zu trinken an, aber er lehnte ab. Er wollte sich auch nicht setzen. Ich sagte: ›Poskaya, Sie stänkern gegen Leute, die das gar nicht mögen.‹ Er hat nur gelächelt, auf eine so feine Art, überlegen … ich hätt ihn da schon … Also gut – oder schlecht. Auf jeden Fall hat er gesagt, er habe jetzt ausreichendes Material, um mich vor Gericht zu bringen. Ich fühlte mich bedroht, und das nicht zu knapp.«

Wieder trat eine Pause ein. Dann Gächter: »Trinken Sie noch was?«

»Ja«, sagte Keller. »Mir ist nicht gut … Mir ist gar nicht gut.«

»Erzählen Sie weiter, vielleicht wird Ihnen dann besser.«

»Der Rest ist ja schnell erzählt. Ich sagte, was wollen Sie überhaupt von mir? Und da sagte doch dieser eingebildete Türkenlümmel: ›Hören Sie auf, Keller.‹ Wörtlich, so hat er gesagt: ›Hören Sie auf, Keller. Lassen Sie meine Landsleute in Ruhe. Ich bin kein deutscher Polizist, und ich mische mich nur ungern in deutsche Angelegenheiten ein, das bringt sowieso nur Ärger. Aber Sie wissen jetzt, was ich weiß, und deshalb sollen

Sie aufhören. Sonst muss ich zu Bienzle gehen. Ich weiß, dass er gegen eure Organisation ermittelt.‹ – Ich dachte, ich hör nicht recht. Der erpresste mich – dieser kleine, halbgare Türke mit seinen hinterlistigen Augen, der erpresste mich! Mich, verstehen Sie, mich: Fritz Keller …! Verstehen Sie das?«

»Warum nicht?«, sagte Gächter. »Das ist ja gut zu verstehen. Sie haben also Ihr Messer geholt …«

»Ich hab ihm gesagt: ›Schauen Sie her, Poskaya, das ist türkische Wertarbeit …‹«

An dieser Stelle stöhnte Bienzle auf. Hannelore war mit ein paar schnellen Schritten bei ihm und legte ihm die Arme um den Hals. Gächter spulte zurück und drückte dann wieder den Abspielknopf.

»… türkische Wertarbeit – und dann …« Er brach ab.

Gächters Stimme klang kalt und teilnahmslos. Sehr langsam sagte er: »Und dann, Keller, haben Sie zugestoßen!«

»Ja … Nur einmal, er brach sofort zusammen. Es hat noch nicht mal doll geblutet.«

Bienzle schrie: »Ausschalten! Sofort ausschalten …«

Gächter drückte auf den Knopf und sagte: »Ist ja gut!«

»Dass du so was kannst«, murmelte Bienzle.

»Er war nicht *mein* Freund«, sagte Gächter, und nach einer kleinen Pause: »Trotzdem, ich hab's für *dich* getan.« Er stand von der Bierkiste auf und ging zur Tür. »Das Geständnis enthält auch alle weiteren Angaben … Guten Morgen!«

Gächter zog leise die Tür hinter sich zu.

– ENDE –